HEYNE <

CARL-JOHAN VALLGREN

SCHATTEN JUNGE

THRILLER

Aus dem Schwedischen
von Christel Hildebrandt

WILHELM HEYNE VERLAG
MÜNCHEN

Die Originalausgabe erschien unter dem Titel *Skuggpojken*
bei Albert Bonniers Förlag, Stockholm.
Der Roman wurde in Schweden unter dem Autorennamen
Lucifer veröffentlicht.

FSC
www.fsc.org
MIX
Papier aus verantwortungsvollen Quellen
FSC® C014496

Verlagsgruppe Random House FSC® N001967

Vollständige deutsche Taschenbuchausgabe 09/2016

Published by agreement with Hedlund Agency
Printed in Germany
Redaktion: Nike Müller
Umschlaggestaltung: Johannes Wiebel / punchdesign, München
Umschlagabbildung: Johannes Wiebel unter Verwendung von Motiven
von shutterstock.com (Igor Kovalchuk, Iakov Filimonov)
Satz: Schaber Datentechnik, Austria
Druck und Bindung: GGP Media GmbH, Pößneck

ISBN 978-3-453-43878-1

www.heyne.de

Stockholm 1970

Er hatte die Linie 49 genommen, den Bus von Stadshagen, sein Jüngster schlief im Kinderwagen. Es war Anfang Juni. Der siebte, genauer gesagt. Dieses Datum würde er den Rest seines Lebens nicht vergessen.

Sein älterer Sohn ging neben ihm und hielt sich am Kinderwagenverdeck fest. Die kleine braune Hand war klebrig von den Süßigkeiten, die er auf dem Kindergeburtstag gegessen hatte. Gerade hatte er noch über Bauchschmerzen geklagt und gemeint, spucken zu müssen, aber jetzt an der frischen Luft schien es ihm deutlich besser zu gehen.

Sie waren an der Haltestelle am Nordenflychtsvägen ausgestiegen. Während sie darauf warteten, dass der Bus davonfuhr und sie die Straße überqueren konnten, las er die Schlagzeilen der Abendzeitungen vor dem Laden. Das *Aftonbladet* hatte ein Foto von der Fußballweltmeisterschaft in Mexiko auf der Titelseite. Finstere Mienen bei den schwedischen Spielern nach ihrer Niederlage gegen Italien im Gruppenspiel. Ove Grahn sprach von einer Revanchemöglichkeit beim Spiel gegen Israel.

Der *Expressen* setzte auf Palmes Staatsbesuch in den USA.

»Papa«, sagte der Junge. »Mir ist heiß. Kann ich die Jacke ausziehen?«

»Natürlich. Leg sie auf den Wagen.«

Endlich war der Sommer gekommen, recht spät in diesem Jahr. Er hatte sich den ganzen Tag lang abgehetzt. Zuerst war er draußen in Lidingö gewesen, um das Grundstück anzusehen, das Gustav für sie gekauft hatte und auf dem sie im Herbst ein Haus bauen würden. Dann nach Stadshagen rein, wo Kristoffer zu einer Geburtstagsfeier bei einem Freund eingeladen war, anschließend mit dem Kleinen zum Fridhemsplan, um etwas zu essen.

Während Joel im Wagen schlief, hatte er die Gelegenheit genutzt, ein paar Bier zu trinken, genauer gesagt drei große Pils, hatte die Zeit vergessen und dann zum Bus rennen müssen, damit er rechtzeitig da war, um Kristoffer abzuholen.

Sie gingen über den Zebrastreifen. Im Schlosspark von Kristineberg stand ein Obdachloser und pisste. Der Kerl machte sich nicht einmal die Mühe, sich wegzudrehen, zeigte ganz ungeniert seinen Schwanz, während er die Blumenbeete begoss. So weit war es mit ihm jedenfalls noch nicht gekommen. Er konnte sich benehmen, trank nie so viel, dass er sichtbar beeinträchtigt war.

»Kann ich ein Eis, Papa? Es ist so heiß.«

Von der Stimme des Jungen wurde ihm ganz warm ums Herz, selbst wenn er quengelte.

»Reicht denn die Bonbontüte nicht? Außerdem habt ihr auf dem Fest doch auch Eis gekriegt, oder? Jedenfalls hat Peters Mama das gesagt.«

»Aber ich will noch eins. Bitte, Papa ... ich fühl mich, als würde ich kochen.«

»Nun hör mal, eben hast du noch gejammert, dass du Bauchschmerzen hast und spucken musst. Und jetzt willst du ein Eis. Was denn nun?«

»Aber jetzt geht es mir besser. Und ich habe fast gar kein Bauchweh mehr.«

Er liebte diesen Knirps, der vor siebeneinhalb Jahren zur Welt gekommen war, neben ihm herlief und um ein Eis bettelte, sich weigerte, dem Papa die Hand zu geben, weil er der Meinung war, dafür sei er zu groß. Diese freundliche helle Jungenstimme. Den Humor, den er mit seinen sieben Jahren bereits besaß. Und dann die anrührende Tatsache, dass er schwarz war, dass das Blut eine Generation übersprungen hatte, ihn selbst übersprungen hatte, und stattdessen bei einem kleinen schwedischen Jungen wieder zum Vorschein gekommen war.

Aber wie sehr er ihn auch liebte und wie schwer es ihm fiel, nicht nachzugeben, würde er ihm doch nicht noch mehr Süßigkeiten geben.

»Nein, tut mir leid, mehr gibt es nicht.«

»Och, bitte ...«

Er zuckte zusammen, als ein Volvo Amazon mit hoher Geschwindigkeit den Hjalmar Söderbergs Väg hinuntergebraust kam und im Abstand von nur einem halben Meter an ihnen vorbeiraste. Verdammte Idioten, diese Autofahrer! Der Junge hätte ohne Weiteres auf die Straße laufen können, jetzt, wo er sauer war, weil er seinen Willen nicht bekam.

Er packte das Kind fest am Arm und atmete tief durch, um sich zu beruhigen. Warf einen Blick nach rechts zur Tranebergsbron, die sich in den Himmel wölbte. Ein Zug, der aussah wie eine Riesenlarve auf Rädern, fuhr in den U-Bahnhof ein. Kein Grund, hektisch zu werden. Sie konnten die nächste Bahn nehmen. Joanna war nach ihrem Besuch bei der Freundin direkt nach Hause gefahren, um das Abendessen vorzubereiten. Sie würden es sich gemütlich machen und gemeinsam den Samstagabend genießen, die ganze Familie. Und wenn die Kinder im Bett waren, würden Joanna und er eine Flasche Wein öffnen und sich die Zeichnungen für das neue Haus ansehen. Das Haus, mit dem sein Vater versuchte, seine Liebe zu erkaufen.

Der Volvo verschwand Richtung Stadshagen hinunter, und sie überquerten den Hjalmar Söderbergs Väg. Der Kleine war aufgewacht und hatte sich im Wagen aufgesetzt. Joel. Der vollkommene Gegensatz zu seinem großen Bruder. Helle Haut, fast schneeweiß, ohne den geringsten Anschein eines Mischlings. Natürlich liebte er ihn genauso sehr wie Kristoffer, aber auf eine andere Art und Weise, nicht ganz so intensiv, nicht ganz so schmerzhaft. Als wäre es Joel noch nicht gelungen, einen ebenso großen Eindruck bei ihm zu hinterlassen.

Die Tür zur Bahnhofshalle öffnete sich. Er trat an die Wand, um auf den Fahrplan zu schauen. Der Zug fuhr immer noch alle fünf Minuten, er konnte zwischen zwei grünen Linien wählen.

Plötzlich fing der Kleine an zu jammern, vielleicht hatte er irgendwas geträumt. Er warf einen Blick auf die Wanduhr: halb sechs. Das konnte nicht stimmen. Hatte er sich um eine ganze Stunde vertan? Er schaute auf seine Armbanduhr: halb fünf. Der Sekundenzeiger bewegte sich nicht. Die verdammte Uhr war stehen geblieben.

Eine Frau kam mit einer Zeitung unter dem Arm aus dem Kiosk.

»Entschuldigen Sie«, wandte er sich an sie, »wissen Sie vielleicht, wie spät es ist? Ist es wirklich schon halb sechs?«

»Doch, ja. Halb sechs. Sogar schon ein paar Minuten drüber.«

Sie lächelte ihn freundlich an. Sie war in den Vierzigern, trug ein Kopftuch, ein buntes Baumwollkleid und Gummistiefel. Sie erinnerte ihn an eine Bauersfrau. Wie sie auf dem Land ausgesehen hatten, als er noch klein war.

»Dankeschön.«

»Keine Ursache. Schönes Wochenende!«

Also hatte er sich um eine ganze Stunde geirrt, was bedeutete, dass Joanna zu Hause mit dem Essen wartete und sich wunderte, wo sie blieben. Dann stieß er mit dem Kinderwagen aus Versehen auch noch gegen den Metallpfosten vor der Sperre. So eine blöde Stelle für eine tragende Konstruktion. Der Kleine weinte lauter, vermutlich hatte er sich das Bein eingeklemmt, auch wenn der Zusammenstoß nicht besonders heftig gewesen war.

»Immer mit der Ruhe«, sagte er. »Wir sind spät dran, Mama wartet mit dem Essen. Wir müssen uns ein bisschen beeilen.«

Er reichte dem Kontrolleur im Häuschen die Fahrkarte und ging durch den Eingang für Kinderwagen. Jetzt schrie der Kleine lauter. Er war kurz davor, in dieses hysterische Heulen zu verfallen, bei dem ihn niemand anders als Joanna trösten konnte.

»Sch, sch, nicht weinen, bitte, nicht weinen.«

An allem waren nur die paar Bier schuld. Er hätte sie nicht trinken sollen, zumindest die letzten beiden nicht. Auch wenn er nicht betrunken war, so beeinträchtigten sie doch sein Urteilsvermögen, er geriet aus dem Takt mit der Welt, verspätete sich, lief gegen Pfosten und konnte Verkehrsunfälle nur knapp vermeiden.

Eine neue Bahn fuhr in den Bahnhof ein, er konnte das Rattern der Räder auf den Schienen oben hören. Mehr Menschen strömten von der Straße herein, schoben von hinten. Der Kleine versuchte schreiend aus dem Wagen zu klettern, er musste mit der einen Hand ihn festhalten, während er Kristoffer mit der anderen hielt und den Kinderwagen mit dem Bauch vor sich her schubste.

Treppe oder Fahrstuhl?

Treppe ging schneller. Aber die Kinderwagenrampe sah steil aus, und mit Joel in diesem Zustand der Auflösung war es wohl die bessere Idee, den Fahrstuhl zu nehmen. Er drückte auf den Knopf.

»Papa, darf ich die Treppe gehen?«

Kristoffer sah ihn mit diesem Blick an, dem er nicht widerstehen konnte. Der karibische Blick. Der Blick seiner eigenen Mutter, auch wenn er sich kaum noch an ihn erinnern konnte.

»Nein.«

»Bitte. Ich kann allein gehen, und ihr nehmt den Fahrstuhl. Das macht Spaß.«

»Du bist dafür zu klein.«

Die halb gefüllte Tüte mit Süßigkeiten hielt er mit der Hand umklammert. Diese schokoladenbraune Kinderhand, nicht einmal halb so groß wie seine. Der vom Lolli rot verschmierte Mund. Wie konnte er nur in Begleitung seiner Söhne betrunken sein?

»Bitte! Ich warte oben auf dich.«

»Ich habe Nein gesagt.«

Plötzlich fiel ein Schatten über das Gesicht des Jungen. Jemand hatte sich neben ihn gestellt.

»Du kannst mit mir gehen, wenn du willst. Ich halte dich an der Hand, bis dein Papa aus dem Fahrstuhl kommt.«

Es war wieder die Frau mit dem Kopftuch. Sie war hinter ihm durch die Schranke gegangen, hatte höflich einem Vater mit Kinderwagen und zwei nervigen Kindern den Vortritt gelassen. Kristoffer sah sie mit großen Augen an, überlegte, ob er vor ihr auf der Hut sein sollte oder ihr sofort vertrauen konnte. Dann schaute er flehend seinen Vater an.

»Bitte Papa, darf ich mit der Frau mitgehen?«

»Okay. Aber du bleibst an ihrer Hand, damit du nicht hinfällst. Du siehst ja, wie voll es ist. Überall massenhaft Leute. Und dann setzt du dich da oben auf die Bank und wartest, bis ich da bin, in höchstens einer halben Minute.«

»Ich setze mich mit ihm hin, bis Sie kommen«, sagte die Frau freundlich. »Nun komm, junger Mann, dann gehen wir.«

Kristoffer strahlte ihn mit seinen Milchzahnlücken an. Die Frau betrachtete ihn mütterlich. Das würde er niemals vergessen. Bestimmte Augenblicke, bestimmte Bilder würden sich für alle Zeiten in seine Erinnerung einbrennen.

Er blickte ihnen nach, während sie die Treppe hinaufgingen. Kristoffers kleine Hand in der größeren der Frau. Sie sagte etwas zu dem Jungen, und er schaute mit seinen großen Augen zu ihr auf und nickte zustimmend, während gleichzeitig der Fahrstuhl läutete, als er die Ebene der Bahnhofshalle erreicht hatte.

Er schob den Kinderwagen hinein und drückte den Knopf für die Fahrt nach oben. Das Gehirn machte kleine Polaroidbilder, die sich später in sein Gedächtnis einätzen würden: Die Kassettendecke mit ihren drei Lampen. Das Schild: 750 kg oder 10 Personen. Die Zigarettenstummel auf dem Boden, die halb leere Bierdose, die in einer Ecke stand.

Der Fahrstuhl hielt mit einem leichten Schaukeln auf der Bahnsteigebene. Die Tür ging auf, und ohne dass er begriff, warum, brach ihm plötzlich der kalte Schweiß aus, und er fühlte sich auf der Stelle nüchtern. Der Kleine war verstummt, als hätte es keinen Sinn mehr, Ärger zu machen. Schnell lief er durch den Gang zum Gleis. Gitterwände aus Metall auf der einen Seite. Plexiglas auf der anderen, sodass man aufs Gleis sehen konnte, nicht aber ins Treppenhaus. Eine Bahn Richtung Westen stand auf dem Gleis, die letzten Fahrgäste stiegen ein. Der Zugführer rief sein: »Zurückbleiben, bitte«, er eilte weiter. Er hörte das saugende Geräusch, als sich die Wagentüren schlossen, und das Quietschen der Metallräder, als die Bahn sich in Bewegung setzte.

Die Glastür zum Bahnsteig öffnete sich. Gleich würde er Kristoffer auf der Bank sitzen sehen, wo er auf ihn wartete, die Bonbontüte in der Hand, zusammen mit der Frau.

Sein geliebter Kristoffer.

Er bog mit dem Kinderwagen um die Ecke und schaute sich um. Die Treppe war leer. Kein Mensch zu sehen. Er sah die Fahrstuhltür im Untergeschoss, durch die er vor einer Minute getreten war, die weißen Wandkacheln im

Treppenhaus, die beiden großen, geriffelten Glaslampen, die von der Decke herabhingen. Das Gekritzel auf der leeren Bank.

Joel hatte wieder angefangen zu quengeln. Er löste ihn aus dem Gurt und hob ihn aus dem Wagen. Dann drehte er sich zur anderen Seite, zum Bahnsteig. Der war auch leer. Nur die Rücklichter der Bahn, die Richtung Alvik verschwand. Er drehte sich nochmals zu Treppe und Bahnhofshalle um. Ein einsamer Rentner mit Stock stand vor der Informationstafel.

Er rief den Namen des Jungen:

»Kristoffer!«

Zuerst flüsterte er fast, als hätte er seine Stimme verloren. Dann laut, voller Panik:

»Kristoffer! KRISTOFFER!«

Seine Stimme hallte von den Wänden wider, und dann, weit entfernt, als gehörte das zu einer anderen Welt, einer anderen Zeit, bemerkte er, dass Joel wieder angefangen hatte zu weinen.

TEIL EINS

STOCKHOLM, MAI 2012

Für Katz begann alles mit einer Melodie. Sechs Töne in jeder Zeile, in der Schwebe zwischen Dur und Moll:

I hurt myself today / to see if I still feel ... Dumpf und weit entfernt, als befände er sich selbst oder die Musik unter Wasser. *I focus on the pain / the only thing that's real.*

Zu seiner Verwunderung hockte eine unbekannte Frau mit einem Löffel in der Hand neben ihm. Sie schien die Musik nicht zu hören, vielleicht interessierte sie sie auch einfach nicht. Zu verzweifelt, dachte Katz, das Gehirn hat eine unglaubliche Fähigkeit, alles Unwesentliche auszublenden.

Sie reichte ihm ein Zehnerpack Fünfmilliliterspritzen aus einer Handtasche. Die Standardsorte mit dem orangefarbenen Stempel, für die Armvenen der meisten Menschen geeignet. Sie hatte ihr eigenes Werkzeug. Abnehmbare Tuberkulinnadeln. Um das Blut aus den Füßen oder Händen zu ziehen, dort, wo die Blutgefäße kleiner sind. Er schielte auf ihre Arme. Langärmlige Bluse. Der gleiche Verkleidungstrick wie bei ihm. Immer langärmlige Hemden mit Manschetten, um die Narben zu verbergen.

The needle tears a hole / the old familiar sting / try to kill it all away / but I remember everything ...

Weiter entfernt unter dem Brückenbogen meinte er, seine Eltern zu sehen. Anne und Benjamin, Arm in Arm, stets versunken in ihre Liebe, die alle anderen ausschloss, nicht zuletzt ihn selbst. Dafür hasste er sie, seine Mutter aus Norrland und seinen jüdischen Vater. War es nicht so, obwohl er es nie hatte zugeben wollen? Dann verschwanden die beiden, tot wie sie waren, hinter einem mit Graffiti vollgeschmierten Brückenpfeiler.

Er schaute sich um. Wohnte er tatsächlich jetzt hier, war er zurück auf null, auf der Straße? Auf einer dreckigen Matratze neben einem Lüftungsgitter unter einer Brücke in Stockholms Nordwesten?

Jemand hatte mit Steinen eine Art Grundstücksgrenze um seinen Schlafplatz markiert, oder vielleicht sollte das auch nur eine symbolische Schlafzimmerwand darstellen. Ein Paar Stiefel standen neben einem Stück Plane. Seine eigenen?

Er sah zum Wasser hinunter, zum Strandbad und dem kleinen Hafen auf der anderen Seite der Bucht. Die Tranebergsbron, einst der längste aus Beton gegossene Brückenbogen der Welt, erhob sich über ihm, in einer Epoche gebaut, als Zukunftsglaube im Land herrschte. Und inzwischen Aufenthaltsort für Obdachlose und Junkies.

»Dol Fool«, »Drag« und »Sork« las er auf den Pfeilern. Die Tagger hatten ihre Spraydosen liegen lassen. Ein Stück weiter lagen Wattebäusche verstreut, man hätte sie in der Maiwärme für Blumen halten können, Gänseblümchen, dachte er.

Katz erinnerte sich an die verzweifelten Junkies am Kottbusser Tor in Berlin vor fünfzehn Jahren, zahnlose Kottiejunkies, die neben dem Kanal hockend alte Wattebäusche abkochten, um den letzten Rest an Stoff rauszupressen, damit es für einen halben Schuss Brown Horse, gestreckt mit Ascorbinsäure, reichte. Menschen, die das Wasser der Regenpfützen auf der Straße benutzten, oder das aus den Spülkästen der öffentlichen WCs. Auch er selbst, das musste er zugeben, damals, als er ganz unten gewesen war. Aber er hatte Glück gehabt, er hatte es rausgeschafft.

You could have it all / my empire of dirt …

Die Melodie spielte weiter, wie mechanisch von weither. Ein Königreich aus Dreck, dachte er, das er wegschenken wollte, von dem er glaubte, dass er es bereits los sei.

»Der Teer verstopft die Spritze, Scheißdrecksheroin.«

Die Frau war verzweifelt. Und er selbst auch, wie er merkte. Dieses schreckliche körperliche Begehren nach dem Kick, danach, alles mit dem Rausch auszumerzen. Die Sehnsucht nach der Leere. Der Zeitlosigkeit. Der körperlichen Heimkehr. Die Frau fluchte … zum Teufel noch mal, verdammter Scheiß … während sie mit dem Werkzeug herumhantierte. Wo war er ihr begegnet? Er kannte sie, konnte sich aber nicht erinnern, woher.

Eine aufgeschlagene Zeitung lag auf der Erde. Darauf lag ein Suppenlöffel mit gebogenem Griff, um das Risiko, etwas von der Portion zu verschütten, so gering wie möglich zu halten. Jetzt sah er die Angst in ihren Augen und schlug vor, sie solle ein wenig durch die Nase ziehen, um sich zu beruhigen.

»Halt die Fresse, stör mich nicht …«

»Ach, scheiß doch drauf.«

Er kümmerte sich nicht weiter um sie, machte stattdessen seine eigene Dosis zurecht, holte die Wasserflasche aus der Jackentasche, füllte die Spritze und leerte sie in den Boden einer abgeschnittenen Coca-Cola-Dose, in der das Heroin bereits wartete. Kochte, wartete. Riss ein bisschen Watte von dem Tampon, den sie hingelegt hatte, drehte eine Kugel als Filter und zog die Flüssigkeit mit der Spritze auf. Er war erstaunt darüber, wie sicher seine Hand nach all den Jahren war, es war wie schwimmen oder Rad fahren, wenn man es einmal gelernt hatte, konnte man es für den Rest des Lebens.

Er krempelte den Hemdsärmel hoch, nahm die Strumpfhose, die sie hingelegt hatte, und band sie direkt über die Ellenbogenbeuge. Schnippte die letzten Luftbläschen aus der Spritze und zog die Lösung nach oben.

Zehn Jahre war es her, aber jeder Handgriff saß noch. Und er konnte mit beiden Händen gleich gut spritzen, das hatte er sich antrainiert, denn damals war das lebenswichtig, weil er so oft Drogen nahm, dass er gezwungen war, immer wieder neue Injektionsstellen am Körper zu finden und den Schuss in den rechten Arm zu setzen, wenn der linke nicht funktionierte, und das schnell und schmerzfrei, bevor der Entzug ihn daran hinderte.

Sonnenlicht schien zwischen den Brückenpfeilern hindurch. Ein U-Bahn-Zug donnerte dreißig Meter über seinem Kopf vorbei, wurde langsamer, als er sich der Haltestelle in Alvik näherte. Der Nachmittag war sonnig, nach einer Periode der Kälte und des Schneefalls, die bis weit in den April angedauert hatte, hatte plötzlich die Maiwärme eingesetzt.

Wohnte er jetzt hier? War er wieder auf der Straße gelandet? Nein, sein Büro lag nur ein paar Hundert Meter weiter in Traneberg, er war doch gerade erst noch dort gewesen, hatte vor dem Computer gehockt ... oder hatte man einfach die Chronologie geändert, das Ende an den Anfang gestellt und umgekehrt?

Das stimmte nicht. Er wusste, wer er war: Danny Katz, vierundvierzig Jahre alt, einziges Kind von viel zu früh verstorbenen Eltern. Ehemaliger Dolmetscher im Außenministerium. Ehemaliger zivil angestellter Übersetzer und Computerprogrammierer bei den Schwedischen Streitkräften. Ehemaliger Drogenabhängiger und Obdachloser. Aber wieder auf die Füße gekommen. Sein eigener Chef. Nichts Besonderes. Nur ein kleines Übersetzungsbüro, das Aufträge von privaten Firmen bekam und ab und zu auch von der Armee. Das Geschäft brachte nicht besonders viel Geld ein, doch es genügte, um über die Runden zu kommen, die Zweizimmerwohnung im selben Gebäude wie das Büro zu bezahlen, es reichte für seinen bescheidenen Lebensstil ohne Ausschweifungen, schon allein weil Ausschweifungen ihn unerbittlich wieder hierher zurückführen würden, zu einem Leben auf der Straße.

Weiter unten Richtung Wasser, dort, wo seine Eltern gerade verschwunden waren, stand jetzt ein Mann. Er schien nackt zu sein. Es war, als hätte er eine eingebaute Fernglasfunktion im Auge, deshalb konnte er diesen Mann heranzoomen. Ja, ein nackter Mann, Wunden an den Beinen, Blut lief. Er verstand das nicht. Diese Erscheinung. Das war irgendein Zeichen. Aber als er blinzelte und noch einmal hinsah, war der Mann fort.

Stattdessen richtete er den Blick auf die Innenseite seines Unterarms, klopfte leicht mit den Fingerkuppen darauf, zog den Knoten etwas fester und fand die Vene, die er brauchte. Er richtete die Nadel im Zwanzig-Grad-Winkel gegen den Arm, zum Herzen hin, immer Richtung Herz. Mittlerer Winkel, dachte er, nicht zu steil, sonst bestand die Gefahr, dass er die Ader perforierte.

Er kapierte das nicht, warum tat er das? Zehn Jahre nachdem es ihm endlich gelungen war, clean zu bleiben. Nach zehn Jahren bei der Anonymen Drogenberatung, nach zehn Jahren täglichem Kampf. Die kurze Zeitspanne auf Methadon, die erste Therapie unten in Ytterjärna, bezahlt von seinem früheren Kollegen bei den Streitkräften, Rickard Julin, der so viel Kraft und Einfluss dareingesetzt hatte, ihn zurück ins System zu holen, ihm einen Job besorgt, ihn mit dem früheren Netzwerk versorgt, den Weg für ihn geebnet hatte, ihm Kontakte mit Auftraggebern verschafft hatte. Das alles sollte jetzt vergeblich gewesen sein. Für nichts und wieder nichts.

Das konnte nicht stimmen. Was war sein letzter Auftrag gewesen? Eine IT-Firma, die Informationen über eine weißrussische Telefongesellschaft gewollt hatte, er hatte für sie ein paar Jahresabschlüsse übersetzt sowie einige Artikel aus einem Wirtschaftsblatt in Minsk.

Mit der Nadel einen Zentimeter tief im Arm zögerte er, zog mechanisch den Kolben zurück, um zu sehen, ob sich was tat. *Dunkelrotes Blut, niemals hellrotes, dann hast du die Vene verfehlt.* Er wollte den Schuss nicht aus Versehen ins Gewebe spritzen, dann würde es nur anschwellen und schrecklich wehtun, und es würde eine Ewigkeit dauern, bis der Kick kam.

Jetzt!

Er hatte richtig getroffen, das Blut war dunkelrot und strömte langsam in die Spritze. Mit den Zähnen löste er den Knoten und injizierte. Der Rausch setzte unmittelbar ein. Er sackte in sein eigenes Skelett, ließ das Fleisch auf Knochen und Knorpeln ruhen, und die Augenlider fielen wie Rollläden herunter. Das Gefühl war göttlich, unbeschreiblich, erst jetzt wurde ihm klar, wie sehr er es vermisst hatte. Langsam zog er die Nadel heraus, das Blut spritzte auf die Hemdbrust, aber das interessierte ihn nicht mehr, er zog nur ein Taschentuch aus der Jackentasche und drückte es auf die Einstichstelle.

Wo der nackte Mann gestanden hatte, stand jetzt ein anderer Mann, in schwarzem Anzug und mit breitkrempigem Hut. Er zwinkerte, bis der Mann, Traumbild, das er wahrscheinlich war, verschwand. Wieder donnerte ein Zug über seinen Kopf hinweg.

Dann sah er wieder zu der Frau. Sie hatte ihren Schuss jetzt fertig vorbereitet, hielt die Nadel gegen das Licht und klopfte die Luftbläschen aus der Spritze. Das rabenschwarze Haar rahmte ein symmetrisches Gesicht mit leicht orientalischen Zügen ein. Blaugrüne Augen, ein schön geschwungener Mund. Weiße Haut. Wie Schneewittchen.

»Ich erkenne dich«, sagte er. »Wo haben wir uns schon mal gesehen?«

»Wir kennen uns nicht ... das glaubst du nur.«

Merkwürdige Antwort, dachte er, während sie nach einer Vene suchte, zuerst am Hüftknochen; sie zog die Hose und den weinroten Slip ein Stück herunter, überlegte es sich dann aber anders und tastete mit ihren eingerissenen Fingernägeln um die Halsvene herum. Zu nah an der Halsschlagader, dachte er, bitte, nicht da!

Zu seiner Erleichterung fand sie eine Vene im rechten Oberarm und spritzte dort das Gift mit verkniffenem Gesicht hinein. Sofort fing sie an zu pumpen, zog den Kolben vor und drückte ihn zurück, zog Blut hoch, das sie gleich wieder zurückdrückte, um kein einziges Mikrogramm von ihrem Schuss zu verschwenden.

»Dann haben wir uns erst hier kennengelernt?«, nuschelte er und machte eine Geste Richtung Matratze.

»Ich bin nur zufällig vorbeigekommen. Aber du wohnst hier.«

»Unter der Brücke?«

»Scheiße, ja, du bist übel dran. Und die Leute sind hinter dir her. Jemand will dich festsetzen.«

Er nickte, als würde er das akzeptieren, was sie sagte, als hätte er sich bereits mit seiner neuen Wirklichkeit abgefunden.

»Und wer bist du?«

»Ich? Ich bin niemand ...«

Ihre Pupillen waren so klein, dass sie kaum zu sehen waren. Sie war in sich zusammengesunken und lag halb auf ihm, der Slip guckte über dem Hosenbund am Hintern heraus. Jetzt war sie leblos. Er fragte sich, ob sie eine Überdosis genommen hatte, ob er die 112 anrufen und bitten solle, einen Wagen zu schicken, und gleich Narcanti mitzubringen, das ihr direkt in die Brust gespritzt werden konnte, um sie wieder zurückzuholen.

Dann entdeckte er die Bisswunden. Eine Kette aus blutigen Zahnabdrücken um den Hals; Bisse, die die Haut aufgetrennt hatten. Wie damals bei Eva Dahlman, seiner ersten Freundin, von der behauptet worden war, er habe sie bewusstlos geschlagen und sie dann gebissen wie ein wildes Tier. Er war dafür verurteilt worden. Mit sechzehn

Jahren. War in eine weitere Erziehungsanstalt gesteckt worden, wo sich plötzlich das Blatt für ihn gewendet hatte: Er hatte beschlossen, mit seinem alten Leben Schluss zu machen, der Kriminalität den Rücken zu kehren. Aber er war es nicht gewesen! Er war gar nicht imstande, so etwas zu tun, was immer die technischen Beweise behaupteten.

I wear this crown of shit / upon my liar's chair / full of broken thoughts / I cannot repair ...

Woher kam die Musik? Er schaute sich um, konnte aber die Geräuschquelle nicht entdecken.

Und die Frau, die anscheinend auf seinem Schoß eingeschlafen war, wer war sie? Er strich ihr das schwarze Haar aus dem Gesicht, legte sie vorsichtig auf die Matratze und stand auf.

Fünf Töne jetzt in jeder Strophe, ein Wechsel zwischen Moll und Dur, nur die Melodie, kein Text mehr, den hatte er selbst in Gedanken hinzugefügt. Er erkannte sie wieder: »Hurt« von Nine Inch Nails.

Die Töne ... die immer durchdringender wurden, ihn gewissermaßen aus den Tiefen des Bewusstseins erreichten, die Umgebung ausradierten, die Brückenpfeiler, die Frau, die schmutzige Matratze, die Spritzen, die Droge. Er hatte sie als Klingelton auf seinem Handy, wie er sich triumphierend erinnerte, während er immer schneller an die Bewusstseinsoberfläche stieg, aber er hatte sie nur als Melodie, ohne Trent Reznors bittere Gesangsstimme. Und die Melodie lief immer weiter, bis es ihm endlich gelang, das Telefon zu finden, das neben ihm in der Wohnung auf dem Fußboden lag.

Er setzte sich auf und nahm das Gespräch an. Sah die graue Dämmerung, die durch die Jalousien vor dem

Schlafzimmerfenster hereinsickerte, lauschte der Stimme im Handy.

Sie klang wie die Frau unter der Brücke, wie Eva Dahlman, aber irgendwie auch nicht. Als wäre die Chronologie außer Kraft gesetzt.

Angela Klingberg war eine umwerfend schöne Frau. Schön in einer Art, die ihr sicher Probleme bereitet, dachte Katz, als er sich in einer Ecke des Ritorno, dieses alten Cafés in der Odengatan, wo sie sich verabredet hatten, ihr gegenüber niederließ. Natürlich war sie elegant gekleidet, kein Wunder, wenn man bedachte, mit wem sie verheiratet war. Er registrierte die Hermès-Handtasche zu ihren Füßen, die teuren Handschuhe, die auf dem Tisch lagen, den Angorapullover, das diskrete Make-up und das fast ebenso diskrete Diamantarmband am linken Handgelenk. Sie war Mitte dreißig, blond, zierlich, mit einer deutlich wahrnehmbaren und traurigen Aura. Er verspürte einen schmerzhaften Stich bei dem Gedanken, dass sie vergeben war, und dieses Gefühl überraschte ihn, denn es war so erbärmlich und gleichzeitig so ehrlich.

Bis zu ihrem Telefonanruf am selben Morgen hatte er nichts von ihrer Existenz gewusst. Und trotz des Eherings an ihrer linken Hand konnte er sich nur schwer vorstellen, dass sie mit Joel Klingberg verheiratet war, oder dass Klingberg überhaupt verheiratet war.

Während Katz seine Jacke ablegte und über die Stuhllehne hängte, überlegte er, warum er überhaupt eingewilligt hatte, sie zu treffen. Neugier war auf jeden Fall einer der Gründe. Vor fünfundzwanzig Jahren, als er es geschafft hatte, einen Schlussstrich unter sein Leben als minderjähriger Straftäter zu ziehen, waren er und Joel Klingberg zusammen auf die Dolmetscherschule der Armee gegangen. Während der militärischen Grundausbildung in Karlsborg hatten sie ein Zimmer geteilt und dies auch später während zwei intensiver Semester Russisch in Uppsala getan. Über Klingbergs späteres Leben wusste er nur das, was er in den Zeitungen gelesen hatte: Klatschreportagen über die Oberschicht, die gehobenen Kreise, in denen er verkehrte, Partyfotos von Festen, auf die Klingberg mit seiner düsteren Miene nicht zu passen schien, Notizen über eine Immobilienagentur an der Riviera, die er zusammen mit ein paar Freunden vom Internat Sigtuna betrieben hatte, eine kurzes Intermezzo nur, um ein wenige eigene Geschäftserfahrungen zu sammeln, anschließend Jurastudium und ein Jahr an der London School of Economics, bevor er vom Familienunternehmen, der Klingberg Aluminium AB, absorbiert wurde und in der Anonymität der Geschäftswelt verschwand.

»Danke, dass Sie sich Zeit genommen haben«, sagte die Frau vor ihm und lächelte fast ein wenig verlegen.

»Kein Problem. Woher haben Sie meine Nummer?«

»Sie stand auf Joels Kontaktliste in seinem Computer.«

Was auch merkwürdig war, denn Katz konnte sich nicht vorstellen, dass Klingberg in irgendeiner Weise geplant hatte, mit ihm in Kontakt zu treten.

»Ach ja, möchten Sie vielleicht etwas, soll ich etwas für Sie bestellen?«

»Danke. Es genügt, wenn Sie mir erklären, warum wir hier sind.«

Und dann erzählte sie es ihm:

Joel Klingberg war vor drei Wochen verschwunden, laut Polizeiangaben allem Anschein nach freiwillig. Es gab keinen Grund, nach ihm zu fahnden, und der Verdacht einer Straftat lag ebenfalls nicht vor. Klingberg hatte die gemeinsame Wohnung der Eheleute auf Östermalm am Sonntagvormittag, dem zweiundzwanzigsten April verlassen, um einiges zu erledigen, und war ganz einfach nicht zurückgekommen. Seitdem versuche sie jeden Tag, ihn auf seinem Handy anzurufen, wie sie erklärte, erreiche aber immer nur die Mailbox. Es gab allerdings so etwas wie einen Abschiedsbrief.

Sie zog ihn aus der Tasche, eine E-Mail, auf einem DIN-A4-Blatt ausgedruckt, ursprünglich von Klingbergs Handy abgeschickt. Katz überflog sie: ein paar Zeilen, die andeuteten, dass er auf unbestimmte Zeit verreisen würde, um seine Ruhe zu haben und nachdenken zu können. Er bat um Verzeihung, weil er nicht den Mut gehabt habe, es ihr persönlich zu sagen, schrieb, sie solle sich seinetwegen keine Sorgen machen und auch nicht nach ihm suchen.

»Das habe ich vier Stunden nach seinem Verschwinden erhalten«, sagte sie. »Und das sieht ihm überhaupt nicht ähnlich. Joel ist nicht der Typ, der vor Problemen wegläuft.«

»Und was glauben Sie, was passiert ist?«

»Ehrlich gesagt: Ich weiß es nicht.«

Sie faltete den DIN-A4-Ausdruck zusammen und steckte ihn wieder in die Handtasche, und Katz erinnerte sich aus irgendeinem Grund an Klingbergs Freundin während der Zeit auf der Dolmetscherschule, ein gleichaltriges Mädchen, deren Oberschichtgehabe ihn gestört hatte, deren Name und Aussehen aber aus seinem Gedächtnis gelöscht waren.

»Die Polizei glaubt, er sei wegen eines Streits nicht zurückgekommen, den wir an dem Morgen gehabt haben. Über Kinder ... oder besser gesagt unsere Kinderlosigkeit. Joel wollte noch warten. Ein Mann im besten Alter, seit zehn Jahren verheiratet, und will immer noch warten!

Sie wissen sicher von der schweren Bürde, die er trägt; wegen dem, was damals mit seinem Bruder passiert ist. Ich habe ihm gesagt, dass seine Angst vor Verantwortung genau darauf beruht, auf der Furcht, es könnte wieder passieren. Darüber haben wir gestritten.«

Sein Bruder, ja, dachte Katz, während er ihrem Blick folgte, der nervös zwischen den Gegenständen auf dem Tisch hin und her huschte, der Kaffeetasse, aus der sie nicht trank, einer vergessenen Zeitung, die auf der Seite mit den Wett-Ergebnissen beim Trabrennen aufgeschlagen war, den Handschuhen, die in der gleichen Farbe gehalten waren wie die Fingernägel ihrer schönen Hände. Der verschwundene Bruder, die Nabe, um die sich alles gedreht hatte, der Verlust, den Klingberg wie ein unsichtbares Joch auf sich genommen hatte.

»Ich kann selbst hören, wie das klingt«, sagte sie. »Verletzter Mann verlässt streitsüchtige Ehefrau, um eine Weile seine Ruhe zu haben. Aber wie gesagt, das sieht ihm überhaupt nicht ähnlich. Und wir hatten uns bereits wieder beruhigt, als er ging. Er hat gesagt, er habe ein paar Dinge zu erledigen und würde gegen Mittag wieder zurück sein. Wir hatten sogar einen Tisch in einem Restaurant reserviert. Es scheint, als wäre ich die letzte Person, die ihn gesehen hat. Und die Einzige, die sich weigert zu glauben, dass er freiwillig gegangen ist. Laut Polizei ist er zunächst ein paar Stunden lang mit seinem Wagen durch die Gegend gefahren ...«

Nachdem er die Wohnung verlassen hatte, war Klingberg in den Wagen gestiegen. Das GPS war untersucht worden, erklärte sie. Er schien ziellos herumgefahren zu sein, von ihrer Wohnung in der Skeppargatan kreuz und quer durch die Innenstadt, bevor er Richtung Kungsholmen weitergefahren war. An einer Tankstelle am Thorildsplan hatte er angehalten, war dann weiter durch Stadshagen bis zur U-Bahn-Station Kristineberg gefahren und anschließend weiter nach Alvik und zum Tranebergspark, wo er einige Minuten beim örtlichen Tennisplatz gehalten hatte.

»Sie wohnen doch dort in der Nähe. Habe ich bei der Auskunft herausgefunden. Komisch, oder?«

Katz wurde ganz mulmig bei dem Gedanken, dass Klingberg ausgerechnet dort mit seinem Wagen angehalten hatte. Hätte er an jenem Vormittag zum Fenster hinausgeschaut, hätte er ihn wahrscheinlich zwischen den Bäumen auf der anderen Seite des Parks sehen können.

»Und wohin ist er danach gefahren?«, fragte er.

»Ins Industriegebiet am Ulvsundasjön, bevor er wieder umgekehrt und zurück in die Stadt gefahren ist und seine sogenannte Abschiedsmail geschrieben hat.«

Laut Angela hatte Joel Klingberg seinen Wagen in einem Parkhaus in der Nähe des Hauptbahnhofs abgestellt, und da endeten alle Spuren. Alles deutete darauf hin, dass er in einen Zug Richtung Süden gestiegen war. Es existierte eine Fahrkarte nach Kopenhagen auf seinen Namen, von ihm selbst über das Internet gekauft, aber im System der Bahn war nicht festzustellen, ob er sie auch verwendet hatte.

Sie verstummte, und Katz stellte fest, dass sein Blick in ihrem ruhte. In der Unruhe, die sie ausstrahlte, der Sorge, die sie zu dem machte, was sie war. Eher sein Typ als Klingbergs.

»Und warum kommen Sie damit zu mir?«, fragte er.

»Ich weiß, es klingt merkwürdig. Aber genau das hätte Joel gewollt.«

»Das müssen Sie mir erklären.«

Angela Klingberg hatte erst vor ein paar Monaten zum ersten Mal von Katz gehört. Joel hatte ihn nur in einem Nebensatz bei Tisch erwähnt: Danny Katz, sein alter Kumpel aus der Militärzeit.

»Er hat gesagt, Sie seien der einzige Mensch, dem er jemals vertraut hat.«

»Das hat er behauptet?«

»Ja. ›Der einzige Mensch, dem ich jemals in meinem Leben vertraut habe.‹ Das ist mir nach seinem Verschwinden wieder eingefallen.«

Woher hatte Klingberg diesen Eindruck? Es stimmte, sie waren in ihrem Militärdienst viel zusammen gewesen, aber sie stammten aus zwei vollkommen unterschiedlichen Welten, Katz aus der Welt der Gangs in den Vororten und Klingberg aus der behüteten Oberschicht. An den Wochenenden, wenn sie die Prüfungen der Woche hinter sich hatten, wurde Klingberg von einem Privatchauffeur abgeholt und verschwand wieder im Leben der Reichen bei seinem Großvater, hinter hohen Gartenmauern in Djursholm. Katz hatte ihn nie privat kennengelernt.

»Ich habe ihn einmal bei einer Schlägerei verteidigt«, sagte er. »Vielleicht hat er darauf angespielt?«

»Das hat er nie erwähnt. Ich glaube, er meinte etwas anderes.«

Sie nahm ein Päckchen vom Stuhl neben sich.

»Kurz vor seinem Verschwinden bekam er außerdem das hier. Ich habe es vor ein paar Tagen durch Zufall entdeckt. Es lag ganz hinten in seinem Schrank.«

Es handelte sich um einen großen gefütterten Umschlag ohne Absender, mit einem Poststempel aus Stockholm vom vergangenen Monat. Sie öffnete ihn und legte den Inhalt auf den Tisch.

»Ich weiß nicht, was das zu bedeuten hat. Aber Joel hätte doch etwas sagen können. Das finde ich wirklich ... sonderbar.«

Ein quadratisches Stück Stoff, etwa achtzig mal achtzig Zentimeter, ockerrot und schwarz, entfaltete sich vor Katz' Augen. Ein nativistisches Motiv in Form zweier gekreuzter Pfeile war darauf gestickt. Und rechts der Pfeile, umrahmt von Pailletten aus rund geschliffenen Spiegelscherben, war mit großen Kreuzstichen ein kniender Mann gestickt. Zwei Stoffbuchstaben waren unter das Motiv geklebt: M. K.

»Namensinitialen?«, vermutete Katz.

»Fragen Sie mich nicht. Und dann noch das ...«

Sie breitete ein zweites, ähnliches Tuch aus, das etwas kleiner war. Das gestickte Motiv stellte einen Mann dar, umringt von Hunden, die ihm die Beine leckten.

»Ich weiß nicht einmal, ob das etwas mit der Sache zu tun hat«, sagte sie. »Das ist alles so rätselhaft.«

»Haben Sie das der Polizei gezeigt?«

»Nein. Wie gesagt, es besteht ja kein Verdacht, dass es sich um ein Verbrechen handelt. Wenn Sie mich kurz entschuldigen ...«

Sie stand auf und verschwand Richtung Toiletten. Und Katz musste an die Zeit damals denken, 1987, als er auf die Dolmetscherschule gegangen war. *Verba arma nostra,* das Wort ist unsere Waffe, das war ihr Motto gewesen. Und Worte waren es, mit denen sie sich bewaffnen sollten, russische, eine unglaubliche Menge an Vokabeln, die jede Woche abgefragt wurden. Binnen zehn Monaten hatten sie den Stoff von sechs Universitätssemestern

Russisch bewältigt. Katz erinnerte sich an die endlosen Stunden im Sprachlabor, die Seminare über Verhaltenslehre und Psychologie, wovon sie als Dolmetscher in einer Kriegssituation eine gewisse Ahnung haben sollten. Er erinnerte sich an die Verhörleiterausbildung – POB, personenorientierte Befragung, wie es im Militärjargon hieß – und eine harte Übung auf Gotland, wo sie ihre Fertigkeiten bei den Küstenjägern in der Praxis anwenden sollten. Er erinnerte sich, dass sie einen Lehrfilm gesehen hatten über das Scheinertränken oder Waterboarding, wie es später genannt wurde.

Es war unglaublich, dachte er jetzt, dass niemand reagiert hatte, obwohl es einer Lektion im Foltern gleichgekommen war. In dem Film hatte ein schwedischer Leutnant ein Handtuch über Mund und Nase eines Mannes gebunden, der, den Kopf nach hinten überstreckt, an eine Krankenhaustrage gefesselt war. Der Leutnant goss Wasser auf das Handtuch. Die Reaktion kam unmittelbar: Krämpfe, heftige Würgereflexe. Die Person, erklärte der Leutnant in die Kamera, während er mehr Wasser auf das Gesicht des Mannes goss, erlebt das Gefühl des Ertrinkens durch Atemnot und das Einatmen von Wasser: »Die Methode hinterlässt keinerlei physische Schäden, wird aber als extrem unangenehm erlebt. In Schweden steht das Scheinertränken nicht ausdrücklich unter Strafe, es ist mit unrechtmäßigem Zwang vergleichbar.«

Katz selbst war in erster Linie verblüfft, überhaupt dort gelandet zu sein, als Einziger, der nicht aus gutem Hause stammte. Er gehörte nicht dorthin, und die Tatsache, dass er überhaupt angenommen worden war, handverlesen noch dazu, verwirrte ihn.

Er warf einen Blick Richtung Toiletten, aber Angela Klingberg ließ auf sich warten.

Und Joel ... auch er war ein Außenseiter gewesen, aber aus anderen Gründen, immer noch labil aufgrund der Familientragödie. Seine Eltern waren ähnlich wie die von Katz in seiner frühen Jugend umgekommen, sie hatten sich auf dem herrschaftlichen Landsitz in Sörmland in der Garage mit Autoabgasen das Leben genommen. Joel hatte danach bei seinem Großvater gelebt, Gustav Klingberg, dem Gründer von Klingberg Aluminium, zu jener Zeit ein ergrauter Patriarch, der das Familienimperium mit eiserner Hand regierte. Er war verstorben, kurz nachdem sie ihren Wehrdienst abgeleistet hatten, Katz hatte eine Todesanzeige in der Zeitung gelesen.

Doch die eigentliche Familientragödie lag noch länger zurück; das Verschwinden des Bruders Anfang der Siebziger, ein Ereignis, das ein Jahrzehnt später die Eltern in den Selbstmord getrieben hatte. Schmerz und Schuldgefühle hatten sich geradezu eingefressen in Klingbergs Wesen, sie hatten ihn zu dem gemacht, der er war. Er war nur ein Jahr älter als Katz, hatte aber die Haltung eines alten Mannes, der sich vor dem Schmerz und den Schuldgefühlen darüber, derjenige zu sein, der überlebt hatte, der zurückgelassen worden war, in Theorien, Studien und Russischunterricht flüchtete.

Ein einziges Mal hatte ihm Klingberg davon erzählt, was passiert war, in groben Zügen, wie sein Bruder von einer unbekannten Frau an einer U-Bahn-Station in Stockholm entführt worden und nie wieder aufgetaucht war. Seitdem war kein Tag vergangen, an dem er sich nicht gefragt hatte, was eigentlich passiert war, wer dahintersteckte, ob es das Werk einer verrückten Einzeltäterin war oder ob mehrere Beteiligte darin verwickelt waren. Hatte es sich um versuchte Erpressung gehandelt, die schiefgegangen war – aber soweit Klingberg wusste, hatte seine Familie nie eine Geldforderung erhalten –, oder handelte es sich um Perverse, vielleicht Pädophile?

Es war, als hätte der Bruder seinen Schatten zurückgelassen, hatte Klingberg zu ihm gesagt. Stell dir das mal vor, Katz, der Körper ist weg und nur der Schatten ist noch da.

Als Angela Klingberg von der Toilette zurückkam, konnte Katz sehen, dass sie geweint hatte. Sie nahm wieder am Tisch Platz, wich seinem Blick jedoch aus.

»Ich möchte, dass Sie herausfinden, was mit ihm passiert ist«, sagte sie mit verbissener Miene. »Ich bezahle gut. Wenn Joel und ich etwas reichlich haben, dann ist es Geld.«

Sie kramte in ihrer Handtasche und nahm einen Stift heraus. Da fiel ihm der chaotische Brief ein, den er Klingberg vor fünfzehn Jahren geschrieben hatte, als er so schlecht drauf gewesen war, der Brief, in dem er ihn um Geld gebeten hatte, ein Bettelbrief, auf den Klingberg nie geantwortet hatte, vielleicht war er ja auch nie angekommen.

»Es ist nicht so einfach, jemanden zu finden, der verschwunden ist«, sagte er. »Vor allem dann nicht, wenn er nicht gefunden werden will.«

»Ich möchte nur, dass Sie es versuchen.«

»Ich weiß nicht einmal, wo ich anfangen soll. Das ist nicht mein Metier.«

»Sie haben doch Erfahrung aus Ihrer Zeit beim Geheimdienst, oder?«

»Hat Joel das behauptet?«

»Er hat erzählt, dass die Armee Ihnen nach dem Wehrdienst den einen oder anderen Job bei Botschaften verschafft hat.«

»Das ist lange her. Ich habe als Dolmetscher, Übersetzer und Programmierer gearbeitet und war bei den Streitkräften angestellt. Nichts Außergewöhnliches. Ich bin immer noch Übersetzer. Damit verdiene ich meinen Lebensunterhalt, ich übersetze Dokumente und Texte für Leute, die gewillt sind, dafür zu zahlen. Ich bin kein Geheimagent. Oder Privatdetektiv.«

Aber sie wusste schon von vornherein, was er auch wusste: Er brauchte das Geld.

»Joel hätte gewollt, dass Sie das machen. Ich brauche Ihre Daten. Bankkonto. Mailadresse. Die Festnetznummer, damit wir so effektiv wie möglich kommunizieren können.«

Katz zog eine Visitenkarte aus der Innentasche seiner Jacke. Darauf standen alle Informationen, die sie benötigte. Als er sie überreichte, entdeckte er, dass er etwas auf die Rückseite gekritzelt hatte. Ein Herz und eine Blume. Aus irgendeinem Grund war ihm das peinlich.

Katz lebte von seinem Feingefühl für Sprachen. Dokumente zu übersetzen und in verständliches Schwedisch zu transkribieren für Auftraggeber, die andere Ziele mit den Informationen verfolgten. Verteidigungs- und Umweltanalytiker, Firmen, die sich über ihre Konkurrenten informieren oder in ihrem Geschäftsbereich die Nase vorn haben wollten. Ab und zu rein technische Übersetzungen, die eine perfekte Übertragung erforderten, damit die Auftraggeber sie verwenden konnten. Es war ein unspektakulärer Job. Stunde um Stunde vor dem Computer. Stunde um Stunde lesen, schreiben, Notizen machen, in Wörterbüchern nachschlagen.

Katz war vorher bei der Capitol Security Group in Solna angestellt gewesen. Der Firmengründer, Rickard Julin, hatte ihn dorthin gelockt, als er vor zehn Jahren gerade wieder festen Boden unter die Füße bekommen hatte. Aber kennengelernt hatten sie sich schon sehr viel früher; Anfang der Neunziger, als Katz als Dolmetscher bei der Armee gearbeitet hatte und Julin beim selben Konsulat beschäftigt gewesen war.

Ende der Neunziger, als die Kürzungen im Verteidigungshaushalt ihren Höhepunkt erreichten, hatte Julin gekündigt und zusammen mit ein paar Finanzspekulanten die Firma gegründet. Zu diesem Zeitpunkt hatten Julin und Katz seit mehreren Jahren keinen Kontakt mehr gehabt. Katz war abgestürzt, hatte auf der Straße gelebt und war mit einem quälend langwierigen Selbstmord beschäftigt, als Julin überraschenderweise auf ihn gestoßen war, es schaffte, ihn in eine Entzugsklinik zu stecken und ihm anschließend den Job anbot. Aber Katz hatte sich dort nie zurechtgefunden. Nach ein paar Monaten in einem Büromodul in Solna, wo er, immer noch verwirrt darüber, dass sein Leben eine so erstaunliche Wendung genommen hatte, für die Kunden der Capitol aus der Waffenindustrie Artikel aus russischen Militärzeitschriften übersetzt hatte, kündigte er und machte sich selbstständig. Großzügigerweise war Julin deshalb nicht beleidigt gewesen, sondern sorgte stattdessen dafür, dass er Aufträge erhielt, die er selbst nicht ausführen konnte, Jobs, die außerhalb seines eigenen Kompetenzbereichs lagen.

Capitol gehörte zu den wenigen Unternehmen in Schweden, die erweiterte Berechtigungen für das Personenschutzgewerbe besaßen. Außerdem gehörten zu ihrem Portfolio Reisebegleitung, Objektschutz, das Aufspüren von Vermögenswerten, Hintergrunderkundungen bei Personen – sogenannte Due Diligence – und selbst das, was Angela Klingberg wünschte: die Suche nach verschwundenen Personen. Deshalb überlegte Katz, ob es wirklich richtig gewesen war, diesen Auftrag anzunehmen. Er hätte sie an Julin verweisen sollen, der über Ressourcen verfügte, die er selbst nicht hatte. Andererseits brauchte er das Geld.

Der Gedanke beschäftigte ihn immer noch, als er in sein Büro zurückkehrte, sich hinter den Schreibtisch setzte und den Blick über seine kleine Welt schweifen ließ: die beiden Computer, den Besuchersessel, der nie Besuch bekam, das Bücherregal mit seinen Akten und Fachwörterbüchern, den in der Wand verschraubten Safe, in dem er streng vertrauliche Unterlagen aufbewahrte. Einer seiner Auftraggeber in diesem Frühjahr war eine Pharmafirma. Das Unternehmen hatte eine Untersuchung des illegalen Verkaufs ihrer medizinischen Präparate über osteuropäische Internetseiten in Auftrag gegeben. Katz' Arbeit bestand darin, Material zu finden, das für einen eventuellen Gerichtsprozess verwendet werden konnte. Informationen über Transaktionen zwischen virtuellen Brieftaschen genügten, damit die Firma Anzeige erstatten konnte. Aber diese Art von Wissen – bezüglich slawischer Sprachen, russischer Piratensites und darüber, wie das Internet auf der anderen Seite der Ostsee funktionierte, über die geheime Beschaffung von Informationen, neuartige Rootkits, Informationsclouds, VPN-Gateways und wie man Firewalls umging – war sicher nicht das, was er brauchte, um einen verschwundenen Geschäftsmann zu finden.

Er seufzte und nahm sich den wattierten Umschlag vor, den Angela ihm gegeben hatte, zog die Tücher heraus und legte sie vor sich auf den Schreibtisch.

Das Motiv war rätselhaft: ein Mann, der vor zwei gekreuzten Pfeilen kniete. Ein anderer Mann, dem offenbar Hunde die Beine ableckten. Etwas Religiöses oder nur ein Dekorationsobjekt, Kunsthandwerk irgendeiner Art? Es war nicht einmal sicher, dass diese Tücher etwas mit dem Verschwinden zu tun hatten.

Er nahm das erste Tuch und hielt es unter die Schreibtischlampe. Der Stoff sah alt aus. Das Gewebe war zerschlissen. Die Kreuzstiche waren kurz davor, sich auf der Rückseite zu lösen. Antiquitäten? Klingberg konnte es sich ja leisten, kostbare Gegenstände zu sammeln, wenn er Lust dazu hatte. Die Männer auf den Tüchern waren mit schwarzem Garn gestickt, und etwas in ihrer stilisierten Physiognomie assoziierte er mit Afrika. Sklaven, dachte Katz, ohne seine Überlegung so recht zu verstehen; schwarze, gefangene Menschen.

Er legte alles in eine Schreibtischschublade, schob die Erinnerung an Angela Klingbergs unendlich traurigen Blick im Ritorno beiseite und fuhr den Computer hoch, um via Google Bilder seines alten Wehrdienstkumpanen zu suchen.

Kurze Zeit später hatte er ihn im Vollbildformat vor sich. Es war ein Foto, das im Zusammenhang mit einer Hauptversammlung vor einigen Jahren gemacht worden war. Joel stand neben seinem Onkel, dem Direktor von Klingberg Aluminium, Pontus Klingberg. Hinter ihnen standen Männer im Anzug, alle mit einem Champagnerglas in der Hand. Pontus Klingberg hielt einen eingebundenen Folianten unter dem Arm: laut Bildunterschrift der Jahresabschluss der Firma. Und dann war da Joel, in der dunklen Uniform der Businesswelt mit Schlips, maßgefertigten Schuhen, sein Haar war schütterer als zu der Zeit, als Katz ihn kennengelernt hatte; Joel ohne die Brille, die er damals getragen hatte, aber mit der gleichen Aura von Verlorenheit.

Wie kam es, dass dieser Mann vor ein paar Monaten plötzlich angefangen hatte, von Katz zu reden? Der angeblich einzige Mensch, dem er jemals in seinem Leben vertraut habe?

Vielleicht stand das trotz allem im Zusammenhang mit den Ereignissen, die Katz gegenüber Joels Frau erwähnt hatte: dass er ihn einmal aus einer Schlägerei rausgehauen hatte.

Das war während ihrer Grundausbildung in Karlsborg gewesen. Ein anderer Wehrpflichtiger war vor einem Imbiss auf Klingberg losgegangen, ein Fallschirmjägerrekrut. In der Welt des Militärs waren Menschen wie Klingberg nichts anderes als Streber und Bücherwürmer, Besserwisser-Typen, Brillenschlangen und ehemalige Schulsprecher – was überraschend oft auch zutraf. Zunächst hatte Katz gezögert. Er hatte sich vorgenommen, mit seinem alten Leben als Schläger abzuschließen. Aber eine Sache hatte ihn an diesem Abend diesen Vorsatz vergessen lassen: Klingbergs Schutzlosigkeit.

Er war wie gelähmt vor Schreck gewesen, nicht einmal imstande davonzulaufen. Und bei Katz hatte das einen primitiven Beschützerinstinkt geweckt. Er wusste, dass es nichts gab, wovor er hätte Angst haben müssen. Nicht weil er schneller oder durchtrainierter war als der hünenhafte Elitesoldat vor ihm, sondern weil er gelernt hatte, sich um keinerlei Regeln zu scheren. In dem Moment, als der Kerl vor ihm angefangen hatte, den zu Tode erschrockenen Klingberg zu schubsen, war Katz einen Schritt vorgetreten und hatte ihm seinen Kopf ins Gesicht gerammt. Im nächsten Moment hatte er mit voller Kraft die Kniescheibe des Kerls eingetreten, ihn zu Fall gebracht und die Coca-Cola-Flasche, die er in der Hand hielt, auf dem Hinterkopf seines Gegners zerschlagen. Das alles war in nicht einmal zehn Sekunden vorübergewesen.

Erstaunlicherweise war er damit davongekommen. Keine Anklage. Nicht einmal ein Verweis. Vielleicht war die Scham bei seinem Opfer zu groß gewesen.

Klingberg war hinterher fasziniert gewesen. Woher hatte er die Coolness und die Rücksichtslosigkeit, wo hatte er gelernt, sich so zu schlagen? Und Katz hatte ihm von den Jahren im Erziehungsheim erzählt, der Bandenkriminalität, den Schulproblemen, von dem kleinen »Judenbengel«, der es nicht duldete, wenn ihm jemand

Vorschriften machte, von einem Leben, das der krasse Gegensatz zu Klingbergs gewesen war.

Ungefähr da hatte ihre Freundschaft begonnen. Das war nur wenige Wochen nach Antritt ihrer Dienstzeit gewesen. Seitdem hatte Klingberg sich an ihn gehalten.

Er klickte auf das Bild und griff zum Telefon. Dann wählte er Julins Durchwahl. Nach drei Freizeichen hatte er ihn in der Leitung.

»Hier ist Katz«, sagte er. »Könntest du für mich ein paar Sachen bei der Polizei nachfragen?«

Er berichtete kurz vom Verschwinden Joel Klingbergs und dem Auftrag, den er von dessen Frau erhalten hatte, hörte, wie Julin herzlich lachend feststellte, dass Katz jetzt in seinem Revier wilderte, ein Sprach- und Computernerd wie Katz, dann folgte sein charakteristisches Brummen, die erwarteten Einwände, dass er seine Kontakte nicht unnötig strapazieren wolle, aber mal sehen, was sich machen ließe.

»Ich will wissen, womit sie ihre Ermittlungen begonnen haben. Es sieht nämlich aus, als hätten sie sein GPS untersucht, bevor sie beschlossen haben, die Nachforschungen einzustellen. Es kann sein, dass seine Frau sich total verrannt hat. Aber ich will wissen, ob es noch andere Gründe dafür gibt, dass sie den Fall geschlossen haben. Und wenn ich innerhalb der nächsten Tage hier nicht weiterkomme, dann verspreche ich dir, dass ich sie zu dir weiterschicke oder zu sonst jemandem, der weiß, was man da macht.«

»Unterschätz dich nicht, Katz. Und sieh das als Chance, deinen Horizont zu erweitern.«

»Wenn du versprichst, mir zu helfen.«

»Ich werde sehen, was ich rauskriegen kann. Du musst aber etwas Geduld haben.«

Gut so, dachte Katz. Julin verfügte über Kontakte, die er selbst nicht hatte.

Nach nur wenigen Stunden hatte Julin die Ermittlungsakten über Klingbergs Verschwinden besorgt. Der Fall war nach einem Tag bereits ad acta gelegt worden, es war keine Fahndung herausgegeben worden. Nichts deutete darauf hin, dass es sich um ein Verbrechen handelte. Es lagen keine Informationen darüber vor, dass jemand aus der Familie Klingberg von Kidnappern kontaktiert worden war. Ein Ermittler hatte pflichtbewusst die Krankenhäuser angerufen, um sich zu erkundigen, ob Klingberg möglicherweise einen Unfall gehabt hatte, jedoch ohne Erfolg. Es sah alles eindeutig nach einem freiwilligen Verschwinden aus, und die Polizei sah keine Veranlassung, weitere Schritte zu unternehmen. An seinen Onkel Pontus Klingberg, den Direktor des Familienunternehmens, hatte Joel eine Mail geschickt, in der er ihm mitteilte, dass er auf unbestimmte Zeit verreist sei. Laut Polizeibericht hatte das eher Verärgerung als Besorgnis in der Chefetage hervorgerufen. Einige wichtige Geschäftsabschlüsse standen kurz vor der Unterzeichnung, und Joel als Chefjurist des Unternehmens wurde für die Vertragsentwürfe gebraucht.

Was den Wagen betraf, der im Parkhaus abgestellt worden war, so hatte Klingberg dafür einen Parkschein für unbegrenzte Parkdauer gelöst. Das Fahrzeug war lokalisiert und von der Spurensicherung untersucht worden, anschließend hatte Angela Klingberg es abgeholt. Julin hatte das GPS-Logbuch an seine Mail angehängt. Es stimmte mit dem überein, was Angela Klingberg erzählt hatte, mit dem einzigen Unterschied, dass Joel noch ein weiteres Mal am Tennisplatz in Traneberg gehalten hatte, bevor er in die Stadt gefahren war, den Wagen abgestellt und sich in Luft aufgelöst hatte.

Während Katz ein weiteres Mal die Unterlagen durchging, beschäftigte ihn der Gedanke, Klingberg habe ihm etwas mitteilen wollen, und deshalb nur zweihundert Meter von seinem Haus entfernt im Auto gesessen. Aber warum hätte es so sein sollen? Alles sprach dafür, dass es sich nur um einen Zufall handelte.

Welche Beweggründe gab es für einen Menschen, freiwillig zu verschwinden? Wenn er davon ausging, dass Angela Klingberg recht hatte und ihr Streit nichts damit zu tun hatte. Eine Bedrohung? Hatte Klingberg vor irgendetwas so große Angst, dass er es vorzog unterzutauchen? Ein Verbrechen? War er in kriminelle Machenschaften verwickelt? Oder war er drogenabhängig oder es früher gewesen und hatte einen Rückfall erlitten?

Falls es sich nicht um eine Affäre handelte und er mit einer Geliebten abgehauen war. Aber ein normal veranlagter Mann würde eine Frau wie Angela nicht für eine andere verlassen. Er sah sie vor sich, wie sie am Cafétisch im Ritorno gesessen hatte, den Schmerz, den sie ausstrahlte und der ihn zu seiner eigenen Verwunderung heißmachte, die langen, eleganten Finger, die aus einer Anspannung heraus, die von der Sorge um ihren Mann herrührte, leicht zitterten, und ohne dass er es verhindern konnte, fing er an, sich vorzustellen, wie sie Knopf um Knopf sein Hemd öffnete, mit den Fingernägeln den Brustkorb und am Nabel entlangfuhr, die Hand um sein Geschlecht legte, die Hand mit dem Ehering, die ihn durch den Hosenstoff hindurch massierte, bis er steif wurde, und dann wieder schlaff von etwas, das wie Selbstverachtung erschien, aber in Wirklichkeit wohl Neid war.

Den Rest des Nachmittags verbrachte er damit, Klingberg zu googeln, ohne etwas zu finden, was mit seinem Verschwinden zusammenhängen konnte. Dem Familienunternehmen schien es jedenfalls gut zu gehen. Man hatte neue Verträge abgeschlossen mit Industrieriesen in Russland und China. Joel tauchte in einigen Bekanntmachungen auf, unter anderem hatte er den Posten im Aufsichtsrat gewechselt, war vom einfachen Mitglied zum stellvertretenden Vorsitzenden aufgestiegen. Ansonsten nichts außerhalb der Geschäftswelt. Nichts auf LinkedIn, Facebook oder in anderen sozialen Netzwerken.

Gegen halb fünf rief er bei Klingberg Aluminium an, um ein Gespräch mit Joels Onkel zu vereinbaren, aber er kam nur bis zu einer Sekretärin, die ihm mit entschlossener Stimme erklärte, sie würde sich noch einmal melden, wenn sie im Kalender nachgeschaut hätte. Er legte auf, überlegte kurz, ob er für den Tag Feierabend machen sollte, wählte dann aber Angela Klingbergs Nummer.

»Könnte ich mir einmal Joels Auto ansehen?«, fragte er, nachdem sie sich gemeldet hatte.

»Glauben Sie, dass da etwas zu finden ist, was die Polizei übersehen hat? Na gut – und wann?«

»Jetzt, wenn das möglich ist.«

Er hörte ihren gleichmäßigen, ruhigen Atem dicht am Ohr, als lägen sie nebeneinander im Bett, ihre Lippen an seiner Wange, kurz vor dem Einschlafen.

»Geht es auch etwas später am Abend?«

»Ja, natürlich. Außerdem würde ich mir gern seinen Computer ansehen.«

»Das dürfte kein Problem sein. Der steht in seinem Arbeitszimmer, so wie er ihn zurückgelassen hat.«

»Perfekt, wann passt es Ihnen denn?«
»Wäre halb neun in Ordnung?«
»Natürlich. Es wird nicht lange dauern.«

Die Wohnung des Ehepaars Klingberg erstreckte sich über die beiden obersten Stockwerke eines Jugendstilhauses in der Skeppargatan, nicht weit vom Strandvägen entfernt. Katz betrat ein Treppenhaus mit Stuck und massiven Marmorpilastern an den Wänden, nahm den Fahrstuhl und fuhr direkt in die Wohnung hinauf, wo Angela Klingberg ihn im Flur erwartete, ein schwarz gestrichenes Sicherheitsgitter aufschloss und ihn einließ.

Sie trug Jeans und Schluppenbluse, das Haar zu einem Pferdeschwanz gebunden. Quälend deutlich registrierte Katz ihr Parfüm und ebenso den Träger ihres champagnerfarbenen BHs, der auf der Schulter zu sehen war, wo der Blusenstoff von der Schulter gerutscht war.

»Es tut mir leid, aber ich hatte nicht eher Zeit«, sagte sie. »Ich musste noch etwas regeln. Der Wagen steht in der Garage. Wir können ihn uns zuerst ansehen und dann wieder hochkommen und uns den Computer vornehmen.«

Sie fuhren mit dem Fahrstuhl in den Keller, mussten dann noch eine Treppe hinuntergehen, um in die Garage zu gelangen. In einer Ecke stand Klingbergs roter Lexus. Ein Hybridwagen, wie Katz registrierte, mit Elektro- und Benzinantrieb.

»Ich bin diejenige, die in diesem Haushalt an die Umwelt denkt«, sagte Angela Klingberg, als hätte sie seine Gedanken gelesen. »Wäre es nach Joel gegangen, würden wir einen SUV fahren wie alle seine Freunde. Oder wir hätten jeder einen Wagen. Aber ich bin zufällig Vorsitzende einer Stiftung, die sich um Umweltfragen kümmert. Und man muss das leben, was man predigt.«

»Arbeiten Sie in dem Bereich? Umweltfragen?«

»Nur ideell. Ich habe früher Vorträge über nachhaltige Entwicklung gehalten, in Firmen, in denen Umweltbewusstsein gelinde gesagt ein Fremdwort war. Ursprünglich bin ich Meeresbiologin. Auch wenn es dem einen oder anderen schwerfällt, das zu glauben.«

Sie sah ihn voller Trotz an. Und Katz begriff, dass das der Preis für dieses Aussehen war, dass die Leute sie nicht ernst nahmen.

Während er die Fahrertür öffnete und sich im Wageninneren umschaute, bat er sie, zu erzählen, wie sie Joel kennengelernt hatte.

»Durch gemeinsame Bekannte. Ich bin in Djursholm aufgewachsen, nur ein paar Straßen von Joel entfernt. Aber merkwürdigerweise haben wir uns vor dieser Veranstaltung nie getroffen. Ich war ein paar Jahre im Ausland, habe in Paris gelebt, bis ich für mein Studium nach Stockholm zurückgekommen bin. Das ist jetzt zwölf Jahre her. Und es stellte sich natürlich schnell heraus, dass wir eine ganze Menge gemeinsamer Nenner hatten. Mein Großvater saß zusammen mit Joels Großvater in mehreren Vorständen. Und Joels Onkel, Pontus, verkehrte in den gleichen Kreisen wie meine Eltern. Sie haben sogar zusammen einen Golfclub gegründet, in den Siebzigern in Marbella. Und außerdem sind wir beide im Internat gewesen. Joel in Sigtuna und ich in Lundsberg.«

Katz ließ seinen Blick über die Wagenausstattung schweifen. Alles war ordentlich und sauber. Auch nicht das kleinste Kaugummipapier war zu entdecken. Er lud auf dem GPS das Logbuch der letzten Tage. Angela Klingberg war einmal nach Djursholm gefahren. Sonst hatte sie nur kurze Strecken in ihrem Viertel zurückgelegt, unter anderem zum Östermalmstorg. Er scrollte zurück bis zu der Zeit vor Klingbergs Verschwinden und stellte fest, dass die Angaben mit Julins Informationen übereinstimmten.

»Ist Joel früher schon mal weg gewesen?«, fragte er.

»Nicht, seitdem wir zusammen sind.«

»Hat er Feinde?«

»Was für eine merkwürdige Frage. Nein, nicht dass ich wüsste.«

»Eine Geliebte?«

Er registrierte, dass die Frage sie verletzte.

»Nein«, erklärte sie entschieden, »Joel ist unglaublich zuverlässig. Außerdem glaube ich nicht, dass er den Nerv dazu hätte, so ein Doppelleben zu führen. Dafür ist er nicht kaltblütig genug.«

Oder vielleicht war er gerade das, und sehr geschickt darin, die anderen hinters Licht zu führen. Katz kannte Joel nicht, nicht einmal während der Zeit beim Militär hatte er ihn wirklich gekannt. Er wusste nichts von seiner oder Angelas Welt, dem Leben wirklich vermögender Menschen.

»Und die Firma, Klingberg Aluminium, hat Joel jemals etwas von Drohungen erzählt, die gegen den Betrieb gerichtet waren?«

»Wir reden nie über Joels Arbeit, wenn wir zu Hause sind. Das ist eine stille Übereinkunft zwischen uns. Es genügt, einen Mann zu haben, der sechzig Stunden die Woche im Familienunternehmen arbeitet mit allem, was das an Pflichten und Familientradition mit sich bringt. Wir versuchen, über andere Dinge zu reden. Bücher, die wir lesen. Filme, die wir sehen. Theater ... die wenigen Male, wenn Joel die Möglichkeit hat, mitzukommen.«

Workaholic, dachte Katz. Vielleicht drehte sich alles nur darum? Burn-out. Ein Mann, der am Ende ist und in heller Panik flieht.

Er stieg wieder aus, ging in die Hocke und schaute unter den Fahrersitz. Ein blutiges, zusammengeknülltes Papiertaschentuch lag neben einer alten Parkscheibe.

»Er hat manchmal Nasenbluten«, sagte Angela Klingberg und nahm ihm das Tuch ab. »Einfach so. Das liegt in der Familie. Der Klingberg'schen Familie.«

Kokain, dachte Katz, während er die Wagentür schloss, aber das passte nicht in das Bild, das er von Joel hatte.

Er ging um das Fahrzeug herum und öffnete den Kofferraum. Nichts Interessantes. Nur ein Warndreieck und eine leere Papiertüte aus dem Edel-Kaufhaus NK. Sein Ärmel war ein Stück hochgerutscht, als er sich vorgebeugt hatte, um unter den Sitz zu spähen. Im Licht der Deckenlampen waren die Narben deutlich zu sehen, die gelbliche Kraterlandschaft, die der Drogenmissbrauch hinterlassen hatte, Einstiche von Tausenden von Kanülen. Angela sah sie auch und senkte den Blick.

»Mir ist noch etwas eingefallen«, sagte Katz, während er den Wagen umrundete. »Hat die Polizei die Überwachungskameras im Parkhaus ausgewertet? Es müsste doch gefilmt worden sein, wie das Auto reinfährt und geparkt wird.«

»Davon habe ich nichts gehört. Aber wie gesagt, die haben mich auch nicht wirklich ernst genommen.«

»Okay«, nickte er, »ich verstehe.«

Er schaute auf dem Rücksitz nach, ohne etwas von Interesse zu finden, öffnete die Tür zum Beifahrersitz, warf einen Blick darauf und machte die Tür wieder zu.

»Dann sind wir hier fertig«, sagte er. »Ich würde mir jetzt gern den Computer ansehen, bevor es zu spät wird.«

Katz folgte Angela Klingberg durch einen Gang, der wahrscheinlich der Serviergang für die Dienstboten früherer Zeiten gewesen war. Hinter einer halb geöffneten Schiebetür war ein Schlafzimmer, so groß wie seine gesamte Wohnung, zu sehen. Sie kamen an der edel renovierten Küche und einem Esszimmer mit Kachelofen und Glasmosaik im Erker vorbei, durchquerten ein gigantisches Wohnzimmer und nahmen eine Treppe hoch ins Obergeschoss, bis sie sich in einem Arbeitszimmer befanden. Vor einem Panoramafenster, das auf eine Dachterrasse führte, stand ein Schreibtisch mit dem Computer.

»Den hat niemand mehr benutzt, seit Joel verschwunden ist«, sagte Angela. »Außer mir ... Ich habe seine Mails durchgeschaut, aber ich habe nichts Verdächtiges gefunden. Joel ist kein Geheimniskrämer. Sie brauchen kein Passwort. Sie müssen ihn nur einschalten.«

Während die Festplatte surrte, sah Katz sich im Zimmer um. Ein maßgeschreinertes Bücherregal mit Akten und Ordnern verlief entlang der einen Längswand. Über der Tür hing ein einziges Bild, eine Art Stillleben, das zwei gekreuzte Vogelfedern, einen Champagnerkorken und eine Parfümflasche zeigte, ungeschickt von einem Amateur gemalt. Im Fenster, das zur Dachterrasse wies, stand ein Hochzeitsfoto. Klingberg im Frack. Angela in einem cremefarbenen Hochzeitskleid. Sie sahen ehrlich glücklich aus.

Katz öffnete den Internetbrowser. Der Cache war Mitte April geleert worden, ein paar Wochen vor Klingbergs Verschwinden. Mithilfe eines Recoverprogramms konnte er ihn wiederherstellen, fand aber keinen auffälligen Verlauf. Die Wochen davor hatte Klingberg vor allem ausländische Geschäftszeitungen im Netz gelesen: *Wall Street Journal, The Economist, Finanzwelt*. Er hatte bei Wikipedia Bordeauxweine recherchiert und ein paar Restaurantadressen gegoogelt.

Katz warf einen Blick in den E-Mail-Account. Der Abschiedsbrief an Angela war von Klingbergs Handy abgeschickt worden und hier nicht zu finden. Der Papierkorb enthielt nur Spam, und die wenige Korrespondenz schien nur die Arbeit zu betreffen.

»Ich würde gern noch ein anderes Programm installieren«, sagte er. »Ist das in Ordnung? Es wäre aber möglich, dass ich dann Dinge finde, die Sie gar nicht wissen möchten.«

»Abartige Neigungen?« Sie musste lachen. »Ich bin bereit, dieses Risiko einzugehen.«

Katz schloss einen USB-Stick an, klickte auf das Icon, das auftauchte, und kopierte ein Programm auf die Festplatte. Er hatte den Code selbst geschrieben und war ziemlich zufrieden damit. Im Prinzip entging dem Programm nichts Wichtiges und vor allem verschwendete es keine Zeit mit unwichtigem Zeug, diesem binären Müllberg, der sich auf jedem Computer befand.

Zehn Sekunden später war die Suche beendet. Klingberg schien nichts zu verbergen zu haben. Die einzige verschlüsselte Information auf der Festplatte war eine Zip-Datei, die absichtlich oder aus Versehen als System-Datei gespeichert worden war. Katz versuchte, sie zu öffnen, aber sie schien beschädigt zu sein. Er zog sie auf seinen USB-Stick, um sie später zu überprüfen. Alles andere war transparent.

»Und der Computer steht also hier, seit Joel verschwunden ist? Niemand sonst ist hier gewesen? Keiner hat ihn sich ausgeliehen?«

»Nein ... warum?«

»Der sieht schon fast zu aufgeräumt aus.«

»Haben Sie nichts Auffälliges entdeckt?«

»Nichts.«

»Sicher?«

»Ganz sicher.«

Angela Klingberg schüttelte den Kopf und schaute das Hochzeitsfoto im Fenster an.

»Das ist vor zehn Jahren gemacht worden, fast auf den Tag genau«, sagte sie. »Ich war fünfundzwanzig. Am nächsten Morgen sind wir zu unserer Hochzeitsreise aufgebrochen. In die Dominikanische Republik. Dort ist früher Klingberg Aluminium gegründet worden. Joels Großvater Gustav hat in den Vierzigern angefangen, in Santo Domingo mit Zucker und Bauxit zu handeln. Er stammte aus einer schwedischen Missionarsfamilie, die auf der Insel stationiert war. Gustavs Eltern haben sich um die Armen auf dem Land gekümmert. Es gibt in Comendador, einem Ort an der haitianischen Grenze, sogar eine Straße, die nach ihnen benannt worden ist. Joel hat mir erzählt, dass sie viele Menschen gerettet haben, als die dominikanische Armee haitianische Flüchtlinge an der Grenze massakrieren ließ. Ich glaube, es wurde das ›Petersilienmassaker‹ genannt.«

»Wollte Joel deshalb dorthin, um nach den alten Spuren seiner Familie zu suchen?«

»Jedenfalls zum Teil. Er ist als Kind oft dort gewesen, mit seinem Großvater, praktisch jeden Sommer. Wir haben den ersten Bauxitbruch der Firma und das Familiengrab auf dem evangelischen Friedhof in Santo Domingo besucht.«

Angela Klingberg klang verträumt.

»Das war eine wunderbare Reise. Ich habe Joel das Tauchen beigebracht. Er hat in einem Ort an der Nordküste sein PADI-Tauchzertifikat gemacht. Damals hatte ich mit meinem Studium der Meeresbiologie gerade angefangen. Die Karibik hat ein fantastisch reiches Unterwasserleben. Wir haben Barrakudas und Tigerhaie gesehen. Ich wäre dieses Jahr gern wieder hingefahren, gewissermaßen als Jubiläum. Wir haben auch schon darüber gesprochen ...«

Sie verstummte und betrachtete das Stillleben an der Wand.

»Joel hat die Skizze für dieses Bild gemacht, als wir dort waren. Es ist schrecklich, nicht wahr?«

»Ich habe gar nicht gewusst, dass er malt«, sagte Katz.

»Das tut er auch nicht. Meines Wissens ist dies das einzige Bild, das er jemals fertiggestellt hat. Das ist eine Art Erinnerungstafel für den Tag, als sein Bruder verschwand. Joel war ja erst ein paar Jahre alt, als es passiert ist, aber er behauptet, er könne sich noch bruchstückhaft an den Tag erinnern. Eine Frau hatte versprochen, mit Kristoffer auf dem Bahnsteig zu warten, während Joel und sein Vater mit dem Kinderwagen den Fahrstuhl genommen hatten. Als sie oben auf dem Bahnsteig ankamen, waren die Frau und Kristoffer verschwunden. Sie hätten auf einer Bank warten sollen, aber es war niemand da.«

»Was hat das denn mit dem Motiv zu tun?«

»Joel hat behauptet, dass zwei gekreuzte Federn auf dem Boden unter der Bank lagen. Und auf den Federn lag ein Champagnerkorken. Irgendwie fiel ihm das alles wieder ein, als wir in Santo Domingo waren.«

»Eigenartig.«

»Ja, nicht wahr?«

»Und die Parfümflasche?«

»Das weiß ich nicht mehr genau. Ich glaube, die Frau, die Kristoffer mitgenommen hat, war übertrieben stark parfümiert. Nun ja, wie auch immer ... ob diese Erinnerungen nun stimmen oder nicht, für Joel waren sie jedenfalls echt.«

Katz erhob sich und schaltete den Computer wieder aus. Angela Klingberg schob sich eine Haarsträhne hinters Ohr. Auf die gleiche Art und Weise, wie Eva Dahlman es immer getan hatte. Sie waren sich ähnlich, warum war ihm das nicht schon vorher aufgefallen?

»Sind wir für heute fertig?«, fragte sie.

»Ja.«

»Kann ich Ihnen sonst noch irgendwie helfen?«

»Ich müsste mal Kontakt zu Joels Onkel aufnehmen, aber das scheint nicht gerade leicht zu sein.«

»Da machen Sie sich mal keine Sorgen«, sagte sie. »Ich werde Pontus anrufen und einen Termin für Sie vereinbaren.«

Es war schon zehn Uhr vorbei, als Katz seinen Wagen am Hauptbahnhof abstellte und das kurze Stück zum Parkhaus zu Fuß ging. Hinter dem Plexiglasschalter an der Einfahrt saß ein uniformierter Wachmann und löste Sudoku. Der Mann war etwa dreißig, mit kahlem Kopf und blasser Haut.

Katz stellte sich vor und wurde durch eine Tür auf der Rückseite des Schalters hereingelassen.

»Sind Sie das, der vor Kurzem angerufen hat und sich die Filme angucken wollte?«, fragte der Wachmann. »Ich habe sie schon für Sie rausgesucht. Hier ist nicht viel zu tun, schon klar, da freut man sich über jede Abwechslung. Das war der zweiundzwanzigste April, richtig? Gegen Mittag. Ein roter Lexus.«

Katz nickte.

»Das kostet natürlich was, solange Sie kein Bulle sind. Sagen wir einen Tausender, und Sie können das hier in Dauerschleife anschauen ... wenn nicht mein Chef auftaucht.«

Katz zog zwei Fünfhunderter heraus und legte sie auf den Tisch vor dem Mann.

»Das Auto parkte im zweiten Kellergeschoss«, sagte der Wachmann. »Bei einem Pfeiler, um 11.54 Uhr.«

Er ging auf dem Bildschirm die nach Datum sortierten Filme durch und klickte dann auf einen von ihnen. Acht Fenster erschienen auf dem Schirm.

»Wir haben zwei Kameras auf jedem Stockwerk, und eine in der Einfahrt, aber die hat ein eigenes System. Der Kerl, hinter dem Sie her sind, ist in den beiden Fenstern unten links zu sehen, erst, als er angefahren kommt und parkt, und dann, als er aus dem Auto steigt und zum Ausgang im Treppenhaus geht, aber wenn Sie mich fragen, da gibt es nicht viel zu sehen.«

Der Wachmann klickte auf das Fenster ganz links unten, sodass es im Vollbildmodus zu sehen war. Klingbergs Lexus rollte die Rampe von der Straße hinunter, der Fahrer war nicht zu erkennen. Aber es schien nur eine Person im Wagen zu sitzen.

»Können Sie das Bild vergrößern?«

»Nee. Dann wird es pixelig. Hier sehen Sie, wie er aus der Kiste steigt.«

Der Schirm war zur anderen Kamera gewechselt. Klingbergs Wagen bog auf einen Stellplatz, aber ein Pfeiler versperrte die Sicht.

»Moment mal ... hier haben Sie ihn im Vollbild. Man kann ihn nicht erkennen, aber ich wette einen Tausender, dass er Ausländer ist. Nur Ausländer können sich solche teuren Luxusschlitten leisten.«

Ein Mann kam aus dem toten Winkel ins Bild, er trug eine graue Regenjacke mit Kapuze. Eine Fjällrävenjacke, bemerkte Katz, er hatte sich letzten Herbst auch so eine gekauft, aber die war bei einem Kellereinbruch gestohlen worden.

»Kann man sein Gesicht nicht sehen?«

»Nein. Aber an dem Tag hat es nicht geregnet. Ich habe das mit der Kamera an der Einfahrt überprüft. Dafür war es saukalt. Sogar Minusgrade, obwohl es April war, aber kein Regen. Es war strahlender Sonnenschein!«

Der Mann wusste genau, dass er gefilmt wurde. Er zog die Kapuze so über den Kopf, dass sein Gesicht verborgen blieb. Dann richtete er den Blick zu Boden und hastete auf den Ausgang zu. Er öffnete die Tür zum Treppenhaus und verschwand.

»Nicht gerade viel Action, was?!«, sagte der Wachmann und nickte zum Bildschirm, wo der Film weiterlief, aber keine Bewegung mehr zu sehen war. »Nicht mal eine Taube oder eine Ratte. Und von denen haben wir sonst reichlich. Und von Vorortbanden. Drogies. Nachts ist das hier der reinste Zoo. Worum geht es eigentlich? Was ist an dem Typen denn so wichtig? Das ist schon das zweite Mal, dass ich diesen Film zeige.«

Katz schaute ihn verwundert an.

»Wem haben Sie ihn denn schon gezeigt?«

»Den Bullen.«

Katz begriff nicht. Angela Klingberg glaubte nicht, dass die Polizei den Überwachungsfilm überprüft hatte. Und auch Julin hatte nichts in dieser Richtung erwähnt.

»Wann war das?«

»Erst vor ein paar Tagen. War eine Lady. Sogar ganz hübsch. Durchtrainiert. In den Vierzigern. Wahrscheinlich 'ne Lesbe. Sie hat sich ausgewiesen, aber ich kann mich nicht mehr an ihren Namen erinnern. Kann sein, dass es eine Staatsanwältin war.«

Der Wachmann streckte sich nach einer Cola-Dose auf einem Regal, trank einen Schluck und grinste hämisch.

»Apropos Zoo, gucken Sie sich das mal an!«

Er klickte auf ein anderes Filmfenster, eine Gruppe Jugendlicher tauchte im Treppenhaus auf und blieb unter der Kamera stehen. Wie auf Kommando zückten sie ihre Spraydosen und begannen, ihre Tags an die Wände zu sprühen. Das dauerte weniger als eine Minute. Vier vollgeschmierte Wände. Einer von ihnen, ein junger Typ mit Rastalocken, drehte sich um und lachte in die Kamera, nahm eine Bierflasche und warf sie auf die Linse, verfehlte sie aber. Dann verschwanden sie die Treppe hinunter, und im Bild blieben nur die beschmierten Wände und die Glasscherben der Flasche.

»Was für ein Pack! Haben Sie diesen Affen gesehen, der die Flasche geworfen hat? Wissen Sie, was ich in letzter Zeit immer wieder denke? Dass dieser Norweger, dieser Breivik, recht hat. Dieser ganze Multikultischeiß ist doch für 'n Arsch. Aber die Leute trauen sich ja nicht, was dagegen zu sagen. Selbst Åkesson und die Sverigedemokraterna sind politisch korrekt geworden. Was sagen Sie dazu, wenn ich behaupte, Breivik hat das einzig Richtige gemacht? Man muss schließlich das Problem bei der Wurzel packen, alles ausmerzen, bevor es zu spät ist ...«

Der Wachmann verstummte und kratzte sich am Kopf.

»Es gibt also noch eine Kamera«, sagte Katz ruhig.

»Was?«

»Im Treppenhaus. Haben Sie die dort installiert? Die Firma hat keine Erlaubnis, außerhalb des Parkgeländes zu filmen.«

»Wie gesagt, hier passiert ja nichts. Acht Stunden jede Nacht in einem Glaskäfig. Ein bisschen Unterhaltung muss man doch haben. Übrigens habe ich sie wieder abmontiert. Der Chef hat gemeckert.«

»Lief die Kamera im Treppenhaus am zweiundzwanzigsten April?«

»Kann sein ...«

»Und der Polizei haben Sie nichts davon gesagt.«

»Wie gesagt ... sie war halt 'ne Lesbe.«

»Ich möchte, dass Sie mir die Filme von dem Zeitpunkt zeigen, als der Kerl im Lexus hier war. Er ist ja ins Treppenhaus gegangen. Sie müssen ihn irgendwo auf dem Film haben. In Nahaufnahme.«

Der Wachmann seufzte.

»Kann schon sein, dass er irgendwo zu finden ist, aber das kostet einen Fünfhunderter extra.«

Katz legte einen weiteren Schein auf den Tisch, und zwei Minuten später sah er den Mann wieder auf dem Bildschirm. Er ging dieselbe Treppe hinunter, die von der Bande verschandelt worden war, mit dem Rücken zur Kamera. Er trug immer noch die Kapuze. Ein Mann von durchschnittlicher Größe, genau wie Klingberg oder er selbst und eine Million anderer Männer in Schweden. An seinem Gang oder seiner Körperhaltung war nichts Auffälliges. Dann trat er aus dem Bild.

»Dieser Kerl geht kein Risiko ein. Er will nicht erkannt werden. Kann ich jetzt ausschalten? Ich habe noch einen Job, um den ich mich kümmern muss.«

»Warten Sie!«

Die Kamera lief weiter. Katz sah eine Lichtveränderung im Bild, von einer Tür, die ein Stockwerk tiefer geöffnet wurde. Zwei Schatten zeichneten sich an der Wand ab, zwei Personen, die sich begegneten, stehen blieben und ein paar Worte wechselten, bevor einer von ihnen – der Mann in der Regenjacke – durch die Tür verschwand und der andere die Treppe hinaufging.

Als er ins Bild kam, erkannte Katz ihn sofort wieder; ein junger Typ, vielleicht siebzehn Jahre alt. Er blieb auf dem Absatz direkt unter der Kamera stehen. Seine Kleidung war schmutzig, er trug einen Rucksack über der Schulter. Obdachlos, dachte Katz, und drogenabhängig. Aber momentan clean. Er sah verängstigt aus.

»Junkies«, sagte der Wachmann. »Von denen wimmelt es hier nur so. Erst letzte Woche habe ich einen toten Junkie gefunden, in einem Auto. Erst dachte ich, der schläft ... lag auf der Rückbank in einem alte Toyota Corolla. Gucken Sie ihn sich an, Scheiße, der sieht doch richtig aidskrank aus.«

Katz hatte ihn bei einem Treffen der Anonymen Drogenberatung in der City letzten Winter gesehen. Katz hatte das Treffen eröffnet, geteilt, wie es hieß. Er hatte den anderen zugehört und ihren Berichten entnommen, wie weit sie in ihrer persönlichen Entwicklung zurück waren, dass sie nur an der Oberfläche ihrer Probleme kratzten. Und dann war ihm der Junge aufgefallen, der allein ganz hinten im Raum gesessen hatte. Völlig abwesend, als würde er nicht so recht begreifen, was um ihn herum vor sich ging. Schmutzig. Blutflecken auf der Jeans. Mit dem gleichen Rucksack wie auf den Bildern.

»Kann man die Fotos ausdrucken?«, fragte er.

»Einzelne Standbilder? Natürlich.«

»Ich brauche eins von dem Mann in der Regenjacke und eins von dem Jungen.«

Der Wachmann tat wie gewünscht.

»Sie haben Glück«, sagte er, als er die Bilder überreichte, »die Fotos sind im Gesamtpreis inbegriffen.«

Katz starrte auf das Bild von dem Drogenabhängigen. Todesangst, dachte er, aber wovor? Vor dem Mann, dem er im Treppenhaus begegnet war? Und viel zu jung für die Sucht. Genau wie er selbst damals.

In den ersten zehn Jahren seines Lebens hatte Katz es geschafft, auf sechs verschiedene Schulen zu gehen. Seine Eltern, Benjamin und Anne, waren Lehrer gewesen, doch Benjamin hatte schreckliche Launen, und deshalb währten seine Anstellungen nie besonders lange. In der letzten Schule, in der er arbeitete, zertrümmerte er dem Hausmeister das Schlüsselbein nach einem Streit über die Ventilation im Lehrerzimmer. Er hatte seine Wutausbrüche nicht unter Kontrolle, sie lagen ihm im Blut. Katz hatte diese Veranlagung geerbt, sein Leben lang versucht, sie unter Kontrolle zu bekommen, das allerdings nicht immer mit Erfolg.

Kurz nach Dannys vierzehntem Geburtstag war Benjamin an Lungenkrebs gestorben. Bald darauf starb auch seine Mutter in einem Pflegeheim in Sollentuna; sie hörte auf zu essen und wurde immer schwächer. Die Familie hatte keine anderen Verwandten, und Danny wurde in einem Heim untergebracht. Eigentlich war es ein Wunder, dass er nicht schon eher dort gelandet war. Er war schon Jahre zuvor auf die schiefe Bahn geraten, als Elfjähriger wegen Ladendiebstahls geschnappt worden, und die erste Akte über ihn beim Jugendamt wurde angelegt, als er zwölf war.

Nach dem Tod seiner Eltern gab es nicht den Hauch eines Über-Ichs, das ihn hätte kontrollieren können. In dem Jugendheim in Hässelby, das nun sein Zuhause war, lernte er andere Problemjugendliche aus Västerort kennen: die Banden von Blackeberg und Rissne, junge Schläger, die keine Zukunft vor sich sahen, wohin sie auch blickten. Katz passte sich schnell an. Sie machten Einbrüche auf Bestellung älterer Krimineller, wateten am Mälaren entlang durchs Wasser zu den Bootsvereinen, mit einem Bolzenschneider in der Faust, um die Schlösser der Außenbordmotoren zu knacken. Sie beschäftigten sich mit Hehlerei und Taschendiebstählen, schlugen Leute zusammen, wenn ihnen die Gesichter nicht passten, und fungierten als Drogenkuriere zwischen den Dealern und den Großhändlern in halb Stockholm. Das Heroin gab es überall. Katz sah, was die Droge aus den Menschen machte, wie schnell sie daran zugrunde gingen, aber er war noch jung und sah keinen Grund, sich dagegen aufzulehnen. Seine erste Liebelei mit Drogen dauerte nur ein paar Monate, und er schaffte es nicht, eine vollständige Abhängigkeit zu entwickeln. Sonderbarerweise war es die Katastrophe mit Eva Dahlman, die ihn rettete.

Er hatte Eva in dem Sommer kennengelernt, als er sechzehn wurde. Es war sein bester Freund im Heim, Jorma Hedlund, der sie bekannt gemacht hatte. Eva war groß, schüchtern und stotterte leicht, wofür sie sich schämte, weshalb sie meist lieber schwieg. Katz deutete ihr Schweigen zunächst als Arroganz, dann als geheimnisvoll. Sie war zwei Jahre jünger als er und kam aus einem ebenso schwierigen Elternhaus, lebte auf der Straße, wenn es ganz schlimm war, und ab und zu übernachtete sie bei Katz im Zimmer, wenn es ihm gelang, sie einzuschmuggeln, ohne dass das Personal etwas merkte. In einem Hochhaus in der Astrakangatan setzte er sich im Keller mit ihr seinen ersten Schuss, und seine Hände zitterten so sehr, dass sie ihm schließlich die Nadel setzte.

Sie waren den ganzen Sommer zusammen, nahmen Drogen, liebten sich draußen in der Natur, klauten gemeinsam im Kaufhaus, hingen mit derselben Clique ab.

Im August hatten sie einen Bruch auf einer Luxusjacht gemacht, die vor dem Bootshafen in Hässelby Strand vor Anker lag. Katz und Jorma Hedlund hatten gesehen, wie die Besatzung das Boot verlassen hatte und in einem Taxi weggefahren war, sie warteten ein paar Stunden, bis es dunkel wurde, dann schwammen sie zu der Jacht. Eva stand am Strand Schmiere. Bis auf tausend Kronen Bargeld fanden sie nichts von Wert. Bevor sie das Boot wieder verließen, randalierten sie unter Deck, schlugen die Einrichtung kurz und klein, warfen die Lebensmittel aus dem Kühlschrank, kippten eine Dose Farbe, die sie gefunden hatten, über die Kleidung im Schrank.

Später am selben Abend setzten Eva und Katz sich zusammen einen Schuss, in einem Fahrradkeller, nicht weit vom Bootshafen entfernt. Das Horse war fast nicht gestreckt, und kaum hatte Katz es injiziert, merkte er, wie stark es war, wie seine Gliedmaßen eigenartig taub wurden, dann war alles schwarz.

Als er wieder aufwachte, befand er sich in einem Wald. Auf Grubbholmen, wie er später erfuhr, einer unbewohnten Insel gegenüber von Hässelby Strand. Eine Taschenlampe leuchtete ihm in die Augen, er hörte Hundegebell und sah überall Polizisten. Seine Hose war bis zu den Knien heruntergezogen. Er hielt einen Slip in der Hand. Jemand riss an seinen Haaren und drehte ihn auf den Bauch. Er sah Eva Dahlman, nackt und blutüberströmt, sie wurde auf einer Trage weggebracht, er hörte, wie er angeschrien wurde, spürte, wie er hochgezogen wurde und man ihm Handschellen anlegte.

In der Jugendstrafanstalt traf er auf einen Psychologen, der versuchte, ihm zu helfen, sich an das zu erinnern, was passiert war. Laut Polizeiermittlungen hatte er Eva bewusstlos geschlagen und ihr anschließend tiefe Bisswunden am Hals zugefügt. Doch Katz' Gedächtnis blieb leer. Auch Eva konnte sich an nichts erinnern. Sie wurde in eine Anstalt für minderjährige Drogenabhängige in Norrland gebracht und weigerte sich zu glauben, dass er schuldig war.

Diese Ereignisse verfolgten ihn viele Jahre lang. Am schlimmsten war die Ungewissheit. War er wirklich in der Lage, so etwas zu tun? Er hatte sich mit Selbstzweifeln gequält. Aber die Vorstellung, dass er schuldig war, konnte er auf lange Sicht nicht ertragen. Er wollte weitermachen, sein altes Leben hinter sich lassen.

Katz' Rettung war seine Begabung. In der Jugendstrafanstalt erhielt er die Sondererlaubnis, den naturwissenschaftlichen Zweig auf einem Gymnasium in Huddinge zu absolvieren. Er bekam Spitzennoten, nicht zuletzt in Sprachen und Mathematik, wo sein Lehrer ihn außerhalb des Lehrplans frei arbeiten ließ. Im letzten Jahr lernte er das Programmieren und übernahm sogar den Unterricht, wenn die eigentliche Lehrkraft krank war.

Mit achtzehn Jahren kam er zur Musterung. Der Militärpsychologe schlug ihm vor, er solle die Sonderprüfungen mitmachen, die für Spezialausbildungen verlangt wurden. Katz erzielte beste Ergebnisse beim Stanford-Binet und anderen Intelligenztests. Einen Monat später rief ihn ein Major von der Rekrutierungsbehörde an und fragte, ob er Lust habe, seinen Militärdienst in der Dolmetscherschule zu absolvieren, er könne dort einen Platz bekommen, wenn er interessiert sei.

Katz war einer von drei Militärdolmetschern der Schule, denen direkt nach ihrer Ausbildung ein Posten im diplomatischen Dienst angeboten wurde. Im Herbst 1988 ging er nach Helsinki und arbeitete dort als Assistent bei den Streitkräften. Zwei Jahre lang übersetzte er russische Dokumente für den Militärattaché, Zeitungen, Behördenpost, Transkripte finnischer Fernmeldeaufklärung jenseits der Grenze. Offenbar machte er seine Sache gut, denn sein Vorgesetzter schickte ihn weiter zum Generalkonsulat in Leningrad, oder Sankt Petersburg, wie die Stadt bald heißen sollte.

Dort begegnete er Rickard Julin zum ersten Mal. Offiziell war Julin im Außenministerium angestellt als Konsul in der Visaabteilung, aber in Wirklichkeit war sein Auftraggeber die Armee. Das alte Sowjetimperium drohte auseinanderzufallen, und das Konsulat trug weiterhin die Verantwortung für die offiziellen Kontakte mit den nordwestlichen Bezirken: Archangelsk, Murmansk, Nowgorod und dem Verwaltungsbezirk von Pskow, mit den Republiken Karelien und Komi, dem Autonomen Kreis der Jamal-Nenzen sowie mit der Region um Kaliningrad. Julins Aufgabe bestand darin, über geheime Kanäle Informationen über Kriegsmaterial, die Entwicklung der Waffenindustrie und die Verantwortlichkeiten in Waffenlagern und Stützpunkten für Missile-Raketen zu beschaffen.

Katz traf ihn nur ein paarmal in der Woche, da Julin meistens unterwegs war. Aber er mochte ihn, seine Ruhe, seine natürliche Warmherzigkeit – soweit man diese von einem Berufsoffizier erwarten konnte. Früher einmal, das erfuhr er, hatte Julin eine geheime Identität gehabt, mit Ziffernbezeichnung und Codenamen, um

Rekrutierungsversuche von fremden Mächten abzuwehren, und das imponierte ihm gewaltig. Julin war sechzehn Jahre älter, und erst ein Jahr später, als er zu seinem Dienst als Friedensbeobachter auf dem Balkan verschwand, begriff Katz, was dieser Mann ihm bedeutet hatte. Er hatte zu ihm wie zu einem älteren Bruder aufgesehen.

Katz' Dienstzeit als Militärdolmetscher endete im Frühjahr 1992 ebenso plötzlich, wie sie begonnen hatte. Er kehrte als Arbeitsuchender nach Stockholm zurück, die Rezession bahnte sich an. Als er in Arlanda aus dem Flieger stieg, wurde ihm klar, dass er nicht wusste, wohin. Zu diesem Zeitpunkt hatte er Julin seit über einem Jahr nicht mehr gesehen, und es war ein Schuss ins Blaue, ihn unter seiner alten Dienstnummer anzurufen. Aber Julin nahm ab, und nicht nur das, er erwies sich als rettender Engel. Innerhalb einer knappen Woche hatte er Katz einen Job als zivil angestellter Übersetzer beim Abschirmdienst besorgt.

Er saß allein in einem Zimmer auf Lovön und stellte Unterlagen für den Umweltanalytiker der Streitkräfte zusammen. War beschäftigt mit kleinen Informationssplittern, die andere zu einem begreiflichen Ganzen zusammensetzten. Gelegentlich kam er mit Julin zusammen. Der war innerhalb der Streitkräfte aufgestiegen, zum Reiseattaché beim Hauptquartier der NATO. Manchmal sahen sie sich, wenn er zu Hause war, dann trafen sie sich in der Stadt auf eine Tasse Kaffee, unterhielten sich spaßeshalber auf Russisch oder tauschten den neuesten Klatsch über alte Kollegen vom Außenministerium aus.

Im Laufe seines zweiten Jahres in Stockholm fing Katz wieder mit dem Heroin an. Er konnte sich selbst kaum erklären, warum. Vielleicht lag es an der Einsamkeit. Die Einsamkeit, die ihn immer dichter einhüllte, immer stärker isolierte, alle anderen Gefühle abkapselte, die Trauer über den Tod seiner Eltern, die Frustration über die verlorene Jugend, über das, was mit Eva Dahlman passiert war, der Schmerz darüber, dass sie sich getrennt und nie wiedergesehen hatten, diese namenlose Wut, die er in sich getragen hatte, solange er denken konnte.

Die Drogen kaufte er von einem entfernten Bekannten aus der Hässelbyzeit, einem Südamerikaner namens Jorge mit dieser porösen, gipsartigen Haut, wie alte Fixer sie haben. Aber Katz machte dennoch seinen Job, nahm während der Arbeitszeit keine Drogen, achtete darauf, dass die Hemdsärmel immer runtergerollt waren, um die Narben der Injektionen zu verbergen, und lieferte das, was von ihm erwartet wurde, rechtzeitig ab.

Im Sommer 1993 wurde Katz überraschend im Namen der FRA, der militärischen Abhörabteilung, ins Generalkonsulat nach Berlin versetzt. Die alten Viermächtevereinbarungen betreffend Berlin existierten seit der Deutschen Wiedervereinigung nicht mehr. Die Russen räumten ihre letzten Waffenlager und schickten das Material mit Zügen von dem Ostberliner Vorort Erkner aus nach Moskau. Katz sammelte Informationen über die Organisation, wie viel Zeit die Russen brauchten, wie der Abzug verwaltet wurde, welche Truppenteile involviert waren, wie die Manöver in der deutschen und russischen Presse kommentiert wurden. Er fuhr mit einem Diplomatenpass und zehn Gramm holländischem Heroin in der Jackeninnentasche nach Berlin. Zu der Zeit hatte sich seine Dosis im Verhältnis zur Anfangszeit verdreifacht.

Das Konsulat hatte ihm eine Wohnung in der Wiener Straße in Kreuzberg besorgt, nur einen Steinwurf vom Kottbusser Tor entfernt. Somit war es kein Problem, an Drogen zu kommen. Das Kottbusser Tor war der Hauptumschlagplatz für den Heroinhandel im südlichen Zentrum Berlins. Zahnlose Junkies verkauften Turkish Horse in Dreigrammbriefchen für den Bruchteil des Stockholmer Preises. Spritzen konnte man vor der Apotheke im Zehnerpack kaufen.

Nach ein paar Monaten in der Stadt brauchte er Tag und Nacht das Gift in seinem Körper, um funktionieren zu können. Er ging immer größere Risiken ein, spritzte sich kleine Dosen während der Bürozeit, nahm sich immer häufiger frei, traf sich mit anderen Drogenabhängigen. Und dann kamen die ersten Phasen der Krankschreibung, Wochen, die er in einem Dämmerzustand verbrachte und von denen er hinterher nicht mehr wusste, was in der Zeit passiert war.

Nur zufällig rettete ihn seine Rückberufung nach Stockholm, wo er eine Computerausbildung an der Technischen Hochschule machen sollte. Das Verteidigungsministerium wusste von seinen Fähigkeiten als Programmierer, seinem Talent für Sprachen und seinem Händchen für Informationsbeschaffung, aber jetzt brach eine neue Zeit an mit Internet und immer schnelleren PCs. Man schaute in die Zukunft und hatte begriffen, dass man Menschen wie Katz brauchte.

Es gelang ihm allein, sich zu entgiften und clean zu bleiben, bis er den Kurs abgeschlossen hatte. Aber unmittelbar danach befand er sich erneut auf einer steil abschüssigen Bahn.

Es ging alles sehr schnell. Innerhalb eines knappen Jahres verlor er seinen Job und wurde obdachlos.

Geld besorgte er sich durch Einbrüche und indem er selbst dealte. Jorma Hedlund war der einzige seiner alten Freunde, zu dem er noch Kontakt hatte. Jorma war noch immer ein Krimineller, aber er versuchte, Katz zu helfen. Das Problem war nur, dass Katz sich nicht helfen lassen wollte.

Er hatte in Obdachlosenheimen gewohnt, wo man ein Bett für eine Nacht bekam, aber wieder vertrieben wurde, sobald die Sonne aufging. Später in Junkiewohnungen, oder, als er immer kranker wurde und mit sich selbst immer nachlässiger umging, irgendwo draußen, in Hauseingängen, in Parks.

Er fiel immer tiefer ins Dunkel, einem Boden entgegen, den es nicht gab, bis plötzlich die Rettung in Form von Rickard Julin vor ihm stand.

Katz erinnerte sich noch immer an jenen Tag, als wäre es gestern gewesen. Julin hatte ihn in der U-Bahn-Station Gullmarsplan entdeckt. Katz war unterwegs, konnte sich aber nicht mehr erinnern, wohin. Er stand auf dem Bahnsteig, bemerkte kaum, dass die Menschen einen großen Bogen um ihn machten, weil seine Kleidung verdreckt war, seine Hände mit Einstichstellen übersät waren und weil er lautstarke Selbstgespräche führte. Zumindest behauptete Julin später, er habe ihn gehört, noch bevor er ihn gesehen und seine Stimme wiedererkannt habe.

Da hatte es angefangen: Julin hatte ihm seine Visitenkarte gegeben und ihm gesagt, er solle anrufen, und sei es nur, um sich mal wieder zu unterhalten. So war er nun einmal, ein Mann, der die Sachen für andere regelte. Einen Monat später befand Katz sich in einem anthroposophischen Entzugsheim in Ytterjärna.

Kurz nach Mitternacht öffnete Katz seine Wohnungstür. Sofort hatte er das Gefühl, dass jemand dort gewesen war. Mit dem Daumen fuhr er über das Schlüsselloch. Keine Spur von Fett. Sollte jemand das Schloss aufgeknackt haben, war es hinterher sauber gemacht worden.

Er trat in den Flur und schloss die Tür hinter sich zu. Schwaches Licht fiel von den Straßenlaternen durch die Fenster herein. Er blieb reglos stehen und lauschte angestrengt; auf die Atemzüge eines Menschen, das leise Rascheln von Kleidung an einem Körper. Aber es war nichts zu hören.

Er ging ins Schlafzimmer. An den Wänden leuchtete schwach das Licht des Radioweckers. Das Bett war unberührt, die Schranktür angelehnt. Vorsichtig öffnete er sie. Alles war wie immer, bis auf das merkwürdige Gefühl, als hätte jemand seine Kleidung genommen und sie dann wieder an ihren Platz gelegt.

In der Küche gab die Lüftung ein leises Rauschen von sich. Das Geschirr stand zum Abtropfen da, ein trockener Wischlappen hing über dem Wasserhahn. Der Boden und die gekachelten Wände waren blitzblank. Alles sah aus, wie er es verlassen hatte.

Er ging ins Wohnzimmer. Das Sofa an der Wand sah aus wie ein schlafendes Tier. Die Digitalboxen unter dem Fernseher blinkten. Eine zusammengefaltete Tageszeitung lag auf dem Couchtisch. Die Gegenstände im Bücherregal und auf der Fensterbank ... alles genau so, wie er es in Erinnerung hatte.

Noch einmal schritt er seine Wohnung ab, systematisch, ohne auch nur die geringste Spur eines Einbruchs zu entdecken. Aus Erfahrung wusste er, wo man nach Wertsachen suchen musste. Schließlich hatte er das in seinen dunklen Jahren oft genug gemacht. Aber nichts war gestohlen worden. Und nichts stand am falschen Platz.

Während er sich in der Küche ein Brot schmierte und es aß, konnte er das Gefühl langsam abschütteln.

Sein Handydisplay zeigte ihm an, dass Angela Klingberg eine Nachricht geschickt hatte. Er öffnete sie: Es war für ihn ein Termin am nächsten Morgen um zehn Uhr im Hauptsitz von Klingberg Aluminium vereinbart worden. Pontus Klingberg war bereit, ihn zu empfangen.

Katz dachte an den jungen Drogensüchtigen im Parkhaus. Er sollte versuchen, ihn zu finden, in den Nachtasylen nach ihm fragen, sich bei der Anonymen Drogenberatung in der Innenstadt nach ihm erkundigen. Er hatte die Person gesehen, die Klingbergs Auto gefahren hatte, hatte mit ihr einige Worte gewechselt und hatte aus irgendeinem Grund Angst vor ihr.

Und dann war da diese Polizeibeamtin, die vor wenigen Tagen die Überwachungsfilme auch hatte sehen wollen. Laut Julins Kontakten waren die Ermittlungen bereits nach einem Tag eingestellt worden. Aber offenbar hatte jemand sie sich wieder vorgenommen.

Da stimmt etwas nicht, dachte er, mit dieser ganzen Klingberggeschichte stimmt etwas nicht.

Er ging ins Wohnzimmer, fuhr den Computer hoch, den er benutzte, wenn er keine Lust hatte, ins Büro runterzugehen, und schob den USB-Stick in den Anschluss.

Die Datei, die er von Klingbergs Computer heruntergeladen hatte, schien korrupt zu sein. Er lud ein Zipfixprogramm aus dem Netz herunter, und ein paar Minuten später war sie geladen und geöffnet. Die Datei bestand aus einem schreibgeschützten Ordner, M. K. benannt. Die gleichen Initialen wie auf dem Tuch, das er von Angela Klingberg bekommen hatte.

Der Ordner enthielt ein paar eingescannte Schwarz-Weiß-Fotos. Familienporträts, vor mehr als einem halben Jahrhundert aufgenommen, offenbar in einem tropischen Land. Ein Mann und eine Frau posierten zusammen mit zwei Jungs für einen Fotografen. Weitere Fotos derselben Familie in einem Ort. Spanische Wegweiser im Hintergrund. Der Familienpatriarch Gustav mit Frau und Kindern. Der Jüngere war vermutlich Joels Vater.

Ganz unten im Dokument waren ein paar Notizen gemacht worden, Stichworte, laut der Dateidatierung am Tag vor Klingbergs Verschwinden geschrieben:

Kristoffer entführt Juni 1970.

Mama und Papa gefunden September 1979. Warum auf dem Land?

Marie Bennoit tot 1978. Wie?

Klingberg schien zu glauben, dass es einen Zusammenhang zwischen diesen Ereignissen gab, zwischen dem Verschwinden seines Bruders und dem Tod dreier Menschen. Die Fotos in der Datei zeigten seinen Vater, seinen Onkel und seine Großeltern väterlicherseits. Sie waren vor vielen Jahrzehnten gemacht worden, wahrscheinlich in der Dominikanischen Republik. Wer war Marie Bennoit? Eine Verwandte? Warum sonst hätte Klingberg sie im Zusammenhang mit seinem Bruder und seinen Eltern erwähnen sollen?

Pünktlich um zehn Uhr am nächsten Morgen trat Katz durch die Tür des Klingberg-Aluminium-Hauptsitzes in Vasastan. Eine Sekretärin bat ihn, im Foyer zu warten. Der Raum war schmucklos, fast steril. Grau gestrichene Wände, schwarze Auslegeware, Zeitschriften auf einem Beistelltisch. Ein leises Surren war von der Klimaanlage zu hören. Die Aussicht war fantastisch: über Vanadislunden, das Wenner-Gren Center und direkt davor Brunnsviken.

Katz holte sich einen Kaffee aus dem Automaten neben dem Empfangstresen, dann rief er Angela Klingberg an. Sie meldete sich nicht, weder auf dem Handy noch auf ihrem Festnetz. Also rief er Julin an, berichtete kurz, was er von dem Parkwächter erfahren hatte und dass sich die Polizei die Bilder der Überwachungskameras angesehen hatte, obwohl die Ermittlungen offiziell eingestellt worden waren. Julin versprach, die Sache zu überprüfen und zurückzurufen, sobald er mehr wüsste.

Eine Broschüre über Klingberg Aluminium lag zwischen den Zeitschriften. Katz blätterte lustlos, bis er auf ein Porträt des Gründers Gustav Klingberg stieß. Unter dem Bild erzählte ein Text die Geschichte des Unternehmens:

Gustav wurde 1914 in der Dominikanischen Republik als ältester Sohn des Missionarsehepaares Einar und Astrid Klingberg geboren. Nachdem er sein Abitur an der staatlichen Lehranstalt in Santo Domingo gemacht hatte, wurde ihm ein Stipendium zugeteilt, das ihm ein Bergbauingenieurstudium an der Technischen Hochschule von Havanna ermöglichte. Drei Jahre später kam er zurück auf die Insel und gründete eine eigene Firma.

Binnen kurzer Zeit hatte er in der Zuckerindustrie und durch Bauxitgewinnung ein Vermögen erwirtschaftet. Zusammen mit einem amerikanischen Bergbauunternehmen hatte er Bauxit für die Aluminiumherstellung und die Produktion feuerfester Tonwaren veredelt.

Anfang der Vierzigerjahre, so berichtete der Text, hatte er eine schwedische Missionarstochter geheiratet – Lisbet –, deren Familie zum Bekanntenkreis gehörte. 1941 und 1942 wurden ihre Söhne Pontus und Jan geboren.

Anfang der Fünfzigerjahre war Gustav aufgrund geschäftsstrategischer Entscheidungen mit seiner Familie nach Schweden zurückgekehrt. Hier hatte er Klingberg Aluminium mit Hauptsitz in Stockholm aufgebaut. Das Unternehmen hatte Bauxit aus Afrika und der Karibik importiert, um Aluminium für Autoreifenfelgen, Kugellager, Flugzeugkörper, Fassaden- und Dachplatten herzustellen. Nach nur wenigen Jahren kontrollierte die Klingberggruppe ein ganzes Konglomerat von Firmen innerhalb der Metall verarbeitenden Industrie.

Die letzte Seite der Broschüre zeigte ein Familienporträt, das Ende der Sechziger aufgenommen worden war. Es sollte wohl die Kontinuität innerhalb des Betriebs symbolisieren, nahm Katz an. Gustav Klingberg stand mit seiner Ehefrau Lisbet, seinen beiden Kindern und den vier Enkelkindern auf der Veranda seiner Djursholmer Villa. Joel stand ganz links, laut Bildunterschrift neben seinem großen Bruder Kristoffer.

Überrascht schaute Katz in die Augen des traurig lächelnden Jungen. Kristoffer war schwarz.

Joel hatte nie erwähnt, dass sein Bruder adoptiert worden war. Und trotzdem ähnelten sie sich, als hätte die

Umgebung das Aussehen beeinflusst, als hätten die Kinder etwas von einem Chamäleon an sich.

Katz legte die Broschüre beiseite. Eine Telefonistin lächelte ihn von der anderen Seite des Empfangstresens an. Jetzt wurde er zum Vorstand des Unternehmens vorgelassen.

Pontus Klingberg schien sich keine größeren Gedanken darüber zu machen, warum ihn ein fremder Mensch besuchte und ihm Fragen nach dem Verschwinden seines Neffen stellte. Er empfing Katz auf einem Ledersofa sitzend im Vorstandsbüro. Auch hier war der Blick aus dem Fenster überwältigend.

»Mein Vater war ein großer Bewunderer von Axel Wenner-Gren«, sagte er, als er Katz' Blickrichtung bemerkte. »Deshalb wollte er unbedingt, dass seine Firma neben dem Protzkasten des alten Mannes gebaut wird. Axel war ein großer Liebhaber der Karibik, genau wie mein Vater. Er besaß ein Haus auf Barbados, hat im Krieg dort gewohnt, bis zweiundvierzig, als ihn die Briten auf die schwarze Liste setzten, weil er Bofors-Kanonen an die Deutschen verkauft hatte. Ich kann mich noch aus meiner Kindheit an ihn erinnern. Gustav und Axel aßen häufig im Stallmästaregården zusammen, immer Gubbröra, also Eier-Anchovis-Salat, als Vorspeise und gebratenen Hering als Hauptgericht, dabei diskutierten sie die Rohstoffpreise, die Zukunft von Electrolux, die Erfolge der Familie Wallenberg in der schwedischen Basisindustrie und anderes.«

Er griff nach einer Flasche Mineralwasser auf dem Servierwagen hinter ihm, öffnete sie, schenkte ein Glas voll und reichte es Katz.

»Also, was haben Sie auf dem Herzen, junger Mann? Geht es um Angela, die sich Sorgen um meinen Neffen macht?«

Katz nahm das Glas und setzte sich auf den Sessel seinem Gastgeber gegenüber.

»Sie glaubt nicht, dass Joel freiwillig verschwunden ist.«

»Natürlich beunruhigt es die Menschen, wenn jemand einfach so ohne jede Erklärung verschwindet. Ich weiß nicht, welche Probleme Joel mit Angela hat, und ich bin mir nicht sicher, ob ich das überhaupt wissen will. Vielleicht geht es um Geld? Das kommt ja manchmal vor, wenn ein Mädchen reich heiratet ... oder reicher, als sie es selbst ist. Da entsteht immer ein gewisses Ungleichgewicht. Aber Joels Loyalität der Firma gegenüber ist groß. Er ist sicher bald wieder zu Hause.«

»Was denken Sie, wo er sein könnte?«

»Keine Ahnung, vielleicht in Dänemark, wie es die Polizei vermutet? Oder er ist noch in Stockholm. Es sollte nicht weiter schwierig sein, ihn zu finden. Man könnte zum Beispiel damit anfangen, die Hotels anzurufen. Aber das ist nicht meine Aufgabe. Man soll die Integrität eines Menschen respektieren. Mein Neffe hatte sicher gute Gründe, für eine Weile allein sein zu wollen.«

Pontus Klingberg verschränkte die Hände hinter dem Nacken, lehnte sich zurück und blickte zur Decke. Katz musterte sein silbergraues Haar, den akkuraten Zweireiher, die Hand mit den sorgfältig manikürten Nägeln, die plötzlich nach unten sank und auf dem Knie liegen blieb. Er ist ein Mann, der sich durchsetzen kann, der es nicht gewohnt ist, dass man ihm widerspricht, dachte Katz.

»Ihnen ist also nichts Besonderes aufgefallen, bevor er verschwand?«

»Nein, alles war wie üblich. Business as usual. Wir waren an einem Geschäft in England dran, ein Unternehmen, das wir schon seit längerer Zeit im Auge haben. Aluminiumrahmenprofile für Möbel. Der größte Anteilseigner ist bereit, seinen Teil zu einem angemessenen Preis an uns zu verkaufen. Ich werde heute Abend für die Endverhandlungen nach London fliegen. Joel hätte mitkommen sollen, das ist eigentlich das Einzige, was mich ärgert.«

Eine Frau Mitte zwanzig betrat das Zimmer und teilte mit, die jüngste Tochter habe angerufen. Pontus Klingberg nickte und lächelte ihr väterlich zu, bevor sie wieder verschwand.

»Als Joel jünger war, hat er öfters so etwas gemacht«, fuhr er fort. »Als er noch bei seinem Großvater gelebt hat. Da verschwand er immer mal wieder und blieb mehrere Wochen weg. Hockte dann irgendwo in einer Wohnung und las. Und dann tauchte er plötzlich wieder auf, als wenn nichts gewesen wäre. Wissen Sie, er hatte es nicht gerade leicht. Es gab vieles, womit er fertigwerden musste. Zuerst sein großer Bruder, der entführt wurde. Und neun Jahre später hat er seine Eltern verloren, als mein Bruder und seine Frau ...«

Er brach mitten im Satz ab, und Traurigkeit überschattete seinen Blick. Er betrachtete seine Hände und fuhr fort.

»Aber er hat doch eine Nachricht für Angela hinterlassen, oder?«

»Sie hatten an dem Morgen gestritten.«

»Über ihren Kinderwunsch, wie ich vermute? Das war immer wieder der Streitpunkt zwischen ihnen, darüber diskutieren sie schon seit zehn Jahren. Ihre finanzielle Absicherung, für den Fall, dass die Ehe den Bach runtergeht. Aber ich denke, Joel wird doch noch zu Kreuze kriechen. Ich selbst habe zwei Töchter. Und vier Enkelkinder. Die Kinder sind das Salz des Lebens, oder wie sagt man?«

Pontus Klingberg schaute aus dem Fenster, nach Brunnsviken hinüber, wo die Bäume in Frühlingsblüte standen. Leise Opernmusik war aus verborgenen Lautsprechern zu hören. Klingberg wiegte sich ein wenig im Takt der Musik. Er hat etwas Zerbrechliches an sich, dachte Katz, was nicht sofort auffällt. Als würde er nicht richtig in sich selbst, in seine eigene Form hineinpassen.

»Die Polizei hat mit Ihnen über Joels Verschwinden gesprochen.«

»Nur ganz kurz am Telefon. Ich habe alles gesagt, was ich weiß, und mehr war nicht. Wer sind Sie eigentlich? Angela hat etwas in der Richtung angedeutet, dass Joel und Sie zusammen die Wehrpflicht absolviert haben?«

Katz führte aus, wie er Joel kennengelernt hatte. Ein paar Worte zur Dolmetscherschule, die Erinnerung, wie Joel freitags immer von seinem Privatchauffeur abgeholt wurde.

»Katz?«, fragte Pontus Klingberg nach, als Danny seinen Bericht beendet hatte. »Jüdische Wurzeln. Aber machen Sie sich keine Sorgen, ich habe keine Vorurteile, mehrere meiner Geschäftspartner sind Juden. Ein begabtes Volk, das weiß, wie man Geld verdient.«

Was ein typisches Vorurteil ist, dachte Katz, während er zusah, wie Pontus Klingberg aufstand und an das Bücherregal trat, schließlich war Katz' Vater Lehrer gewesen, sein Großvater väterlicherseits, wenn er es richtig verstanden hatte, Schuhmacher in Wien, bevor er mit

Frau und fünfzehnjährigem Sohn kurz vor Kriegsausbruch nach Schweden kam, um später weiter nach Israel zu ziehen; wohl kaum reiche Juden. Aber Katz war solche Bemerkungen gewohnt, und er hatte schon Schlimmeres gehört, die ganze Bandbreite naiver Stereotypen über den angeblichen jüdischen Geschäftssinn bis hin wie sie insgeheim die gesamte Weltpolitik lenkten. Jude zu sein bedeutete offenbar genau das: Man wurde stets mit einem Kommentar dazu bedacht, dass man Jude war.

Als er sich umdrehte, hatte Pontus Klingberg ein gerahmtes Foto vom Bücherregal genommen. Zwei lachende Mädchen auf einer Jacht. Auf dem Regal stand noch ein Bild: Pontus Klingberg mit denselben Mädchen, jetzt erwachsen, auf einem kleineren Segelboot.

»Meine Töchter«, sagte er, »Ebba und Julia. Auf einer Kreuzfahrt in der Karibik, als sie noch klein waren. Das andere ist aus Sandhamn letztes Jahr. Im Sommer nehmen wir meistens an der Gotland Runt teil. Bald werden auch ihre Kinder mitmachen, meine Enkelkinder ... ich habe auch Fotos von ihnen, wenn Sie wollen, zeige ich sie Ihnen. Die Klingbergfamilie schlägt sich immer gut auf der Regatta.«

Er lachte stolz, doch dann verzog sich sein Gesicht zu einer Grimasse: »Oft stelle ich mir vor, Ebba oder Julia wäre statt Kristoffer entführt worden. Allein der Gedanke tut unsagbar weh. Ich glaube nicht, dass Sie sich vorstellen können, was wir durchgemacht haben, als das passiert ist. Ein siebenjähriger Junge, der verschwindet und dessen Schicksal bis heute nicht geklärt ist. Seine Eltern sind daran zerbrochen. Jan hat das nie überwunden. Ich habe auch furchtbar mit ihm gelitten. Unser einziger

Trost war, dass diese Ereignisse ihn zurück in den Schoß der Familie geführt haben. Vorher hat er sein Leben lang versucht, sich von Gustav zu distanzieren ... von mir auch, aber nach diesem Verlust ist er zurückgekehrt. Nicht dass wir viel tun konnten, um seinen Schmerz zu lindern. Er hat sich selbst nie verziehen. Bevor er mit den Kindern zu der U-Bahn-Station gegangen ist, nach einem Kindergeburtstag in Stadshagen, hatte er ein paar Gläschen getrunken. Und später hat er weitergetrunken. Der Alkohol, der damals sein Urteilsvermögen getrübt hatte, wurde ironischerweise sein Trost. Und er kostete ihn und Joanna, seine Frau, das Leben. Der Selbstmord war nur die logische Konsequenz ihrer Trunksucht.«

Pontus Klingberg sah aus dem Fenster, seufzte und schluckte schwer.

»Keiner von uns ist darüber hinweggekommen. Gustav war ein gebrochener Mann. Zuerst hat er seinen Enkelsohn verloren und dann auch noch einen Sohn.«

Er verstummte. Vom Korridor drang Gelächter zu ihnen herein.

»Gab es denn keine Hinweise darauf, dass die Entführung geplant war?«

»Nein. Es war Zufall, die Tat einer Wahnsinnigen. Diese Frau, wer auch immer sie war, hat Kristoffer einfach so aus einer Laune heraus mitgenommen, Gott weiß wohin. Das ist jetzt über vierzig Jahre her. Kristoffer würde dieses Jahr neunundvierzig. Es vergeht selten eine Woche, in der ich nicht an ihn denke. Und wenn man so gewisse Meldungen in den Zeitungen liest ... zum Beispiel, was mit diesem österreichischen Mädchen passiert ist, dieser Kampusch, oder über diesen Teufel in Menschengestalt, diesen Belgier, Dutroux ... dann wird man schon nachdenklich, und die Übelkeit steigt in einem auf. Oder der Hass.«

Pontus Klingberg sah ihn mit leerem Blick an und schüttelte sacht den Kopf.

»War Kristoffer adoptiert?«, fragte Katz.

»Wieso?«

»Nun, er war ja schwarz.«

»Hat Joel Ihnen nie von seinem Bruder erzählt?«

»Nein, zumindest keine Details.«

»Seine Großmutter war eine Kreolin. Aber das Blut, wie soll man sagen, hat eine Generation übersprungen. Jan sieht man das kaum an, vielleicht abgesehen von seinem lockigen Haar ... und im Sommer wurde er immer schneller braun als wir anderen. Es ist schon verdammt merkwürdig, Joel ist es auch nicht anzusehen ... das genetische Material, das Erbgut, aber bei Kristoffer ist es durchgekommen. Das ist eine lange Geschichte.«

Pontus Klingberg erzählte mit gesenktem Blick. Es schien, als sei er ganz in sich versunken, als fungiere er nur als Medium für die Familiengeschichte. Er berichtete von seinem Großvater Einar, dem Missionar, der einem fünfzehnjährigen haitianischen Mädchen während des Petersilienmassakers 1937 das Leben rettete, sie adoptierte und wie seine eigene Tochter großzog. Marie Bennoit. Aber Gustav verliebte sich in sie. Oder besser gesagt: Die beiden Stiefgeschwister verliebten sich ineinander. Und trotzdem heiratete Gustav eine Missionarstochter, Lisbet, Pontus Klingbergs Mutter. Kurz darauf bekam er jedoch ein uneheliches Kind mit seiner Geliebten. Jan Klingberg.

»Mein Vater war Geschäftsmann, durch und durch. Er machte Geschäfte mit Ramfis Trujillo. Wissen Sie, wer das war? Der Sohn des Diktators der Dominikanischen Republik, Rafael Trujillo, und er war genauso wahnsinnig und erotomanisch wie sein Vater. Mein Vater konnte über Leichen gehen, um seinen Willen durchzusetzen, er war rücksichtslos, aber er ließ nie Zweifel daran aufkommen, dass Jan ein vollwertiges Mitglied der Familie war. Kurz nach der Geburt wurde er seiner Mutter weggenommen und durfte sie nur ab und zu sehen. Lisbet, meine Mutter, hat Gustavs Beziehung zu Marie nie akzeptiert, aber es war auch für sie selbstverständlich, dass Jan zur Familie gehörte und mit nach Schweden kam, als wir zurückgingen. Das war ein harter Schlag für Marie, sie hatte ihren Sohn behalten wollen. Aber Gustav konnte natürlich wieder einmal seinen Willen durchsetzen. Übrigens musste Marie nicht gerade Hunger leiden. Jedes Jahr wurde eine ansehnliche Summe Geld an sie geschickt. Außerdem hatte sie noch weitere Kinder zu versorgen. Mein Vater war nicht ihr einziger Liebhaber gewesen. Sie war sehr, sehr schön. Irgendwie zeitlos.«

Pontus Klingberg verstummte und erhob sich.

»Hat das hier etwas mit der Familiengeschichte zu tun?«, fragte Katz. Er hatte die Tücher in der Hand, die Angela Klingberg ihm gegeben hatte, und legte sie auf den Beistelltisch.

Pontus Klingberg betrachtete sie mit ausdrucksloser Miene.

»Was ist das?«

»Sie wurden Joel anonym zugeschickt, kurz vor seinem Verschwinden. Sagt Ihnen das etwas?«

Pontus Klingberg schüttelte den Kopf.

»Nein«, sagte er mit trauriger Miene. »Da kann ich Ihnen leider nicht helfen.«

Langsam ging er zur Tür.

»Wenn Sie mich jetzt entschuldigen«, sagte er, »ich habe meiner Tochter versprochen, sie zu einem frühen Mittagessen zu treffen.«

Mit einem Arm hinter dem Rücken führte Pontus Klingberg Katz hinaus zum Foyer. Fast fürsorglich, als hätte er Katz mit seinem Neffen verwechselt.

Eine Stunde später befand Katz sich im Lesesaal der Kungliga Biblioteket im Humlegården. Es war still im Raum. Nur zwei andere Besucher waren da, und dann die Bibliothekarin, die an ihrem Rechner arbeitete.

Er ging zu den Mikrofilm-Rollregalen, schob zwei Reihen beiseite, um zu den Abendzeitungen zu gelangen, und nahm sich die Kartons mit den archivierten Ausgaben von *Expressen* und *Aftonbladet* vom Juni 1970 vor. Diese Zeitungen hatten laut Katalog ausführlich über die Entführung von Kristoffer Klingberg berichtet.

Er öffnete den ersten Karton, schob die Rolle in die Vorrichtung des Lesegeräts, hob die Glasscheibe an und spulte zum achten Juni vor, dem Tag nach dem Ereignis.

Sechs verschiedene Artikel, aber keiner handelte von Kristoffer. Bei einem Erdbeben in Peru waren vermutlich dreißigtausend Menschen umgekommen. Olof Palme war zu einem inoffiziellen Staatsbesuch in den USA und hielt eine Rede vor dem National Press Club in Washington.

Katz las weiter. Im Sportteil ging es um die Fußball-WM in Mexiko. Lee Hazlewood in Stockholm. Zigarettenreklame, wie er sie seit seiner Kindheit nicht mehr in schwedischen Zeitungen gesehen hatte: »Auch ich habe zu Prince gewechselt.« Das Kinoprogramm mit *Love Story* und *Planet der Affen* vor den Wetteraussichten auf der letzten Seite.

Erst im *Expressen* vom fünfzehnten Juni landete er einen Treffer: »Junge in U-Bahn-Station entführt«.

Die kurze Meldung stand ganz unten auf der Inlandsseite. Sie war eigentlich nur eine Notiz. Aus ihr ging hervor, dass sich die Entführung vor einer Woche in der

U-Bahn-Station Kristineberg ereignet hatte. Namen von Beteiligten wurden nicht erwähnt.

Erst ein paar Tage später rückte die Nachricht auf die Titelseiten. In beiden Abendzeitungen wurde dem Bild der Familie Klingberg eine Doppelseite gewidmet. Der Junge war von einer Frau entführt worden, der es gelungen war, sich das Vertrauen des verzweifelten Vaters zu erschleichen, wie es hieß. Es wurde spekuliert, dass es sich um eine Erpressergeschichte handelte, was die Polizei und ein Sprecher der Familie jedoch dementierten. Und erst jetzt wurde ein Foto von Kristoffer veröffentlicht.

Das Bild war aus seinem ersten Schulfoto ausgeschnitten worden. Ein Erstklässler mit Zahnlücken lachte in die Kamera. Seine dunkle Hautfarbe wurde natürlich nicht erwähnt, wodurch sie zum Mysterium wurde, wenn man ihn mit dem Bild seiner Eltern und dem seines kleinen Bruders verglich.

Gut zwei Wochen lang erschienen noch weitere Artikel, dann ebbte das Interesse ab, neue Sensationen forderten ihren Platz. Es gab nichts Neues. Der Fall wurde zu einer griechischen Tragödie hochstilisiert, bei der die Mächtigen und Reichen von der Nemesis heimgesucht wurden. Eine landesweite Fahndung war ausgeschrieben worden, auch in den Nachbarländern wurde nach dem Jungen gesucht. Ein paar Hinweise aus der Bevölkerung gingen ein, selbst anonym, doch nichts davon führte weiter.

Pontus war der Kronprinz des Familienunternehmens gewesen, dachte Katz, als er die Mikrofilme wieder zurücklegte. Jan schien mit dem Konzern gar nichts zu tun gehabt zu haben, höchstens symbolisch durch seinen

Namen. Den Artikeln zufolge war er Lehrer geworden und hatte kein Interesse gehabt, im Familienunternehmen Karriere zu machen. Er war ein Kind seiner Zeit, begeisterte sich für andere Dinge als Geschäfte, war verheiratet mit einer zwei Jahre älteren Frau, Joanna, einer Sozialanthropologin, kleidete sich nach der aktuellen Posthippiemode, benutzte aus Prinzip die öffentlichen Verkehrsmittel, ein steinreicher Industrieerbe, verkleidet als Bohemien. Trotz allem hatte Gustav für das Finanzielle gesorgt, unter anderem hatte er für die Familie ein großes Strandgrundstück auf Lidingö gekauft, wo er auch eine Luxusvilla für seinen Sohn bauen wollte. Zumindest die Enkelkinder sollten in angemessenen Verhältnissen aufwachsen, wenn schon der Sohn ein Versager war. Doch dann kam die Katastrophe.

Katz machte eine Pause, aß in der Bibliothekskantine zu Mittag, Kartoffelpuffer mit Speck und zwei Tassen Kaffee dazu. In der Kantine wimmelte es von Wissenschaftlern und Studenten. Am Nebentisch wurde Russisch gesprochen; drei Männer lästerten über eine Forscherkollegin. Katz schaltete auf Durchzug. In dem plötzlichen Stimmengemurmel fühlte er sich geistesabwesend.

Er trank seinen Kaffee aus und rief Angela Klingberg an. Sie ging auch diesmal nicht ran. Er loggte sich in einen Computer in der Eingangshalle ein, um seine E-Mails zu lesen. Da war sie. Eine kurze Mitteilung, vor einer Stunde geschickt, in der sie fragte, ob er heute Abend um acht Uhr in die Skeppargatan kommen könne. Sie müsse ihn treffen, schrieb sie, und wollte, dass er sich meldete.

Für einen Moment sah Katz sie vor sich, wie sie nackt und makellos durch die verlassene Wohnung ging und mit der Hand die Dinge berührte, an denen sie vorbeikam. Er verscheuchte seine Gedanken und schrieb zurück, er komme gegen acht.

Dann fuhr er mit dem Fahrstuhl wieder in den Saal mit den Mikrofilmen hinunter, setzte sich vor einen Computer und klickte den Bibliothekskatalog an.

Ins Suchfeld tippte er Kristoffer und Jan Klingbergs Namen. Es gab einen Artikel in der Zeitschrift *Se*, der interessant zu sein schien. Kurz darauf hatte die Bibliothekarin ihm den entsprechenden Mikrofilm herausgesucht.

Es war ein sehr offenherziges Interview mit Jan Klingberg zum neunten Jahrestag des tragischen Ereignisses. Er war auf dem Bahnsteig fotografiert worden, auf dem sein Sohn damals verschwunden war. Er war zu einem Interview bereit gewesen, weil er anderen helfen wollte, die ähnliche Tragödien erlebt hatten.

Im Interview berichtete er, noch immer von seinem Sohn zu träumen, und in den Träumen war er stets sieben Jahre alt. Genau wie damals, als er ihn zum letzten Mal gesehen hatte, als er an der Hand der fremden Frau verschwunden war. Er war in diesem Augenblick an jenem besagten Nachmittag erstarrt, erklärte er, »in die Erinnerung eingefroren«.

Die Jahre waren für Jan unglaublich langsam vergangen, schrieb der Reporter, dafür die Tage viel zu schnell. Und sie entfernten ihn immer weiter von Kristoffer. Langsam verblasste er, auch wenn Jan alles tat, um die Erinnerung an ihn zu bewahren. Er konnte sich nicht mehr an seine Stimme erinnern, und das machte ihn wütend auf sich selbst.

Der siebte Juni 1970. Da hatte sein Leben aufgehört. Und jetzt rückte das Datum wieder näher, schrieb der Journalist, die Zeit im Frühsommer, Schuljahresende, Abiturienten mit ihren weißen Mützen – das war für ihn das Schlimmste. Sein Sohn wäre jetzt sechzehn Jahre alt.

Auf dem Bahnsteig, wo er fotografiert worden war, hatte Jan Klingberg sich verwundert darüber gezeigt, dass das Leben an so einem schrecklichen Platz vollkommen unbekümmert weiterlaufen konnte. Fahrgäste, die in die Züge stiegen oder sie verließen, die Bushaltestelle, an der er mit Kristoffer nach dem Kindergeburtstag in Stadshagen ausgestiegen war. Es war unfassbar. Von dort wo er stand, konnte er das Planschbecken in Fredhäll sehen, Kinder, die dort unten spielten, Jungen, die so alt waren wie Kristoffer seinerzeit.

Kristoffers Entführung blieb ein Rätsel, er war und blieb spurlos verschwunden, schrieb der Journalist. Es war nie ein Erpresserbrief geschickt worden, die internationale Fahndung hatte zu keinem Ergebnis geführt. Und der Junge selbst hätte sicher von sich hören lassen, wenn es ihm gelungen wäre, seinen Kidnappern zu entkommen. Jan hatte sich mit dem Gedanken abgefunden, dass er tot war.

Wie war es der Frau gelungen, ihn mit sich in die U-Bahn zu locken?, fragte der Journalist Klingberg.

Diese Frage stellte er sich selbst jeden Tag, seit er die Bahn Richtung Alvik hatte verschwinden sehen, erzählte Jan. Sein Sohn hätte protestieren müssen. Aber vielleicht hatten die anderen Fahrgäste die Frau für eine Großmutter mit nörgelndem Enkelkind gehalten, vielleicht hatte sie sogar entschuldigend erklärt: »Kümmern Sie sich nicht um mein Enkelkind, er ist immer so, wenn er bockig ist.« Und dann hatte Jan Klingberg sich gefragt, wo sie mit ihm ausgestiegen war. An der nächsten Haltestelle? In Alvik? Dorthin war er jedenfalls gleich anschließend gefahren, erklärte er, voller Panik, mit seinem jüngsten Sohn im Kinderwagen, innerlich eiskalt, als wäre er bereits tot, hatte gedacht, die Frau würde es nicht wagen, mit dem Kind noch weiter zu fahren, aber es war niemand dort gewesen, auch die Fahrkartenkontrolleure hinter ihren Schaltern hatten nichts gesehen oder gehört.

Er erzählte von der Zeit nach der Entführung. Die war in seiner Erinnerung nichts als Nebel. Die Polizeiverhöre. Die landesweite Fahndung. Die Suche. Hinweise, die eingingen und ihn und seine Frau mehrere Tage und Wochen lang hoffen ließen, dann aber im Sande verliefen. Und die Zeitungsartikel, von denen es immer weniger gab, weil das Schicksal eines einzelnen Menschen, nicht einmal das eines Kindes, nicht einmal das eines Kindes aus reichem Elternhaus, im Fluss der Zeit etwas bedeutete. Flammende Hoffnung, die langsam erlosch und durch Finsternis ersetzt wurde.

Im selben Sommer wurde die Leiche eines Jungen in Dänemark gefunden, und Jan hatte insgeheim gehofft, dass es Kristoffer war, damit sie zumindest einen Schlussstrich unter die ganze Sache ziehen konnten. Aber es war nicht Kristoffer, sondern ein anderes Kind. Ein Jahr später hatte ein Verrückter die Entführung gestanden und behauptet, er habe den Jungen getötet, konnte aber nicht den Ort beschreiben, an dem die Leiche vergraben sein sollte. Jan hatte den Mann deshalb gehasst, weil er ihm eine diffuse Hoffnung auf eine Antwort gegeben hatte, die er dann aber schuldig geblieben war.

Jetzt, knapp ein Jahrzehnt später, war Jan klar, dass Kristoffer nie gefunden werden würde, und doch verging kein Tag, an dem er sich nicht fragte, was mit seinem Sohn passiert war. Er dachte dabei immer an »die Täter«, denn es mussten mehrere gewesen sein. Er konnte sich nicht vorstellen, dass eine Frau allein dahintersteckte.

Der Journalist fragte noch einmal nach den Gerüchten im Zusammenhang mit einer Erpressung, schließlich war die Familie Klingberg sehr vermögend.

Doch Jan Klingberg wies sämtliche Gerüchte dieser Art zurück. In seinen finstersten Momenten hatte er gedacht, es könne sich um einen Triebtäter handeln. Schließlich hörte man immer wieder davon. Von Erwachsenen, die sich an Kindern vergriffen.

In ein paar abschließenden Zeilen berichtete der Reporter, dass Jan jetzt ganz für seinen jüngsten Sohn lebte, für Joels Zukunft und Wohlergehen. Die Tragödie hatte ihn gelehrt, jeden einzelnen Tag bewusst zu leben, zu erkennen, was wichtig im Leben war.

Katz blätterte zum Anfang des Artikels zurück und betrachtete das Foto von Jan Klingberg. Natürlich konnte man vom Aussehen eines Menschen nicht darauf schließen, ob dieser selbstmordgefährdet war, aber es erschien ihm unfassbar, dass dieser Mann nur wenige Monate später in der Garage auf dem Landsitz der Familie in Sörmland tot aufgefunden werden sollte, vergiftet durch Kohlenmonoxid, zusammen mit seiner Frau Joanna.

Da gibt es einen Zusammenhang, dachte Katz, als er später am Nachmittag in seinem Wagen saß. Kurz vor seinem Verschwinden waren Joel Klingberg ein paar mysteriöse Gegenstände zugeschickt worden, Tücher, die möglicherweise etwas mit der Entführung von Kristoffer zu tun hatten.

Jemand hatte Joel Klingberg per Telefon kontaktiert und ihm gesagt, er habe Informationen über seinen Bruder. Dieselbe Person, die das Paket geschickt hatte? Joel hatte diese Information anscheinend erhalten, während er mit dem Auto unterwegs gewesen war, warum sonst hätte er plötzlich seine Richtung ändern und nach Kungsholmen fahren sollen?

Wo hatte er die Person getroffen? Am Thorildsplan? In Stadshagen, wo Kristoffer vor seiner Entführung bei der Geburtstagsfeier gewesen war?

Katz ging das ausgedruckte GPS-Logbuch durch. Es war offensichtlich: Joel war Kristoffers Weg bis zur Entführung gefolgt. Er war durch Stadshagen gefahren bis zur U-Bahn-Station Kristineberg, als wolle er den Spuren der Entführer folgen. Denn das musste geplant gewesen sein, die Person oder die Personen ... die Frau mit oder ohne Helfer ... mussten die junge Familie beschattet haben, und dann bot sich ihnen mehr oder minder zufällig eine goldene Möglichkeit.

Joel hatte an der Stelle angehalten, wo Kristoffer entführt worden war, und war dann weiter über die Brücke gefahren. Einen erneuten Haltepunkt gab es an der U-Bahn-Station, an der sein Vater vor zweiundvierzig Jahren voller Panik ausgestiegen war und den Bahnbeamten gefragt hatte, ob er Joels Bruder gesehen habe.

Dann hatte Joel seine Fahrt fortgesetzt. Die Person, die Klingberg begleitet oder mit ihm telefoniert hatte, hatte ihm zu verstehen gegeben, dass er am Tennisplatz anhalten solle. Das hatte nichts damit zu tun, dass Katz in der Nähe wohnte, es hatte mit Kristoffers Verschwinden zu tun, ebenso wie die restliche Fahrt an jenem Sonntag vor drei Wochen.

Es war kalt gewesen, daran konnte Katz sich erinnern, während er Klingbergs Weg ins Industriegebiet folgte, der ganze April war eisig gewesen, ein Kälterekord hatte den anderen gejagt. Katz versuchte, sich die angenehme Wärme in Klingbergs Lexus vorzustellen, den Geruch der Ledersitze, die verwirrten Gedanken, die dem Geschäftsmann durch den Kopf gingen ... und die Person, mit der er sprach. Wer war das?

Katz folgte dem Margretelundsvägen, an der Tvärbanebron vorbei, die nach Solna rüberführte, kam zum Industriegebiet mit den kleinen Betrieben am Missionsvägen, den alten Klempnereien und Persenningmachern. Heruntergekommene Klinkerbauten aus den Dreißigern, Eternitanbauten aus den späten Sechzigern, bevor die Geschäfte einbrachen. Er hielt dort an, wo auch Klingberg angehalten hatte, auf einem Wendehammer in der Nähe eines Kleingartenvereins, stellte den Motor ab und zog den Zündschlüssel aus dem Schloss.

Zuerst eine Pause am Tennisplatz, dann hier.

Oder irrte er sich? Handelte es sich hier um Erpressung? Sollte Klingberg jemandem Geld übergeben oder für Informationen bezahlen?

Linker Hand befand sich ein bewaldeter Hügel, rechts eine Halbinsel zum Meer hinaus. Ein Stück weiter lagen eine Kleinbootswerft und ein Jachthafen.

Oder war es einfach nur ein guter Ort zum Nachdenken für einen gequälten Mann, der mit seiner schönen Frau gestritten hatte?

Katz steckte den Schlüssel wieder ins Zündschloss, startete den Wagen und fuhr in entgegengesetzter Richtung zurück.

Wenn Klingberg jetzt verschwunden ist, dachte er, und nicht wieder auftaucht, dann gibt es niemanden mehr von seinem Zweig der Familie. Keine eigenen Kinder. Die Eltern tot. Der Bruder als Siebenjähriger verschwunden.

Joel hatte zu ahnen begonnen, dass es einen Zusammenhang zwischen Kristoffers Entführung und dem Tod seiner Eltern gab. Er war weggelockt worden, um jemanden zu treffen, der behauptete, Informationen über die Ereignisse zu besitzen, eine Person, die eventuell mit ihm im Wagen gesessen hatte? Dieselbe Person, die das Auto im Parkhaus am Hauptbahnhof abgestellt hatte? Denn es war nicht Joel gewesen, den Katz auf den Filmen gesehen hatte, da war er sich sicher. Davor war ihm etwas passiert.

Es war halb sechs Uhr abends, Katz kam gerade aus der Dusche, als Rickard Julin ihn anrief: »Bevor du fragst ... Ich habe mir die Freiheit genommen, deine Auftraggeberin ein bisschen zu durchleuchten. Aus purer Neugierde. Angela Klingberg scheint so eine Art Heiratsschwindlerin zu sein. Oder ist es zumindest gewesen.«

Katz schlüpfte in seinen Morgenmantel und ging in die Küche.

»Das hat Pontus Klingberg auch schon angedeutet«, sagte er. »Und er scheint sie privat nicht ganz koscher zu finden.«

»Sie stammt aus einer Djursholmer Familie, die es nicht geschafft hat. Ihrem Vater gehörte eine Wirtschaftsprüfungsgesellschaft, die in Konkurs gegangen ist. Es kam zur Pfändung, und die Familie musste aus ihrer Luxusvilla in Stocksund in eine Dreizimmermietwohnung in Täby Centrum ziehen. Ein ziemlicher Abstieg, gesellschaftlich gesehen.«

»Und was willst du damit sagen?«

»Du kannst selbst deine Schlüsse daraus ziehen. Sie taucht im Strafregister auf. Wurde zu einer Geldstrafe verurteilt, weil sie einen ihrer früheren Freunde um Geld betrogen hat.«

Katz warf einen Blick auf seine Uhr. Es waren noch mehr als zwei Stunden, bis er Angela Klingberg treffen würde. Er nahm einen Apfel aus der Obstschale, suchte erfolglos nach dem Küchenmesser, nahm stattdessen ein normales Messer und schnitt, das Telefon zwischen Schulter und Ohr geklemmt, den Apfel in Schnitze.

»Wann war das?«, fragte er.

»Sie war achtzehn. Der Typ war zusammen mit ihr auf dem Internat Lundsberg gewesen, sie musste es verlassen, weil ihre Eltern das Schulgeld nicht mehr bezahlen konnten. Sie gab bei den Vernehmungen alles zu. Sagte, sie habe das Geld für Kleider gebraucht ... sie wollte ihren bisherigen Lebensstil halten.«

»Sie war noch ein Kind. Das macht sie ja nicht zwanzig Jahre später zu einer Kidnapperin.«

»Außerdem war sie früher schon mal mit einem mehrfachen Millionär verheiratet, einem Franzosen, wenn auch nur ein Jahr lang. Bei der Scheidung versuchte sie, einen schwindelerregend hohen Unterhalt herauszuschinden, was aber nicht gelang. Ihr Mann hatte eine Menge Kleingedrucktes in dem Ehevertrag untergebracht.«

Katz hörte einen Hund im Hintergrund bellen, dann rief Julin seinen Kindern etwas zu.

»Entschuldige die Störung«, sagte er. »Wir haben uns einen Köter angeschafft, die Kinder sind völlig aus dem Häuschen. Einen Kaukasischen Owtscharka, einen Wachhund. Die Firma überlegt, sie zu importieren. Nicht gerade ein kinderfreundlicher Geselle. Ich muss ihn erst mal im Zwinger in der Garage unterbringen. Aber die Kinder wollen, dass ich ihn rauslasse, damit sie ihn streicheln können. Was keine so gute Idee ist. Ich weiß nicht, wie lange ich noch ungestört reden kann. Was immer du auch tust, Katz, schaff dir auf deine alten Tage bloß keine Kinder an.«

»Hast du auch das nachgeprüft, worum ich dich gebeten hatte? Ob die Polizei die Filme der Überwachungskameras gecheckt hat?«

»Da stimmt irgendwas nicht. Meine Kontakte wissen nichts davon. Sie waren ehrlich überrascht.«

»Kann das eine andere Abteilung sein, die parallel arbeitet?«

»Dann hätte das trotzdem rauskommen müssen. Es sei denn, es handelt sich um etwas Halbprivates, etwas, das jemand sozusagen nach Feierabend macht. Wenn es überhaupt jemand von der Polizei gewesen ist.«

»Warum sollte es keiner von der Polizei gewesen sein?«

»Frag mich nicht. Ach, Katz, noch eine Sache.«

»Ja.«

»Die haben doch keine Kinder, Klingberg und seine Frau, oder?«

»Stimmt.«

»Dann ist sie also Alleinerbin. Und der Typ ist locker ein paar Hundert Millionen Kronen wert, vielleicht noch mehr.«

»Aber Angela ist ganz einfach nicht der Typ, der das Verschwinden eines Menschen organisiert.«

»Woher weißt du das?«

»Warum hat sie mich dann engagiert? Warum lässt sie die Sache nicht einfach auf sich beruhen? Alle, die Polizei inklusive, glauben doch, dass er freiwillig weg ist.«

»Vielleicht will sie einen Schritt voraus sein? Wenn er nicht zurückkommt oder seine Leiche gefunden wird, dann ist sie doch über jeden Verdacht erhaben.«

Julin seufzte am anderen Ende der Leitung. Der Hund bellte wieder, laut und gellend.

»Ich muss jetzt auflegen«, sagte er. »Bevor die Kinder irgendwelche Dummheiten machen. Der Köter ist nur auf Probe hier. Wir wollen ihn später genauer unter die Lupe nehmen. Mit einem Hundeführer eine kleine Wachhundprüfung machen.«

»Kannst du mir noch einen letzten Gefallen tun, Rickard?«

»Was denn?«

»Eine Recherche im Archiv bei der Kripo. Es geht um die Entführung von Joel Klingbergs Bruder 1970. Ich will wissen, ob da etwas über besondere Fundstücke am Tatort in den Ermittlungsakten steht. Dinge, die dort gefunden wurden, wo er entführt wurde. Ein Champagnerkorken, unter anderem.«

»Klingt seltsam. Worum geht es?«

»Ich weiß nicht. Kannst du das einfach mal für mich überprüfen?«

»Okay, ich werde sehen, was ich rauskriege.«
»Schön. Wir hören voneinander.«
»Poka Danja!«
»Poka!«

Julin hatte einen leisen Verdacht gesät, der jedoch im Keim erstickte. Denn das, was sich Katz in der Wohnung in der Skeppargatan bot, änderte die Spielregeln.

Er hatte Angela nach seinem Gespräch mit Julin noch einmal angerufen, weil er auf andere Gedanken kommen wollte, aber sie hatte sich nicht gemeldet.

Er stellte fest, dass er über eine Stunde vor dem verabredeten Zeitpunkt bei ihr eintreffen würde, und wenn sie nicht da war, würde er warten müssen. Er musste mit ihr reden, seinen Verdacht, dass sie in die Sache verwickelt war, aus der Welt schaffen.

Katz erinnerte sich problemlos an den Türcode.

Während er den Fahrstuhl zur Wohnung nahm, dachte er an Jan Klingberg. Die Panik, die ihn überfallen hatte, als er plötzlich einsehen musste, dass er seinen Sohn einer wildfremden Person anvertraut hatte, der in ihm aufkeimende Verdacht, dass hier irgendetwas nicht stimmte. Katz spürte eine leichte Übelkeit, während er unbewusst dem Quietschen der Drahtseile im Fahrstuhlschacht lauschte, er spürte, dass etwas nicht stimmte, obwohl er nicht sagen konnte, was.

Das Sicherheitsgitter war geöffnet, die Wohnungstür stand sperrangelweit offen.

Er rief ihren Namen, während er den Dienstbotengang entlanglief, durch den er erst vor wenigen Tagen mit ihr zusammen gegangen war. Er schmeckte den bitteren Geschmack von Angst im Mund, als er die umgeworfenen Möbel im Esszimmer sah, die Laken, die im Schlafzimmer vom Bett gerissen und auf den Boden geworfen worden waren; auch hier standen die Türen weit offen, als wollten sie ihn einladen, all das zu sehen, was er nicht sehen wollte.

Blutflecken auf der Treppe hinauf zum Obergeschoss. Blutspuren an den Wänden, Handabdrücke.

Die Stille in der Wohnung, die nur von seinem eigenen Atmen durchbrochen wurde. Kalter Schweiß, der ihm auf der Stirn ausbrach. Er hörte jemanden stöhnen, ein lautes, katzenähnliches Jammern, und merkte, dass es von ihm selbst stammte.

Es dauerte eine Ewigkeit, bis er oben auf der Treppe angelangt war. Licht fiel durch die Terrassenfenster in Klingbergs Arbeitszimmer. Der Computer war eingeschaltet, ein Bildspiel zeigte Fotos aus dem Familienalbum: die meisten mit Angela und Joel, Urlaubsbilder, Alltagsbilder, Bilder von einem Krebsessen, begleitet von klassischer Musik, Wagner vermutlich.

Noch mehr Blut, auf dem Eichenparkett eine breite Blutspur, als hätte jemand einen Lappen in rote Farbe getaucht und damit den Boden gewischt. Ein Stück weiter stand eine Tür offen, sie führte in einen angrenzenden Raum.

Katz flimmerte es vor den Augen, als er eintrat.

Sie lag in einer unnatürlichen Stellung, wie auf den Teppich geworfen. Sie hielt das Handy in der Hand, als wolle sie noch ein letztes Gespräch führen und sich verabschieden.

Beinahe hätte er sich übergeben. Der Reflex war so heftig, dass er sich die Hand vor den Mund halten musste, als er die Bissspuren an ihrem Hals entdeckte. Wie damals bei Eva Dahlman. Ein blutiges Halsband, von der Kehle bis zum Nacken. Die Haut war aufgerissen. Die Bisse eines Wahnsinnigen, die Kraft und die Wut dahinter mussten unglaublich groß gewesen sein.

Irgendwie konnte er nur ein Detail nach dem anderen aufnehmen. Seine eigene Kleidung lag im Zimmer verstreut. Ihr nackter Unterleib. Er bemerkte die Wirbel in ihrem leicht grauen Schamhaar. Er erkannte den Messergriff, der aus ihrer Brust ragte. Sein Küchenmesser. So war sie gestorben. Wie Schlachtvieh. Das Messer hatte direkt ins Herz getroffen.

Habe nie den Wäschekorb im Bad überprüft. Habe die Küchenschubladen nicht überprüft, ob dort etwas gefehlt hat.

Ohne zu begreifen, wie es dazu kam, ging er neben der Leiche in die Knie. Das Handydisplay zeigte die verpassten Anrufe. Seine Nummer stand ganz oben ... sechs verpasste Anrufe von seinem Telefon, der letzte erst vor einer halben Stunde, als er versucht hatte, sie anzurufen.

Er sah sich im Zimmer um, Bücherregale an allen Wänden: die Bibliothek des Ehepaars Klingberg. Er ahnte, dass es noch mehr Dinge von ihm in der Wohnung gab, wer auch immer sie hier verteilt haben mochte, weitere Kleidungsstücke etwa, im Schlafzimmer im Untergeschoss.

Die Regenjacke auf dem Überwachungsfilm in der Garage, das wurde ihm jetzt klar, musste seine gewesen sein.

Er verließ rückwärts das Zimmer, ging wieder in Klingbergs Arbeitsraum. Erneute Würgereflexe, er konnte sie nicht mehr unterdrücken und erbrach sich neben dem Schreibtisch.

Was spielte das jetzt noch für eine Rolle? Seine Fingerabdrücke waren ohnehin bereits hier im Raum zu finden, auf dem Computer und dem Schreibtisch, auf der

Türklinke, dem Treppengeländer zum oberen Stockwerk, im Eingangsbereich auf dem Sicherheitsgitter, im Auto, das sicher noch in der Garage stand.

Er bewegte die Computermaus. Ihre Hotmail-Seite war in einem eigenen Tab geöffnet. Die Mail, die sie ihm geschickt hatte, in der sie ihn bat, zu kommen, und seine Antwort, die so interpretiert werden konnte, als hätten sie eine Affäre.

Katz hörte Polizeisirenen in der Ferne. Ein letztes Mal ließ er seinen Blick durch den Raum schweifen, der sich bald in den abgesperrten Tatort eines Mordes verwandeln würde. Er sollte die Beamten abwarten, ihnen alles erklären, sich an die Wahrheit halten, aber er wusste, dass das nichts nützen würde, das war zu perfekt gemacht, die ganze Inszenierung, alles deutete allein auf ihn hin.

Die Polizeisirenen kamen näher, sie waren schon im Viertel, mehrere Wagen, wie es sich anhörte.

Katz lief die Treppe hinunter, zurück zum Flur. Seine Hände zitterten, als er das Sicherheitsgitter schloss. Es gab drei Schlösser, der Schlüssel steckte im obersten. Hatte sie ihrem Mörder selbst aufgemacht?

Er verschloss alle drei Schlösser. Drückte dann die eigentliche Wohnungstür zu, verriegelte sie und warf den Schlüssel auf dem Weg nach oben in Klingbergs Arbeitszimmer weg. Wie viel Vorsprung würde ihm das geben ... eine Viertelstunde, bis sie Gitter und Tür geknackt hatten?

Er öffnete die Glastür, die auf die Dachterrasse führte, und trat hinaus in die frische Luft. Kein Blutgeruch mehr, kein eklig süßer Duft von langsam gerinnendem Blut; kein Geruch von Koagulationshaut, wie die zähe Haut auf einer Sauce. Nicht mehr der Geruch ihrer Todesangst.

Die Terrasse war etwas abgesenkt, um einen besseren Windschutz zu haben, aber vorn am Geländer war es möglich, aufs Dach zu gelangen. Er bekam das Schneeschutzblech zu fassen und zog sich hoch. Auf die Dachziegel, mit der jahrzehntealten Dreckschicht der Möwen von Nybroviken. Unter ihm: sechs Stockwerke; und die Dachschräge war steiler, als er gedacht hatte. Katz hatte Höhenangst, hatte immer schon Höhenangst gehabt, und mit den Jahren wurde sein Schwindelgefühl nur noch schlimmer.

Er schloss die Augen und erkannte, dass er so nirgendwohin kommen würde, er war wie gelähmt vor Angst.

Also zwang er sich, die Augen zu öffnen.

Fünf Meter weiter rechts führte eine Leiter zu einem der Schornsteine. Katz drückte sich mit einem Fuß vom oberen Teil eines Dachziegels ab. Die Tragkraft war dort größer, wo die Dachbalken lagen.

Er reckte sich, so weit er konnte, tastete, bis er an einer Dachpfanne Halt fand, setzte den rechten Fuß nach und zog seinen Körper zur Seite.

Langsam schob er sich vorwärts. Noch drei Meter. Zwei Meter. Es gab kein Zurück mehr. Den Bauch gegen das Dach gedrückt, bezwang er auch das letzte Stück, bis er die Leiter erreichte.

Dann kletterte er hinauf.

Er kam bis zum Giebel und schaute hinunter. Sah die Polizeikolonne auf der anderen Straßenseite, einen Mannschaftswagen und einen Streifenwagen. Neugierige, die auf dem Bürgersteig zusammenströmten. Rittlings auf dem Giebel sitzend, rutschte er zum benachbarten Gebäude.

Fünfzehn Meter weiter fand er, was er sich erhofft hatte: eine Dachluke. Es gelang ihm, sie zu öffnen, und er ließ sich mit den Füßen voran hinuntergleiten.

Fünf Minuten später trat er aus der Eingangstür des Nachbarhauses auf die Straße. Er würdigte die Polizeifahrzeuge und Passanten, die sich ein Stückchen entfernt versammelt hatten, keines Blickes und schritt zielstrebig die Straße hinauf, zu seinem geparkten Wagen.

Wie viel Zeit blieb ihm? Maximal eine Stunde, bis sich der Verdacht auf ihn richten würde. Das hier passiert nicht, dachte er, und doch war es passiert.

Der Kopfschmerz war wie eine Art schimmernder Märchenfarbe im Hinterkopf, gelbrot mit einem Einschlag von Hellblau. Er spürte ein sonderbares Stechen in der Brust. Die Kehle war ausgetrocknet. Während er an der Gallerian Richtung Jakobsgatan vorbeifuhr, suchte er vergeblich nach einer Wasserflasche im Handschuhfach. Kniff sich in den Arm, um etwas anderes zu fühlen als den inneren Schmerz. Der Abend hatte eine Dichte, wie er sie nie zuvor bemerkt hatte. Auch der Regen fiel auf eine andere Art und Weise als sonst. Ein Knöllchen klemmte hinter einem der Scheibenwischer, er entdeckte es, als er sie einschaltete, aber der Fahrtwind riss es mit sich, und im Rückspiegel sah er, wie es im spärlichen Abendverkehr davonflatterte.

Ein plötzlicher Weinkrampf überfiel ihn, er begann wie ein Magenkrampf und steigerte sich zu einem tierischen Heulen, während ihm die Tränen aus den Augen strömten.

Er bog nach rechts in die Vasagatan. Registrierte die Welt im Telegrammstil: Happy-Hour-Kneipen. Illegale Taxifahrer. Russische und afrikanische Prostituierte. Vor einem 7-Eleven kniete ein Junkie mit dem Rücken gegen das Fenster gelehnt, als wäre er kurz davor, in dieser Haltung einzuschlafen, aber Katz wusste, dass das Gegenteil der Fall war: Durch das Heroin war er unglaublich aufmerksam gegenüber Umwelteinflüssen, gleichzeitig versetzte es ihn aber meilenweit in seinen eigenen Körper hinein. Plötzlich spürte er ein intensives Verlangen nach der Droge. Er spürte, wie der Körper nach Heroin schrie, und der kalte Schweiß brach ihm aus, obwohl es mehrere Jahre her war, dass er das so gespürt hatte.

Rotes Licht kurz vor dem Norra Bantorget. Er atmete flach, um nicht zu hyperventilieren. Im Rückspiegel sah er einen Mann mit seinen Habseligkeiten in einem Einkaufswagen über die Straße schlingern, während er mit einem Arm wie ein Stierkämpfer gegen die hupenden Autos ankämpfte. Der Junkie glitt langsam wie ein schmelzender Mensch an der Scheibe des 7-Eleven-Ladens hinunter.

Der Anblick ihrer Leiche ging ihm nicht aus dem Kopf. Ein getöteter Mensch, dachte er. Getötet und weggeworfen.

Er konnte das nicht verstehen.

Jedes noch so kleine Detail. Sogar die Bisswunden am Hals. Alles würde auf ihn hindeuten.

Er fuhr weiter zur Barnhusbron, rüber nach Kungsholmen und nahm die Fleminggatan zum Fridhemsplan.

Wenn er bei der Wahrheit blieb, genau wiedergab, wo er gewesen war und was er gemacht hatte, warum sollte er dann überhaupt verdächtigt werden?

Und trotzdem wusste er, dass das nicht stimmte. Instinktiv spürte er, dass er dafür einfahren würde.

Katz war jetzt auf dem Drottningholmsvägen. Seine Hirnwindungen hatten wieder angefangen zu arbeiten, die Gedanken begannen, sich nach einer funktionierenden Grammatik zu ordnen. Er wusste, was er tun musste, und auf jeden Fall, womit er anfangen würde.

Den Wagen stellte er zweihundert Meter von der Wohnung entfernt ab und ging den Rest zu Fuß. Im Treppenhaus brannte kein Licht. Vor dem Eingang war kein Streifenwagen zu sehen. Sicherheitshalber ging er ums Haus herum. Nichts Auffälliges. Der Nachbar im ersten Stock stand am Küchenfenster und blätterte in einem Werbeprospekt.

Katz ging durch den Keller ins Haus und eilte mit großen Schritten die Treppen hoch bis zum zweiten Stock.

Seine Knie zitterten immer noch, das Herz schien aus dem Takt zu sein. Die Übelkeit war zurück.

Er brauchte nur wenige Minuten, um das zusammenzusuchen, was er benötigte: eine Tasche mit Wechselwäsche, eine Taschenlampe, ein altes Handy mit Ladegerät.

Er schloss die Tür hinter sich ab und ging in sein Büro hinunter. Nahm einen Hammer, eine Zange und einen Schraubendreher aus der Werkzeugkiste. Die Straße vor dem Haus war immer noch menschenleer. Ohne Vorwarnung begann er zu schwitzen, spürte, wie seine Achseln feucht wurden und der Schweiß den Rücken hinunterrann.

Er öffnete den Safe, griff nach einer von den kleinen Festplatten, seinem Laptop und seinem Pass und packte alles in die Tasche. Ein Umschlag enthielt fünftausend in bar. Er stopfte sie in die Innentasche seiner Jacke. Warf in der Dunkelheit einen Blick über die Schulter. Mehr brauchte er nicht.

Dann verließ er das Haus, überquerte die Straße und ging zu einem Parkplatz in der Nähe.

Mit zitternden Fingern drückte er den Schraubendreher gegen das Gummi der Seitenscheibe eines silbergrauen Ford Sierra. Er drückte den Griff fest nach unten, bis sich eine fünf Zentimeter breite Öffnung auftat. Genau wie früher, dachte er, mit Jorma Hedlund. Beide

Hände in dem Spalt, drückte er mit voller Kraft, bis die Öffnung so groß war, dass er einen Arm durchstecken und das Schloss von innen öffnen konnte.

Auf der anderen Straßenseite ging ein Mann mit seinem Hund an der Leine vorbei. Katz blieb wie erstarrt stehen, bis er aus seinem Blickwinkel verschwand. Dann setzte er sich auf den Fahrersitz, zielte mit der Spitze des Schraubendrehers auf das Zündschloss und rammte sie mit dem Hammer hinein.

Bei dem Modell gibt es kein spezielles Sicherheitsschloss, man kann es ganz einfach knacken. Nur den Saab 900 kriegt man leichter auf. Völlig unbrauchbar, das Schloss; wenn die Dinger alt werden, kannst du sie mit einem Eisstiel starten.

Jormas Stimme vor fünfundzwanzig Jahren, als so etwas Alltag für sie gewesen war.

Katz packte das Lenkrad mit beiden Händen und zerrte es mit aller Kraft zu sich heran, bis er hörte, wie das Lenkradschloss aufbrach.

Dann drehte er mit der Zange den Schraubendreher, und der Motor startete.

Zweihundert Meter von seiner Wohnung entfernt kam ihm die erste Streife entgegen. Er sah, wie der Wagen langsamer wurde, wie der Bulle auf dem Beifahrersitz Katz' Nummernschild taxierte, bevor der Fahrer in die anvisierte Straße einbog, ohne Sirene, aber mit Blaulicht. Katz fuhr ruhig weiter, hielt sich an die Geschwindigkeitsbegrenzung, ihm kamen noch zwei weitere Polizeiwagen aus derselben Richtung entgegen. Der Sierra schnurrte wie eine Katze.

Julins Villa lag in der Smedslätten in Bromma, nur ein paar Kilometer von Katz' Adresse entfernt und dennoch in einer ganz anderen Welt. Für Capitol Security war es in den letzten Jahren gut gelaufen, so gut, dass Julin seine alte, vom Militär gestellte Mietwohnung in Solna verlassen und sich eine Luxushütte mit dreihundert Quadratmetern und Blick über den Mälaren hatte leisten können. Dass er in der Sicherheitsbranche arbeitete, war nicht zu übersehen. Eine drei Meter hohe Gartenmauer umgab das Grundstück. Er hatte eine moderne Sicherheitspforte installieren lassen, durch die man auf das Privatgelände gelangte.

Katz parkte den Wagen auf der dunkleren Straßenseite, ging zum Tor und klingelte. Aus einem Haus ein Stück weiter entfernt war Hundegebell zu hören. Es dauerte ein paar Minuten, bis Julin in der Gegensprechanlage zu hören war.

»Hier ist Katz«, sagte Danny. »Ich brauche Hilfe.«

Es dauerte eine Stunde, um alles zu erzählen. Katz merkte, wie seine Hände zu zittern begannen, als er den Anblick schilderte, der sich ihm in der Wohnung in der Skeppargatan geboten hatte. Dann verstummte er und schaute aus dem Fenster.

»Was willst du machen?«, fragte Julin beherrscht.

»Ich weiß es nicht.«

»Ich finde, du solltest die Polizei anrufen und sagen, dass du hier bist, bei mir. Sie kommen her und holen dich ab, um dich zu vernehmen, und das Einzige, was du tun musst: dich an die Wahrheit halten. Ich kann mitkommen, wenn du willst. Soll ich den Anwalt meiner Firma anrufen?«

»Vielleicht später. Ich muss erst noch was klären.«

»Und das wäre?«

»Es gibt einen Zeugen ... aus dem Parkhaus. Ein junger Typ, der gesehen hat, wer Klingbergs Wagen abgestellt hat. Ich muss ihn finden.«

Julin seufzte.

»Das ist doch Wahnsinn. Ruf lieber die Polizei an.«

»Und wenn es so ist, wie ich denke?«

»Ein Komplott? Hör auf, das bildest du dir nur ein. Das ist der Schock. Ich weiß noch, auf dem Balkan, wenn man da die Toten gesehen hat ... dann war das nicht ohne und hat einen echt umgehauen.«

»Aber da lagen lauter Sachen von mir rum.«

»Alle Küchenmesser sehen ungefähr gleich aus.«

»Glaub mir, das ist perfekt arrangiert. Haare. DNA. Meine Klamotten. Die Mordwaffe.«

»Jetzt hör mir mal zu. Sie werden den genauen Zeitpunkt des Mordes feststellen, und du wirst sagen, dass du zu dem Zeitpunkt gar nicht in der Wohnung gewesen bist.«

»War ich das nicht? Woher weißt du das? Meine Fingerabdrücke sind überall ... auf Klingbergs Computer, auf der Sicherheitstür, am Treppengeländer ... in ihrem Auto.«

Julin seufzte und erhob sich aus seinem Stuhl. Katz fiel plötzlich die Stille im Haus auf.

»Soll ich gehen?«, fragte er. »Wecke ich die Kinder?«

»Die sind nicht hier. Sind mit meiner Frau vor ein paar Stunden nach Skåne gefahren, kurz nachdem wir telefoniert haben. Sie bleiben eine Woche. Wir haben ein altes Fachwerkhaus da unten. Da solltest du mal zu Besuch kommen.«

»Und was ist aus dem Hund geworden?«

»Dem Owtscharka? Hast du ihn nicht gehört? Der ist in der Garage. Der ist zu nichts zu gebrauchen. Wir werden ihn nach Moskau zurückschicken.«

Julin öffnete einen Vitrinenschrank, schenkte Cognac in zwei Schwenker und reichte einen davon Katz. Der schüttelte abwehrend den Kopf.

»Ich verstehe das nicht … wer auch immer dahintersteckt. Warum sich so viele Umstände machen? Warum nicht einfach einen Autounfall fingieren, bei dem sie draufgeht?«

»Ruf die Polizei an, Katz, das ist mein Rat.«

»Übrigens, hast du was rausgekriegt? Über die Umstände, unter denen sein Bruder verschwunden ist?«

»Tut mir leid, habe ich noch nicht geschafft. Glaubst du, das hat was mit der Sache zu tun?«

»Klingberg war irgendetwas auf der Spur. Er hat angefangen, eins und eins zusammenzuzählen … hat das Verschwinden seines Bruders mit dem Tod der Eltern neun Jahre später in Verbindung gebracht. Offiziell war es Selbstmord, aber er schien begründete Zweifel daran zu haben. Er muss einen Kontaktmann gehabt haben, der Informationen über die Entführung hatte und vielleicht auch über den Tod der Eltern. Aber dann ging irgendwas schief, oder er wurde in eine Falle gelockt.«

»Meine Güte, Katz … das sind doch nur Spekulationen.«

»Ich weiß, wann ich recht habe.«

Er stand auf, trat ans Fenster und ließ den Blick über das dunkle Wasser und die fernen Lichter in Mälarhöjden auf der anderen Seite der Bucht schweifen. Spürte die Panik wieder in sich aufsteigen.

»Kannst du mir noch einen letzten Gefallen tun, Julin? Druckst du mir ein Foto von Klingberg aus dem Internet aus?«

Julin nickte und verschwand im angrenzenden Zimmer. Das Surren eines Druckers war zu hören. Dann kam er zurück mit einem Foto, dem gleichen, das Katz im Internet gesehen hatte, von der Jahreshauptversammlung des Unternehmens.

»Tatsächlich, dein alter Kumpel vom Militär ... das ist doch unglaublich.«

Katz nickte, versuchte, einen Gedanken zu fassen, der Form annehmen wollte, konnte ihn aber nicht halten.

»Ich werde eine Weile untertauchen«, sagte er. »Sag niemandem, dass ich hier war.«

»Und wenn ich dich erreichen muss?«

»Das kannst du nicht. Nicht, wenn ich nicht will.«

TEIL ZWEI

Es war schlecht durchdacht, die Übergabe an einem Montagabend zu machen. Die Kinder kamen aus dem Rhythmus, waren müde nach dem ersten Schultag in der Woche und emotional aufgewühlt infolge des Wochenendes bei Ola und Erika. Das Baby zog die ganze Aufmerksamkeit auf sich, und die größeren Halbgeschwister fühlten sich außen vor, was ihrer Mutter nicht gefiel. Das hatte sie Ola auch gesagt, dann aber nur zu hören bekommen, sie solle sich nicht in sein Leben einmischen.

Sie konnte nicht begreifen, warum das alles dermaßen schiefgelaufen war. Andere geschiedene Eltern legten die Übergabe ihrer Kinder auf den Freitag. Zugegeben, es lag an ihrem alten Dienstplan. Als Staatsanwältin im Bereitschaftsdienst hatte ihre Wochenendschicht montagmorgens geendet. Diese Routine behielten sie noch jahrelang bei, nachdem sie den Posten aufgegeben und eine Stelle beim Amt für Wirtschaftsverbrechen bekommen hatte. Sie hatte versucht, etwas zu ändern, doch Ola fand es gut so, wie es war.

Sie konnte die Kinder schon durch die Wohnungstür hören. Arvid, der etwas von einer verschwundenen Bakugan-Figur brüllte, einer dieser merkwürdigen kleinen Plastikfiguren, die man wie einen Ball zusammendrücken konnte und die einen unbekannten, aber höheren Zweck im Leben eines fünfjährigen Jungen erfüllten, und Lisa, die ein Kinderlied auf Endlosschleife in ihrem Kopf abspulte und nicht aufhören konnte zu singen.

Ola schrie die beiden im Flur an. Vermutlich hatte er schon angefangen, sie anzuziehen, damit sie fertig waren, sobald ihre Mutter auftauchte. Alles nur, um möglichst kein Wort mit ihr wechseln zu müssen, die Kinder so schnell es ging zu übergeben und die Tür mit einem aggressiven Knall hinter ihr ins Schloss zu werfen.

Blödes Arschloch, dachte sie. Doch die Kinder liebten ihn, sie brauchten ihren Papa, sie konnte ihnen das nicht nehmen.

Bratendunst hing im Treppenhaus. Das Haus am Ringvägen war ein Protzbau aus der Zeit Anfang der Achtziger, eingezwängt zwischen Gebäuden aus der Jahrhundertwende. Als Ola zwei Monate nach der Scheidung mit Erika zusammengezogen war, hatte er natürlich dafür gesorgt, am anderen Ende der Stadt zu wohnen, so weit weg wie nur möglich von ihrem alten Zuhause am Sankt Eriksplan. Er war Meister darin, ihr das Leben schwer zu machen. Selbst im Schlaf quälte er sie noch, in ihren Träumen.

Sie starrte auf das Namensschild über dem Briefschlitz: Westin. Der Nachname, den sie immer noch trug, da ihr Mädchenname sie noch mehr stören würde. Unglaublich, dass sie es so lange miteinander ausgehalten hatten. Dass es ihr gelungen war, zu verbergen, wer sie eigentlich war, weil sie so gern Teil seiner bürgerlichen Existenz werden wollte. Bis es nicht mehr ging, bis er anfing, das Dunkel hinter der Fassade zu erahnen, die Schwächen, die er nicht ertrug.

Sie zögerte, die Hand bereits an der Klingel. Erikas Stimme von drinnen: In schrillem Ton schrie sie Lisa an, sie solle aufhören zu singen, weil das Baby schlafen müsse. Warum hielt sie nicht selbst die Klappe, diese blöde Hexe? Im Anwaltsberuf, genau wie Ola. Die beiden hatten sich bei der Arbeit kennengelernt und wahrscheinlich schon eine Weile, bevor ihre Ehe in die Brüche gegangen war, heimlich getroffen.

Sie schaute nach links und musterte sich im Treppenhausspiegel. Eher schlampig angezogen als leger. Sneakers, Jeans, graue Kapuzenjacke. Sie war zweiundvierzig Jahre alt, aber es kam immer noch vor, dass junge Männer ihr nachschauten. Warum, wusste sie selbst nicht. Sie hatte sich nie als schön empfunden, und das war kein Ausdruck weiblicher Selbstverachtung, das war einfach Teil ihres Weltbilds.

Das Deckenlicht begann zu flackern, sie strich über ihren Schal. Ein Rest Eitelkeit aus der Zeit, als die Narben an ihrem Hals noch zu sehen gewesen waren, bevor die Schönheitsoperation sie eliminiert hatte. Eine Erinnerung an ihre Jugendjahre; an den Ort, aus dem sie stammte. Sie hatte keinem Menschen erzählt, was ihr passiert war, nicht einmal Ola.

Sie holte tief Luft und klingelte. Hörte die Kinder hinter der Tür nach ihr rufen, bevor geöffnet wurde und sie ihr wie zwei glückselige Kälbchen entgegentaperten. Lisa zuerst, in der roten Lederjacke, die sie vor zwei Jahren zum Geburtstag bekommen hatte und die auszuziehen sie sich weigerte, obwohl sie längst zu klein geworden war. Dann Arvid, der kleine Schauspieler, der sauer tat, obwohl sie wusste, wie sehr er sich freute, sie zu sehen.

»Hallo, meine Lieblinge.«

»Mama, du bist viel zu spät, es ist schon nach acht!«

»Ich weiß, tut mir leid, ich hatte noch so viel zu tun in der Arbeit.«

»Dann hättest du dich zumindest mal melden können.«

Olas aggressive Stimme, die sich durch all die Liebe zwängte, zwischen den Kinderarmen hindurch, die sich um ihren Hals schlangen, durch ihre feuchten Küsschen, durch die Wärme ihrer kleinen Körper. Aber sie dachte nicht daran, sich provozieren zu lassen.

»Entschuldige, ich habe es ja versucht. Aber es war die ganze Zeit besetzt. Hast du meine SMS nicht gekriegt?«

Er reichte ihr die Rucksäcke mit den Sachen der Kinder.

»Lisas Termin für das Fußballtraining hat sich geändert«, sagte er in säuerlichem Ton. »Der ist ab jetzt donnerstags.«

»Du weißt, dass ich donnerstags nicht kann. Gab es denn keine andere Möglichkeit? Dass sie in eine andere Gruppe kommt oder so?«

»Es ist nicht meine Aufgabe, deine Arbeitszeiten im Kopf zu haben, und Lisa möchte weiterhin mit ihren Freundinnen spielen, also entweder änderst du deine Arbeitspläne, oder du enttäuschst deine Tochter.«

Jetzt nicht in die Falle tappen, nicht dagegen argumentieren.

»Okay, ich krieg das schon irgendwie hin. Seid ihr fertig, Kinder, wollen wir gehen? Das Auto steht vor der Tür.«

»Stehst du wieder im Halteverbot, Mama? Weißt du nicht mehr, wie du letztes Mal Strafe bezahlen musstest?«

»Das passiert nicht, wenn wir uns beeilen.«

»Aber Mama, wenn ein Polizist kommt und dir einen Strafzettel gibt, musst du ihm doch nur sagen, dass du auch bei der Polizei arbeitest. Dann macht das doch nichts.«

»So funktioniert das nicht, mein Liebling.«

»Nein, weil die gar nicht so heißen, Arvid, das sind keine richtigen Polizisten … das sind Parkierungspolizisten.«

Sie sah Erika hinten im Flur mit dem Baby auf dem Arm entlanggehen, ohne sie eines Blickes zu würdigen. Zehn Jahre jünger als sie selbst. Stammte aus der Gegend von Värmland, hatte Karriere in derselben Anwaltskanzlei gemacht wie Ola.

»Mama, morgen ist Spielsachentag im Kindergarten, und ich will meinen grünen Bakugan mitnehmen, aber Papa hat ihn nicht gefunden.«

»Der ist zu Hause, der liegt in deinem Bett, du hast ihn gar nicht mitgenommen.«

Die Erleichterung im Blick des Jungen, die offene Freude darüber, dass das Spielzeug noch da war. Sie merkte, wie ihr die Tränen in die Augen traten.

»Was war sonst noch, Ola? Muss ich noch etwas wissen? Hausaufgaben?«

»In Lisas Rucksack steckt ein Zettel. Am Dienstag macht sie einen Ausflug.«

»Also morgen. Das hättest du mir auch früher sagen können.«

»Wie wäre es, selbst ein bisschen mehr Verantwortung zu übernehmen? Hast du schon mal was vom Schulweb gehört? Da braucht man nur nachzuschauen.«

Der Blick, den er ihr zuwarf, war von ungeschminkter Bosheit, dann wandte er sich lächelnd den Kindern zu.

»Und, kriege ich einen Kuss, meine Süßen, bevor ihr mit Mama abdüst?«

Jetzt bloß nicht ihm eine scheuern, ihm mit der Faust direkt ins Gesicht schlagen, diese schön geschwungene Unterlippe zum Platzen bringen, seine verdammte Nase zertrümmern. Die Kinder sind jetzt das Wichtigste, sie sollen in Ruhe und ohne Streit nach Hause kommen, damit die Woche möglichst schön beginnt.

Unwillig verscheuchte sie den Gedanken und versuchte krampfhaft, an etwas anderes zu denken, während er die Kinder übertrieben lange umarmt hielt.

Joel Klingberg.

Sie war von einem jungen Kriminalbeamten, der früher im Dezernat für Wirtschaftskriminalität beschäftigt gewesen war und wusste, dass sie sich mit der Klingberg Aluminium AG befasste, auf Klingbergs Verschwinden hingewiesen worden. Vor ein paar Monaten war ihr das Unternehmen untergekommen, als die Anzeige eines entlassenen Angestellten auf ihrem Schreibtisch gelandet war. Es handelte sich um eine angebliche Transaktion, an der eine Tochterfirma des Unternehmens beteiligt gewesen sein sollte. Fünfzig Millionen Kronen seien ohne Genehmigung auf ein Konto auf den Jungferninseln transferiert worden, auf ein Konto ohne Empfängernamen. Sie hatte sich noch nicht eingehender mit der Sache beschäftigt, war aber neugierig geworden, als sie hörte, dass Klingbergs Frau ihren Gatten als vermisst gemeldet hatte.

Nachdem alles darauf hindeutete, dass er freiwillig untergetaucht war, waren die Ermittlungen eingestellt worden. Aber irgendetwas hatte sie dazu gebracht, auf eigene Faust weiterzurecherchieren. Und weil es Olas Woche gewesen war, hatte sie Überstunden gemacht, war im Büro das Material des ehemaligen Mitarbeiters durchgegangen, der nach seiner Kündigung Anzeige erstattet hatte. Sie hatte Stichproben in verschiedenen Registern gemacht und sich über die Tragödien gewundert, die die Familie Klingberg im Laufe der Jahre ereilt hatten, war ins Parkhaus gefahren, in dem Klingberg vor seinem Verschwinden seinen Wagen abgestellt hatte, um sich dort die Filme der Überwachungskameras anzusehen.

Nicht dass sie irgendetwas herausgefunden hätte. Aber das spielte auch keine Rolle. Was hätte sie sonst an den einsamen Abenden machen sollen?

Als Ola den Kindern im Treppenhaus noch einmal zum Abschied winkte, klingelte ihr Diensthandy. Lisa war als Erste am Fahrstuhl, Arvid brüllte, dass er an der Reihe war, den Knopf zu drücken. Sie fischte ihr Telefon aus der Tasche.

Ein merkwürdiger Zufall, dachte sie: Danielsson, der Kriminalbeamte aus dem Dezernat für Gewaltverbrechen, der ihr den Tipp mit Klingberg gegeben hatte. Sicher, er war scharf auf sie, aber er würde nie einfach nur so anrufen.

»Tut mir leid, aber ich muss rangehen«, sagte sie, als sie Olas skeptischen Blick bemerkte.

Sie drückte das Handy dicht ans Ohr und hörte der Stimme am anderen Ende zu, nickte, während sie die Kinder anschaute, die brav auf sie warteten. Sie sehnten sich jetzt nach Hause, in ihre Zimmer, nach ihren Spielsachen in der Torsgatan, nach ihren Betten, in die Wohnung, in der es nicht die Konkurrenz eines Babys und einer neuen Partnerin ihres Vaters gab, die im besten Fall ihre Wünsche ignorierte.

»Okay«, sagte sie. »Klingbergs Frau. Sag das bitte noch mal ... Eine landesweite Fahndung, und es gibt einen Verdächtigen? Einer, der ihr nahesteht?«

»Nein.«

»Hast du einen Namen?«

»Ja ...«

»Dann sag ihn mir!«

»Danny Katz.«

»Kannst du das bitte wiederholen?«

»Danny Katz. Übersetzer. Wohnhaft in Traneberg.«

Die Kinder waren bereits auf dem Weg in den Fahrstuhl und stritten sich darum, wer auf den Knopf für die Fahrt nach unten drücken durfte. Die Wohnungstür war geschlossen. Ola hatte sie nicht einmal angesehen und sich erst recht nicht von ihr verabschiedet. Sie drückte Danielsson weg und ging vor ihren Kindern in die Hocke.

»Es ist etwas passiert«, sagte sie. »Es tut mir schrecklich leid, aber ihr müsst heute Nacht noch mal bei Papa bleiben.«

»Warum denn? Ich will nach Hause zu meinem Bakugan!«

»Das geht nicht ... ich muss noch mal los und was erledigen. Ich hole euch morgen früh ab. Und ihr könnt dann zu Hause bleiben, braucht nicht in die Schule oder in den Kindergarten zu gehen, wenn ihr wollt.«

Der Bratendunst war verschwunden, stattdessen roch es nach frisch gebrühtem Kaffee.

Protzbau, dachte sie. Sie hätte tausend Kronen darauf wetten können, dass Ola und Erika die Wohnung schwarz gekauft hatten.

Aber sie würde jetzt alles für eine Tasse Kaffee geben; etwas Heißes, das die Eiseskälte vertrieb, die sie in sich spürte.

Enttäuscht trotteten die Kinder zur Wohnungstür zurück. Es tat weh, sie traurig zu sehen, sie liebte sie so bedingungslos und so verzweifelt. Lisa, ihr Mädchen, sollte nie so leben müssen, wie sie selbst, sollte nie Angst oder Todesfurcht erleben. Sie würde daran zerbrechen.

Katz. Jorma Hedlund. Diese ganze komische verschwundene Zeit, die sie am Abgrund gelebt hatte, obwohl sie noch ein Kind gewesen war. Sie hatte so hart dafür gearbeitet, wieder hochzukommen, sich nie umgedreht, und jetzt holte sie alles wieder ein.

Die U-Bahn-Station am Hauptbahnhof war für ihn das Auge des Orkans. Unzählige Menschen, auf dem Weg nach Hause nach langen Arbeitszeiten oder Überstunden, Jugendliche, die die Halle mit den Fahrkartenschaltern am Sergels Torg als Treffpunkt nutzten, gut gelaunt unterwegs zu den Kneipen in der Stadt oder bereits auf dem Weg zurück. Das beruhigte ihn, er würde sich relativ unbemerkt bewegen können.

Den gestohlenen Wagen hatte er auf einem Betriebsparkplatz in Alviks Strand abgestellt. Es war zu riskant, jetzt damit zu fahren. Vielleicht würde er später noch einmal zum Einsatz kommen.

Es gab ein Zeitfenster, dachte er, aber dieses begann, sich langsam zu schließen.

Er konnte sich nicht erinnern, wann er das letzte Mal hier gewesen war. Jedenfalls war der Bahnhof seitdem renoviert worden. Die öffentlichen Toiletten ähnelten mit ihren geschliffenen Mustern auf den Glastüren und den mit Eichenfurnier verkleideten Wänden eher den Toiletten in einer Hotellobby. An die pilzförmigen Pfeiler in der Abfahrtshalle waren digitale Werbetafeln montiert.

Er stand mitten im Gewimmel der Reisenden, auf der Hut vor allem, was verdächtig wirkte. Menschenströme, die wie Wasser dahinflossen, die Treppen und Rolltreppen hinunterplätscherten, immer wieder gespeist aus nie versiegenden Reservoiren. Keine Zivilbeamten, soweit er sehen konnte.

Er ging durch die Sperren und ließ seinen Blick über den Platz schweifen. Eine Gruppe Touristen stand an den Fahrkartenautomaten und versuchte zu begreifen, wie diese funktionierten. Zwei Junkies warteten vor Åhléns'

Schaufenster auf Godot, zwei Männer um die fünfundzwanzig, ihre Bewegungsmuster waren erkennbar, die Körperhaltung, die Blicke, auf Entzug. Wie er selbst damals, genau dort hatte er gewartet, auf einen stets verspäteten Dealer.

Kicks gab es jedenfalls immer noch. Das Geschäft, in dem die Prostituierten aus der Malmskillnadsgatan billige Lippenstifte kauften, bevor ihre Abendschicht begann.

Katz sah noch mehr Drogenabhängige, Kosovo-Albaner mit ausgemergelten Gesichtern, eine Frau mit schlechter Haut, die hinten bei den Glastüren einen kleinen Spiegel aus ihrer Handtasche zog und ihr Make-up überprüfte.

Er holte das Foto aus der Innentasche seiner Jacke; das Bild, das den Jungen aus dem Parkhaus zeigte. Katz war sich sicher: Hier war sein Revier.

Die Junkies am Schaufenster stierten ihn ausdruckslos an, als er auf sie zukam. Der eine drehte den Kopf ein wenig nach links, schien etwas zu entdecken, wandte sich dann wieder Katz zu und gab ihm ein kaum wahrnehmbares Zeichen. Katz blieb stehen. Eine Jugendgang kam die Treppen von der Drottninggatan herunter, dahinter zwei Zivilbullen.

Katz wich ein paar Meter zurück, tauchte im Gewimmel der Reisenden unter, die auf dem Weg zum U-Bahnsteig waren. Immer mehr Passanten, ein neuer Schwall, der von den Rolltreppen ausgespien wurde, die Menschenmenge drängte von hinten nach und schob ihn Richtung Ausgang.

Wurde er schon gesucht? War er bereits zur Fahndung ausgeschrieben, mit Foto und allem?

Die Junkies am Schaufenster waren plötzlich verschwunden. Er konnte sie nirgends entdecken. Die hatten im Gespür gehabt, dass eine Razzia lief. Er warf einen Blick in die andere Richtung, zur Treppe, die vom Åhléns-Kaufhaus herunterführte. Noch mehr Bullen, sie waren nicht zu übersehen, zwei Männer und eine Frau im Trainingsanzug.

Katz zwängte sich zurück durch die Menge, er hörte Leute fluchen, einige schubsten ihn, dass er fast das Gleichgewicht verlor. Als er wieder aufsah, waren die Polizisten verschwunden. Den einen sah er gerade noch von hinten die große Fläche zwischen den Unterführungen verlassen. Also suchten sie nicht ihn, zumindest noch nicht.

Fünf Minuten später, in der Passage vor dem Pissoir, landete er einen Treffer. Der Hauptbahnhof war wie ein Ameisenhaufen, der sich nicht plattmachen ließ. Die Polizei konnte versuchen, ihn zu zerstören, auszuräuchern, zu treten und zu zertrampeln, aber das hielt nie lange vor. Sobald sie fort war, ging alles wieder seinen gewohnten Gang.

Die Frau mit dem Taschenspiegel war zurück. Eine Hure, dachte Katz, als er sich ihr näherte. Hatte ihren Platz einige Straßen weiter, ihre Körperpflege verrichtete sie jedoch auf der öffentlichen Toilette am Hauptbahnhof. Als er vor ihr stand, fiel ihm auf, dass sie jünger war, als er zuerst gedacht hatte.

Sie erkannte den Jungen auf dem Foto wieder, hatte ihn aber seit einem Monat nicht mehr gesehen. Der Junge hatte den Winter über in einer Notunterkunft gewohnt, erklärte sie, wie sie selbst auch, KarismaCare am Fridhemsplan, aber er war rausgeschmissen worden, weil er Stoff im Zimmer versteckt hatte. Er kam schwer mit anderen Menschen klar, blieb am liebsten für sich.

Sie schaute das Foto noch einmal an.

»Jonas«, sagte sie mit schleppender Junkiestimme. »Er wird so genannt, aber ich weiß nicht, ob das sein richtiger Name ist. Der Typ ist psychisch krank und mehr oder weniger taub. Nicht einmal die Sozialen kommen mit ihm klar. Ist gewalttätig. Und hat HIV, heißt es.«

»Wo kauft er sein Zeug?«

»Das weiß ich nicht.«

»Und wo kann ich ihn finden, wenn er nicht in der Unterkunft wohnt?«

Die Frau zuckte mit den Schultern.

»Hier um den Platz rum. Und in einem verfallenen Haus irgendwo außerhalb. Oder er schläft in einem Straßentunnel. Wie gesagt, er kann Menschen nicht ausstehen.«

»Welcher Straßentunnel?«

»Der Klaratunnel. Wie eine verdammte Ratte.«

Sie griff wieder nach ihrem Taschenspiegel, legte neues Rouge auf die leichenblassen Wangen. Katz sah die Poren wie durch ein Vergrößerungsglas, tiefe Krater, als wäre sie in einen Hagelschauer geraten; die Falten um den Mund und die Augen, die sie zwanzig Jahre älter aussehen ließen.

Es war nach Mitternacht, als Katz den Tunnel an der Vattugatan erreichte. Der Verkehr hatte sich beruhigt. Katz hatte den Klara-Friedhof überquert, die kleine Kirche passiert, vor der das Stift tagsüber Essen an Obdachlose verteilte, war durch das schmiedeeiserne Tor geschlüpft, bis er die Fahrbahn erreichte, die zur Centralbron führte.

Die Leuchtstoffröhren im Tunnel warfen kaltes Licht auf die Fahrstreifen. Auf der rechten Seite in Fahrtrichtung gab es eine Art Bürgersteig, der von der Straßenverwaltung benutzt wurde, wenn Reparaturen auszuführen waren.

Ein Stück weiter tauchte ein Auto in einer Kurve auf, der Fahrer schaltete das Fernlicht aus und wechselte die Spur, als er Katz entdeckte.

Fünfzig Meter entfernt sah er das erste Schild für das Nottelefon. Er ging schneller, hörte das Brummen der Ventilatoren in der Decke zehn Meter über ihm.

Angela, dachte er plötzlich. Unfassbar, dass sie gerade noch da gewesen war, erst vor Kurzem hatte er sie kennengelernt, und jetzt war sie tot. Es gab keine klare Grenze, und gerade deshalb erschien alles so unwirklich.

Er hatte die Nische erreicht. Eine Bucht von knapp einmal zwei Meter Ausmaß. Niemand war dort. In der Fassung unter der Decke steckte eine Glühbirne. Obdachlose schraubten sie meistens raus, wenn sie schlafen wollten. Ein blutiger Tampon und eine zerdrückte Bierdose lagen neben dem Nottelefon.

Der Verkehr war dichter geworden, und Katz ging jetzt weiter in den Tunnel hinein. Nach dreißig Metern stieß er auf die nächste Bucht, hier brannte kein Licht.

Er schaltete seine Taschenlampe ein, die er aus der Wohnung mitgenommen hatte. Ein älterer Mann lag in einem Schlafsack auf einer Matratze aus Wellpappe auf dem Boden. Eine Plastiktüte mit seinen Besitztümern lag am Fußende. Ein Stück weiter auf der Treppe stand ein Spirituskocher. In einem Karton lagen ein paar Konservendosen, Plastikbecher und Besteck.

Der Mann richtete sich auf und schaute Katz fragend an.

»Was willst du?«, fragte er müde.

Katz zeigte ihm das Foto.

»Der Taube. Warum suchst du ihn?«

»Ich muss nur mit ihm reden.«

»Bist du 'n Bulle?«

»Nee.«

»Dann leck mich.«

Der Mann legte sich wieder hin, tastete über seinen Kopf hinweg den Boden ab, bis er ein Stück Stoff zu fassen bekam, ein Halstuch, das er sich übers Gesicht legte. Katz zog es herunter.

»Scheiße, mach die Taschenlampe aus!«

Er setzte sich wieder auf und funkelte Katz wütend an. Ein Umzugskarton mit einem schwarzen Müllsack darin stand ein Stück entfernt auf dem Treppenabsatz.

»Wann hast du ihn das letzte Mal gesehen?«

»Vor ein paar Wochen. Er schläft meistens vorn im Tunnel, aber die Lampe ist da jetzt schon seit mehreren Wochen drin, deshalb nehme ich an, dass er sich einen anderen Platz gesucht hat.«

»Wo?«

»Manchmal pennt er unten in der U-Bahn. Zwischen Hötorget und Rådmansgatan, ein Kumpel hat mir das erzählt, es gibt da kleine Ausbuchtungen. Meine Fresse, du hättest ihn sehen sollen, als er auf Entzug war, hat zwei Tage lang da hinten gelegen und gejammert, eingewickelt in ein paar alte Decken, und hat sich vollgeschissen, dass es bis hierher gestunken hat. Und kein Mensch war da, um ihm zu helfen. Der Junge ist ja noch ein Kind. Aber jetzt ist er clean. Ich habe ihn vor ein paar Tagen am Hauptbahnhof gesehen. Sah richtig proper aus. Er scheint von irgendwem Hilfe erhalten zu haben.«

Der Mann legte sich wieder hin.

»Der Kerl ist verrückt«, sagte er. »Ist in seiner Kindheit so misshandelt worden, dass er davon taub geworden ist. Hab ich jedenfalls gehört. Und jetzt lass mich in Ruhe.«

Erst jetzt bemerkte Katz den Gestank. Und erst jetzt begriff er, wo der herkam, wozu der Umzugskarton auf dem Treppenabsatz benutzt wurde. Er machte die Taschenlampe aus und verließ den Tunnel auf demselben Weg, den er gekommen war.

Er durfte keine Zeit verlieren, das spürte er. Die Schlinge zog sich langsam zu. Er überquerte die Straße an der Sheraton-Garage und bog nach links in die Herkulesgatan ab. Das Viertel war wie ausgestorben, nur Bürohäuser und ein kleiner Laden, in dem polnische und ungarische Delikatessen verkauft wurden. Hunger machte sich bemerkbar, aber der musste warten.

Über die Drottninggatan ging er zum Brunkebergstorg, kam am schwarzen Granitgebäude der Riksbanken vorbei und ging weiter nordwärts die Malmskillnadsgatan entlang. Zwei Huren patrouillierten, jede auf ihrem Bürgersteig. Dann waren jedenfalls keine Bullen in der Nähe.

Dunkle Straßen, als ob sie etwas zu verbergen hätten. Querstraßen, in die man hineinhuschen konnte, wenn man nicht gesehen werden wollte, Treppen, die hinunter zu den Straßen am Hügel führten.

Er kam am Oxtorget und an der Brücke über die Kungsgatan vorbei. Hastete durch ein Gewirr aus Erinnerungen, die zu seinem alten Leben gehörten; wie er hier oben Stoff versteckt hatte, die Wartungsluken der Straßenlaternen aufgeschraubt und Briefmarkentütchen mit Pulver zwischen den Kabeln versteckt hatte, eine Prügelei, in die er einmal vor dem Restaurant Nalen geraten war, wie er unter der Brücke über der Kungsgatan wegen Drogenbesitzes geschnappt worden und wie er in die Notaufnahme ins Karolinska gefahren worden war, als jemand meinte, er habe sich in der Toilette von US Video eine Überdosis gesetzt.

Weiter unten Richtung Birger Jarlsgatan hatte er Leute beklaut. Aber das war früher, da waren Jorma Hedlund und er noch keine sechzehn gewesen. Sie hatten den Pendelzug vom Vorort in die Stadt genommen, mit dem einzigen Vorsatz, Geld und Uhren von Oberschicht-Schnöseln zu klauen, die auf dem Weg in die Kneipe oder von dort nach Hause waren. Menschen wie Klingberg. Sie hatten sie verachtet und zugleich beneidet. Ihre Gesichter voller Todesangst, wenn Jorma zwei Zentimeter vor ihrem Hals mit einem Mora-Messer rumfuchtelte. Ein Typ hatte sich zu ihrem großen Vergnügen in die Hose geschissen.

Am Restaurant KGB bog er nach links ab und ging die Treppe zur Olof Palmes Gata hinunter. Dann weiter die Luntmakargatan parallel zum Sveavägen, bis er die U-Bahn-Station Rådmansgatan erreichte.

Katz sah auf die Uhr. Fünf vor eins. Der letzte Zug musste bald einfahren. Seine Karte wurde von einem schläfrigen Bahnbeamten gestempelt, und er ging die Treppe zum Bahnsteig hinunter. Abgesehen von einem jungen Paar, das eng umschlungen auf einer Bank saß, war er allein.

Katz rief per Knopfdruck den Fahrstuhl, wartete, bis er kam, und hielt dann die Tür eine Handbreit offen, sodass der Aufzug blockiert war.

Dann fuhr der Zug ein.

Nur ein einziger Fahrgast stieg aus und ging zum entgegengesetzten Ausgang. Das junge Paar stieg in den mittleren Wagen. Katz öffnete die Tür ganz und kauerte sich in den Fahrstuhl, während der Zugführer sich auf dem leeren Bahnsteig umschaute. Das schmatzende Geräusch der sich schließenden Türen, das Quietschen der Räder, als der Zug wieder anfuhr, nächster Halt Odenplan.

Er wartete ein paar Minuten. Oben in der Eingangshalle hörte er, wie der Kontrolleur den Fahrkartenschalter schloss. Als das Bahnsteiglicht gelöscht wurde, stieg er aus dem Fahrstuhl.

Stille.

Katz blieb einen Moment stehen, bis seine Augen sich an die Dunkelheit gewöhnt hatten. Dann sprang er auf das Gleis.

Der Kies knirschte unter seinen Stiefeln, als er dem Schein der Taschenlampe folgte. Ein Stück entfernt gähnte ein Schacht, der von Wandlampen erleuchtet wurde. Lang gestreckt und einen guten Meter hoch. Eine Art Verbindungsgang, der durch die Betonwand zum gegenüberliegenden Gleis führte. Er schaute hinein und konnte nichts Außergewöhnliches entdecken. Im Augenwinkel bemerkte er eine Bewegung, drehte reflexartig den Kopf und sah eine Ratte zwischen den Gleisen davonlaufen. Dann wieder Stille, eine merkwürdige Ruhe in dem leeren U-Bahn-Schacht, den Eingeweiden der Stadt. Das Kondenswasser ließ die Decke glänzen. Kleine Wassertropfen fielen lautlos aufs Gleis.

Er kroch in den Schacht hinein. Als er mit dem Nacken anstieß, drehte er sich um.

Ein Rucksack. Den hatte er vorher nicht bemerkt. Wahrscheinlich war er von einem Eisenträger weiter oben heruntergefallen.

Katz ging auf die Knie und blickte hinunter. Ein Schacht für Warmwasserrohre, gerade so groß, dass ein Mensch hindurchpasste. Er knipste die Taschenlampe wieder an und leuchtete hinein. Die Augen des zu Tode erschrockenen Jungen verengten sich in dem plötzlichen Licht zu Schlitzen.

Er kletterte aus der Nische und hockte sich vor ihn.

Er war klein für sein Alter. Die fettigen Haare hingen strähnig über den Augen. Die Kleidung war schmutzig, er roch nach Schweiß und etwas undefinierbarem Sauren.

»Du bist Jonas, stimmt's?«, fragte Katz.

Der Blick des Jungen flackerte, bis er Katz' Lippen fixierte.

»Du brauchst keine Angst zu haben, ich will dir nichts tun. Verstehst du, was ich sage? Soll ich deutlicher sprechen?«

Diese Leere in seinen Augen. Aber die kam nicht von Drogen. Er war clean.

»Hörst du, was ich sage?«

Ein Hörgerät steckte hinter seinem Ohr, als hätte sich ein hautfarbenes Insekt in der Haut festgesogen. Ein Pflaster mit eingetrocknetem Blut hing lose an der Zeigefingerspitze. Katz fragte sich, ob die Frau am Hauptbahnhof recht gehabt hatte, ob er wirklich mit HIV infiziert war.

»Ich brauche deine Hilfe ... um einen Mann zu finden.«

Der Junge las von seinen Lippen ab. Er fokussierte seinen Blick. Dann antwortete er. Tonlos, wie ein tauber Mensch, der seine Stimme selbst nicht hören kann.

»Wie hast du mich gefunden?«

»Das ist nicht wichtig. Ich will nur eine Person identifizieren. Danach lasse ich dich wieder in Ruhe.«

Katz zeigte ihm die Fotos aus dem Parkhaus. Das eine zeigte den Jungen, das andere den Mann in der Regenjacke von hinten.

»Erinnerst du dich an ihn? Du hast mit ihm im Treppenhaus geredet. Im Parkhaus. Das ist drei Wochen her. Du hattest Angst vor ihm.«

Der Junge murmelte etwas Unverständliches, während er die Fotos betrachtete.

»Ich bin clean«, sagte er. »Ich habe aufgehört mit H.«

»Ich weiß.«

»Ich konnte nicht mehr. Ich will nach Hause. Heim.«

Diese tonlose Stimme. Und dennoch der Hauch eines Dialekts, aus dem Süden, Skåne vielleicht. Er verstummte mitten im Satz und guckte Katz mit glasigem Blick an.

»Ist das der Mann, mit dem du geredet hast?«

Katz hielt das Foto von Klingberg hoch, das Julin aus dem Internet ausgedruckt hatte. Der Junge zuckte zusammen, als würde er alles begreifen, wenn auch mit gewisser Verzögerung.

»Nein.«

»Bist du sicher?«

»Sicher.«

»Wie sah er aus, der Mann, mit dem du geredet hast?«

Wieder ein Flackern im Blick des Jungen.

»Oder kennst du ihn?«

»Nein.«

»Worüber habt ihr dann geredet?«

»Weiß ich nicht mehr.«

»Ich glaube, du bist im Treppenhaus mit jemandem zusammengestoßen, bist einfach in ihn hineingelaufen. Und dann hast du dich entschuldigt ... war es so? Weil derjenige wütend war, weil er dir Angst gemacht hat?«

»Schon möglich.«

»Hast du sein Gesicht gesehen?«

Der Junge nestelte am Reißverschluss seines Rucksacks herum. Die Hände waren voller Narben von alten Einstichen. Keine frischen, soweit Katz sehen konnte. Dann wurde der Junge irgendwie klarer, konzentrierter.

»Ich muss jetzt gehen«, hauchte er.

»Versuch, nachzudenken. War irgendwas Besonderes an dem Mann?«

»Nein!«

»Ich muss mehr wissen. Über sein Aussehen, sein Alter, war er jung?«

Ein metallisches Geräusch ertönte aus dem Tunnel, ein Betriebswagen näherte sich, Lichter, panische Bewegungen an den Gleisen, die Ratten, es muss ein Nest in der Nähe geben, dachte Katz, während der Zug dicht an ihnen vorbeiratterte.

Als er seinen Blick wieder dem Jungen zuwandte, hielt dieser plötzlich eine Spritze in der Hand.

»Du ... du ... bleibst hier sitzen. Ich muss gehen.«

Katz bewegte sich nicht, fixierte nur das Gesicht des Jungen, bemerkte, wie dicht er die Nadel an seinen Hals hielt, nur einen Zentimeter von der Schlagader entfernt.

Der Junge ging in die Hocke, die Spritze immer noch auf ihn gerichtet, nahm seinen Rucksack, ging ein paar Schritte rückwärts und verschwand im Dunkel.

Zwei Tage lang hielt er sich in einer Hütte in einer Kleingartenkolonie in Tantolunden versteckt. Sie lag abseits und schien seit Langem nicht mehr benutzt worden zu sein. Das Schloss aufzubrechen bereitete ihm keine Schwierigkeiten. Er war vorsichtig, passte auf, dass ihn niemand bemerkte. Nur abends, wenn es dunkel geworden war, verließ er das Haus. Ging durch den Park zum Hornstull, versorgte sich bei 7-Eleven mit Proviant, die Kapuze über den Kopf gezogen, ohne jemandem in die Augen zu sehen, kaufte sich eine Prepaid-Karte für das Handy, das er mitgenommen hatte.

An den Schlagzeilen kam er nicht vorbei. Sie drehten sich um ihn, und eigentlich doch um einen anderen: Einen Doppelgänger, der seine Identität gestohlen hatte.

Als er den Laptop ans Handy anschloss und ins Netz ging, sah er sich überall. Danny Katz, vierundvierzig Jahre alt, wohnhaft in Bromma. Gesucht wegen Mordes und Entführung. Denn er hatte Joel Klingberg gekidnappt und dessen Frau ermordet.

Es war unbegreiflich, was sie alles aus seiner Vergangenheit ausgegraben hatten: seine Zeit als Krimineller, als Militärdolmetscher, als Obdachloser und Junkie.

In einer der Abendzeitungen war ein Foto der Visitenkarte abgedruckt, die er Angela gegeben hatte, daraufgekritzelt das Herz und die Blume. Die Liebeserklärung des Mörders, stand unter dem Bild.

Eine andere Zeitung hatte den Bettelbrief beschafft, den er vor fünfzehn Jahren an Klingberg geschrieben hatte. Offenbar hatte die Familie ihn aufbewahrt. Klingberg habe sich bereits damals bedroht gefühlt, schrieb der Journalist, und Anzeige erstattet.

Das verwunderte ihn, denn Angela hatte nichts diesbezüglich erwähnt, und Pontus Klingberg ebenso wenig.

Es hieß, er sei während des Militärdienstes Klingbergs bester Freund gewesen, ihre Wege hätten sich jedoch nach einem Streit getrennt. Aus der Ferne habe Katz Klingbergs Karriere in der Geschäftswelt verfolgt, ihn angerufen und ihm Drohbriefe geschickt, in denen er Geld forderte. Schließlich – so die Theorie der Polizei – hatte er ihn entführt und anschließend Kontakt mit Klingbergs Ehefrau aufgenommen, unter dem Vorwand, ihr bei der Suche nach ihrem verschwundenen Ehemann helfen zu wollen. Dann hatte er beide ermordet.

Laut einer anonymen Quelle hatte Angela einer Freundin erzählt, sie verdächtige Katz, ihren Mann entführt zu haben.

Das konnte nicht stimmen. Oder doch? Hatte sie plötzlich einen Verdacht gegen ihn gehegt?

Es gab keine Fotos von Angelas Leiche, aber der Mord wurde bis ins letzte Detail beschrieben; das Küchenmesser, das ihr direkt ins Herz gestoßen worden war, wie sie erwürgt worden war, so brutal, dass das Zungenbein sich gelöst hatte. Und dann die Bisse, diese wahnsinnigen Bisse am Hals, Verletzungen, die ihr nach ihrem Tod zugefügt worden waren.

Die Fingerabdrücke in der Wohnung und in Klingbergs Wagen. Das Küchenmesser, das ihm gehörte. Seine Haare, die im Schlafzimmer und in den Blutlachen gefunden worden waren. Von jemandem dort deponiert, der in seine Wohnung eingebrochen war.

Auch die Regenjacke war wieder aufgetaucht, in einem Bauschuttcontainer in der Nähe des Hauptbahnhofs – aufgrund eines anonymen Hinweises. In einer Abendzeitung wurde sie von einem Polizeibeamten in die Kamera gehalten. Seine Regenjacke, die der Unbekannte im Parkhaus getragen hatte.

Er schaltete den Laptop aus, trat ans Fenster und spähte durch die Gardinen. Dunkle Gartenhäuser, dahinter das Licht der südlichen Vororte auf der anderen Seite des Kanals. Regen. Müdigkeit überfiel ihn, die Last all dessen, was passiert war. Er sah die Leiche in der Wohnung in der Skeppargatan vor sich, blinzelte, als er merkte, wie die Tränen in ihm aufstiegen.

Und wenn er es doch gewesen war?

War das wirklich völlig ausgeschlossen? War alles nach hinten losgegangen? War das Gleiche passiert wie damals mit Eva Dahlman? Die Welt war schwarz geworden. Er hatte einen Blackout gehabt.

Angela hatte jemandem die Tür geöffnet, den sie kannte. Und sie hatte auf Katz gewartet, war ja mit ihm verabredet gewesen.

Aber das konnte nicht sein. Er vertraute seiner Erinnerung. Er war kein Mörder.

In der Ferne waren Sirenen von Einsatzfahrzeugen zu hören, er spürte, wie sein Puls sich beschleunigte, obwohl er wusste, dass es sich um einen Krankenwagen auf dem Weg zum Söderkrankenhaus handelte.

Katzen maunzten in der Dunkelheit, ein paar besoffene Teenager zogen grölend durch die Schrebergärten.

Instinktiv spürte er, dass er nicht mehr länger hierbleiben konnte. Früher oder später würde sein Versteck auffliegen.

Jorma, dachte er. Mehrere Jahre waren vergangen, seit er das letzte Mal von ihm gehört hatte. Er musste Kontakt mit ihm aufnehmen.

Katz hatte Jorma Hedlund zuletzt ungefähr 2009 getroffen. Das war in einem Café in der Gallerian gewesen, kurz nachdem Jorma seine Haftstrafe wegen Beihilfe zum bewaffneten Raub abgesessen hatte. Sie hatten sich wie Kinder über ihr Wiedersehen gefreut. Es konnten Jahre vergehen, aber jedes Mal, wenn sie sich wiedertrafen, hatten sie das Gefühl, ihre letzte Begegnung sei erst gestern gewesen. Brüder aus alten Zeiten, hatte Katz gedacht, während er Jormas rabenschwarzen, kurz geschnittenen Haarschopf betrachtete und die schwieligen Hände, mit denen er Häuser renovierte, seinen Stolz verteidigte oder, zum Erstaunen aller, Klavier spielte. Diese tiefe Freundschaft, die es immer zwischen ihnen gegeben hatte, war wie Geschwisterliebe.

Er kannte ihn sein halbes Leben lang und länger. Als Katz nach dem Tod seiner Eltern in einem Jugendheim untergebracht wurde, war Jorma bereits dort gewesen, zwangseingewiesen nach Paragraf drei des LVU, des Gesetzes zur Jugendfürsorge. Ein hoffnungsloser Fall in den Augen der Ämter. Aber der jüdische Junge hatte in ihm sein Spiegelbild gesehen. Beide waren schwarzhaarig, mit dunklerer Hautfarbe als die anderen Gleichaltrigen. Und dann die Tatsache, dass Jorma Klavier spielte, das wirkte wie eine unbekannte Ordnung, als würden schöne Blumen auf einer Müllhalde wachsen.

Im Café hatte Jorma von seinen Plänen erzählt, nach Thailand zu ziehen. Ein alter Bekannter hatte ein Bauunternehmen in Rayong eröffnet, zwei Stunden Autofahrt von Bangkok entfernt, und Jorma angeboten, sein Teilhaber zu werden. Sie wollten ein Apartmenthotel bauen, mit Genossenschaftswohnungen für wohlhabende Thailänder. Jorma sollte sich um die lokalen Arbeitskräfte kümmern, in der Hotelbar Klavier spielen und einspringen, wenn Not am Mann war. Er hatte Geld für die Investition angespart. Von alten Raubzügen, wie Katz annahm.

Deshalb war er überrascht, als er ihn bei Eniro fand, unter einer neuen Adresse in Midsommarkransen. Eine Telefonnummer war nicht angegeben. Aber Katz hatte auch nicht vor, ihn anzurufen.

Es war schon Abend, als er das Gebäude am Tellusborgsvägen betrat. Eine halbe Stunde hatte er draußen gewartet, die Umgebung im Blick gehabt. Es war ruhig. Niemand schien die beiden miteinander in Verbindung zu bringen.

Aus der Wohnung im ersten Stock drang Klaviermusik: »Georgia on my mind«. Jorma liebte alte Hoagy-Carmichael-Songs. Als Katz klingelte, brach die Melodie mitten in einem Akkord ab.

Einen Moment später stand Jorma vor ihm, muskulös und massig, mit Knasttätowierungen auf den Armen und einem Stapel Noten in der Hand. Wortlos ließ er Katz ein.

Er brauchte mehrere Stunden, um zu erklären, wie alles zusammenhing, ab dem Zeitpunkt, als er von Angela Klingberg angerufen worden war. Er erzählte von dem Jungen, den er in den U-Bahn-Schächten ausfindig gemacht hatte, von dem Mann in der Regenjacke, der Klingbergs Auto gefahren hatte, von der Computer-Durchsuchung und dem Dokument, in dem Klingberg das Verschwinden seines Bruders mit dem Tod der Eltern in Verbindung brachte. Er schilderte sein Treffen mit Pontus Klingberg und den Einbruch in seine Wohnung, die Jacke, die ein paar Monate zuvor aus dem Kellerverschlag gestohlen worden war, die Tücher, die Klingberg geschickt worden waren, kurz bevor er sich in Luft auflöste, und die sonderbare Autofahrt, die er vor seinem Verschwinden unternommen hatte. Aber er musste einsehen, dass das Puzzle nicht einmal zur Hälfte gelegt war, er war eigentlich gerade erst dabei, einzelne Teile zu finden.

»Profis«, sagte Jorma, ihm gegenüber auf einem Klavierhocker sitzend. »Egal, was dahintersteckt ... die wissen, was sie tun.«

»Wie meinst du das?«

»Für so was braucht man Ressourcen, das ist dir ja wohl klar.«

Katz ließ seinen Blick durch den Raum schweifen und versuchte, diesen Gedanken weiterzuspinnen ... die Ölgemälde an den Wänden, die Jorma in der Haft gemalt hatte, abstrakt, mit fantastischen Farbkombinationen, das Klavier, die Möbel ... aber es gelang ihm nicht.

»Jemand weiß jedenfalls, dass ich für ein ähnliches Verbrechen schon einmal verurteilt worden bin.«

»Und jetzt wird dieses Wissen benutzt. Um alles so aussehen zu lassen, als seist du der Täter.«

Jorma sah ihn lange an.

»Jemand versucht, dich reinzulegen. Sind wir uns da einig? Und es müssen mehrere daran beteiligt sein, damit es funktioniert.«

»Aber warum?«

»Damit die eigentlichen Täter davonkommen, natürlich. Aber vielleicht gibt es noch einen anderen Grund. Das musst du dich selbst fragen.«

Katz hatte nie Fragen über Jormas Aktivitäten gestellt, das war ein stillschweigendes Übereinkommen zwischen ihnen. In den Jahren, die er in der Gosse gelebt hatte, war der Kontakt abgebrochen. Jorma hatte versucht, ihm zu helfen, aber Katz wollte nicht, dass ihm jemand half. Und trotzdem, sozusagen aus dem Augenwinkel, hatten sie sich immer im Blick gehabt. Katz wusste, womit Jorma beschäftigt war: Er arbeitete für verschiedene kriminelle Organisationen, MC-Gangs, Finnen aus der alten Szene in Västerort. Schutzgelderpressung, Hehlerei, Überfälle auf Geldtransporte. In Jormas Welt hatten die Leute jeden Grund, andere übers Ohr zu hauen, aber in seiner eigenen?

»Ich sollte eigentlich nicht hier sein«, sagte er. »Wenn die Polizei anfängt zu suchen. Vielleicht wäre es besser, eine Zeit lang aus der Stadt zu verschwinden?«

»Und wohin willst du? Außerdem ist es länger als fünfundzwanzig Jahre her, seit wir im selben Register geführt wurden. Die Bullen können keine Verbindung zwischen uns herstellen.«

Katz trat an die angelehnte Balkontür und betrachtete die Autos, die unten auf der Straße vorbeifuhren, die Lichter der Straßenlaternen, die sich in den Wasserpfützen spiegelten wie Lichter aus der Unterwelt.

»Ich muss mal telefonieren«, sagte er. »Ich brauche Hilfe, wenn ich das hier schaffen soll.«

Während er in die Küche ging, hörte er den Auftakt zu einem weiteren Hoagy-Carmichael-Song: »Stardust«. Er schloss die Tür hinter sich und wählte Julins Nummer. Ein halbes Dutzend Signale ertönte, bis dieser sich meldete: »Katz, alles in Ordnung?«

»Alles unter Kontrolle. Hast du rausgefunden, ob die Polizei an der Stelle, an der Kristoffer Klingberg entführt wurde, was gefunden hat?«

»Ja, nichts. Das ist vierzig Jahre her. Im Kriminalarchiv gibt es nur noch die Vernehmungsprotokolle vom Vater, und es sind keine besonderen Tatortfunde vermerkt. Hör mal, Katz, die Polizei war hier und hat nach dir gefragt. Ich habe gesagt, dass ich dich seit einem halben Jahr weder gesehen noch gesprochen habe, aber es für vollkommen ausgeschlossen halte, dass du hinter einem Mord und einer Entführung stecken könntest.«

»Bist du dir da ganz sicher?«

»Ich weiß, dass du es nicht warst. Aber das Problem ist, dass du untergetaucht bist, und das spricht nicht gerade für dich. Sie werden dich finden. Die ganze Einheit sucht nach dir, es sieht nicht gut aus. Die Presse, all die Details, die jeden Tag enthüllt werden ...«

»Was soll ich deiner Meinung nach tun?«

»Gib auf. Du bist ein Gejagter, sie kesseln dich immer weiter ein. Kannst du überhaupt irgendwo unterkommen?«

»Für ein paar Nächte schon. Bei einem alten Freund.«

»Und wo?«

»In Kransen.«

Im selben Moment bereute er, dass er das gesagt hatte. Aber warum sollte Julins Telefon abgehört werden?

»Kann ich sonst noch was für dich tun?«

»Ja. Überprüf doch mal Pontus Klingberg. Wo er war, als Angela ermordet wurde.«

Er hörte Julins Seufzen am anderen Ende der Leitung.

»Glaubst du, er war es?«

»Nein, aber irgendwo muss ich anfangen. Angela hat jemandem die Tür geöffnet, den sie kannte.«

»Okay«, sagte er, »ich werde sehen, was ich tun kann. Hast du eine Nummer, unter der ich dich erreiche?«

»Ich werde meine SIM-Karte nach diesem Gespräch austauschen. Aber ich rufe dich in vierundzwanzig Stunden wieder an.«

Als er ins Wohnzimmer zurückkam, hatte Jorma seine Tasche aus dem Flur geholt.

»Du hast gewusst, dass ich auftauche?«, fragte Katz.

»Ich schätze, dass du keine andere Möglichkeit gehabt hast. Noch einen Tag da draußen, und sie hätten dich gekriegt.«

»Aus Thailand ist doch nix geworden, oder?«

»Nein, ich musste anderweitig mein Geld verdienen. Die Zeiten ändern sich. Früher war es kein Problem, allein zu arbeiten. Aber jetzt ... du musst zu einer Organisation gehören, dem Boss gegenüber loyal sein. Ich habe überlegt aufzuhören. Wieder mit den Händen zu arbeiten. Im Baugewerbe, da kenn ich mich aus.«

Katz zuckte zusammen, als er den Fahrstuhl im Treppenhaus hörte, aber Jorma schüttelte beschwichtigend den Kopf.

»Die Nachbarn«, sagte er. »Ein pensionierter Polizeipräsident. Keine Sorge, Katz. Übrigens, wie gefällt dir die Wohnung? Sie ist ein Geschenk, inklusive Klavier. Ich habe drei Jahre in Norrtälje gesessen und einem Kumpel geholfen, damit ihn die anderen Knackis in Ruhe lassen. Hinterher war er äußerst großzügig. Komm, ich zeig dir, wo du wohnen kannst.«

Katz nahm seine Tasche, folgte Jorma in die Küche und dann in ein größeres Zimmer. Es war unmöbliert. Sie blieben vor einer nackten Wand stehen.

»Du willst der Sache also auf den Grund gehen?«, fragte Jorma.

Katz nickte.

»Und wie?«

»Das weiß ich noch nicht.«

»Mach dir keine Sorgen. Jetzt schläfst du erst mal. Ich weiß nicht, ob du dich im Spiegel gesehen hast, aber du siehst aus wie eine Leiche.«

Jorma drückte mit dem Fuß gegen die Bodenleiste. Die Wand schwang lautlos einen Meter weit auf. Dahinter befand sich ein Zimmer, eingerichtet mit einer Leselampe und einer fertig bezogenen Matratze.

»Das war das Erste, was ich bei der Wohnungsrenovierung gemacht habe«, sagte Jorma. »Hab mir gedacht, es wär nicht schlecht, wenn ich was verstecken kann. Hehlerware. Oder Freunde auf der Flucht.«

Sie hatte beim Gedanken an ihr Büro immer eine Klosterzelle im Kopf, eingezwängt zwischen dem Zimmer des Kommissars im Innendienst und dem des Wirtschaftsprüfers. Der Linoleumboden in Gelb und Orange, Farben aus den frühen Neunzigern. Der Blick auf die Kirche von Kungsholmen. Es gefiel ihr, den Friedhof im Verlauf der Jahreszeiten betrachten zu können, vom reinen Frühlingsgrün bis zu den Schatten, die die mächtigen Baumskelette im Winter auf den Schnee warfen. Ein Aktenschrank mit Ordnern stand neben der Tür. Die Akten mit den laufenden Ermittlungen standen von den Sonderfällen getrennt. Ein Schreibtisch mit Computer. An der Wand hingen Fotos von Lisa und Arvid, von klein auf bis heute. Weitere Kinder würde sie nicht haben, dachte sie.

Sie warf einen Blick auf den Schreibtisch, während sie der Stimme am anderen Ende der Leitung lauschte. Zwei Mappen mit Papierstapeln lagen vor ihr. Das Urteil gegen Katz vor achtundzwanzig Jahren in der einen. Die Voruntersuchung in derselben Sache in der anderen.

»Was willst du also tun?«, fragte sie Ola.

»Genau das, was ich gesagt habe. Im schlimmsten Fall einen Anwalt einschalten.«

»Du bist doch selbst Anwalt.«

»Aber für diesen Fall ungeeignet. Wir werden das vor Gericht bringen, wenn du zu keinem Kompromiss bereit bist. Das wird ein Streit ums Sorgerecht, und so wie ich das sehe, ist das Risiko groß, dass du es verlierst. Wir machen dir dann ein Angebot, so in der Art von Donnerstag bis Sonntag jede zweite Woche.«

»Du spinnst ja.«

»Jetzt tu nicht so. Wie jetzt kann es auf keinen Fall weiterlaufen. Den Kindern geht es nicht gut.«

»Kann sein, aber das liegt nicht nur an mir.«

»Du hast sie am Montag hier zurückgelassen und seitdem nichts mehr von dir hören lassen, und das ist nur die Spitze des Eisbergs. Lisa hat gesagt, sie will für den Rest des Frühlings hier wohnen bleiben.«

Aus dem Frühstücksraum drang Lärm. Lachende Kollegen. Sie erkannte die Stimmen wieder: Samson, der Steuerexperte der zweiten Abteilung für Wirtschaftskriminalität, Jelenik, der mit dem Nachrichtendienst bei den Ermittlungen der Polizeieinsatzkräfte zusammenarbeitete. Wie lange war sie nun schon hier? Zwölf Jahre, mit einer Unterbrechung beim Bereitschaftsdienst der Staatsanwaltschaft. Sie hatte eher einen Sinn für Zahlen als für Gewaltverbrechen. Die Nase eines Trüffelschweins für finanzielle Ungereimtheiten, Buchführungstricksereien, Geldwäsche.

»Du hast sie doch dazu gebracht, so was zu sagen ... du bringst sie auf solche Gedanken.«

»Erika ist ganz meiner Meinung, besonders seit Ostern. Was da passiert ist, wissen wir ja alle.«

Ostern? Sie wollte nicht daran denken. Das war Schnee von gestern.

»Erika sind Lisa und Arvid doch scheißegal. Sie guckt ja schon gequält, wenn sie nur mit ihnen im selben Zimmer ist.«

»Sie liebt sie.«

»Bullshit.«

»Es reicht, Eva, was kannst du denn schon dagegen einwenden? Bei uns haben es die Kinder viel besser. Sie haben eigene Zimmer. Eine funktionierende Beziehung, regelmäßige Abläufe, feste Zeiten fürs Abholen und Bringen, zwei Gehälter. Du tauchst ja nicht mal auf, um sie abzuholen, obwohl du es versprochen hast. Du hältst dich nicht an die Abmachungen, wie üblich, und das machst du schon seit unserer Scheidung.«

Stimmte das? War sie so unzuverlässig, wie ihre Eltern früher? Sie konnte sich noch erinnern, wie es sich anfühlte, wenn sie mitten in der Nacht nach Hause gekommen war, dreizehn Jahre war sie alt gewesen, und niemand hatte Notiz von ihr genommen. Ihr Vater im Sessel vor dem Fernseher mit einem halb gerauchten Joint in der Hand. Wenn er nicht im Knast saß. Ihre Mutter, betäubt von Tabletten, im Schlafzimmer. Oder sonst irgendwo, in Gesellschaft anderer Säufer. Ihre Eltern waren beide Schweine, sie hatte keinen Kontakt mehr zu ihnen, wusste nicht einmal, ob sie noch lebten. War sie genauso? Wie oft war sie schon zu spät zum Kindergarten oder zur Schule gekommen? Solche Momente hatte es gegeben ... als Lisa weinend Ola aus der Schule angerufen hatte, damit er anstatt ihrer Mama sie abholte, weil sie in ihrer Arbeit so sehr aufgegangen war, dass sie Raum und Zeit vergessen hatte. Ein Armutszeugnis, das musste sie selbst zugeben.

»Hörst du mir eigentlich zu?«

»Ja, das tue ich. Aber ich bitte dich, Ola, ich verspreche dir, dass sich das ändern wird. Ich habe nur jetzt einen Fall, den ich nicht abgeben kann. Alles, was ich brauche, ist eine Woche. Kümmerst du dich bitte so lange um die Kinder? Und sag ihnen, dass wir danach so weitermachen wie gehabt. Und dass ich sie heute Abend anrufe.«

»Pass auf, wir machen es folgendermaßen: Die Kinder bleiben bei uns, bis das Schuljahr zu Ende ist. Dann werden wir sehen, was wird.«

»Du bist nicht derjenige, der hier entscheidet. Wir haben das gemeinsame Sorgerecht. Ich will meine Kinder jede zweite Woche bei mir haben.«

»Nur diese Woche gerade nicht?«

»Genau.«

Ein Anruf auf der anderen Leitung. Oskar Danielsson zeigte das Display. Er ging ein gewisses Risiko ein, indem er ihr Einblicke in Ermittlungen gewährte, mit denen sie nichts zu tun hatte. Er wollte mit ihr schlafen, vermutete sie, aber sie begriff nicht, warum.

»Ich warne dich, Eva. Wenn du dich noch einmal nicht an die Absprachen hältst, nehme ich mir einen Anwalt. Einen Kollegen, der noch nie einen Prozess verloren hat, wenn es um einen Sorgerechtsstreit ging.«

»Willst du mir drohen?«

»Das ist keine Drohung, meine Liebe, das ist ein Versprechen.«

Sie beendete fluchend das Gespräch und drückte auf die Taste zum Entgegennehmen von Anrufen. Besetzt. Danielsson hatte bereits aufgelegt.

Das Gelächter im Frühstücksraum war verstummt. Die Tür ihres Büros war nur angelehnt, Eva stand auf und schloss sie. Das Beste an Ola war seine Fantasielosigkeit. Das machte es leicht, ihn einzuschätzen, seinen nächsten Schritt vorherzusehen, und gab ihr jedes Mal, wenn sie sich stritten, einen Vorsprung. Aber mit diesem Zug hatte sie nicht gerechnet.

Sie betrachtete die Mappen auf dem Schreibtisch; Ermittlung und Urteil in einem Fall, in dem sie selbst das Opfer gewesen war. Da sie ihren Mädchennamen abgelegt hatte, hatte sie noch niemand mit Katz in Verbindung gebracht. Der Fall war mehr als fünfundzwanzig

Jahre her, die Narben an ihrem Hals waren kaum noch zu sehen. Bis jetzt gab es für die Ermittler keinen Grund, zu tief in den alten Unterlagen herumzustochern, aber früher oder später würden sie es doch tun, und dann wäre sie gezwungen, auf ihre Fragen zu antworten.

In der linken Schreibtischschublade obenauf lag noch eine Mappe. Nationales Informationszentrum, NUC, Unterlagen über Katz' Karriere beim Militär. Alles, was sie hatte herausfinden können. Es gab mehr, das wusste sie, aber das Material unterlag der Geheimhaltung. Verdammt merkwürdig, dachte sie, während sie Danielsson zurückrief, dieser ganze Militärkram störte sie. Der Anrufbeantworter teilte ihr mit, dass der Teilnehmer Mittagspause machte und erst nach 14 Uhr wieder zu sprechen sei.

Dass Katz seinen Militärdienst zusammen mit Joel Klingberg absolviert hatte, war ihr neu. Es wunderte sie, dass er für eine Spezialausbildung ausgewählt worden war und dann beim militärischen Abschirmdienst als Sprachmittler und IT-Experte gearbeitet hatte, bis er schließlich auf der Straße gelandet war. Aber offensichtlich war seinen Vorgesetzten seine Herkunft egal gewesen, da er so außerordentlich begabt war. Genau wie damals die Staatsanwaltschaft ihren Werdegang nicht als Nachteil betrachtet, sondern eine Chance darin gesehen hatte.

Laut der Dokumente, die sie sich hatte besorgen können, waren Katz und Klingberg auf Wunsch ranghoher Militärs für den militärischen Abschirmdienst – damals USK, heute MUST genannt – rekrutiert worden. Sie konnte zwischen den Zeilen lesen, dass hinter dem Rücken der

Musterungsbehörde gehandelt worden war, die zumindest Katz eigentlich ablehnen wollte. Doch das USK hatte sich durchgesetzt. Was Klingberg betraf, hatte die Dolmetscherschule keine Einwände gehabt; seine Meriten als Streber im Sigtuna Humanistiska Läroverk waren beeindruckend.

Und dennoch ... beide waren handverlesen. Die Einzigen aus ihrem Jahrgang.

Und fünfundzwanzig Jahre später sollte also der eine den anderen gekidnappt und anschließend dessen Frau ermordet haben.

Lisa und Arvid blickten skeptisch von der Wand auf sie herab. Mit Recht, dachte sie: Ein Workaholic ist auch ein Junkie.

Katz. Wo war er jetzt?

Die landesweite Fahndung lief, aber obwohl bereits mehrere Tage vergangen waren, gab es nicht die geringste Spur. Was sie nicht wunderte. Er war das Leben auf der Straße gewohnt. Laut Vorstrafenregister war er den größten Teil der Neunzigerjahre obdachlos und drogenabhängig gewesen. Streetsmart. Das war er schon gewesen, als sie ihn kannte. Der beherrschte jeden Trick, um sich zu verstecken.

Ob er bei Jorma war? Der einzige Schläger aus den westlichen Vororten, der jemals, zumindest theoretisch, auf die Musikhochschule hätte gehen können. Ihre Freunde waren damals sprachlos gewesen, wenn er im Jugendheim Klaviersonaten gespielt hatte. Er stammte aus einer kaputten finnischen Familie, in der man entweder Musiker oder Alkoholiker wurde, da die Gesellschaft nichts anderes von einem erwartete. Hatten sie immer noch Kontakt? Damals waren sie wie Brüder gewesen. Aber wenn sie nichts übersehen hatte, tauchte sein Name in diesem Fall nicht auf.

Während seiner Zeit beim Abschirmdienst war Katz eine DNA-Probe entnommen worden, deshalb konnte man ihn mittels Haaren, zurückgelassener Kleidungsstücke und Erbrochenem mit dem Tatort in Verbindung bringen. Merkwürdigerweise waren keine Speichelreste an Angela Klingbergs zerbissenem Hals gefunden worden. Keine DNA, bis auf die des Mordopfers. Die Forensiker meinten, die Wunde sei gereinigt worden, mit Spiritus, der verdunstet war. Aber da alles andere auf Katz deutete, war das nicht so wichtig. Seine Fingerabdrücke befanden sich in der Wohnung, und er war früher schon einmal wegen einer ähnlichen Tat verurteilt worden.

Sie fuhr den Computer hoch und las das letzte Dokument, das Danielsson ihr gemailt hatte: Eine kurze Zusammenfassung der Beziehung des Verdächtigen zum Opfer. Nach allem, was man wusste, war Katz von Angela Klingberg beauftragt worden, ihren Mann zu finden. Er hatte in der Kungliga Biblioteket über Joel Klingberg recherchiert, hatte im Hauptsitz von Klingberg Aluminium mit Klingbergs Onkel gesprochen, dasselbe Parkhaus aufgesucht wie sie, um sich die Filme der Überwachungskamera anzusehen. War mindestens einmal bei Angela Klingberg zu Hause gewesen, bevor der Mord passiert war.

Danielsson und sein Team arbeiteten mit der Hypothese, dass Katz zuerst Klingberg gekidnappt und anschließend dessen Frau ermordet hatte. Das Motiv war bisher ungeklärt. Ebenso wie die Frage, wo Klingberg sich jetzt befand, wenn er überhaupt noch am Leben war.

Was die Entführung betraf, gab es einiges, was auf Katz deutete: Dass Klingbergs Wagen sich am Tag seines Verschwindens in der Nähe von Katz' Wohnsitz befunden hatte, und dass eine Regenjacke, die offenbar Katz gehörte, von dem Mann getragen worden war, der auf den Filmen der Überwachungskamera im Parkhaus zu sehen war. Eine x-beliebige Person, ihr Gesicht war nicht zu erkennen.

Oder irrte sie sich? War es Katz gewesen? War er es auch damals in Hässelby gewesen?

Sie sah sich die Tatortfotos an, die Danielsson ihr gemailt hatte. Katz' Kleider im Zimmer verstreut, Haare, die von ihm stammten, Bilder seines Fluchtwegs über das Dach, die Blutlachen, das Küchenmesser mit seinen Fingerabdrücken, die Leiche mit den Bisswunden und den Würgemalen.

Sie spürte Übelkeit in sich aufsteigen. Bilder wie aus einem Horrorfilm. Sollte er an alldem schuld sein?

Seit sie vor ein paar Tagen angefangen hatte, sich mit dem Fall zu beschäftigen, kam es ihr vor, als sei sie mit einer Zeitmaschine in die Vergangenheit gereist. Die Büchse der Pandora, dachte sie, die sich nicht wieder schließen ließ, wenn der Deckel einmal geöffnet worden war. Körperliche Erinnerungen, wie verliebt sie gewesen war, so wie man es nur in diesem Alter sein konnte, auf der Schwelle zur Erwachsenenwelt, mit der uneingeschränkten Fähigkeit eines Kindes, sich hinzugeben, wie wahnsinnig verliebt sie in den schönen dunkelhaarigen jüdischen Jungen mit den unergründlichen braunen Augen und dem ungewöhnlichen Nachnamen gewesen war. Sie konnte sich noch an das Glücksgefühl erinnern, sogar an den Geruch seines Haares und seiner Achselhöhlen, daran, wie er sie geküsst hatte, an den Geschmack seiner Zunge.

Was war an jenem Abend eigentlich passiert? Jorma und Katz waren in eine Luxusjacht eingebrochen. Sie hatte hinter einem Gebüsch beim Jachthafen gewartet und zugesehen, wie sie zu dem Boot hinausgeschwommen waren. Eine Stunde später waren sie mit tausend Kronen in bar zurückgekommen.

Und dann?

Sie waren auf eine Party im Hochhausviertel gegangen, hatten Leute aus ihrer Gang getroffen, dann aber keine Lust mehr gehabt, waren Richtung Hässelby-Zentrum aufgebrochen, hatten sich verfolgt gefühlt, das wusste sie noch, aber das war damals normal in ihrem Umfeld, ein gewisser Verfolgungswahn. Bei einem Dealer, der vertrauenswürdig erschien, hatten sie Stoff gekauft. An sein Gesicht konnte sie sich nicht mehr erinnern. Wie auch, fast dreißig Jahre später?

Anschließend waren sie zum Fahrradschuppen gegangen.

Sie war früher schon häufiger dort gewesen, hatte sich einen Schlüssel besorgt und im Schuppen geschlafen, wenn es zu Hause zu schlimm wurde. Sie war vierzehn Jahre alt, ein Kind, das schon zu viel gesehen und gehört hatte. Als Liebesbeweis hatten sie die Spritze geteilt, um zu zeigen, dass sie einander vertrauten in einer Welt, in der alle anderen sie im Stich gelassen hatten. Das Risiko, sich mit HIV oder Hepatitis C anzustecken, das und alles andere hatten sie damals ignoriert. Sie konnte immer noch Katz' Armbeuge vor sich sehen, den leichten Widerstand spüren, bevor die Nadel durch die Haut drang. Dann war sie an der Reihe. Eine Überdosis, das war ihr letzter Gedanke, bevor alles schwarz wurde.

Die Erinnerung an die Zeit danach war verblasst. Fragmente. Krankenhausaufenthalt, Polizeivernehmung, Gerichtsverhandlung. Das Jugendamt, das sie in eine Entzugsklinik vor den Toren von Vilhelmina verfrachtete. Schon damals hatte sie gedacht, dass etwas nicht stimmte. Es konnte nicht Katz gewesen sein; er war kein Wahnsinniger. Dass sein Gesicht mit ihrem Blut verschmiert gewesen war, bewies gar nichts. Sie hatten zu starkes H genommen, und jemand hatte ihre Hilflosigkeit ausgenutzt. Sie anschließend nach Grubbholmen verschleppt, Eva dort misshandelt, gebissen und den Tatort so arrangiert, dass alles auf Katz hindeutete.

Aber wer? Und warum?

Sie blätterte in der Polizeiakte. Dreißig lächerliche Seiten. Natürlich kein DNA-Test. Das gab es damals noch nicht, aber selbst wenn: Katz war von vornherein als Täter abgestempelt worden.

In jenem Herbst hörte sie mit dem Heroin auf. Ein Psychologe half ihr. Der Wendepunkt in ihrem Leben. Sie machte in Vilhelmina Abitur, sah ein, wie krank ihr Leben gewesen war. Aber es hatte lange gedauert, bis sie Katz vergessen konnte, mehrere Jahre, erst als sie das Gymnasium abgeschlossen und mit dem Jurastudium begonnen hatte.

Als das Telefon klingelte, zuckte sie zusammen. Ola, dachte sie automatisch. Er will wieder mit mir streiten, mir die Kinder wegnehmen. Aber es war nicht ihr Exmann, es war Danielsson.

»Gibt es was Neues?«, fragte sie.

»Weiß nicht genau. Können wir uns treffen?«

»Wann?«

»Abends, wenn's geht ... morgen.«

Er wollte mit ihr schlafen. Das konnte sie seiner Stimme anhören, wusste, dass er einen Steifen hatte, wie er so dasaß, das Telefon am Ohr.

»Wo?«

»Vielleicht bei dir zu Hause. Hier hören einfach zu viele Ohren mit.«

Ich muss in dieser Ermittlung nach jedem Strohhalm greifen, dachte sie und legte auf. Die Tatsache, dass sowohl Klingberg als auch Katz ganz gezielt für die Dolmetscherschule ausgewählt worden waren, die Tatsache, dass Klingbergs Unternehmen unter Verdacht stand, eine Transaktion über fünfzig Millionen auf die Jungferninseln getätigt zu haben, und Klingberg sich anschließend in Luft auflöste, war das Zufall? Sie glaubte nicht an Zufälle, deshalb musste sie der Sache auf den Grund gehen, musste Katz finden und beweisen, dass er unschuldig war. Das war sie ihm schuldig. Und sich selbst auch.

Als Katz aufwachte, hatte er keine Ahnung, wie spät es war. Es konnte mitten in der Nacht sein oder früh am Morgen; der Raum, in dem er sich befand, war stockfinster. Er tastete nach dem Handy neben der Matratze, das Display zeigte 02:30.

Bullenwahn, dachte er, das Unterbewusstsein, das ihn daran erinnerte, dass er gejagt wurde. Oder er war aus einem Traum aufgewacht, an den er sich nicht erinnern konnte.

Er hörte das leise Geräusch der Stadtautobahn Essingeleden zweihundert Meter entfernt, das einschläfernde Rauschen der Fernlaster, spürte sein Herz in der Brust schlagen, schneller als üblich.

Diese plötzliche Anspannung, als stünden seine Glieder unter Strom. Der Körper war einen Schritt voraus, er versuchte, ihm etwas mitzuteilen.

Er widerstand dem Impuls, aufzustehen. Konzentrierte sich.

Verkehrsrauschen ... und etwas anderes, das seine Sinne noch zu erfassen suchten.

Dann begriff er, was es war: Die Atemzüge eines Menschen.

Er hielt inne, um besser zu hören. Doch, ohne Zweifel, auf der anderen Seite der Wand, nur wenige Meter entfernt, war jemand.

Jorma? Der war am frühen Abend verschwunden, und Katz hatte nicht fragen wollen, was er vorhatte. Geschäfte, vielleicht wollte er auch eine Frau treffen. Aber höchstwahrscheinlich war es etwas Geschäftliches.

Licht drang unter der Fußleiste hindurch. Er sah, wie es schwächer wurde, zurückkam, dann wieder verschwand. Licht einer Taschenlampe.

Schritte, die sich entfernten, Richtung Flur.

Bullen?, überlegte er, während sich sein Puls beschleunigte. Wurde Julins Telefon abgehört?

Nein, dann wären sie früher gekommen. Ein halbes Dutzend Polizisten in schusssicheren Westen hätten die Tür eingeschlagen und wären mit gezogenen Waffen hineingestürmt.

Wieder Schritte, jetzt in größerer Entfernung. Tag der Abrechnung? Aber Jorma hätte ihm gesagt, wenn einer hinter ihm her wäre.

Der Verkehrslärm vom Essingeleden nahm zu. Irgendwo stand ein Fenster offen, vielleicht war es auch die Balkontür.

Er blieb reglos liegen, wollte abwarten, bis der Eindringling wieder verschwunden war. Jedenfalls war sein Versteck nicht entdeckt worden.

Dann fiel ihm ein, dass Jorma vielleicht doch da war, dass er zurückgekommen war. Dass ihm etwas passiert war.

Ein Laster hupte. Katz handelte reflexartig – nutzte das Geräusch – und drückte den Verschlussmechanismus. Er ließ die Wand so weit aufgleiten, dass er hinausschlüpfen konnte.

Die Jalousien waren heruntergelassen.

Vorsichtig schlich er an der Wand entlang bis zur Küche.

Die Küche war leer. Licht fiel von den Straßenlaternen herein. Er bemerkte, dass er nackt war, fühlte sich plötzlich ausgeliefert, schutzlos.

Er duckte sich hinter den Kühlschrank. Wieder Schritte, diesmal aus dem Zimmer, in dem das Klavier stand. Katz zog ein Messer aus dem Besteckkorb auf der Spüle.

Dann ging er in die Hocke und spähte in den Flur. Kohlrabenschwarz.

Er hielt sich die Armbeuge vor den Mund, damit seine Atemzüge nicht zu hören waren. Wog die Möglichkeiten ab. Er hatte den Überraschungseffekt auf seiner Seite. Der andere wusste nicht, dass er hier war. Zu riskant, dachte er dann. Er war höchstwahrscheinlich bewaffnet.

In der Wohnung über ihm rauschte die Toilettenspülung. Katz hechtete in zwei schnellen Schritten über den Flur, gelangte zu einem kleinen Durchgang.

Er glitt mit dem Rücken an der Wand zu Boden, im Schutz der Kleidungsstücke, die an einem Garderobenständer hingen.

Er saß mucksmäuschenstill. Unentdeckt.

Eine Tür führte von der Flurnische ins Wohnzimmer.

Die Tür war angelehnt. Er öffnete sie Millimeter um Millimeter, bis der Spalt groß genug war, um hineinzuschauen.

Hinten im Zimmer stand ein Mann. Nervös, wie Katz registrierte, unruhig, sah auf seine Armbanduhr, dann ungeduldig Richtung Jormas Schlafzimmer. Katz konnte sein Gesicht nicht sehen, der Mann hatte ihm den Rücken zugewandt.

Das Klavier schimmerte matt im Halbdunkel. Die Balkontür stand weit offen. So war er also hereingekommen.

Katz musterte den Mann. Durchschnittliche Größe. Ohne Kapuze, unmaskiert. Kein Zweifel: Er wollte keinen Zeugen zurücklassen.

Dann wurde Katz klar, dass noch jemand in der Wohnung war. In Jormas Schlafzimmer knarrte das Parkett.

Er zog sich wieder in den dunklen Flur zurück.

War Jorma da? Hatten sie ihn verletzt?

Er schaute sich nach einer Waffe um, die geeigneter war als das Messer. Etwas, womit er richtig zuschlagen konnte, fest, sehr fest, wenn niemand damit rechnete.

Dann besann er sich, verdrängte die Aggressivität, das führte zu nichts.

Suchten sie etwas? Beute? Katz glaubte das nicht.

Unten auf der Straße fuhr ein Auto vorbei. Vorsichtig beugte er sich vor. Im Flurspiegel konnte er Jormas Schlafzimmer sehen. Der andere Mann stand am Bett, reglos, atmete flach. Er konnte nicht erkennen, ob Jorma auch da war.

Der Mann trug einen dunklen Trainingsanzug. Weiße Sportschuhe. Kapuze ins Gesicht gezogen. Ein Stahldraht baumelte von seiner rechten Hand.

Es dauerte einige Sekunden, bis Katz begriff, was das war: eine Drahtschlinge.

Derselbe Mann, der vor seinem Versteck gestanden hatte. Unnatürlich ruhig. Wahrscheinlich unter Drogen.

Das ist kein Mensch, dachte er dann, ohne zu wissen, woher der Gedanke plötzlich kam. Er spürte es nur instinktiv, dass an dieser Person etwas Unmenschliches war, wie sie da drinnen neben dem Bett stand, eine Drahtschlinge in der Hand.

War es der Mann aus dem Parkhaus? In dem Fall suchte er nicht nach Jorma, er suchte Katz ...

Wieder diese Wut in ihm, dieser kalte, harte Kern, Benjamins Erbe.

In der Wohnung war es vollkommen still. Nur die ruhigen Atemzüge aus dem Schlafzimmer waren zu hören. Der Mann war wie versteinert, als wäre jeder Muskel seines Körpers erstarrt.

Dann wich er plötzlich zurück.

Er war keine zwei Meter von Katz entfernt, das Gesicht lag immer noch im Schatten der Kapuze, nur ein kühles Funkeln aus den Augen. Schwach der Geruch von Insektenspray.

Der Mann verschwand Richtung Wohnzimmer zu seinem Komplizen, der Wache hielt oder als Verstärkung mitgekommen war. Keiner von ihnen sagte etwas. Sie traten auf den Balkon. Ohne Eile. Katz hörte sie übers Geländer klettern und springen, sie landeten auf dem Kies hinterm Haus.

Er lief ins Schlafzimmer, zuckte zusammen, weil er jemanden panisch keuchen hörte, bis er begriff, dass er selbst es war.

Inzwischen hatten sich seine Augen an die Dunkelheit gewöhnt. Er konnte genug sehen. Jorma lag zusammengekrümmt am Kopfende des Bettes. Die Angst war dem leblosen Gesicht noch anzusehen. Er hatte sich nicht wehren können. Die Schlinge war so fest zugezogen worden, dass die Haut am Hals aufgeplatzt war.

Katz fühlte den Puls, er war nicht zu finden, er legte Jorma auf den Rücken, kreuzte die Hände über seinem Brustkorb, pumpte und pumpte immer wieder in wahnsinnigem Tempo. Hielt inne und beatmete mit dem Mund. Dachte, wie eigenartig es war, Jormas Lippen auf den eigenen zu spüren, hörte sein eigenes tierisches Keuchen, während er wieder zu pumpen anfing, Jorma wieder Luft gab, zur Herzmassage wechselte und hoffte, dass es noch nicht zu spät war.

Sie begriff nicht, wieso sie mit ihm ins Bett gegangen war. Das Letzte, was sie jetzt gebrauchen konnte, waren noch mehr Probleme.

Er lag noch in ihrem Bett und blätterte unbekümmert in einer Zeitung. Dabei pfiff er. Sie war schon aufgestanden und vollständig angezogen.

Sie warf einen Blick auf die Uhr. Halb neun. Sie brauchte detailliertere Informationen von ihm, anschließend musste sie ihn so schnell wie möglich loswerden.

Auf dem Weg zur Küche kam sie am Kinderzimmer vorbei und schaute hinein. Arvids grüner Bakugan lag immer noch auf dem unteren Etagenbett. Lisas Fußballbilder waren am Boden verstreut. Wie alle Spielsachen der Kinder, die Puppen, Autos, Kuscheltiere, lose Teile von Barbie- und Bratz-Puppen, das reinste Chaos abgerissener Körperglieder und abgetrennter Puppenköpfe, die in kleinen Haufen auf dem Teppich lagen. Mit einem dumpfen Gefühl der Scham schloss sie die Tür.

Danielssons Aktentasche mit den Unterlagen über den Mord stand noch im Flur. Die Zeugenaussagen, die Berichte der Techniker. Und eine Kopie von Klingbergs Festplatte, Danielsson hatte ihr versprochen, dass sie sie anschauen durfte. Sie ließ ihn in dem Glauben, ihr Interesse gelte einzig und allein der Sache mit den Jungferninseln.

Sie hörte, wie er aufstand und ins Bad ging. Beschwingte Schritte, gute Laune. Die Dusche wurde aufgedreht, er sang irgendeinen idiotischen Schlager.

Sie hatte immer noch seinen Geschmack im Mund. Von seiner Eichel, seidig, wie die Haut eines Pferdemauls.

Hatte sie mit ihm Sex gehabt, um sich an Ola zu rächen? Was vollkommen sinnlos wäre, da sie ihm niemals davon erzählen würde.

Oder hatte sie es getan, weil es an der Zeit gewesen war? Weil ihr Körper es brauchte.

Schlimmstenfalls würde er anstrengend werden. An ihr kleben. Sie mit Dackelblick ansehen. Sex mit Liebe verwechseln.

Sie ging zur Wohnungstür. Der Briefträger war bereits da gewesen. Ein einziger Umschlag lag auf dem Boden. Sie nahm ihn mit in die Küche und öffnete ihn.

Ein Termin beim Sozialamt zur Familienberatung, auf Olas Wunsch. Ein Termin, um über die Kinder und das Sorgerecht zu sprechen, wo waren sie am besten aufgehoben, bei einer alleinstehenden Mutter oder bei einem charakterstarken Vater mit Partnerin und einem Geschwisterchen. Ola hatte beschlossen, seinen Einsatz zu erhöhen.

Vor neun Jahren hatten sie sich auf einer Konferenz für Verwaltungsjuristen kennengelernt, er hatte sie sich schöngeredet, ein fleißiges Mädchen aus der Vorstadt in ihr gesehen, dem es gelungen war, sich durchzuboxen, eine fröhliche Karrierefrau, die von einem bürgerlichen Leben mit Mann und Kindern, Hund und Ferienhaus träumte. Doch im Grunde hatte sie da nie reingepasst. Ihr Hintergrund, den er zuerst exotisch gefunden hatte, entsprach plötzlich nicht mehr seinen Bedürfnissen. Sie redete zu laut und unkorrekt, sie trank etwas zu viel, verstieß hier und da gegen die Etikette, was er anfangs charmant gefunden hatte, störte ihn jetzt. Sie hatte versucht, sich anzupassen, aber sie war nun einmal, wie sie war. Schließlich war es auf die Trennung hinausgelaufen.

Beim Gedanken an Lisa und Arvid spürte sie einen Stich in der Brust. Zwei Tage waren vergangen, seit sie das letzte Mal mit ihnen telefoniert hatte, oder genauer gesagt mit Lisa, da Arvid auf einem Tablet Minecraft spielte und keine Lust hatte, mit ihr zu sprechen. Lisa hatte ziemlich abgebrüht geklungen, die ganze Zeit nur von einem Hundewelpen geredet, den Ola ihr versprochen hatte. Sie hatte nicht einmal gefragt, wann sie sich wiedersehen würden.

»Ich will für den Rest des Frühlings bei Papa bleiben«, hatte sie zum Schluss gesagt. »Darf ich, Mama? Es ist nett hier ... und vielleicht kriegen wir einen Hund.«

Sie legte den Brief auf den Küchentisch, ging zurück ins Schlafzimmer, warf einen Blick durchs Fenster auf das noch spärliche Frühlingsgrün im Vasaparken und kam ins Wohnzimmer.

Die Jack-Daniel's-Flasche, die sie und Danielsson sich am Vorabend genehmigt hatten, stand noch auf dem Couchtisch. Halb leer – oder halb voll, je nachdem. Seine Unterhose lag vor dem Fernseher. Sie hatte ihn überrascht. Ihre Hand mitten im Gespräch auf seinen Schwanz gelegt, auf die Jeans, und gespürt, wie er steif wurde. Hatte ihm Hose und Unterhose ausgezogen und den Schwanz in den Mund genommen, gleichzeitig seinen Anus mit der Spitze ihres Zeigefingers massiert. Er war in weniger als fünfzehn Sekunden gekommen. Wie ein Teenager in ihrem Mund explodiert. Hatte etwas verwirrt ausgesehen, als sie sich wieder ihrem Glas mit JD zugewandt hatte, als wäre nichts gewesen.

Und dann war er über Nacht geblieben.

Verdammt, warum habe ich das gemacht? Ich bin nicht mal scharf auf ihn. Genau wie die Sache an Ostern ... der Wermutstropfen für Ola ...

Das Handy lag auf dem Couchtisch. Drei verpasste Anrufe vom Führungsstab, und dann war da noch die Sache mit der Beschlagnahmung von Gewinnen deliktischer Herkunft, bei dem Fall wollte sie den Ermittlern helfen.

Sie musste das später regeln, genau wie sie die Beziehung zu ihren Kindern später regeln musste. Momentan war Katz das Wichtigste.

Jedenfalls war ihr im Laufe des letzten Tages einiges klar geworden.

Sie hatte noch einmal mit dem Parkhauswächter in der City gesprochen, ihn, als ihr aufgegangen war, dass er etwas verschwieg, unter Druck gesetzt. Schließlich hatte er geredet. Ein Zeuge hatte den Mann gesehen, der Klingbergs Wagen gefahren hatte. Der Parkhauswächter hatte ihn auf einem anderen Film. Katz hatte sich ihn angesehen, wie er erklärte. Die Polizei jedoch nicht.

Sie hatte Danielsson nichts davon erzählt. Vielleicht würde sie es später noch tun, wenn sie mehr vorzuweisen hatte.

Warum sollte Katz sich so viel Mühe geben und tun, als suche er nach Klingberg, wenn er ihn selbst gekidnappt hatte und plante, dessen Frau zu ermorden?

Sie hatte den Jungen über einen Kontakt beim Drogendezernat identifiziert. Ein siebzehn Jahre alter Heroinjunkie namens Jonas Åkesson. Merkwürdig war, dass er seit ein paar Tagen im Leichenschauhaus lag, Überdosis. Er war auf der Rückbank eines Autos in Märsta gefunden worden, die Spritze noch im Arm.

Sonderbar, dachte sie. Der Junge war fast zwei Monate lang clean gewesen. Und plötzlich ein tödlicher Rückfall.

Sie blickte zur Badezimmertür. Danielsson ließ sich Zeit.

Wieder ging sie in den Flur, schaute in seine Aktentasche. Sie zog die Kopie von Klingbergs GPS-Logbuch heraus. Sollte Danielsson sie vermissen, würde sie behaupten, er habe sie bei ihr vergessen.

Fünfzig Millionen Kronen, dachte sie, während sie in die Küche ging. Sie hatte die Kollegen beim Wirtschaftsdezernat der Kripo gebeten, sich mit Interpol in Verbindung zu setzen und alle größeren Transaktionen zwischen Schweden und den Jungferninseln im letzten Jahr zu überprüfen. Was einige Zeit dauern würde, das war ihr schon klar, allein im Hinblick auf das Bankgeheimnis im Steuerparadies.

Als Danielsson aus dem Bad kam, zu ihrer Erleichterung vollständig bekleidet, stand der Kaffee bereits auf dem Tisch.

»Und, wie geht's dir?«, fragte er.

»Wieso?«

»War das okay für dich ... was gestern geschehen ist?«

Sie schenkte ihm Kaffee ein, gab sich alle Mühe, freundlich zu sein.

»Das vergessen wir mal lieber«, sagte sie. »Es ist gar nicht passiert. Erzähl mir lieber von den Ermittlungen. Oder hast du mir schon alles gesagt?«

Er sah verletzt aus, nickte aber.

»Ich denke schon. Du weißt über alles Bescheid, was wir haben.«

»Du hast gesagt, dass der Computer eingeschaltet war, als Angela Klingberg gefunden wurde.«

»Ja, der Bildschirmschoner lief, mit Fotos.«

»Was für Fotos?«

»Familienfotos. Fotos von Urlaubsreisen.«

»Zufällig ausgewählt?«

»Keine Ahnung.«

»Und ihr glaubt, der Täter hat das Bildspiel aktiviert?«

»Oder das Opfer. Jedenfalls lief er noch. Wie gesagt, ich habe eine Kopie von der Festplatte gemacht, für den Fall, dass du nach Informationen über Klingberg Aluminium suchen willst. Du wirst auch private Fotos darauf finden ... wenn du neugierig bist.«

Der ironische Unterton in seiner Stimme verriet ihr, dass sie Gefahr lief, zu weit zu gehen. Trotzdem konnte sie sich die Frage nicht verkneifen: »Seid ihr sicher, dass ihr den richtigen Mann jagt?«

»Mein Gott, Eva, wir haben überall Fingerabdrücke von diesem Kerl gefunden, auf der Mordwaffe, im Auto, auf den Wohnungsschlüsseln, mit denen er von innen abgeschlossen hat. Außerdem ist er in den Achtzigern für eine ähnliche Tat verurteilt worden. Reicht das etwa nicht?«

Sie war bis jetzt noch nicht ins Spiel gebracht worden. Wofür sie dankbar war.

»Habt ihr die Person gefunden, die den Notruf getätigt hat?«

»Nein.«

»Und das stört dich nicht?«

»Ohne anonyme Hinweise würden wir keinen Schritt weiterkommen. Und du weißt, anonym zu bleiben ist erlaubt, wir können die Leute nicht zwingen, sich zu erkennen zu geben.«

»Also geht ihr davon aus, dass es ein Nachbar war, der sie hat schreien hören?«

»Es gibt siebzehn Parteien in dem Haus. Die Person hat von einem Prepaid-Handy aus angerufen, das sich nicht zurückverfolgen lässt. Wahrscheinlich jemand, der nichts mit der Polizei zu tun haben will. Heutzutage wohnen alle möglichen Menschen auf Östermalm. Wir arbeiten weiter daran, den Informanten zu finden.«

Danielsson verschwand im Flur und kam mit seiner Aktentasche zurück, öffnete sie und nahm die Festplatte heraus.

»Und selbst?«, fragte er. »Kommt ihr mit dieser Fünfzig-Millionen-Transaktion voran?«

»Wir warten nur darauf, dass die Leute nach einem Anruf von Interpol kalte Füße kriegen und das Bankgeheimnis aufheben. Die Jungferninseln sind nun mal ein Steuerparadies, die werden alles versuchen, die Konten so lange wie möglich geheim zu halten. Übrigens, du hast doch gestern einen gestohlenen Wagen erwähnt, bevor ich, wie soll ich sagen ... dich unterbrochen habe.«

Ein kurzes Grinsen. Zumindest hatte er Humor.

»Ja. Wir haben einen Wagen gefunden, den der Verdächtige kurz nach dem Mord in der Nähe seiner Wohnung gestohlen hat.«

»Wo hat er ihn zurückgelassen?«

»Bei Alviks Strand. Dort endet die Spur.«

»Und sein ehemaliger Chef, hat er mit ihm Kontakt aufgenommen?«

»Rickard Julin? Wir haben mit ihm gesprochen, aber er sagt, dass er seit einem halben Jahr nichts mehr von Danny Katz gehört hat. Er wirkt glaubwürdig. Ein alter Soldat.«

Das sollte man genauer überprüfen, dachte sie, der Militärpart in Katz' Geschichte interessierte sie.

»Und die Bisse an Angela Klingbergs Hals, habt ihr DNA gefunden?«

»Das ist nicht nötig, um den Täter mit Tatort und Mord in Verbindung zu bringen.«

Sie schwiegen und ließen ihren Kaffee kalt werden. Die Spannung zwischen ihnen war deutlich zu spüren. Verdammt, warum hatte sie mit ihm geschlafen?

»Ich glaube, ich sollte mal aufbrechen«, sagte er unsicher. »Bevor die anderen sich fragen, wo ich bleibe.«

Sie nickte nur.

»Sehen wir uns wieder, Eva?«

»Ja, sicher. Wir bleiben in Kontakt in dieser Sache.«

»Privat, meine ich.«

»Mal sehen, Danielsson. Ich bin an keiner Beziehung interessiert.«

Sie schaute in seine Dackelaugen, sah genau diese Anhänglichkeit, die sie nicht ertrug. Man kriegt, was man verdient, dachte sie, wenn man Berufliches mit Privatem mischt.

Kaum war er gegangen, nahm sie sich die Kopie des GPS-Logbuchs vor.

Die Ermittler waren nur an den Zeiträumen von Joel Klingbergs Verschwinden und Angela Klingbergs Tod interessiert gewesen. Aber die Zeit dazwischen?

Angela Klingberg hatte den Wagen nach dem Verschwinden ihres Mannes kaum benutzt, war nur kurze Strecken gefahren, in Östermalm, und eine etwas längere Fahrt nach Djursholm.

Eva überprüfte die Adresse im Netz. Pontus Klingbergs Anschrift. Angela war zehn Tage vor ihrer Ermordung dorthin gefahren, um sieben Uhr abends angekommen und wieder abgefahren ... um neun Uhr am nächsten Morgen.

Der Direktor von Klingberg Aluminium, dessen eigene Ehe geschieden war, hatte sicher eine Erklärung dafür gehabt, warum sie über Nacht geblieben war, sollte Danielsson ihn dazu befragt haben; dass die Frau seines Neffen so besorgt wegen ihres verschwundenen Mannes gewesen war, dass er versucht hatte, sie zu beruhigen, sie zu trösten, sie gebeten hatte, zum Essen zu bleiben, und dann hatte sie Wein getrunken und beschlossen, im Gästezimmer zu übernachten.

Falls da nicht etwas war zwischen ihnen.

Sie ging das Logbuch vom letzten bis zum ersten Eintrag durch. Alle Informationen seit Neujahr waren gespeichert. Meistens war der Wagen von der gemeinsamen Wohnung in der Skeppargatan zu Klingbergs Arbeitsplatz in Norrtull gefahren worden. In regelmäßigen Abständen kamen Fahrten nach Djursholm dazu, jedes Mal mit einer Übernachtung. Sie suchte nach weiteren Übernachtungen an anderen Orten, fand eine Adresse in Sörmland.

Googelte die Adresse.

Der Landsitz von Pontus Klingberg, ein Gutshof gleich hinter Katrineholm. Mehrere Übernachtungen.

Sie lud die Kopie von Klingbergs Festplatte auf den Laptop, suchte in den Registern nach dem Kalenderwerkzeug und fand, was sie suchte: Joel Klingbergs digitalen Terminkalender.

Der Mann hatte einen durchstrukturierten Zeitplan, das war klar, der Kalender war gefüllt mit Erinnerungen an Geburtstage, To-do-Listen, Termine für Autobesichtigungen und Arztbesuche, Arbeitszeiten, Verabredungen, Konferenzen, Dienstreisen.

Sie verglich die Daten mit dem Logbuch. Treffer. Die Übernachtungen hatten stattgefunden, als Joel verreist gewesen war.

Krass, dachte sie. Angela hatte offenbar eine Affäre mit dem Onkel ihres Mannes gehabt.

Sie verfolgte diese Spur fürs Erste nicht weiter und öffnete den Ordner mit Fotos. Er enthielt ein paar Hundert Bilder, mehr nicht.

Sie öffnete das Bildspiel-Menü und kam zu der zuletzt gezeigten Slideshow. Gut fünfzig Bilder, unterlegt mit klassischer Musik. Urlaubsfotos. Angela und Joel Klingberg auf verschiedenen Reisen, Mittsommerfeier auf einem luxuriösen Landsitz, eine Reise nach Italien, ein Traumstrand in den Tropen, Segelfotos von einer Regatta, vielleicht in Sandhamn, Angela und Joel zusammen an Deck eines Luxusbootes.

Sie hielt das Bildspiel an, klickte zurück zu dem Bild mit der Jacht und zoomte den Namen am Bug heran: St. Rochus.

Suchte in ihrem Gedächtnis nach dem Abend, als sie am Strand von Hässelby gestanden und zugesehen hatte, wie Jorma und Katz zu einer Luxusjacht hinausgeschwommen waren. St. Rochus ... der Name hallte wie ein fernes Echo in ihrer Erinnerung wider.

Sie ging ins Wohnzimmer, nahm das Handy vom Sofa, auf dem sie Danielsson verführt hatte, und rief beim Verkehrsamt an.

»Verbinden Sie mich bitte mit dem Seefahrtsregister«, sagte sie. »Ich brauche Angaben über den Besitzer von einem Boot in Stockholm.«

Das Netzwerk stellte die Frage auf Russisch: *Kakoj psewdonim ty wyberjosch?* Welches Alias benutzt du? Katz füllte das Kästchen mit dem ersten Wort aus, das ihm einfiel: *Baruch*. Während er ein Codewort angab, fragte er sich, warum. Er wurde langsam müde. Acht Stunden nonstop im IRC-Netzwerk, um jemanden zu finden, der ihm helfen konnte. Bis jetzt nur Scriptkiddies, kleine Jungs, die sich auf fertig geschriebene Codes verließen und Muffensausen kriegten, wenn sie begriffen, worauf er hinauswollte.

Baruch, überlegte er erneut. Vielleicht, weil es Freitag war; das erste hebräische Wort im Sabbatgebet: *Baruch atah Adonai* ... Gesegnet seiest du, Herr, unser Gott.

Merkwürdig. Er hatte das Gebet nicht mehr gesprochen, seit er dreizehn gewesen war, damals gemeinsam mit seinem Vater, in der orthodoxen Synagoge in der Sankt Paulsgatan, wohin sein Vater ihn aus irgendeinem Grund an großen Festtagen mitnahm. Er wusste insgesamt nicht viel über seinen Vater. Nur, dass er kurz vor dem Krieg als Flüchtling nach Schweden gekommen war und dass seine Eltern, Chaim und Sara, in den Fünfzigern nach Israel emigriert waren und den Kontakt zu ihrem Sohn verloren hatten. Oder den Kontakt zu ihm abgebrochen hatten.

Er drückte auf Return. Der Bildschirm flackerte auf. Er wurde gebeten, das Codewort ein zweites Mal einzugeben.

Während er wartete, musste er an Jorma denken. Wurde von Hass erfüllt, Rachegelüsten. Jorma lag im Söderkrankenhaus, wurde künstlich beatmet. Katz war es gelungen, sein Herz wieder zum Schlagen zu bringen, er hatte die 112 angerufen, die Tür für die Sanitäter offen stehen lassen und die Wohnung verlassen. Hundert Meter entfernt hatte er in Jormas Wagen gesessen und zugesehen, wie dieser auf einer Trage zum Krankenwagen gebracht und davongefahren wurde. Dann hatte er die Nummer gewählt, die zuletzt von Jormas Handy aus angerufen worden war, es war ein Freund von Jorma, Emir, der Katz half, ein neues Versteck in Västberga zu finden. Und dort war er jetzt. In einer Einzimmerwohnung im vierten Stock.

Sein Blick kehrte zum Bildschirm zurück. Er war eingeloggt, sah, wie die Grafik sich aufbaute, sah den Chatroom, zu dem er jetzt Zugang hatte.

Ein User-Avatar stellte Pikachu dar. Ein anderer Han Solo von Star Wars. Alles Leute, die nicht erwachsen werden wollten.

Oxymoron hieß das Netzwerk. Er war von einem gewissen Hunky Dory empfohlen worden, mit dem er früher mal Programme im Netz getauscht hatte, er hatte gesagt, dass ihm hier geholfen werden würde.

Trotzki hieß der aktuelle Administrator, der zuerst auftauchte, er war an seinem @Prefix zu erkennen.

Es dauerte einige Minuten, bis er fragte, wer Baruch sei und was er wolle: *Tschto ty chotschesch?*

Ich brauche Hilfe, antwortete Katz. *Mne nuschna pomoschtsch!*

Dobro poschalowat, schrieb Trotzki. Willkommen.

Sie waren jetzt allein im Chatroom, er und der Operator. Katz erklärte, was er wollte, dass er Hilfe mit einem Superuser-do-Kommando brauchte, um Kontrolle über einen Server zu erlangen.

Schweigen. Keine Reaktion. Parallel fanden andere Chats statt, im Verborgenen, die Trotzki moderierte und denen Katz nicht folgen konnte.

Es dauerte mehrere Minuten, bis er antwortete: *Tscho ja polutschu wsamen?* Was gibst du mir dafür?

Es war gang und gäbe in IRC-Kreisen, Programme oder Informationen zu tauschen, was nicht gerade legal war. Sie mussten neu sein, für jeden. Aber Katz hatte nichts zu bieten, zumindest jetzt nicht.

Er erklärte, dass er mit leeren Händen kam.

Erneutes Schweigen, dann fragte Trotzki, um welches Betriebssystem es sich handele.

Sun OS Solaris.

Kakuju versiju? Welche Version?

Katz berichtete das Wenige, was er über die Originalversion und die Updates wusste.

Trotzki zeigte ein Smiley und bat ihn zu warten.

Als er sich wieder meldete, fragte er, ob Baruch Jude sei.

Ty jewrej, Baruch?

Da.

Beweise es!

Ohne groß nachzudenken, schrieb er den Rest des Sabbatgebets auf: … *eloheinu melech haolam asher kidushanu bemitsvotav vetsivanu lehadlik ner shel shabbat.* Und Trotzki, der sofort antwortete: Es hätte auch keine Rolle gespielt, wenn du ein Goi gewesen wärst, Baruch. Du hättest hier gar keinen Zugang erhalten, wenn nicht Hunky Dory für dich gebürgt hätte. Wem willst du schaden?

Schlechten Menschen, antwortete er.

Shabbat Shalom, Baruch. Und viel Glück.

Auf dem Bildschirm erschien ein Link. Ein paar Minuten später hatte er den Quellcode für das Programm auf der Festplatte. Er musste ein paar weitere Codezeilen eingeben und nach Bugs suchen, damit es genau so funktionierte, wie er wollte. Das nahm einige Stunden in Anspruch. Es war lange her, dass er programmiert hatte.

Es war ein Uhr nachts, als er den Versuch unternahm, in den Server von Capitol Security einzudringen. Vom Server-Rack war ein dumpfes Surren der nebeneinandergereihten, miteinander verkabelten Computer zu hören. Sein eigener Linuxcomputer war mit zwei Festplatten verbunden, einem Router und einem Modem, das er aus Jormas Wohnung mitgenommen hatte.

Er hatte ein paar Stunden gebraucht, das alles einzurichten. Eine falsche IP-Adresse, registriert unter falschem Namen, war das nächste Glied in der Kette, die zu dem Bildschirm vor ihm führte. Sein Server lief über mehrere andere Server mit gehackten Konten. Unter anderem via eines Universitätscomputers in Paris, eines weiteren in Boston, schließlich anonymisiert im Tunnel des TOR-Netzwerks. Sollte ein Systemadministrator die Datenflut kontrollieren, würde es ihm zumindest schwerfallen, Katz aufzuspüren.

Das konnte absolut nicht wahr sein. Er hatte Julin als seinen Freund betrachtet, wie einen älteren Bruder. Im Laufe der Jahre hatte er für Katz alles getan – ihm geholfen, clean zu werden, einen Job besorgt, Kontakte verschafft. Julin war immer zur Stelle gewesen, wenn Katz Probleme gehabt hatte. Die Zeit in Petersburg, wo sie sich kennenlernten, die vielen Stunden, die sie in Stockholm über einer Tasse Kaffee zusammensaßen und Russisch redeten, damit die Sprache nicht einrostete. Ihm war das alles ein Rätsel.

Aber alles wies auf Julin hin. Er war der Einzige, der gewusst hatte, dass Katz Angela am Abend des Mordes hatte treffen wollen. Und er war der Einzige, der gewusst hatte, dass Katz sich bei einem Bekannten in Midsommarkransen versteckt hatte. Wenn es Julin war, dann würde er es ihm heimzahlen. Gnadenlos. Zu einem Zeitpunkt, den er selbst bestimmte.

Doch warum hatte Julin erst Spuren gelegt, die Katz eindeutig zum Täter machten, um anschließend jemanden zu schicken, der ihn ermorden sollte ... jemanden, der um ein Haar Jorma umgebracht hätte? Das verstand er nicht.

Glaubte Julin, Katz sei ihm auf den Fersen? Weil es Katz wider Erwarten gelungen war, der Polizei zu entwischen?

»Dein alter Kumpel vom Militär«, hatte Julin gesagt, als er Katz draußen in Smedslätten das Foto ausgedruckt hatte. Damals hatte Katz den Gedanken nicht greifen können, aber der Punkt war, dass er Julin nie erzählt hatte, in welcher Beziehung er zu Klingberg stand.

Die Ventilatoren des Computers surrten in dem offenen Rack. Das Programm arbeitete sich immer dichter an den Server von Capitol heran.

Weitere Daten. Ein neues Eingabefeld, das einen Befehl verlangte.

Das Programm, das er bekommen hatte, war mit dem legendären *John the Ripper* verwandt, das verschlüsselte Kennworte knacken konnte, nur dass es noch viel schneller war.

Plötzlich stand Katz auf der Schwelle zur absoluten Kontrolle über das System. Das Programm hielt die Sudo-Kommandofunktion geöffnet und hinderte sie daran, Alarm auszulösen, während daran gearbeitet wurde, den Code zu entschlüsseln. Es dauerte nur wenige Minuten, dann hatte er es geschafft – er war drin.

Nun hatte er Zugang zum Administratoren-Konto. Die Frage war, wie viel Zeit er hatte.

Er befand sich in einem der Bürocomputer, bei einem Mitarbeiter, der Überstunden machte und sich noch nicht ausgeloggt hatte. Er surfte im Internet, Online-Casino, wie Katz sah.

Katz spürte, wie sich sein Puls beschleunigte.

Niemand weiß, dass ich hier bin, immer mit der Ruhe.

Er schloss die Augen und sah Jorma vor sich, leichenblass unter einer Sauerstoffmaske auf der Intensivstation. Er hatte Kontakt mit Jormas Schwester aufgenommen, sie hielt ihn über den Zustand des Freundes auf dem Laufenden. Es sah nicht gut aus. Schwere Verletzungen am Hals. Schmerzen, wahnsinnige Schmerzen, die gerächt werden mussten, das schwor er sich.

Er schaute auf den Bildschirm.

Der Mitarbeiter hatte das Online-Casino verlassen und fing wieder an zu arbeiten; er war mit einem Buchhaltungsprogramm beschäftigt.

Er hatte recht, Julin war involviert. Es gab Dateien über Klingberg Aluminium auf dem Computer.

Katz arbeitete schnell, kopierte die Dateien in einen Ordner, suchte weiter im Verborgenen, entdeckte die versteckte Kopie einer Einzahlung auf ein ausländisches Konto von einer Tochtergesellschaft der Klingberg-Gruppe, Personenangaben über Pontus Klingberg, Telefonnummern, ein paar Fotos, die er später überprüfen wollte. Er gelangte zu Dateien, die mit den Buchstaben KLINGbergVIP markiert waren, zog so viel Material wie möglich in den Ordner und speicherte ihn auf der Festplatte.

Plötzlich wurde das Sicherheitsniveau hochgefahren. Ein Systemadministrator hatte Unstimmigkeiten im

Datenstrom überprüft und war nervös geworden. Katz unterbrach sein Hacking, löschte die Logdateien und alle Spuren, die er hinterlassen hatte, und schaltete den Computer aus.

Fünfzig Millionen Kronen. Das war die Summe, die auf ein Konto im Ausland überwiesen worden war. SWIFT-Code und IBAN sagten ihm nichts. Aber der Name der Firma, die die Summe angewiesen hatte, war zu sehen: Klingberg Aluminium. Erpressung, aber womit?

Außerdem hatte das Unternehmen nicht näher spezifizierte Überwachungsdienste bei Capitol gekauft, aber diese Ausgaben waren im Gegensatz zu der Summe, die ins Ausland überführt worden war, in der Buchhaltung vermerkt.

Es gab einige eingescannte Zeitungsartikel über frühere Geschäftsinteressen der Klingberg Aluminium in der Zuckerindustrie, über schlecht bezahlte Arbeitskräfte. Was hatte das zu bedeuten?

Aber über Joel fand er nichts.

Die mit VIP markierten Dateien waren leer, und ihr Inhalt ließ sich nicht wiederherstellen. Er war am selben Tag gelöscht worden, an dem Joel Klingberg verschwunden war, stellte Katz fest.

Julin hatte vertrauliche Informationen von dem Rechner an einen anderen Ort übertragen. Zu seinem Haus in Smedslätten, einem privaten Rechner oder einem ganz normalen Safe.

St. Rochus. Laut Seefahrtsregister handelte es sich um eine zwanzig Meter lange Luxusjacht, die sich seit den frühen Fünfzigern im Besitz der Familie Klingberg befand. Zeitweise war sie unter dominikanischer Flagge gesegelt, aber immer in Schweden versichert gewesen. Einst in Santo Domingo vom Gründer des Imperiums, Gustav Klingberg, gekauft, war sie später von dessen Sohn Pontus geerbt worden. Sie hatte im Laufe der Jahre in verschiedenen Jachthäfen im Mälaren gelegen, wenn sie nicht in der Karibik unterwegs gewesen war.

1984, in dem Jahr vor dem Überfall, hatte sie ihren Liegeplatz in Ekerö gehabt.

In regelmäßigen Abständen hatte sie auf der Werft in Ulvsunda gelegen, nicht weit entfernt von Katz' Wohnung. Als Eva Klingbergs GPS überprüfte, entdeckte sie, dass er am Tag seines Verschwindens ganz in der Nähe gewesen war. Sie hatte die Werft angerufen. Die Jacht war schon seit mehreren Jahren nicht mehr dort gewesen, und es war nicht bekannt, wo sie sich jetzt befand. Offensichtlich wurde sie von einer angeheuerten Besatzung gesegelt.

Aber die Werft hatte Fotos von dem Boot, die sie rüberfaxen konnten, und je länger Eva die Bilder betrachtete, umso sicherer war sie: Es war die St. Rochus, die damals vor Hässelby Strand gelegen hatte.

Sie stellte ihr Auto vor dem Büro ab und ging das kurze Stück zum alten Polizeigebäude in der Agnegatan zu Fuß. Wies sich an der Rezeption aus und wurde eingelassen.

Sie hatte ihre Recherche über die Klingberg-Familie ausgeweitet, mehr über die Tragödien gelesen, die sie im

Laufe der Jahre heimgesucht hatten. Es war wie ein Fluch, dachte sie. Gab es da wirklich keinen Zusammenhang?

Der Chefarchivar begleitete sie durch die Kellerflure bis zum katalogisierten Kriminalarchiv, das sechzehntausend Regalmeter mit Material zu Straftaten umfasste, die vor dem Zeitalter des Computers begangen worden waren: Tatortfotos, Voruntersuchungen, Protokolle, Vernehmungsabschriften, alles in Pappregistern geordnet, chronologisch nach Kalenderjahren. Kein physisches Beweismaterial, das wurde entsorgt, wenn die Ermittlungen beendet waren und im Archiv begraben wurden.

Sie füllte das Formular aus, das der Wachhabende ihr gab. Eine Viertelstunde später tauchte er mit einem Rollwagen auf und legte ihr die Mappen auf den Arbeitstisch.

Ein grauer Umschlag, mit Schreibmaschine beschriftet: »K 5253-70«. Und »K 2065-79«.

Sie nahm die erste Mappe, datiert auf 1970, und öffnete sie.

Ermittlungen in einem Entführungsfall. Schriftliches Material über Kristoffer Klingbergs Entführung vor zweiundvierzig Jahren.

Sie brauchte eine Stunde, um alles durchzulesen. Die Ermittlungen waren nach nicht einmal einem Jahr auf Eis gelegt worden. Die Klingberg-Familie – bis auf die verzweifelten Eltern Jan und Joanna – war nicht gerade kooperativ gewesen. Firmengründer Gustav beispielsweise hatte sich von vornherein geweigert, die Fragen der Polizei zu beantworten. Nach den ersten Ermittlungen war die Polizeiarbeit ins Stocken geraten. Später, als der Fall nicht mehr aktuell war, verstaubte er in einem Büro, bis er schließlich verjährte und im Archiv landete.

Sie widmete sich der nächsten Mappe: die polizeilichen Ermittlungen zum Selbstmord von Jan und Joanna Klingberg 1979, mit beigefügtem Obduktionsbericht.

Sie waren in der Garage derselben Adresse in Sörmland gefunden worden, die Eva in Klingbergs GPS-Logbuch entdeckt hatte. Das Gutshaus gehörte damals Gustav Klingberg. Kein Verdacht auf Fremdverschulden, der Fall wurde als Selbstmord ad acta gelegt. Trotzdem war die Akte hier aufbewahrt worden. Warum?

Sie nahm sich das Obduktionsprotokoll vor. Das Ehepaar hatte auf der Rückbank gesessen und einander an den Händen gehalten, während sie langsam einschliefen, das Bewusstsein verloren und schließlich erstickten. Sauerstoffmangel und wahrscheinlich schwere Laktatazidose. Kohlenmonoxid, das die Hämoglobinmoleküle im Blut auf Kosten des Sauerstoffs band und schnell einen hypoxischen Herzstillstand herbeiführte.

Sie hätten friedlich ausgesehen, schrieb der Arzt, es gebe keinerlei Anzeichen dafür, dass sie ihren Entschluss bereut hätten. Die Blutprobe hatte ergeben, dass sie zum Todeszeitpunkt stark betrunken gewesen waren.

Es folgte eine detailliertere Beschreibung vom Zustand der Körper, und plötzlich zuckte Eva zusammen. Ein Knutschfleck war an Joanna Klingbergs Hals entdeckt worden. Und einer an Jan Klingbergs. Der Pathologe hatte dies nicht kommentiert.

Sie ließ den Bericht sinken und starrte die Wand an. Was hatte sich der Arzt gedacht? Dass es sich um eine Art leidenschaftlichen Abschiedskuss gehandelt hatte?

Knutschflecken sind keine Bisswunden.

Sie las den Bericht der Polizeistreife, die als Erste vor Ort gewesen war, zusammen mit dem Notarztwagen.

Eine kurze Beschreibung, welches Bild sich ihnen geboten hatte. Protokolle der Vernehmungen von Gustav Klingberg und Pontus Klingberg, Vater und Bruder, sowie von zwei Angestellten, einem Hausmädchen und einem Fahrer. Und dann die Aussage des dreizehnjährigen Jungen, der die Toten gefunden hatte: Joel Klingberg.

Es dauerte eine Weile, bis sie alles zusammengefügt hatte. Jan, Joanna und Joel Klingberg waren die Nacht über auf dem Landsitz gewesen, zusammen mit Gustav und Pontus. Die Familienmitglieder hatten in verschiedenen Gebäuden übernachtet.

Joel hatte sich gegen zehn Uhr schlafen gelegt, während seine Eltern noch wach gewesen waren. Als er am folgenden Morgen aufwachte, konnte er sie nicht finden. Er war in den Garten hinausgegangen und hatte nach ihnen gerufen, gesehen, dass die Garagentür geschlossen war, hatte einen Automotor laufen hören, war zur Garage gegangen und hatte begriffen, was passiert war. Er war dann die zweihundert Meter zum Hauptgebäude zurückgerannt, um seinen Großvater zu wecken. Gustav Klingberg hatte den Jungen gebeten, den Notarzt zu rufen, woraufhin er selbst zusammen mit Pontus zum Unglücksort gelaufen war.

Ein Abschiedsbrief wurde nicht gefunden.

Sie blätterte weiter und entdeckte eine Anlage in einem gesonderten Umschlag. Der maschinengeschriebene Antrag eines Ermittlers in Stockholm, einen Monat nach dem Vorfall verfasst. Er, ein gewisser Ragnar Hirsch, wolle die Todesfälle genauer untersuchen. Es gebe mehrere Fragezeichen, wie er schrieb, ohne weiter auszuführen, was er damit meinte. Ganz unten stand ein interner Vermerk, dass das Gesuch von höherer Stelle abgelehnt worden war.

Offensichtlich war er von einem Vorgesetzten daran gehindert worden, weiterzuermitteln. Und dennoch waren die Unterlagen aufbewahrt worden, denn es gab noch immer offene Fragen.

Wahrscheinlich gab es für alles eine Erklärung. Fehlende Ressourcen, unklare Zuständigkeiten, jemand mit tieferem Einblick in den Fall, der annahm, dass Hirsch sich verrannt hatte.

Sie legte das Material wieder in die Mappe. Ragnar Hirsch. Wo mochte er jetzt sein? Höchstwahrscheinlich war er in Pension, wenn er überhaupt noch lebte.

Von Julins Villa war nur das Obergeschoss einzusehen, die Mauer versperrte die Sicht. Katz ließ den Blick in östliche Richtung wandern. Eine verlassene Straße, gesäumt von getrimmten Alleebäumen. Keine Autos. Keine Menschen. Das Nachbarhaus lag fast hundert Meter entfernt und wurde von Bäumen verdeckt. Niemand würde ihn sehen, wenn er über die Mauer kletterte. Falls es Überwachungskameras gab, waren die sicher an der Innenseite der Mauer befestigt. Er würde, zumindest bis er auf der Mauerkrone angekommen war, unbemerkt bleiben.

Die Garage lag zur anderen Seite, Richtung Südwest. Das Tor stand offen. Julins Auto war nicht zu sehen. Laut Emir, der die Adresse diskret für Katz überwacht hatte, hatte es seit fast vierundzwanzig Stunden keine Bewegung um das Haus herum gegeben. Julin war augenscheinlich verreist.

Katz griff in die Jackentasche. Er spürte die geriffelte Fläche des Kolbens, den schlanken Lauf, das kühle Metall. Eine österreichische Glock mit Schalldämpfer, Neun-Millimeter-Kaliber und fünfzehn Kugeln im Magazin. Emir hatte ihm gezeigt, wie sie funktionierte. Sicherheitshalber, falls etwas passierte. Julin konnte zurückkommen. Jemand anders konnte sich in Julins Haus verstecken ... der Mann, der versucht hatte, Jorma zu töten.

Es spielte keine Rolle. Was geschehen sollte, würde geschehen.

Wieder musste er an Jorma denken. Es ging ihm inzwischen etwas besser, er war von den Maschinen, lag aber noch auf Intensiv. Seiner Schwester zufolge konnte er sich im Zusammenhang mit dem Überfall an so gut wie nichts erinnern. Er war von der Polizei vernommen worden, hatte aber nichts gesagt.

Katz spürte Eiseskälte in sich, die primitive Lust, Julin wehzutun. Das musste er unter Kontrolle behalten.

Inzwischen war es fast dunkel. Jeden Moment konnte die Außenbeleuchtung anspringen, dann würde es schwierig für ihn werden, sich dem Haus unbemerkt zu nähern.

Ein paar Minuten noch.

Er sah die Gesichter von Jorma und Angela vor sich, während er schnell auf den dunkelsten Bereich der Mauer zuging. Spürte den harten Kloß im Bauch, den polierten Stein aus Wut, der dort lag, solange er denken konnte.

Hinüberzukommen war leichter als erwartet. Der Maurer hatte geschlampt, der Putz war rissig. Mit den Fingerspitzen packte Katz die Mauerkrone und tastete nach Glasscherben. Zu seiner Verwunderung war der Mauerrand vollkommen glatt.

Er legte sich auf den Bauch und spähte in den Garten. Keine Kameras, soweit er feststellen konnte. Kein Hundegebell.

Das Haus lag im Dunkeln. Er fragte sich, ob Joel Klingberg irgendwo da drinnen sein konnte. Aber er bezweifelte es. Wenn Julin hinter der Entführung steckte, wurde der Gefangene an einem sicheren Ort versteckt.

Mit einem dumpfen Aufprall landete Katz auf dem Rasen. Vom hundert Meter entfernten Ufer war das Plätschern der Wellen zu hören. Er zog die Glock aus der Jackentasche und entsicherte sie. Nahm den Rucksack ab und öffnete ihn. Er enthielt alles, was er brauchte: Kuhfuß, Kneifzange, Dietrich, Entmagnetisierungswerkzeug für elektronische Alarmanlagen. Emir hätte einen Großhandel für Einbrecher eröffnen können.

Das Haus lag links von ihm, aber der Eingang befand sich auf der Rückseite. Ein einzelnes Fenster im Souterrain war erleuchtet, in einem Winkel, dass er es von der Mauerkrone aus nicht hatte einsehen können. Hinter dem Fenster bewegte sich etwas. Ein Wachmann in der Uniform von Capitol Security.

Katz hockte reglos da und beobachtete den Mann, wie er hin und her lief und sich dann in einen Sessel mitten im Raum setzte. Das durchkreuzte seinen Plan.

Er schaute sich um und entdeckte noch etwas, womit er nicht gerechnet hatte: Bewegungsmelder im Garten. Das schwache Licht der Sensoren, die alle fünf Meter entlang der Mauer aus der Erde ragten. Er hatte Glück gehabt, war genau vor dem ersten Sektor gelandet.

Schnell stand er auf, trat einen Schritt vor und löste den Alarm aus.

Zielstrebig lief er ums Haus herum, unter den Fenstern entlang bis zum Kiesweg vor der Treppe. Fünf Sekunden später, als der Wachmann aus der Tür kam, stand er in der Dunkelheit schräg hinter ihm. Er schlug ihm mit dem Kolben der Glock auf den Hinterkopf.

Katz schaltete den Alarm aus und wartete einige Minuten, auf Feinde lauernd wie ein Tier. Stille. Das Haus war leer.

Er nahm die Maske ab und stopfte sie in den Rucksack. Schaltete Raum für Raum das Licht an, löschte es wieder, wenn er das Zimmer durchsucht hatte. Nichts von Interesse. Nur Möbel und Nippes. Bis auf den Küchenbereich schien das Stockwerk kaum benutzt zu werden.

Katz ging am Esszimmer vorbei zu einer Hintertür. Links davon befand sich eine Treppe, die ins Souterrain führte.

Hier sah es bewohnter aus. Billardzimmer, ein Partyraum, der von Julins Söhnen benutzt zu werden schien, vollgestellt mit Spielkonsolen.

Einen Keller gab es nicht. Was hatte er erwartet? Dass er Klingberg hier finden würde, an eine Wand gekettet?

Durch einen kleineren Raum gelangte man zum Garten. Eine Nähmaschine auf einem Tisch. Eine Staffelei mit einem halb fertigen Pastellbild, das eine badende Frau darstellte. Wahrscheinlich war hier das Reich der Dame des Hauses.

Er inspizierte den Wellnessbereich. Ein eingelassener Whirlpool und eine großzügige Sauna. Ein kleiner Fitnessraum hinter einer Glaswand. Weiter hinten eine Toilette, die gerade repariert wurde.

Er ging ins Erdgeschoss zurück und weiter in den ersten Stock.

Schlafzimmer. Eine Zwei-Zimmer-Suite, die wahrscheinlich Julins Frau gehörte. Zwei große Kinderzimmer für die Söhne. Ein kleineres Schlafzimmer, von dem er annahm, dass es Julins war.

Die Balkontüren gingen aufs Wasser. Rechts an der Stirnseite befand sich eine unverschlossene Tür.

Nun stand er in Julins Homeoffice, einem kleinen Raum von vielleicht acht Quadratmetern. Militärdiplome an der Wand. Eine Regimentsflagge von der SFOR, von Julins Zeit auf dem Balkan. Julin schien das Haus in aller Eile verlassen zu haben. In einem tragbaren DVD-Player steckte noch ein Film, es war auf Pause gedrückt, eine Dokumentation von der Invasion in der Normandie. Auf dem Schreibtisch lagen Handbücher über elektronische Alarmsysteme. Der Computer lief im Energiesparmodus. Katz drückte eine Taste, der Bildschirm erwachte. Der

Desktop war so gut wie leer. Bis auf das Festplatten-Icon gab es nur ein Programmmenü.

Katz klickte das Mailprogramm an.

Im Postausgang lagen ein paar E-Mails an Julins Frau; sie und die Kinder waren immer noch in Skåne. Im Posteingang war alles gelöscht worden, bis auf die alte Zahlungserinnerung eines Internetbuchhandels.

Im Papierkorb befand sich ein gutes Dutzend Nachrichten, die nicht automatisch gelöscht worden waren. Die erste von einem Reisebüro. Katz öffnete die Mail. Eine elektronische Quittung für einen Flug mit Air France, von Stockholm nach Santo Domingo, mit Zwischenlandung in Paris. Das Ticket war auf Julins Namen ausgestellt. Abflug in einem Monat.

Er klickte die nächste Mail an: Korrespondenz mit einer Geschäftsbank auf der Insel, betreffend eine Transaktion von den Jungferninseln. Die fünfzig Millionen, dachte Katz.

Julin war auf dem Weg dorthin, um sie zu holen und zu waschen oder sie weiterzuschicken, bis sich die Transaktion nicht mehr zurückverfolgen ließ.

Er schrieb den Namen Klingberg in das Spotlight-Suchfeld, ohne Ergebnis. Anschließend suchte er die Festplatte nach verborgenen Dateien durch, fand jedoch nichts Interessantes.

Er sah sich im Zimmer um. Unter dem Schreibtisch befand sich ein in die Wand eingelassener Safe. Die Tür war offen, der Safe leer.

Katz' Blick fiel auf die Steckdose unter dem Schreibtisch. Ein neues Modell, moderner als die anderen im Raum. Nur die obere Buchse wurde benutzt. Das Kabel führte zu einem Transistorradio, das auf einem Regal stand. Er drückte auf die On-Taste, Schlagermusik ertönte, und er sah, dass die Batterielampe leuchtete. Das Radio lief nicht über Strom.

Katz nahm den Schraubenzieher aus dem Rucksack, löste die Schrauben und hebelte die Plastikkappe der Steckdose ab. Steckte die Hand in das zylinderförmige Loch in der Wand.

Julin hatte dort zwei Dinge versteckt. Eine Souvenirflasche, umwickelt mit schwarzem Garn, bestickt mit roten Pailletten. Der Korken war mit schwarzem Wachs versiegelt. Aus Garn gedrehte Arme ragten zu beiden Seiten heraus, sodass die Flasche einer menschlichen Gestalt glich. Die Flasche erinnerte ihn an die Tücher, die Joel Klingberg kurz vor seinem Verschwinden zugeschickt bekommen hatte.

Das Zweite war ein braunes Kuvert, das Fotos enthielt. Auf einem stand Julin zusammen mit Pontus Klingberg an Deck eines Segelboots. Eine jüngere Ausgabe von ihm, wie Katz registrierte. Leger gekleidet. Beide mit Sonnenbrillen. Das Foto war wohl Anfang der Achtzigerjahre gemacht worden.

Also kannten sich die beiden schon länger.

Katz' Gehirn arbeitete auf Hochtouren. Wenn es sich nicht um Erpressung handelte ... was war es dann? Arbeiteten die beiden zusammen? Hatte Pontus Klingberg Julin dafür bezahlt, Joel zu kidnappen und Angela zu ermorden?

Und anschließend hatte Julin die Spuren verwischt, damit es so aussah, als sei Katz der Täter.

Katz wurde klar, dass Joel Klingberg wahrscheinlich auch tot war. Er war das eigentliche Ziel gewesen. Die Tücher, die er mit der Post bekommen hatte, waren der

Auslöser für die nachfolgenden Ereignisse gewesen. Eine Information über das Verschwinden des Bruders Anfang der Siebzigerjahre. War Pontus in die Sache verwickelt gewesen? Und hatte Joel begriffen, dass er in Gefahr schwebte, und Angela dazu gebracht, sich mit Katz in Verbindung zu setzen, falls ihm etwas passieren sollte?

Verwirrt blätterte Katz weiter in den Fotos.

Das nächste war vor einem Regimentsstandort aufgenommen worden. Julin zusammen mit einem Mann in Uniform, der Katz irgendwie bekannt vorkam. Im Hintergrund Rekruten mit roten Baskenmützen; Fallschirmjäger. Karlsborg. Das Foto war vor dem Sitz der Dolmetscherschule gemacht worden, der Mann war vom militärischen Ausbildungspersonal. Hatte Julin Kontakt mit Katz' Vorgesetzten gehabt?

Katz legte die Fotos in den Umschlag zurück und schob ihn zusammen mit der Flasche in die Jackentasche. Ein Geräusch aus dem Erdgeschoss ließ ihn zusammenzucken. Der Wachmann kam langsam zu sich.

In der Suite von Julins Ehefrau öffnete Katz eine Schranktür und nahm ein Paar schwarze Nylonstrümpfe heraus. Einen davon zog er sich über den Kopf, dann griff er sich die Glock aus der Jackentasche und ging ins Erdgeschoss. Der Wächter lag dort, wo er ihn zurückgelassen hatte, mit seinen Handschellen an die Heizung gefesselt. Er war bei Bewusstsein und wirkte verwirrt.

Katz hockte sich hinter ihn.

»Was willst du von mir?«, presste der Mann hervor.

Katz schob ihm den Pistolenlauf in den Mund, fünf Zentimeter in den Hals, bis der Würgereflex einsetzte. Er verharrte, während der Mann sich vor Krämpfen und

Würgeanfällen krümmte. Dann zog er die Pistole wieder heraus, wischte den Lauf an der Wange seines Opfers ab.

»Wo ist Julin?«, fragte er ruhig.

Der Mann brachte kein Wort heraus.

»Was willst du?«, fragte er schließlich tonlos, während ihm der Schweiß auf der Stirn ausbrach. »Um Gottes willen ... was willst du von mir?«

»Hat Julin einen Mann namens Klingberg gekidnappt?«

»Ich habe keine Ahnung, wovon du redest.«

Katz schob ihm erneut den Lauf in den Mund, sicherte aber unmerklich die Pistole.

Dann drückte er ab. Der Mann schiss sich in die Hose, als er das Klicken hörte.

Katz stand auf, ging um ihn herum.

»Wo ist Julin? Ich muss mit ihm reden.«

Der Mann hatte angefangen zu schluchzen.

»Er ist vorgestern weggefahren. Wollte jagen ... Vögel, glaube ich. Ich weiß nichts von irgendeiner Entführung. Ich passe auf das Haus auf, wenn er weg ist, das ist meine einzige Aufgabe. Scheiße, du musst mir glauben.«

»Eine Adresse ... wo ist er?«

»Weiß ich nicht genau. Irgendwo in Sörmland. Auf einem Gut da unten ... bei einem, den er kennt.«

»Ich glaube dir«, sagte Katz ruhig. Der Mann heulte wie ein Kind. »Und vergiss nicht, Julin zu sagen, dass er Glück hatte, weil er meinen Besuch verpasst hat. Sag ihm, dass ich wiederkomme. Grüß ihn von einem alten Freund.«

Das jüdische Altenheim war in einem sandfarbenen zweigeschossigen Gebäude in Skarpnäck im Süden Stockholms untergebracht. Ich hätte es am Namen sehen müssen, dachte sie, während sie auf einen Parkplatz vor dem Eingang fuhr: Hirsch.

Zwei Sicherheitstüren führten zum Eingangsbereich, in dem sie von einer Pflegekraft empfangen wurde. Auf einem Tisch neben dem Besuchersofa stand ein Aquarium. Farbenprächtige Buntbarsche tummelten sich zwischen Plastikgewächsen und künstlichen Korallen. An der Wand hing eine Karte von Israel.

Rechts lag der Speisesaal, in dem laut Speiseplan mittags zwei verschiedene koschere Gerichte serviert wurden. Große Panoramafenster. Der Blick auf den Hof mit Springbrunnen und Blumenrabatten.

»Ich bringe Sie zu Ragnars Zimmer«, sagte die Schwester, »wenn Sie mir bitte folgen würden.«

Sie gingen einen langen Flur entlang. Eine Tür mit dem Schild »Arbeitstherapie« stand einen Spalt offen. Eine alte Frau saß auf einer Pritsche, vollkommen weggetreten. Sonst war niemand zu sehen, der Gang menschenleer.

»Wir haben hier auch Demenzbetreuung«, erklärte die Schwester, »aber die meisten unserer Bewohner kommen allein zurecht. Unser ältester Gast ist hundertzwei Jahre alt. Unser jüngster fünfundsiebzig. Ragnar wird im Herbst neunzig. Ich weiß nicht, woran es liegt, an dem koscheren Essen vielleicht, aber jüdische Männer und Frauen werden sehr alt.«

Sie kamen an einem Aufenthaltsraum mit Fernseher und Klavier vorbei. Hinter einem Vorhang konnte Eva einen kleinen Altarschrein mit Thorarollen und einigen liturgischen Geräten erahnen.

Am Schwarzen Brett hing das Wochenprogramm mit Veranstaltungstipps. Die Schauspielerin Basia Frydman würde an diesem Abend jiddische Lieder vortragen.

Sie gelangten auf einen anderen Flur mit Wohnungstüren zu beiden Seiten. Vor einer blieb die Schwester stehen und klopfte vorsichtig an.

»Dein Besuch ist hier, Ragnar«, sagte sie. »Aber vergiss nicht unseren Ausflug heute Nachmittag. Der Bus fährt um drei Uhr los.«

Da sie vor ein paar Stunden mit ihm telefoniert hatte, wurde sie bereits erwartet. Der ehemalige Polizeikommissar hatte Kaffee gekocht und einen Teller mit Keksen auf einen Tisch am Fenster gestellt.

Wie ein Gentleman zog er einen Stuhl für sie heran und bat sie, Platz zu nehmen.

Er war erstaunlich gut in Form für sein Alter. Schlank und sehnig, mit dichtem, kurz geschnittenem Haar.

»Herzlich willkommen«, sagte er. »Es ist nicht besonders geräumig hier, passt aber ausgezeichnet zu einem alten Polizisten. Ordentliches Personal. Feste Essenszeiten. Regelmäßige Arztbesuche. Und jede Menge Bekannte. Wir sind eine nette alte Truppe hier. Müssen nicht einmal mehr zur Synagoge gehen. Den Gottesdienst halten wir hier im Gemeinschaftsraum ab.«

Er schenkte ihr Kaffee aus einer Thermoskanne ein.

»Es sieht schön aus hier«, sagte sie. »Gemütlich.«

»Und das Beste ... das Haus wird nicht an irgendwelche Spekulanten verschachert oder privatisiert, wie es heutzutage ja üblich zu sein scheint.«

Auf einem alten Schwarz-Weiß-Foto an der Wand erkannte sie Ragnar Hirsch als Teenager vor einer Baracke im Schärengarten, zusammen mit ein paar anderen Jugendlichen, alle in Fußballtrikots. »Glämsta Kinderferienlager« stand auf einem Schild im Hintergrund. Das jüdische Ferienlager auf Väddö. Katz hatte seine Sommerferien auch mal dort verbracht, als seine Eltern noch lebten. Er hatte ihr erzählt, man habe ihn gegen seinen Willen dorthin geschickt. Sonst hatte er nur selten über seine jüdische Herkunft gesprochen.

»Zu Ihrer Zeit muss ein jüdischer Polizeibeamter etwas Ungewöhnliches gewesen sein«, sagte sie.

»Das stimmt. Es gab viel Antisemitismus, die ganze Zeit irgendwelche Sticheleien. Warum zum Teufel man als Kriminalkommissar schuftete, wenn man stattdessen eine Bank hätte eröffnen können. Man ging ja davon aus, dass alle Beschnittenen reich und geizig waren. Und Schlimmeres.«

Wieder musste sie an Katz denken. All die Kränkungen, die er hatte ertragen müssen, als sie jung gewesen waren. Judenbengel. Du verdammter Geizjude. Und diese kranken Witze: Weißt du, wie sechs Millionen Juden in einen VW Käfer passen, Katz? Zwei vorn, zwei hinten. Der Rest in den Aschenbecher. Meistens hatte es dann gleich geknallt, genau wie seine Feinde es sich erhofft hatten.

»Ich glaube sogar, dass ich der einzige Stockholmer Polizeibeamte meiner Generation bin, der koscher isst«, fuhr Ragnar Hirsch fort. »Und definitiv der einzige Polizist hier im Heim. Mein Vater wollte, dass ich zur Polizei gehe. Er hat bei einer Versicherung gearbeitet, aber er fand, es sei an der Zeit, dass einer in unserer Familie eine Uniform trägt.«

Er wurde von einem Schrei aus einem anderen Teil des Hauses unterbrochen, ein klagendes Weinen, das immer lauter wurde und dann plötzlich abbrach.

»Miriam Löwenstein«, erklärte der pensionierte Polizist. »Ist als Fünfzehnjährige mit den Weißen Bussen nach Schweden gekommen. Hat gegen jede Wahrscheinlichkeit Auschwitz-Birkenau überlebt. Musste mit ansehen, wie ihre Mutter und ihre jüngeren Geschwister in die Gaskammer gegangen sind. Gegen manche Erinnerungen gibt es kein Heilmittel.«

Er lächelte entschuldigend, während er sich ein paar Kekskrümel vom Knie schnippte.

»Aber deshalb sind Sie sicher nicht gekommen«, sagte er. »Sie wollten etwas über den Selbstmord des Ehepaars Klingberg wissen.«

Ragnar Hirsch hatte einen der Sanitäter gekannt, die an jenem Morgen zum Gutshaus in Sörmland gekommen waren, wo das Paar Klingberg tot aufgefunden worden war. Der Mann hieß Holmström und hatte früher bei der Stockholmer Feuerwehr gearbeitet. Er war es auch, der Hirsch circa eine Woche nach dem Todesfall anrief und ihn bat, sich den Fall noch einmal genauer anzusehen.

»Das Hausmädchen hatte ihm etwas sagen wollen, wie er mir erklärte, aber als die Polizei eintraf, änderte sie ihre Meinung.«

Hirsch erzählte, wie er angefangen hatte, sich mit dem Fall zu befassen, zum Teil, wie er zugab, aus reiner Neugier, weil es sich um eine bekannte Industriellenfamilie handelte. Er hatte Holmström gebeten, ihm den Schauplatz des Unglücks genau zu beschreiben, hatte sich die Berichte und Obduktionsprotokolle der Polizei Sörmland eingeholt und war sie durchgegangen. Der Pathologe hatte geschrieben, es gebe Beweise, dass die Eheleute bei ihrem Selbstmord betrunken waren. Im Auto waren zwei leere Flaschen Cognac und eine halb volle Flasche Château Lafite sichergestellt worden.

Holmström hingegen, ein alter Fuchs, der im Laufe seiner langen Zeit beim Stockholmer Rettungsdienst schon eine Menge gesehen hatte, war der Meinung, dass sie eher unter Drogen gestanden hätten.

»Was eigentlich aufs Gleiche hinausläuft«, sagte Hirsch und schenkte ihr Kaffee nach. »Denn auch das passte zu den beiden. Sie waren Alkoholiker und tablettenabhängig. Beruhigungstabletten.«

»Woher wissen Sie das?«

»Ich habe mich ein wenig umgehört. Offenbar hatte es angefangen, nachdem ihr ältester Sohn entführt worden war. Die Trauer um ihn ließ sie immer tiefer in die Sucht rutschen.«

»Aber das war es nicht, was Holmström meinte, oder?«

»Nein ... er fand, es habe unnatürlich ausgesehen, wie sie da im Auto gesessen hatten. Irgendwie arrangiert. Er meinte, sie hätten genauso gut bewusstlos ins Auto geschafft worden sein.«

»Aber es gab keine Spur, die darauf hinwies?«

»Das ist unmöglich zu sagen, da die Polizei sofort davon ausging, dass es sich um Selbstmord handelte, und die Beamten wie Trampeltiere in der Garage herumgelaufen sind. Falls es irgendwelche Beweise gab, sind sie aus Unachtsamkeit zerstört worden.«

Hirsch fuhr fort. Er war zum Familiensitz in Djursholm hinausgefahren, um mit den nächsten Angehörigen zu sprechen. Alle waren vor Ort gewesen. Pontus Klingberg mit seiner damaligen Frau. Der alte Patriarch Gustav. Das Hausmädchen, das Holmström etwas hatte sagen wollen, dann aber doch geschwiegen hatte. Und Joel Klingberg.

»Der Junge tat mir so schrecklich leid«, sagte Hirsch. »Dreizehn Jahre, und kein Geld der Welt hätte ihn trösten können. Stellen Sie sich doch mal vor, Sie finden Ihre eigenen Eltern im Gas erstickt. Er war völlig am Boden zerstört. Man konnte kein vernünftiges Wort aus ihm herauskriegen. Sobald er gefragt wurde, was er an dem Morgen gesehen hatte, fing er an zu weinen.«

Eine Weile saßen sie schweigend da. Hirsch schaute durch das kleine Fenster zum Gebäudeflügel hinüber. Es schien, als forderten die neunzig Jahre doch ihren Tribut, als er sich die Vergangenheit ins Gedächtnis rief. Plötzlich sah er müde aus – und sehr alt.

»Ich frage mich ... diese Saugflecken an ihrem Hals. Warum wurde keine Erklärung dafür gesucht?«

»Ich habe die Leichen nie gesehen«, sagte Hirsch. »Nur Fotos, die der Obduzent und die Polizeistreife gemacht haben. Aber ich bin Ihrer Meinung: Was waren das eigentlich für Flecken?«

»Dann hatten Sie also den Verdacht, es könnte sich um ein Verbrechen handeln?«

»Es war zumindest nicht auszuschließen.«

»Aber Sie durften nicht weiterermitteln?«

Er nickte.

»An höherer Stelle waren sie der Meinung, mein Talent würde woanders gebraucht. Es gab einfach nicht genug Material, mit dem ich die Ermittlung hätte weiterführen können. Keinerlei Beweise. Außerdem wog Gustav Klingbergs Wort schwer in diesem Zusammenhang. Er kannte Leute bei der Polizeiführung und auf politischer Ebene. Er war fertig mit der Welt. Erst hatte er ein

Enkelkind verloren, nun noch seinen jüngsten Sohn und seine Schwiegertochter. Er wollte kein Geschreibe darüber, keine weiteren polizeilichen Ermittlungen. Er war der Meinung, dass es reichte. Außerdem versuchte er, seinen Enkel Joel vor der Öffentlichkeit zu schützen. Der Junge stand kurz vor einem Zusammenbruch, und Gustav ...«

Er verstummte, zögerte einen Augenblick, bis er fortfuhr: »Gustav hatte die bizarre Vorstellung, dass auf seiner Familie ein Fluch liege. Das betraf auch die Entführung des ältesten Enkels neun Jahre zuvor. Der beste Schutz gegen weitere Unglücksfälle war in seinen Augen, zu schweigen, nichts mehr über die Familie nach außen dringen zu lassen.«

»Und was wollte das Hausmädchen Holmström erzählen?«

»Das habe ich nie rausgekriegt. *A mayse on a moshl iz vi a moltsayt on a tsimes* ... eine Geschichte ohne Pointe ist wie eine Mahlzeit ohne Nachtisch, wie man auf Jiddisch sagt. Es hat mich noch lange beschäftigt, dass ich nie herausgefunden habe, was sie wollte.«

»Haben Sie mit ihr gesprochen?«

»Ja.«

»Und was hat sie Ihnen erzählt?«

»Nichts, außer dieser Sache mit Gustavs Fantasien über einen Fluch, der auf der Familie läge. Selbst sein Nasenbluten, unter dem er immer wieder litt, führte er darauf zurück. Ich bin sicher, dass sie noch mehr wusste, aber das war ihr nicht zu entlocken. Plötzlich schwieg sie.«

»Wissen Sie noch, wie sie hieß?«

»Sandra Dahlström. Damals war sie eine junge Frau. Nach dem Tod von Joels Eltern hat sie sich um ihn gekümmert.«

Sie verabschiedete sich in der Empfangshalle von ihm, neben dem Aquarium mit den Buntbarschen. Jetzt herrschte mehr Betrieb, das Mittagessen wurde gleich serviert. Alte Männer mit Kippot, die im Rollstuhl in den Speisesaal geschoben wurden, elegante Damen mit leicht exotischem Aussehen. Sie hörte, wie die Bewohner sich auf Polnisch, Jiddisch oder auf Schwedisch unterhielten.

Besucher kamen, Familien mit Kindern, die ihre Großeltern sehen wollten. Einer der Männer erinnerte sie an Katz.

Sie stieg in den Wagen, drehte den Zündschlüssel herum.

Bis jetzt noch keine Spur von ihm. Er war immer noch auf freiem Fuß. In gewisser Weise bewunderte sie ihn.

Jemand musste ihm geholfen haben unterzutauchen, dachte sie. Vielleicht Jorma?

Laut Einwohnermelderegister wohnte Jorma in Midsommarkransen. Vor ein paar Jahren aus der Haftanstalt Norrtälje entlassen nach dreijähriger Haft wegen Beihilfe zu schwerem Raub.

Sie nahm ihr Handy und rief Marianne Lindblom an, eine zivil angestellte Ermittlerin beim Wirtschaftsdezernat, und bat sie, in Jormas Registereintrag zu überprüfen, ob momentan eine Fahndung nach ihm lief. Sie ignorierte die Frage, wann sie wieder im Büro sein werde und legte auf.

Klingbergs früheres Hausmädchen, Sandra Dahlström. Aus irgendeinem Grund erschien sie ihr plötzlich wichtig.

Der Gutshof Ormnäs lag in einem Naturschutzgebiet zwischen Katrineholm und Vingåker. Achthundert Hektar Wald, Gewässer und Ackerland gehörten zu dem Grundstück. Das Hauptgebäude war ein zweistöckiges Steinhaus mit eingeschossigen Seitenflügeln aus Holz, errichtet im karolinischen Stil des späten 17. Jahrhunderts.

Um das Hauptgebäude herum lagen die Wirtschaftsgebäude, Stall, Scheune, Gästehaus, Remise, eine Mühle und eine alte Meierei.

Der Weg zum Gutshof war privat, eine kilometerlange Kastanienallee, die vor einem Zierbaum auf dem Hofplatz endete.

Katz hatte sich das Gelände auf Google Earth angeschaut. Wenn man unbemerkt zum Hauptgebäude gelangen wollte, musste man von Süden her kommen, zu Fuß.

Es war nach Mitternacht, als er Jormas Wagen ein paar Kilometer vom Hof entfernt auf einem Fahrweg abstellte.

Er hielt eine Weile inne, um die Augen an die Dunkelheit zu gewöhnen, lauschte dem Knacken des warmen Motors, den Geräuschen im Wald, der leichten Brise, die durch die Bäume strich, und einem Nachtvogel, der vom Sumpf her rief.

Dann holte er die Taschenlampe aus seiner Jackentasche, drehte den Regler auf die geringste Lichtstärke, suchte sich einen Pfad, der nach Norden führte, und ging los.

Er brauchte eine halbe Stunde, um die erste Hälfte des Waldes zu durchqueren. Verwerfungsspalten und steile Berghänge zwangen ihn zu Umwegen. Er kreuzte einen Fahrweg mit alten Spuren von Waldmaschinen, umrundete einen kleinen Waldsee und kam an einen Zaun. Diesem folgte er Richtung Westen, bis ihm klar wurde, dass dieser Teil des Grundstücks eingezäunt war. Er fluchte, als er feststellte, dass er den Rucksack mit der Kneifzange im Auto vergessen hatte.

Da es zum Umkehren zu spät war, kletterte er stattdessen über den Zaun. Der Metalldraht schnitt ihm in die Finger, als er sich hochzog. Schließlich war er oben und verschnaufte kurz. Die Wolkendecke war für einen Moment aufgerissen, Sterne glitzerten. Jetzt hatte er bessere Sicht. Der Gutshof lag fünfhundert Meter entfernt, ein schwarzer Monolith an der Lichtung zum Wald.

Er schwang sich auf die andere Seite, ließ sich die letzten Meter fallen und landete neben der Wurzel eines umgestürzten Baumes.

Zielstrebig ging er in Richtung der Gebäude. Der Weg war jetzt leichter zu begehen. Der Wald war gepflanzt und nicht mehr so dicht. Der Boden eben.

Dann gelangte er auf den ersten Acker. Ein paar Hochsitze standen am Rand, wie düstere Holzskulpturen einer vergangenen Jägerkultur. Er konnte die frische Erde riechen.

Katz schloss die Augen und öffnete sie wieder, als die ersten Regentropfen fielen. Das erschwerte es, ihn kommen zu hören. Der Regen bildete ein Hintergrundrauschen, das alle anderen Laute verschluckte.

Der Hof lag dunkel, keine Autos standen auf dem Platz davor. In dem diffusen Licht des Nachthimmels ähnelten die Gebäude Filmkulissen.

Er folgte dem Waldrand bis zur ersten Scheune. Blieb an einem Kiesweg stehen, der Richtung Osten zwischen den Wirtschaftsgebäuden zu einer Anhöhe führte.

Die Allee zum Hauptgebäude war fünfzig Meter entfernt. Katz überlegte, was er tun sollte. Einfach weitergehen, dachte er, zum Haus, und sehen, ob jemand da ist.

Der Kies auf dem Hofplatz war vollkommen glatt. Nicht die geringste Spur eines Fahrzeugs. Das Hauptgebäude lag in der Dunkelheit vor ihm. Sechs Fenster in einer Reihe, wie schwarze, rechteckige Augen. Laubhaufen auf der Treppe.

Was hatte er sich eigentlich gedacht? Hier war niemand ... und es war auch lange Zeit niemand hier gewesen. Er war davon ausgegangen, dass sich Julin auf dem Landsitz der Klingbergs in Sörmland aufhielt. War hierhergefahren, ohne weiter nachzudenken, verzweifelt darauf aus, etwas zu tun, Bewegung in die Sache zu bringen, die Rollen zu verändern.

Es regnete jetzt stärker. Er suchte nach Schutz, entdeckte ein Stück weiter den Dachvorsprung eines Gebäudes. Lehnte sich an die Wand und blinzelte, als er auf der breiten Zufahrtsstraße die Scheinwerfer entdeckte. Ein Fahrzeug bog auf die Allee.

Der Wagen rollte im Abstand von nicht einmal vierzig Metern an ihm vorbei, ein silbergrauer SUV. Ein Mann saß am Steuer.

Doch der Wagen hielt nicht vor dem Hauptgebäude. Er überquerte den Hofplatz und fuhr Richtung Osten, an den Wirtschaftsgebäuden vorbei, hin zu dem bewaldeten Hügelkamm. Das Geräusch des Motors verebbte. Scheinwerferlicht flackerte zwischen den Bäumen, eine Steigung hinauf, bis es verschwand.

Er ging zwanzig Minuten, bis er das Auto entdeckte, es stand vor einer Holzhütte am Kiesweg. Schwaches Licht fiel aus dem Fenster. Er hörte Männerstimmen.

Er bog in den Wald ab, um sich unbemerkt nähern zu können.

Eine Schranke war über dem Weg heruntergelassen, auf der anderen Seite begann ein weiterer Zaun. Das ganze Gelände schien eingezäunt zu sein.

Katz lief parallel zum Zaun gut zwanzig Meter in den Wald hinein, bis er auf einer Höhe mit der Hütte war. Tastete in der Tasche nach Jormas Handy, um sich zu vergewissern, dass es ausgeschaltet war.

Ein zweiter Wagen stand in der Einfahrt, ein schwarzer Volvo Kombi.

Katz schlich näher, blieb einen Meter vom Zaun entfernt stehen.

Die Hütte war aus geteerten Baumstämmen gebaut und auf drei Seiten von Wald umgeben. Der Kiesweg war vor dem Eingang verbreitert worden, um Platz für Parkplätze zu schaffen. Ein Stück weiter lag ein Gästehaus mit Veranda und etwas weiter den Weg hinunter waren Metalltore für die Ein- und Ausfahrt.

Adrenalin schoss Katz durch den Körper. Er ging weiter zu einer Lichtung, wo der Weg in einen Abhang überging, der zu einem See führte. Hier war der Zaun nicht mehr in Sichtweite der Hütte und außerdem einen Meter niedriger. Er kletterte auf die andere Seite.

Nun stand er auf dem Weg unterhalb des Hügelkamms, die Glock in der Hand. Er hörte ein Geräusch, Hundegebell. Zunächst nur leise, doch dann, ohne Übergang, sehr viel lauter. Als wäre es aus dem Nichts aufgetaucht.

Er ging in die Hocke und sah, wie das Tier sich von der Kuppe her näherte, ganz langsam, als wollte es seine Beute auf die Folter spannen.

Der Owtscharka. Hierhin hatte Julin ihn also mitgenommen. Die einzige Hunderasse der Welt, die es allein mit einem Wolf oder einem Bären aufnehmen konnte. Achtzig Kilo schwer, mit einer Schulterhöhe von knapp einem Meter. Irgendwo hatte Katz gelesen, dass ein Raubtier diesen Hund nicht zu packen bekam, dazu war das Fell zu dicht. Es konnte sich nicht in ihm verbeißen.

Er kniete sich hin und ging in Schussposition, der Hund kam langsam näher. Er war viel größer, als er erwartet hatte. Das Maul weit aufgerissen, der Instinkt, zu töten, unglaublich stark. Jetzt bellte er nicht einmal mehr, konzentrierte sich nur auf seine Beute. Er war noch zwanzig Meter entfernt, zehn, fünf ... Katz fühlte nichts, nur eiskalte Konzentration.

Zwei Meter vor ihm blieb das Tier stehen. Er nahm den strengen Geruch des Fells wahr. Die Augen ähnelten zwei schwarzen Knöpfen. Sein Knurren war Furcht einflößend.

Katz feuerte genau in dem Moment, als der Owtscharka zum Angriff ansetzte, zwei Schüsse ab, die zu seinem Erstaunen beide trafen.

Als er in der nächsten Sekunde aufstand, hatte er immer noch den Tunnelblick eingeschaltet. Er bemerkte die Person nicht, die sich ihm von hinten näherte. Spürte nichts von dem heftigen Schlag in den Nacken, sondern sah nur, wie die Welt in einem roten Schein explodierte, bevor er wehrlos nach vorn sackte.

Sie saß in Mörby Centrum im Auto auf dem Parkplatz und blickte rauchend zu dem Hochhaus hinüber. »Euphoria« von Loreen aus den Lautsprechern. Den Song hatte sie jetzt bis zum Erbrechen gehört.

Als sie das Autoradio ausschaltete, brummte ihr Handy. Eine Nachricht von Ola: Fahr doch zur Hölle, du hattest versprochen zu kommen, die Kinder und ich haben eine halbe Stunde gewartet, dann sind wir alleine reingegangen, du solltest wissen, dass ...

Sie drückte die SMS weg, ohne zu Ende zu lesen. Schaute auf den Kalender. Sie hatte den Termin bei der Familienberatung verpasst. Oder drauf gepfiffen. Weil sie derartige Situationen nicht ertrug. Weil sie selbstzerstörerisch veranlagt war.

Zwei weitere Mitteilungen von Ola, zum selben Thema. Außerdem vier verpasste Anrufe von der Arbeit. Sie fragten sich so langsam, wo sie eigentlich blieb.

Wieder schaute sie zu dem Hochhaus hinüber. Frühe Sechzigerjahre. Der Traum von Modernität, der in einem wahrhaftigen Getto endete. Die Hauswände mit Graffiti beschmiert. Billige Parabolantennen auf den Balkonen. Genau wie in Hässelby Gård, der Welt, aus der Katz und sie gekommen waren.

Sie zündete sich noch eine Zigarette an. Schmeckte einfach göttlich. Vor über zehn Jahren hatte sie aufgehört. Konnte nicht verstehen, dass es immer noch so gut war.

Der Ausweis von der Staatsanwaltschaft schien einen gewissen Eindruck zu machen; die Frau ließ sie ein, ohne Fragen zu stellen, führte sie durch einen dunklen Flur in ein New-Age-inspiriertes Wohnzimmer. Ein goldener Buddha saß auf einem Tisch. Poster mit indischen Gottheiten hingen an den Wänden, eine tanzende blaue Figur, Krishna, wie sie annahm, eine andere, die vermutlich Shiva darstellte. Es roch nach Räucherstäbchen. Eine Yogamatte lag ausgerollt auf dem Boden.

Links stand die Tür zum Schlafzimmer offen. Kitschige Weihnachtsbaumbeleuchtung an den Wänden, Kissen und Decken neben dem Bett, das Foto einer Frau in bunten Kleidern auf dem Nachttisch.

Plötzlich hatte sie ein Déjà-vu, doch das verschwand, bevor sie es greifen konnte.

Hier wohnte sie also, Sandra Dahlström. Laut Melderegister kinderlos. Geboren 1951. Seit sechs Jahren Frührentnerin.

Sie wirkte verfroren. Hatte Pantoffeln an den Füßen und trug eine langärmelige Strickjacke. Leerer Blick. Vielleicht nahm sie Medikamente. Die Nase erschien unproportional klein im Verhältnis zu dem sinnlichen Mund. Kleine Narben unter den Nasenflügeln, möglicherweise von einer Schönheitsoperation.

Sie bat Eva mit einer Geste, ihr auf den verglasten Balkon zu folgen.

»Ich habe Sie erwartet«, sagte sie mit sanfter Stimme.

Sie ließ sich vor einer Patience nieder, bei der sie offensichtlich unterbrochen worden war. Palmen und Farnpflanzen standen in Töpfen auf dem Boden. Kräuter wuchsen auf einem Saatbeet. Es war schrecklich heiß. Eva begriff nicht, wie die Frau hier mit Strickjacke sitzen konnte.

»Es geht um Joel, nicht wahr?«, fragte sie. »Ich lese schließlich Zeitung. Er ist entführt und seine Frau ist ermordet worden. Früher oder später musste ja jemand kommen und mir Fragen stellen.«

Sie erzählte von sich aus, ganz der Reihe nach, als wäre dies eine Gelegenheit, auf die sie schon lange gewartet hatte: »Ich habe im Herbst 1969 mit achtzehn Jahren angefangen, als Hausmädchen für die Familie Klingberg zu arbeiten. Ich hatte eine Anzeige im *Svenska Dagbladet* gesehen. Damals habe ich bei meiner Mutter gewohnt, in diesem Haus hier, im ersten Stock. Mein Vater war abgehauen, also waren es nur wir beide. Meine Mutter hat als Putzfrau in der Stadt geschuftet. Ich habe die Schule geschmissen, noch vor der Mittleren Reife. Wir brauchten das Geld. Djursholm ist ja nicht so weit weg, nur ein paar Kilometer in die andere Richtung, zum Wasser hin. Trotzdem kann man sich keinen größeren Kontrast vorstellen.«

Sandra Dahlström war in die Dienstbotenwohnung gezogen, die in einem Anbau des Hauses lag. Im Prinzip sollte sie vierundzwanzig Stunden am Tag ihren Arbeitgebern zur Verfügung stehen. Der Lohn war besser als erwartet.

»Wie war Gustav Klingberg denn so?«

»Zu manchen sehr nett, zu anderen ein Schwein. Er genoss es, Leute zu demütigen, die er nicht mochte. Am schlimmsten war es für seinen ältesten Sohn, Pontus. Den hat er wie Luft behandelt, und je mehr Pontus versuchte, es seinem Vater recht zu machen, desto schlimmer wurde es.«

»Und mit dem anderen Sohn war das nicht so?«

»Nein. Jan war die Ausnahme. Der Liebling ... der verlorene Sohn. Als er jung war, hat er das Leben eines Bohemien geführt. Hat sich von seinem materialistischen Vater distanziert. Was nur dazu führte, dass dieser ihn noch mehr liebte. Gustav tat alles für ihn ... er wollte sich die Liebe seines Sohnes erkaufen, bot ihm eine gehobene Position im Konzern an, aber Jan hat sich geweigert. Ich glaube, das hatte mit seiner Mutter zu tun. Die Brüder haben ja unterschiedliche Mütter. Jans Mutter war eine Schwarze aus der Dominikanischen Republik, Marie Bennoit. Gustav Klingbergs große Liebe, wie gemunkelt wurde, die er aber im Stich gelassen hat, als die Familie nach Schweden zurückkehrte.«

Eva wunderte sich darüber, ließ es aber vorerst auf sich beruhen, um sich auf die Erzählung der Frau konzentrieren zu können.

»Wie schrieb noch dieser russische Dichter? Alle glücklichen Familien sind einander ähnlich; aber jede unglückliche Familie ist auf ihre besondere Art unglücklich. Daran habe ich häufiger gedacht, in den zwölf Jahren, die ich dort gearbeitet habe. Die vielen Tragödien, die sie heimgesucht haben, und ihr Reichtum hat ihnen dabei überhaupt nichts genützt.«

»Wie war die Beziehung zwischen den Brüdern?«

»Nicht besonders. Und Gustav hat die Sache natürlich nicht besser gemacht, indem er seinen jüngsten Sohn so bevorzugt hat. Ich glaube, er hat sogar sein Testament geändert und Jan zum Alleinerben gemacht, nur um den großen Bruder zu demütigen. Von da an hat Pontus seinen Bruder nur noch gehasst.«

Vielleicht sogar so sehr, dass er sein Leben zerstören wollte?, fragte Eva sich, während sie ihren Blick zurück ins Wohnzimmer schweifen ließ. Bücherregale, Schmuck, Nippes und das Foto eines Jungen, das ihr beim Hereinkommen nicht aufgefallen war.

»Sie haben schon bei der Familie gearbeitet, als Kristoffer Klingberg gekidnappt wurde?«

»Ja. Ich war ungefähr ein halbes Jahr dort, als es passierte. So einen Reichtum hatte ich nie zuvor in meinem Leben gesehen. Dienstboten, Chauffeur, Dreißig-Zimmer-Villa, Feste, meistens von Pontus arrangiert, bei denen die Gäste persischen Kaviar in sich hineinschaufelten und Jahrgangschampagner tranken wie Saft. Ich komme ja aus einem Arbeiterhaushalt ... Es war, wie in einem sonderbaren Wachtraum zu leben, der sich plötzlich in einen Albtraum verwandelte. Er war so hübsch, der kleine Junge, Kristoffer. Ein Mischling. Bei ihm war das schwarze Erbgut durchgeschlagen, bei seinem Vater und bei seinem kleinen Bruder seltsamerweise nicht. Außerdem war er Gustavs Lieblingsenkel, vielleicht erinnerte er ihn an seine verlorene Liebe. Gustav konnte stundenlang mit ihm spielen, wenn er zu Besuch kam. Und dann geschah das ...«

Sie verstummte und schaute durch das Fenster auf den Parkplatz. Sie schwitzte in der Strickjacke, unter den Achseln hatten sich handtellergroße dunkle Flecken gebildet.

»Gustav war überzeugt, dass alles auf einem Fluch beruhte. Weil er Marie verlassen und Jan mitgenommen hatte. Er war schrecklich abergläubisch. Aufgewachsen in der Karibik ... hat an den bösen Blick und all das geglaubt. Dass die Menschen auch aus der Ferne jemandem schaden und sich an ihm rächen können. Er meinte, das wäre auch die Ursache für seine Migräne und für sein Nasenbluten, obwohl das augenscheinlich etwas Erbliches war, denn die ganze Familie litt daran. Blut zu verlieren war für ihn das Schlimmste. Und als er im Zusammenhang mit der Entführung merkwürdige Dinge geschickt bekam, war das natürlich Wasser auf seine Mühlen.«

»Was war das?«

»Es kam ein paar Tage nach Kristoffers Verschwinden mit der Post. Unter anderem eine Spielzeugfigur, ich weiß noch, dass Gustav sich fürchterlich darüber aufgeregt hat. Marie Bennoit stammte aus einer Familie, die sich mit so etwas beschäftigte. Ich habe nie irgendwelche Details herausgefunden, aber immer mal wieder etwas aufgeschnappt. Gustav bekam Todesangst, das war ihm anzusehen. Er war vor Schreck wie erstarrt. Fürchtete um sein Leben. Das war nicht rational, aber so war es. Als Kristoffer verschwand, hatte er nicht die geringste Hoffnung, ihn lebendig wiederzusehen. Für ihn war er verloren ... das war eben das Schicksal der Familie, eine Strafe, mit der man sich abfinden musste.«

»Hat er diese Dinge nie der Polizei gezeigt?«

»Nein. Das hätte den Fluch nur verstärkt, wie er glaubte. Ich weiß, das klingt merkwürdig, aber es kam einem gar nicht so sonderbar vor, wenn man mitten in dieser Welt lebte. Ich bin in all diese mysteriösen Dinge sozusagen hineingewachsen, in das Familienleben, im Guten wie im Schlechten.«

»Sie sind bei der Familie geblieben?«

»Ja. Ich musste nur zusehen, dass ich Pontus aus dem Weg ging. Er legte sich sogar mit dem Dienstpersonal an. Ich habe das ganze Jahr über in dem Haus gelebt, hatte nicht ein einziges Mal Urlaub. Den brauchte ich gar nicht, weil ich ja die Familie auf ihren Reisen begleitet habe.«

»Segelurlaube?«

»Luxuskreuzfahrten. Kurorte. Einmal haben sie eine ganze Ski-Anlage in der Schweiz gemietet. Und dann waren wir oft in der Karibik, auf den Bahamas, in Jamaika, der

Dominikanischen Republik. Gustav hatte dort geschäftlich zu tun. Zuckerrohrplantagen. Bauxitabbau. Hunderte von Arbeitern, die schufteten wie die Tiere. Nur schwarze Männer. Das war wieder einer dieser Kontraste, die diese Familie definierten. Ihr unermesslicher Reichtum, und dann die Armut ihrer Arbeiter. Jan hat sich geweigert mitzufahren. Aber Pontus war immer dabei, mit diversen Freundinnen oder neuen Frauen. Und Joel, den sein Großvater immer dabeihaben wollte, hatte Kristoffers Platz einnehmen müssen. Oft schipperten sie auf einer Luxusjacht da unten herum mit einer angeheuerten Mannschaft, die von Schweden rübergesegelt war.«

»Auf der St. Rochus?«

Sandra Dahlström sah sie verwundert an.

»Ja.«

»Ich weiß, die Frage klingt merkwürdig, aber im Sommer 1984, wissen Sie, ob das Boot damals auf dem Mälaren war und eventuell in Hässelby vor Anker lag?«

Jetzt lief Sandra der Schweiß übers Gesicht. Eva begriff nicht, wieso sie immer noch die Jacke anhatte.

»Das weiß ich nicht. Zu der Zeit habe ich nicht mehr dort gearbeitet, aber es ist gut möglich. Jedenfalls wenn Pontus das Sagen hatte. Er war eigentlich der Einzige, der das Boot benutzt hat, wenn es in Schweden war.«

Sie stand auf und wischte sich mit dem Jackenärmel den Schweiß von der Stirn.

»Haben Sie etwas dagegen, wenn wir ein wenig rausgehen?«, fragte sie. »Ich glaube, ich brauche ein bisschen frische Luft.«

Sie spazierten zu einer Parkanlage in der Nähe. Einwandererfamilien saßen auf ihren Decken, nebendran den

Einweggrill. Verschleierte Frauen in langen Gewändern. Sie folgten einem Weg zu einem Waldstück.

»Sie waren damals ja auch dort, als Jan und Joanna gefunden wurden.«

Eva merkte, wie Sandra zusammenzuckte und langsamer wurde.

»Ja, es war schrecklich. All der Schmerz, den das auslöste. Und dass ausgerechnet Joel sie gefunden hat. Kristoffer hatte ich vor seinem Verschwinden ja nie richtig kennengelernt, aber mit Joel war das etwas anderes. Ich habe ihn aufwachsen sehen. Gesehen, wie sehr es ihn gequält hat, derjenige zu sein, der übrig geblieben war. Kristoffer lebte ja wie ein Geist in der Familie weiter ... unsichtbar, aber schrecklich präsent. Ich glaube, Joel hatte Schuldgefühle, weil er selbst davongekommen war.«

Sie hatte einen kleinen Stein aufgehoben und ließ ihn durch die Finger gleiten, als wolle sie sich damit beruhigen.

»Als das passiert ist, auf dem Landsitz Ormnäs ... es war, als würde ihm der Boden unter den Füßen weggezogen, die letzte Sicherheit wurde ihm genommen.«

»Wie hat er reagiert?«

»Zuerst mit Apathie. Dann mit Wut. Ich war diejenige, die sich nach dem Tod seiner Eltern um ihn kümmern musste. Er ist zu uns nach Djursholm gezogen. Gustav war nicht in der Lage, ihn großzuziehen, er war ein gebrochener Mann. Also war es meine Aufgabe ... vielleicht nicht wie eine Ersatzmutter, eher wie eine große Schwester.«

»Und wie ist es gelaufen?«

»Meistens gut ... manchmal auch schlecht. Er wusste nicht, wie er dieses Erlebnis verarbeiten sollte. Hat sich selbst Verletzungen zugefügt, hat um sich geschlagen. Gegenstände zertrümmert. Aber ich konnte damit umgehen. Ich war die Einzige, die ihn beruhigen konnte, und dann ging so ein Wutanfall in bodenlose Verzweiflung über. Es war unerträglich, mit anzusehen, wie viel Schmerz in dem kleinen Jungen war.«

Eva merkte, dass es ihr immer schwerer fiel, das Gespräch zu steuern. Deshalb erzählte sie von ihrem Besuch bei Ragnar Hirsch und dessen Verdacht, dass nicht alles mit rechten Dingen zugegangen war.

»An dem Morgen, als Joel seine Eltern gefunden hat«, sagte sie. »Sie waren ja dabei ... ist Ihnen etwas aufgefallen, das für die Polizei hätte interessant sein können?«

Sie sah stur auf Sandras Gesicht, das ihr zugewandt war, als sie da auf dem Spazierweg standen. Entspannt, kein Anzeichen dafür, dass sie etwas verbergen wollte.

»Sie wollten dem Sanitäter, der zuerst da war, etwas erzählen. Das meinte er jedenfalls.«

»Ja ... aber das kam mir dann so unwichtig, so lächerlich vor, Hirngespinste eines kleinen Jungen. An einem Abend, ein paar Tage vor ihrem Selbstmord, war ich allein mit Joel auf dem Landgut. Jan und Joanna waren weggegangen, vielleicht in die Jagdhütte, dort saßen sie häufiger und tranken ... sie hatten beide Alkoholprobleme. Joel fing plötzlich an, mir vom Verschwinden seines älteren Bruders vor neun Jahren zu erzählen, sagte, er würde sich an eine ganze Menge Details von diesem Tag erinnern.«

»Aber er war doch noch ein Kleinkind, als es passiert ist.«

»Ich weiß, und deshalb fiel es mir auch schwer, ihm zu glauben.«

»Und was hat er erzählt?«

»Dass sie an diesem Tag verfolgt wurden. Dass ein Mann mit ihnen in den Bus gestiegen und an derselben Haltestelle wie sie auch wieder ausgestiegen ist. Dass dieser Mann einen Komplizen hatte, der wie betrunken tat; dass sich ein Volvo-Fahrer komisch benommen hat, als sie die Straße zur U-Bahn-Station überquerten, wo Kristoffer später verschwinden sollte. Und dann hätten merkwürdige Dinge dort gelegen, wo Kristoffer entführt worden war. Unter anderem über Kreuz gelegte Hühnerfedern.«

»Hat er das noch jemand anderem erzählt?«

»Nein. Er hatte das all die Jahre für sich behalten, aber in der Woche, in der seine Eltern sich umgebracht haben, hatte er seinem Vater davon erzählt. Und als er sie dann in der Garage gefunden hat, schloss er daraus, schuld an ihrem Tod zu sein, weil er ihnen einen Hinweis gegeben hatte, der für sie lebensgefährlich gewesen war.«

»Dann glaubte Joel also nicht an Selbstmord?«

»Er bildete sich ein, sie seien ermordet worden. Aber das ging mit der Zeit vorbei. Ich konnte ihn auf andere Gedanken bringen.«

Sie hatten das Wäldchen umrundet und kamen wieder bei der Rasenfläche vor dem Hochhaus an.

»Und das wollten Sie eigentlich dem Sanitäter erzählen?«

»Ja ... aber dann habe ich es mir doch anders überlegt. Das waren ja nur Spinnereien. Ein paar Jahre später habe ich jemanden kennengelernt und kurz darauf meinen Job gekündigt. Ich habe bis vor Kurzem mit ihr zusammengelebt, dann ist sie an Brustkrebs gestorben.«

Die Frau auf dem Foto, dachte Eva; ein kinderloses, lesbisches Paar.

»Und Joel. Haben Sie ihn seitdem noch mal getroffen?«

»Nein. Und auch sonst keinen aus der Familie. Ich habe nur in der Zeitung über sie gelesen. Und sie tun mir leid. Reichtum ist wahrlich kein Garant für Glück.«

Auf der Autofahrt zurück in die Stadt fühlte sie sich sonderbar abwesend. Sie schaltete zwischen den Radiosendern hin und her, bis sie den seichtesten fand, *Die sanften Hits*. Sie lauschte schnulzigen Hardrock-Balladen, während sie sich der Innenstadt näherte.

Der Verkehr nahm zu und kam vor dem Flaschenhals bei Norrtull fast zum Erliegen. Sie nahm ihr Handy vom Beifahrersitz. Auf der Mailbox war eine Nachricht. Sie hörte sie ab, während sich die Autos langsam Richtung Innenstadt weiterschoben.

Marianne Lindbloms Stimme. Sie hatte Neuigkeiten über Jorma. Er lag auf der Intensivstation im Söderkrankenhaus.

Dunkelheit, die sich langsam mit Geräuschen füllte. Stimmen aus einem anderen Raum, jemand fluchte. Traumbilder, die aus Asche emporstiegen und wie 3-D-Figuren auf einer inneren Leinwand erschienen. Julin, bleich und verschwitzt, mit Emirs Glock in der Hand. Der Mann in den weißen Turnschuhen, der ihn hatte töten wollen, aber versehentlich auf Jorma losgegangen war ... er war gesichtslos, blieb die ganze Zeit unter der Kapuze verborgen. Und dann noch eine dritte Person im Hintergrund, mit der Julin sprach.

Er hörte Sätze auf Russisch, begriff, dass sie nicht Teil seiner Sinneswahrnehmung, sondern mit dem Rausch verbunden waren, in den sie ihn versetzt hatten. Ein narkotischer Zustand, den er nicht einordnen konnte. Katz hatte fast alles ausprobiert, aber das hier war etwas völlig anderes. Willenlosigkeit ... das Gefühl, nicht mehr zu den Lebenden zu gehören.

Kak dela Danja, sagte eine Stimme, wie ist die Lage, Danny? Er antwortete mit einer russischen Alltagsfloskel: *Normalno!*

Die Person verschwand durch eine Tür aus seinem Bewusstsein ebenso plötzlich, wie sie aufgetaucht war, ein feierliches Gedicht murmelnd.

Dann hüllte ihn die Dunkelheit wieder ein ... sein Gehirn chloroformiert, der Körper im Winterschlaf. Durch einen schmalen Spalt im Bewusstsein sah er Julin. Er stand über ihn gebeugt, während er selbst gefesselt auf einer Pritsche lag, sein Atem so dicht über ihm, dass er die Wärme seiner Haut spüren konnte.

»Wer weiß noch, dass du hier bist, Katz?«

Keine Antwort, ihm nichts geben. Das hatten sie ihm beim Militär eingetrichtert. *Wenn du irgendwelche Infor-*

mationen preisgibst, bist du zu nichts mehr nutze. Dann haben sie, was sie wollen, dann bist du verbraucht und bald tot.

»Wir haben den Wagen gefunden. Bist du mit noch jemandem hergekommen?«

Er tat, als flüstere er.

»Was sagst du? Sprich lauter!«

Er sprach noch leiser. Julin beugte sich tiefer herab, um etwas zu verstehen. Er würde sein Gesicht nicht verfehlen, ganz gleich, wie stark sie ihn unter Drogen gesetzt hatten.

Katz spuckte ihm ins Gesicht.

»Fahr zur Hölle, du Arschloch.«

Eine Faust vor seinem Gesicht, Julin wollte zuschlagen, da pfiff jemand im Raum, den Katz nicht sehen konnte.

Julin verschwand, nun stand der Mann mit der Kapuze vor ihm. Der Geruch nach Insektenspray. Und der Duft brennender Birkenscheite, irgendwo war Feuer in einem Kamin. Katz versuchte erneut zu spucken, hatte jedoch nicht genug Kraft, der Kopf kippte zurück in die Bewusstlosigkeit.

Jetzt befand er sich in einem Server, war eine Art elektrischer Impuls, der mit Lichtgeschwindigkeit durch Halbleiter jagte, immer tiefer ins Betriebssystem hinein, er entdeckte eine Lücke im Quellcode, dort installierte er eine Hintertür, getarnt als Systemdatei. Falls ich umkehren muss, dachte er triumphierend: Falls ich von hier verschwinden muss!

Glämsta. Plötzlich war er dort ... in der jüdischen Ferienkolonie. Er ging an den ochsenblutroten Schlafbaracken vorbei, am Kiosk. Der geheime Berg, Klappis, der

Fußballplatz, auf dem jedes Jahr ihre Jungenmakkabiade stattfand. Er war nur zwei Sommer dort gewesen, und er hatte es gehasst. Hatte sich immer außen vor gefühlt ... war nicht einmal als Jude gut genug gewesen.

Der Mann mit der Kapuze beugte sich über ihn, als wüsste er nicht, was er tun sollte. Er atmete unnatürlich langsam, nur alle dreißig Sekunden holte er Luft.

Die in Stoff gewickelte Flasche schützte ihn; diese Figur mit den ausgestreckten Armen. Katz wusste das, begriff aber nicht, wie. Er konnte nicht einmal sagen, woher dieses Gefühl kam, nur, dass es ganz deutlich war. Sie hatten sie nicht entdeckt, als sie seine Kleider durchsucht hatten, die Figur war durch ein Loch in der Innentasche ins Jackenfutter gerutscht. Er konnte sie an der Hüfte spüren, die Kraft, die sie ausstrahlte. Der Mann mit der Kapuze spürte sie auch. Aber nur er. Julin nicht. Er spürte sie und hatte Angst davor.

Die Stimme des dritten Mannes: Scheiße, was machen wir mit ihm?

Wer war das ... Pontus Klingberg?

Wieder glitt er aus dem Raum, tiefer ins Unterbewusstsein. Plötzlich stand er im Pyjama in einer Küche. Benjamin saß am Tisch, einen Pass in der Hand. Ein großes »J« war auf das Vorsatzblatt gestempelt. Seine Mutter Anne versuchte, ihn zu beruhigen, versuchte, ihm den Pass wegzunehmen, aber er weigerte sich. Hob stattdessen den Arm und schlug ihr mit dem Handrücken ins Gesicht. Die Angst, die er spürte, als er seine Mutter zu Boden stürzen sah, war nicht von dieser Welt. Zwei Rinnsale rosafarbenen Bluts liefen ihr aus der Nase.

»Ferdamte shikse«, sagte sein Vater auf Jiddisch mit fremder Stimme, und er meinte es abschätzig, dass sie keine Jüdin war, dass sie Schwedin war, aus einem Dorf südlich von Krokom in Jämtland.

Seine Mutter stand wortlos auf, ging zu Benjamin und versuchte wieder, ihm den Pass zu entreißen. Dieses Mal gelang es ihr.

Benjamin in Unterhose; der beschnittene Penis lugte hervor. Jedes Mal, wenn man pisst, wird man an seine Identität erinnert, wie er zu sagen pflegte.

Sein Vater weinte, das Gesicht in den Händen vergraben, während Anne am Spülbecken stand und das Nasenblut wegwusch. Niemand kümmerte sich um Katz, es schien, als wäre er unsichtbar geworden.

Den Pass, offensichtlich ein österreichischer Ausweis, mit dem Judenstempel auf dem Vorsatzblatt, legte seine Mutter zurück in eine Schublade ganz oben im Küchenschrank. Sein Vater sagte etwas über seine Eltern, die Katz nie kennengelernt hatte, Chaim und Sara, die in einem Kibbuz zwischen Jaffa und Tel Aviv begraben waren, sagte etwas über den Mann, den zu töten er gezwungen gewesen war, um des Passes und der Eltern willen. Katz begriff nichts. Wen hatte sein Vater töten müssen?

Das hatte er gefragt, während er in der Türöffnung stand: »Wen hast du getötet, Papa?«

Er erinnerte sich an das Schweigen, und ihm wurde klar, dass seine Eltern ihn erst jetzt bemerkten.

»Ein Schwein«, sagte seine Mutter, ohne ihn anzusehen. »Das ist lange her. Und er hatte es verdient.«

Wieder Dunkelheit, aber dieses Mal blasser, wie ausgewaschen. Er stieg durch dünne Schichten seines Bewusstseins auf. Öffnete die Augen. Es war Tag, Streifen von Sonnenstrahlen drangen an den Seiten der heruntergelassenen Rollos herein.

Der Mann mit der Kapuze stand neben ihm. Katz sah den Schatten seines Gesichts. Dunkel. Blinzelnde Augen.

Er konnte es sich nicht erklären. Tot, dachte er. Der Mann lebte nicht. Ein Untoter.

Sein Körper schmerzte. Er versuchte, sich zu bewegen, doch nichts geschah. Immer noch festgebunden, aber nicht auf einer Pritsche, merkte er, sondern auf einem dicken Brett, das auf Böcken stand.

Er hatte keine Angst. Da waren gar keine Gefühle. Irgendwie war er vollkommen gelähmt. Konnte nicht einmal die Finger bewegen, nicht die Füße, nur die Atmung funktionierte. Und die Augenlider. Er konnte blinzeln. Er konnte sehen.

Seine Kleider hatte er noch am Leib. Schuhe und Strümpfe hatten sie ihm ausgezogen. Wie aus weiter Ferne spürte er die Kraft der Flasche im Jackenfutter. Er verstand nicht, wie es funktionierte, aber sie schützte ihn. Der Mann mit der Kapuze konnte ihm keinen Schaden zufügen, solange die Kraft aus der Flasche strömte.

Der tote Mann. Der nur tat, was andere ihm befahlen, weil ihm der eigene Wille fehlte, weil ihm das wirkliche Leben fehlte.

Alles nur Einbildung; sie hatten ihn unter Drogen gesetzt, er litt unter Halluzinationen.

Jetzt bemerkte er eine Regung weiter hinten im Raum. Der dritte Mann hatte ihm den Rücken zugewandt, er trug einen leichten, dunklen Mantel und sprach leise mit Julin. Katz konnte nicht verstehen, was sie sagten, nur dumpfes Gemurmel, in dem sein Name auftauchte.

Der Mann mit der Kapuze strich ihm mit der Hand leicht über den Fuß. Eine eiskalte Hand ... so etwas hatte er noch nie erlebt, sie war nicht nur kühl, sie war eisig von innen, als wäre das Blut, das hinter der Haut floss, unterkühlt.

Katz spürte das Verlangen nach Heroin, es stieg plötzlich aus dem Nichts in ihm auf.

Lange her, dass ich bei der Anonymen Drogenberatung war, wenn ich hier rauskomme, gehe ich zum nächsten Treffen, das verspreche ich.

Dann stand Julin vor ihm.

»Hörst du mich, Katz?«

Er wollte ihn wieder anspucken, schaffte es aber nicht. Blinzelte nur.

»Du wirst bald wieder sprechen können. Was wir dir gegeben haben, beeinträchtigt deine Stimmbänder nicht. Ich will, dass du deine Stimme benutzt. Sag was, egal, was.«

»Nein ...«

Es stimmte. Er konnte reden, wenn die Stimme auch schwach war.

»Gut, dann wissen wir, dass wir kommunizieren können. Ich will, dass du mir erzählst, was du über den Mord an Angela und Klingbergs Entführung rausgekriegt hast. Und was du anderen erzählt hast ... mit wem du in Kontakt gewesen bist.«

Katz begriff gar nichts.

»Weiß noch jemand, dass du hier bist?«

Er gab keine Antwort, warum sollte er ihm etwas geben?

»Okay. Wir haben es nicht eilig. Aber ich werde dich zwingen, mit uns zu reden, das ist dir ja wohl klar.«

Julin hielt die Fotos hoch, die Katz in dem Versteck hinter der Steckdose gefunden hatte.

»Die hast du bei mir zu Hause geklaut, wie ich sehe. Sieh mich an, wenn ich mit dir rede!«

»Du verdammtes Schwein ... du hast alles so arrangiert, als wenn ich es gewesen wäre!«

Er verstand selbst nicht, warum er mit Julin redete, aber das war wohl der Hass, nahm er an, und er fügte hinzu: »Und ich schwöre dir, Julin, ich werde mich rächen.«

Julin verzog keine Miene.

»Du hast recht. Ich will ehrlich zu dir sein. Du durftest der Sündenbock sein ... und jetzt will ich, dass du auch ehrlich zu mir bist. Mit wem hast du sonst noch darüber geredet?«

»Fahr zur Hölle ...«

Julin nickte nur und verließ zusammen mit den anderen den Raum. Katz sah, wie eine Tür geöffnet wurde, Tageslicht schoss herein und wurde wieder rausgesogen, als sie geschlossen wurde. Er blieb allein zurück. Mit dem Blick suchte er nach etwas, womit er das Seil lösen konnte, fand aber nichts. Was spielte das auch für eine Rolle? Er war gelähmt. Die Droge, die sie ihm verabreicht hatten, setzte die Muskeln außer Kraft.

Wieder verfiel er in einen Dämmerzustand. Sah eine alte schwarze Frau, das musste Marie Bennoit sein. Sie hielt eine Rassel aus Knochen in der einen Hand und eine Bürste aus Hühnerfedern in der anderen ... schleppend ging sie, ein Mantra murmelnd, durch den Raum, ehe sie sich in Eva Dahlman verwandelte, mit den Bissspuren am Hals.

Verzeih, Eva, dachte er, während er wieder fiel, durch einen blutroten Schacht, tief in sich selbst hinein.

Sie war auf der Autobahn, auf halbem Weg nach Katrineholm. Der Besuch im Söderkrankenhaus hatte die Situation verändert. Jorma hatte am Nachmittag die Intensivstation verlassen können und war auf eine normale Pflegestation verlegt worden. Ein Polizist saß auf einem Hocker im Flur vor seiner Tür. Dem hatte sie ihren Ausweis vom Wirtschaftsdezernat gezeigt und war zu ihrer Überraschung eingelassen worden.

Sie hatten sich nicht mehr gesehen, seit Eva vierzehn gewesen war, trotzdem hatte er sich überraschend wenig verändert. Auf seine Weise schön; Katz gar nicht unähnlich. Schwarzes Haar, dunkelbraune Augen. Aber größer und ruhiger. Mit leichtem finnischen Akzent, obwohl er sein Leben lang in Schweden gelebt hatte. Nett, einer der wenigen wirklich gutherzigen Menschen, die ihr begegnet waren. Solange man nicht sein Feind war.

Auch sie hatte sich nicht sonderlich verändert, nahm sie an, denn er hatte sie sofort wiedererkannt und entschieden, ihr zu vertrauen. Bis jetzt hatte er den Polizeibeamten, die versucht hatten, ihn zu vernehmen, noch kein Wort gesagt.

Was können die schon ausrichten? Ich habe keine Lust, den Bullen hier zu erlauben, sich einzumischen. Gehörst du auch zu dem Verein, Eva? Ich wittere den Stallgeruch.

»Staatsanwältin«, hatte sie geantwortet. »Ich muss ihn finden ... und bis jetzt hat noch keiner Katz und dich miteinander in Verbindung gebracht.«

Seine Stimmbänder waren beschädigt. Er war gezwungen zu flüstern, als er ihr erzählte, was er wusste.

Katz hatte ihn aufgesucht und ihm erzählt, was passiert war, bis zum Mord an Angela Klingberg. Katz war überzeugt, dass es eine Verschwörung gegen ihn gab. Er verfolgte eine Spur, etwas, das mit seinem ehemaligen Chef Rickard Julin von Capitol Security zu tun hatte. *Aber irgend so ein verdammter Judas hat ihn verraten!*

Er lächelte gequält, als er berichtete, wie er mitten in der Nacht davon aufgewacht war, dass jemand versuchte, ihn zu erwürgen. Nur mit viel Glück war er noch mal davongekommen. Offenbar hatte Katz ihn gerettet.

Aber die waren nicht hinter mir her. Sondern hinter ihm. Die hatten den Falschen.

Seit er aus der Narkose aufgewacht war, hatte er nur indirekt mit Katz Kontakt gehabt, über seine Schwester und einen gewissen Emir.

Was war anschließend passiert? Sie versuchte, die Puzzleteile zusammenzufügen, während sie auf der Autobahn Richtung Süden fuhr.

Katz war in Julins Haus eingebrochen, ohne zu finden, was er suchte. Beweise, wie sie vermutete, dafür, dass Julin mit der Sache zu tun hatte. Emir hatte das Jormas Schwester erzählt. Katz hatte sich eine Waffe von ihm geliehen, eine Glock. Ihn später angerufen und gefragt, ob er sie noch eine Weile behalten könne. Er hatte Julin nicht erwischt, meinte aber zu wissen, wo er sich aufhielt. Das war jetzt über einen Tag her, und seitdem hatte es kein Lebenszeichen mehr von ihm gegeben.

Sie näherte sich Strängnäs, es dämmerte, die Konturen der Landschaft, an der sie mit hundertvierzig Stundenkilometern vorbeifuhr, verschwammen.

Hatte Katz sich in Angela Klingberg verliebt? Jorma hatte so etwas angedeutet, und das störte sie.

Eifersüchtig ... das darf ja wohl nicht wahr sein.

Die Erinnerungen hatten sie eingeholt, als sie an Jormas Krankenbett gesessen hatte. Die drei zusammen in jenem Sommer. Wie schrecklich destruktiv sie gelebt hatten, aber genau so hatten sie es gewollt, genau das wollten sie fühlen. Schmerz bedeutete, dass man noch am Leben war. Sie hatte Katz wirklich geliebt, war fast wahnsinnig geworden, wenn sie nur im selben Zimmer war wie er, so sehr begehrte sie ihn. Vor ihm hatte sie drei oder vier Liebhaber gehabt, ältere Männer, die sie ausgenutzt hatten, aber Katz war ihr wie der Erste vorgekommen.

Sie ließ ihren Gedanken freien Lauf. Rickard Julin, was wusste sie eigentlich über ihn? Fast nichts. Ein alter Militär, laut Danielsson. Hatte auf einem hohen Posten bei der Gegenspionage gesessen, bevor er in die Sicherheitsbranche gewechselt war. Dieser militärische Aspekt war es, der sie störte.

Sie bog Richtung Katrineholm ab, die Straße wurde schmaler, der Wald dichter; sie musste vom Gas gehen.

Sie spürte, dass Katz etwas zugestoßen war. Er hatte Jormas Auto und Handy mitgenommen, als er die Wohnung in Midsommarkransen verlassen hatte.

Wenn du versprichst, den Bullen nichts zu sagen, Eva, es gibt eine GPS-Funktion auf dem Handy, für den Fall, dass es gestohlen oder vergessen wird. Dafür brauchst du nur einen Code.

Laut Satellitensignal befand es sich seit mehr als vierundzwanzig Stunden auf dem Gelände der Familie Klingberg in Sörmland, in einem Waldgebiet ein paar Kilometer vom Haupthaus entfernt.

Sie hatte bei Klingberg Aluminium angerufen und nach Pontus Klingberg gefragt. Auf Geschäftsreise – das war alles, was sie erfahren hatte.

Sie fuhr schneller und dachte darüber nach, ob möglicherweise Pontus Klingberg hinter allem steckte. Um das Leben des Menschen zu zerstören, den er am meisten hasste, seinen eigenen Bruder nämlich, hatte er dessen ältesten Sohn kidnappen und ermorden lassen.

Es war ihm gelungen, Gustav zu Tode zu erschrecken, indem er ihm irgendwelche karibischen Kultgegenstände geschickt hatte. Das hatte die Ermittlung behindert. Gustav hatte sich den Vernehmungen verweigert und seine Kontakte bei der Polizei gebeten, den Fall nicht mit höchster Priorität zu behandeln.

Neun Jahre später, damit niemand die Ereignisse in Zusammenhang brachte, hatte Pontus Jan und Joanna Klingberg ermordet und es wie Selbstmord aussehen lassen.

Gustav hatte vorher sein Testament geändert und den verlorenen Sohn Jan als Alleinerben eingesetzt, doch das Geld spielte dabei nicht die Hauptrolle, es war die Demütigung, die Pontus rächen wollte.

Und schließlich waren Joel und seine Frau Angela an der Reihe. Der letzte Tropfen schwarzen Blutes sollte aus dem Stammbaum verschwinden, ausgemerzt werden. Doch vorher hatte er Angela verführt, den Neffen erniedrigt, indem er ihn zum Hahnrei gemacht hatte.

Die Frage war nur, warum er sich Katz als Sündenbock ausgesucht hatte.

Als er wieder aufwachte, lag er in einem anderen Winkel, um fünfzehn Grad nach hinten gekippt. Sie hatten einen Holzbock entfernt und seine Arme unter dem Brett festgebunden. Er konnte mit den Fingern den Boden berühren.

Eine leere Bierflasche stand am Fußende. Wenn er sie erreichen könnte, kaputt schlagen könnte ... aber dazu musste sein Körper ihm gehorchen.

Er spürte, wie ihm das Blut jetzt in den Kopf strömte, ein leichtes Pochen in den Schläfen, das Atmen fiel schwer. Isolierband war über seine Stirn und seinen Schädel geklebt und mehrmals um das Brett gewickelt. Festgezurrt wie in einem Schraubstock.

Julin stand an einem Waschbecken und füllte einen Plastikkanister mit Wasser. Von draußen waren schwache Geräusche zu hören, eine Krähe, die lachte. Das Surren eines Generators.

Er schloss die Augen, und als er sie wieder öffnete, stand Julin mit einem schwarzen Stück Stoff in der Hand vor ihm. Das Gesicht, das er wiedererkannte, aber plötzlich so fremd erschien, das Gesicht eines Menschen, den er nie wirklich gekannt hatte, auch wenn er sich das eingebildet hatte.

Es war, als schaltete jemand das Licht aus. Plötzliche Dunkelheit. Der Geruch von Stoff. Das Tuch bedeckte sein ganzes Gesicht, Mund und Nase, wurde festgezogen, bis es eng anlag.

Versinke in dir selbst, wenn du nicht fliehen kannst.

Der Würgereflex setzte sofort ein, als das Wasser über das Tuch lief. Ihm drehte sich der Magen um. Schmerzen in der Brust und im Hals. Überall Wasser, so fühlte es sich an, Wasser, als atmete er es ein, als ertränke er.

Er versuchte, sich zu beruhigen, dachte daran, dass es nur eine Illusion war, die Sinne wurden getäuscht. Nur Wasser. Du stirbst nicht davon.

Er hustete, schnappte nach Luft und spürte erneut, wie die Lunge sich mit Flüssigkeit füllte. Erneute Krämpfe, er erbrach Galle.

»Ich weiß, dass du im Netzwerk von Capitol gewesen bist, Katz, du hast Spuren hinterlassen. Und du bist bei mir zu Hause eingebrochen. Ich will, dass du mir sagst, was du rausgekriegt hast.«

Das stimmte nicht, Julin bluffte, was das Hacking betraf, es war unmöglich, das nachzuverfolgen.

»Und ich will wissen, ob du noch anderen Leuten davon erzählt hast. Deinem Freund Jorma sowieso, aber der ist ja kein Problem mehr.«

Auch in diesem Punkt irrte er sich.

»Wir hatten damit gerechnet, dass er zu Hause wäre, nicht aber damit, dass du weg wärest. Du musst irgendwo anders gewesen sein. Also gibt es noch andere Personen, die wissen, was du weißt. Ich will Namen haben.«

Wieder lief Wasser über das Tuch. Er versuchte, so ruhig zu atmen, wie er nur konnte, versuchte, in sich selbst abzutauchen, auf den Grund seines Bewusstseins zu sinken ... Aber das Wasser war überall, die Würgereflexe folgten immer dichter aufeinander, langsam bekam er Panik, hyperventilierte, es fühlte sich an, als würde die Lunge jeden Moment platzen.

»Das hier hätte natürlich nicht passieren müssen, wenn die Polizei ihre Arbeit gemacht hätte. Aber jetzt bist du hier, und ich will wissen, mit wem du Kontakt gehabt hast.«

Ich bring dich um. Ich werde das hier einzig und allein überstehen, um mich an dir zu rächen, um dich zu töten, du verdammtes Schwein.

»Wem gehört der Wagen?«

Ich muss Zeit gewinnen, dachte er, während er innerlich vor Schmerzen brüllte. Gurgelte, spürte, wie sich Schleim und Blut im Hals lösten, versuchte zu schlucken, doch das war nicht möglich.

Dann hörte es auf. Er sank in sich zusammen, fiel wieder in Ohnmacht. Bald würde er tot sein. Sie würden ihn nicht überleben lassen.

Als er wieder zu sich kam, war es still im Raum. Draußen dämmerte es. Er hörte eine Amsel singen. Julin saß in einem Sessel am anderen Ende des Raums.

»Was machen wir bloß mit dir, Katz?«, fragte er.

Katz bewegte vorsichtig den Kopf, sie hatten das Klebeband entfernt. Das Wasser war vom Fußboden aufgewischt worden.

»Du bist ein toter Mann, Julin.«

»Oh, ich zittere vor Angst.«

Julin lehnte sich im Sessel zurück, schlug die Beine übereinander.

»Wo ist Joel?«, fragte Katz und versuchte dabei, sich umzusehen. Die Bierflasche stand noch auf dem Boden, jetzt etwas näher an seinen Füßen. »Ist er tot?«

»Warum?«

»Erklär mir, worum es hier eigentlich geht.«

Er merkte, dass die Wirkung der Droge nachgelassen hatte, seine Gedanken waren klarer, die Empfindung kam langsam zurück. Das Seil um seine Beine saß loser. Jemand musste es gelöst haben, vielleicht hatte er es auch selbst gelockert, als er sich gegen das Waterboarding gewehrt hatte.

»Um Geld und Geheimnisse, Katz. Das ist nichts Persönliches.«

»Wer bezahlt dich ... Pontus Klingberg?«

Julin stand auf, trat ans Fenster, lupfte vorsichtig die Gardine und schaute hinaus.

»Was spielt das für eine Rolle?«

Im Raum war es vollkommen still. Katz fragte sich, wo die anderen waren. Waren sie fort und hatten Julin zurückgelassen, damit er den Job zu Ende brachte? Den eigenen Tod konnte man sich nicht vorstellen. Es war die Grundlage des Lebens, dass man dessen Gegensatz nicht begreifen konnte.

»Warum hast du mir denn dann geholfen? Du hast mir doch Informationen besorgt, über Joel und über Angela.«

»Ich habe nie damit gerechnet, dass du es schaffen würdest.«

Julin ließ die Gardine wieder fallen, nickte ihm kurz zu und verließ den Raum.

Zehn Minuten vergingen, ohne dass etwas geschah. Katz zerrte an dem Seil um seine Beine, plötzlich löste es sich noch ein Stück weiter, er streckte den Fuß und konnte mit den Zehen die Flasche erreichen. Jetzt vorsichtig ... er musste sie in die richtige Richtung kippen, damit sie zu ihm rollte. Er spürte, wie die Wade verkrampfte, als er die Zehen krümmte, er streckte sie noch ein bisschen mehr, bekam die Flasche zu fassen und brachte sie zu Fall. Er hörte das Klirren, als sie über den Boden rollte, langsamer wurde und bei ihm liegen blieb.

Eine Weile blieb er reglos liegen und lauschte. Immer noch kein Laut von draußen. Nur die Amsel. Er bekam einen Finger in den Flaschenhals, hob die Flasche an, spürte, wie das Seil ihm ins Handgelenk schnitt, und schlug sie auf den Boden. Hustete übertrieben laut, als der Hals abbrach und die Flasche in eine Ecke rollte.

Der Flaschenhals saß wie ein Fingerhut auf seinem rechten Zeigefinger. Als er den Kopf drehte, konnte er die Glasscherben herausragen sehen.

Plötzlich wurde es draußen laut, ein Schuss wurde abgefeuert, dann noch einer, etwas gedämpfter. Anschließend wieder Stille.

Zwei Schüsse. Wie bei einer Hinrichtung, dachte er. Aber wer hatte auf wen geschossen? Er horchte angestrengt, wartete, dass jemand schrie oder erneut ein Schuss fiel, aber nichts passierte.

Dann begann er, mit den Glaszacken am Seil zu scheuern, spürte, wie er sich durch die Fasern arbeitete, wusste, er hatte keine Zeit zu verlieren. Drückte fester, schluckte, als er merkte, wie er sich ins Fleisch schnitt. Blut lief am Handgelenk hinunter bis zu den Fingern; Schmerz spürte er nicht.

Jemand hatte also da draußen geschossen. Aber wer ... und auf wen?

Die Tür wurde geöffnet, der Mann mit der Kapuze kam herein. Er ging mit abgewandtem Gesicht auf ihn zu. Wieder der Geruch nach Insektenspray, der seiner Kleidung und seiner Haut entströmte. Er fing an, Katz' Jacke zu durchsuchen.

Noch immer rann Blut von Katz' Handgelenk, die Wunde war tiefer als gedacht.

Der Mann merkte nicht, wie sich das Seil löste. Katz zielte auf den Schatten mit der zugezogenen Kapuze, ein triumphierendes Lächeln huschte über sein Gesicht, als er ihm den Flaschenhals so fest er konnte ins Gesicht drückte. Ein weicher, gummiartiger Widerstand, bis er durch Haut und Fleisch drang und stecken blieb, in der Wange, vermutete Katz.

Der Mann reagierte nicht einmal. Er suchte weiter in der Jacke, bis er die mit Stoff umwickelte Miniaturflasche im Futter fand. Sein Blut tropfte auf Katz' Brust. Ein toter Mensch, dachte Katz, ein Wesen ohne Leben.

Er konnte es sich nicht erklären, aber der Mann schien Angst vor der Flasche zu haben. Er steckte sie wieder in Katz' Jackeninnentasche und stand auf.

Der Flaschenhals steckte in seinem Gesicht fest, aber er schien davon nichts zu spüren. Offensichtlich hatte er kein Schmerzempfinden. Er musste unter Drogen stehen, eine andere Erklärung gab es nicht.

Dann rief jemand von draußen, und der Mann verließ den Raum.

Als Katz wieder zu Bewusstsein kam, war das Blut an seiner Hand geronnen. Es war Abend. Er lag auf dem Boden vor dem Sessel. Als er aufstand, trugen ihn seine Beine kaum.

Draußen, wo die Autos gestanden hatten, war jetzt eine große Blutlache. Die Glock lag daneben. Katz hob sie auf und steckte sie in die Jackentasche. Reifenspuren auf dem Weg ... sie führten nicht zum Herrenhaus, sondern in die andere Richtung, durch den Wald nach Vingåker.

Er ging zurück in die Hütte und durchsuchte sie Raum für Raum. Von den Männern keine Spur. Keinerlei Anzeichen dafür, dass jemand hier gewesen war. Alles geputzt. Die Möbel mit Laken bedeckt. Nichts, was darauf hindeutete, dass Joel Klingberg hier gefangen gehalten worden sein könnte.

Das ist unbegreiflich, dachte er, während er dem Kiesweg zum Gutshof Ormnäs folgte, warum hatten sie erst versucht, ihn umzubringen, und dann plötzlich von ihm abgelassen? Und wer war erschossen worden? Es schien, als habe sich ein Kind das alles ausgedacht, mit eigenen Spielregeln ... die jeden Moment geändert werden konnten.

Sie stand in einer Eingangshalle mit schwarzem Steinboden und walnussholzgetäfelten Wänden. An der Decke hing ein zehnarmiger Kristallleuchter. Rechts eine geschwungene Treppe, die ins obere Stockwerk führte. Am Ende des Raums befand sich ein Kachelofen mit handgemalten Fayencen; Landschaftsszenen, Blumengirlanden und eine schöne Musterpasse am oberen Rand.

Eine Eichentür stand einen Spalt offen. Dahinter Licht. Das Knistern eines Kaminfeuers. Sie drückte die Tür auf und betrat einen Salon. Das Fenster ging auf einen terrassenförmigen, schwach vom Mond beleuchteten Garten. Ein Orientteppich bedeckte den Boden, Möbel im Empirestil. Ohrensessel mit Kissen. Wandleuchter mit brennenden Kerzen. Wie in einer Kirche, dachte sie, in einem Tempel.

Von der Stirnwand starrten zwei ausgestopfte Elchköpfe auf sie herab. Zehn Meter entfernt brannte ein Feuer in einem riesigen offenen Kamin. Die Kaminornamente zeigten ein Adelswappen.

Pontus Klingberg saß in einem Sessel vor dem Feuer, die Füße auf einem Schemel. Er bemerkte sie, wandte ihr aber nicht den Blick zu.

»Das war das Stammwappen der Familie Bielke«, sagte er und nickte zu dem Ornament hin. »Mein Vater hat den Gutshof einem der Freiherren abgekauft. Der Mann war zahlungsunfähig. Gustav hat seine gesamte Geschäftsidee auf diesem Prinzip aufgebaut ... kaufe billig, gern von verzweifelten Menschen ... nutze eine überlegene Marktposition aus.«

Der Schein der Flammen tanzte über den Boden. Papierservietten mit Blutflecken lagen auf dem Teppich. »Wer sind Sie?«, fragte er plötzlich.

»Ich kenne Danny Katz.«

»Wissen Sie, wo er ist?«

»Ich ... ich habe gedacht, Sie wüssten das.«

Sie merkte, wie das Stottern kam, spürte es im Kopf, noch bevor sie die Worte überhaupt formuliert hatte. Das war lange nicht passiert, seit der Geburt der Kinder hatte sie eigentlich nie wieder gestottert. Vielleicht fürchtete sie sich. Oder sollte es zumindest tun. Niemand außer Jorma wusste, dass sie hier war. Danielsson hätte ihr eine Dienstwaffe besorgen können, oder sie hätte eine aus dem Waffenschrank im Wirtschaftsdezernat nehmen können. Sie kannte den Code, die Pistolen wurden so selten benutzt, niemand hätte etwas bemerkt. Aber sie war einfach, ohne nachzudenken, hierhergefahren.

»Wenn ich wüsste, wo er ist, würde ich ihn umbringen. Mit bloßen Händen, wenn ich müsste.«

Er fing an zu weinen, ganz leise.

»Er hat sie umgebracht, dieses verdammte Judenschwein.«

Die Stimme war schwach, fast ein Flüstern. Die Bartstoppeln glänzten von Feuchtigkeit.

»Wir haben uns hier getroffen, wenn Joel verreist war. Sind das Risiko eingegangen, aber ich hatte nicht einmal ein schlechtes Gewissen, so verliebt war ich. Ihre Ehe war doch sowieso kurz davor, in die Brüche zu gehen. Sie wollte Kinder ... ich hätte ihr welche schenken können.«

Er nickte, als wollte er seinen Worten mehr Nachdruck verleihen. Griff nach einem Glas Wasser, das auf dem Boden stand, trank und stellte es wieder ab.

»Wir wollten es ihm sagen, hatten schon den Tag vereinbart und alles abgesprochen. Obwohl wir wussten, was das für ein Chaos auslösen würde. Der arme Joel, ich kann sein verzweifeltes Gesicht vor mir sehen. Seine Frau, die ihn wegen seines Onkels verlässt. Aber so weit ist es nicht gekommen. Er ist vorher verschwunden. Dieser Judenpsychopath hat ihn gekidnappt. Und umgebracht, wie ich annehme. Genau wie er Angela ermordet hat.«

Pontus Klingberg war tief in sich versunken. Es interessierte ihn nicht, dass sie da war, nicht, wer sie war oder was sie wollte, er redete mit sich selbst, versuchte, seinen Schmerz in Worte zu fassen.

»Nachdem Joel verschwunden war, hat sie ihre Meinung geändert und alles bereut. Als wäre er erst wichtig für sie geworden, als sie sich Sorgen um ihn gemacht hat. Sie wollte mich nicht mehr sehen ... kam eines Abends nach Djursholm, nur um mir zu erklären, dass es zwischen uns aus sei, und dann hat sie Kontakt zu Katz aufgenommen, der tat, als wolle er ihr helfen.«

Plötzlich strömte Blut aus seinen Nasenlöchern, tropfte auf sein Hemd. Er nahm ein Papiertaschentuch und hielt es sich vors Gesicht, während er mit Daumen und Zeigefinger auf die Nasenwurzel drückte.

»Ein Fluch, der auf unserer Familie lastet«, sagte er. »Der Anfall ist genauso schnell vorbei, wie er kommt.«

Als er sich bewegte, trat sie reflexartig einen Schritt zurück. Doch er blieb sitzen, starrte mit leerem Blick ins Feuer.

»1970«, sagte sie. »Sie haben Kristoffer entführen lassen.«

»Haben Sie den Verstand verloren?«

»Joel hat von einem Mann berichtet, der sich als Betrunkener getarnt am Ort der Entführung postiert hatte. Und dass sie den ganzen Tag verfolgt worden sind.«

»Joel hatte immer schon eine lebhafte Fantasie.«

Er sah sie verständnislos an und schüttelte sacht den Kopf.

»Im Zusammenhang mit Kristoffers Entführung wurden Gegenstände an Gustav geschickt.«

»Das passierte die ganze Zeit. Jans Mutter hatte die Familie mit einem Fluch belegt ... dazu gehört auch, dass man diese Form von Mitteilungen schickt, damit die Angst gegenwärtig bleibt. Sie sind noch nie dort gewesen, Sie verstehen nicht, wie stark der Glaube an Fukú und Voodoo sein kann ... alles Einbildung, die reinste Autosuggestion.«

Wieder lief das Blut, er fluchte, während er den Kopf zurücklegte, das Taschentuch aufs Gesicht gelegt: »Diese Spielzeugfiguren, die mit der Post gekommen sind ... Marassa, Erzulie Freda und wie sie alle heißen ... die hatten nichts mit Kristoffers Entführung zu tun, auch wenn mein Vater davon überzeugt war. Es war eine Frau, die ihn entführt hat. Auf eigene Initiative, weil sich die Gelegenheit bot. Vielleicht war sie pädophil. Wir haben Hinweise in dieser Richtung erhalten. Jan und ich sind nie dicke Freunde gewesen, aber das änderte sich nach Kristoffers Verschwinden. Wir haben privat Leute engagiert, die nach ihm gesucht haben. Sicherheitsexperten ... Privatdetektive ... Leute vom Militär, die damit ihr Gehalt aufgebessert haben. Die Polizei kam ja nicht weiter, oder genauer gesagt, mein Vater wollte, dass sie nicht weiterkam, einfach weil er eine Heidenangst vor diesem karibischen Aberglauben hatte. Kurz bevor mein Bruder starb, kam eine Nachricht aus Holland. Dass eine Frau Kristoffer kurz nach seiner Entführung an einen Pädophilenring verkauft haben soll. Die hätten ihn missbraucht ... und ihn ungefähr ein Jahr später getötet. Im

Juni 1979 bekamen wir diese Informationen, neun Jahre nach seinem Verschwinden, das war der Todesstoß für meinen Bruder und seine Frau. Wenn das gestimmt hat, dann gab es keine Hoffnung mehr. Ein paar Wochen später haben sie sich das Leben genommen.«

Pontus Klingberg verstummte, starrte ins Feuer und kniff sich fest in den Arm.

Ich habe mich geirrt, dachte sie. Ich habe alles falsch verstanden. Und auch Sandra Dahlström hat nie verstanden, was damals passiert ist.

»Fünfzig Millionen Kronen sind vor Kurzem von einer Tochterfirma von Klingberg Aluminium auf ein Konto auf den Jungferninseln überführt worden. Können Sie mir sagen, worum es dabei ging?«

Pontus Klingberg taxierte sie mit kühlem Blick.

»Ich glaube, Sie haben sich noch gar nicht ausgewiesen. Sie sind von der Polizei, wie ich annehme?«

An der Haustür waren Geräusche zu hören. Sie drehte sich um und sah jemanden die Eingangshalle durchqueren. Katz, mit einer Pistole in der Hand. Ein Mann, den sie seit ihrer Jugend nicht mehr gesehen hatte.

Und wenn es nicht so ist, wie ich glaube, dachte sie, während tausend widerstreitende Gefühle in ihr tobten. Wenn er es doch gewesen ist, beide Male?

Sie wandte sich wieder Klingberg zu. Erneut blutete er aus der Nase, diesmal besonders heftig.

»Wer sind Sie?«, wiederholte er. »Ich will wissen, was hier eigentlich los ist.«

Aber sie gab ihm keine Antwort. Sie hatte ihre Entscheidung getroffen. Verließ rückwärts den Raum, mit einem einzigen Gedanken im Kopf. Katz von hier fortzuschaffen, bevor er etwas tat, das er bereuen könnte.

TEIL DREI

Fünfzig Meter vom Spielplatz entfernt setzte sie sich auf eine Bank und schaute den Kindern durch die Bäume hindurch zu, wie sie auf dem Trampolin hüpften. Sie erkannte ihn sofort an seinen Bewegungen, als wäre sie dafür mit einem speziellen Radar ausgerüstet. Er trug die Lightning-McQueen-Cap. Teure Markensneakers, die Ola gekauft hatte. Und die Jeansjacke, die ihm Lisa weitervererbt hatte. Stand ein Stück abseits der anderen Kinder, an der Hand einer Kindergärtnerin. Die kleine, in sich zusammengesunkene Gestalt wirkte im Sonnenlicht so zerbrechlich.

Jetzt sagte er etwas und sah zu der Erzieherin auf. Eva fragte sich, was das wohl für ein Gefühl war, mit so weit nach hinten gebeugtem Kopf dazustehen und mit jemandem zu reden, der doppelt so groß war.

Unglaublich, dass sie früher einmal eine Familie gewesen waren, dass sie Ola geliebt hatte und sich ein Leben ohne ihn nicht hätte vorstellen können.

Sie schaute auf den Brief in ihrem Schoß. Eine knappe Mitteilung, dass er Kontakt zu einem Anwalt für Familienrecht aufgenommen und den Antrag auf alleiniges Sorgerecht für die Kinder gestellt hatte.

Offener Krieg, dachte sie.

Es war die erste richtige Sommerwoche, und in der ganzen Stadt grünte und blühte es. Fliederduft in den Parks. Ausgelassene Stimmung.

Sie überlegte, ob sie zu Hause anrufen und fragen sollte, wie es Katz ging. Sie könnte seine Stimme hören, versuchen, etwas Aufmunterndes zu sagen.

Er hielt sich jetzt bei ihr versteckt. Das war Wahnsinn, aber was sollten sie sonst tun?

Die Polizei suchte immer noch nach ihm, aber die Presse

schrieb mittlerweile über andere Dinge. Über die bevorstehende Fußball-Europameisterschaft.

Jorma war der Einzige, der wusste, wo Katz untergetaucht war. Er war vollkommen wiederhergestellt aus dem Krankenhaus entlassen worden.

Eva hatte ihren Hausarzt angerufen und gesagt, sie fühle sich ausgebrannt. Großzügig hatte er sie eine Woche krankgeschrieben.

Wobei sie sich fragte, ob das reichen würde, um etwas zu erreichen. Sie wusste ja nicht einmal, wo sie ansetzen sollte.

Katz' Anblick auf dem Gut würde sie nie vergessen. Erschöpft und verwirrt nach allem, was er durchgemacht hatte; unter Drogen gesetzt, gefesselt und gefoltert. Sie hatte ihn seit fast drei Jahrzehnten nicht gesehen, trotzdem hätte sie ihn auch in einer Menschenmenge sofort wiedererkannt. Ein anderer Mensch und dennoch derselbe. Zweifellos hätte er versucht, auf Pontus Klingberg loszugehen, wenn es ihr nicht gelungen wäre, ihn von dort wegzuschaffen, Pontus Klingberg, der unschuldig war ...

Ein Pick-up mit feiernden Studenten auf der Ladefläche fuhr Richtung Zentrum vorbei. Ein Jogger mit nacktem Oberkörper passierte die Bank, auf der sie saß. Jetzt waren mehr Spaziergänger im Park, eine weitere Kindergartengruppe auf dem Weg zum Spielplatz.

Am Eiskiosk standen zwei Frauen und unterhielten sich in Gebärdensprache miteinander. Sie hatte diese raumgreifende Art, Sätze zu formulieren, immer bewundert, die Schönheit und Dramatik in den Bewegungen, Hände als Werkzeug für Sprache. Aber nicht jetzt, jetzt störte es sie nur.

Sie warf einen Blick auf ihr Handy. Vier verpasste Anrufe von Danielsson, oder vielmehr mit einem Tastendruck abgewiesene. Sie fragte sich, ob ihre alte Identität schließlich doch ans Licht gekommen war. Aber sie glaubte es nicht.

Eva schaute wieder zum Spielplatz hinüber, zu Arvid, der jetzt mit den anderen Kindern spielte. Ihr kleiner Junge.

Sie zuckte zusammen, als ein Mann sich von der anderen Seite dem Spielplatz näherte. Hoodie, die Kapuze ins Gesicht gezogen. Zielstrebig ging er auf die Kinder zu, er hielt etwas in der Hand.

Ein zweiter Mann tauchte bei den Sandkästen auf. Er trug eine braune Lederjacke, Baseballcap und schwarze Handschuhe. Bog schräg Richtung Hüpfburg ab.

Evas Herz schlug heftig. Dennoch blieb sie sitzen, wie festgefroren.

Das Sonnenlicht schien sich in der Luft zu verdicken. Ein paar Tauben pickten zwei Meter von ihren Füßen auf dem Weg.

Der Mann mit der Kapuzenjacke beschleunigte seine Schritte, er war nur noch dreißig Meter von den Kindern entfernt. Arvid redete wieder mit der Erzieherin, lachte über das, was sie sagte, holte etwas aus der Hosentasche, das er ihr zeigen wollte.

Eva schaute in die andere Richtung. Der zweite Mann war nicht mehr zu sehen, er war hinter einem Vorratsschuppen verschwunden. Die Tauben waren aufgeflogen, als sie abrupt den Kopf bewegt hatte.

Der Mann war zehn Meter von Arvid entfernt.

Sie dachte, sie würde sterben. Sah den Mann die Hand heben und etwas rufen, das die Kinder zusammenzucken ließ. Dann erkannte sie, was er in der Hand hatte … eine Hundeleine. Und dann sah sie den weggelaufenen Border Collie, der zwischen den Bäumen herumlief. Der Mann rannte hinter ihm her, an den Kindern vorbei, durch den Park, wo der Mann in der Lederjacke jetzt wieder auftauchte, auf dem Weg zu einer Cafeteria.

Eva stand auf und ging zum Auto, sah, wie ihre Hand zitterte, als sie den Schlüssel ins Zündschloss steckte. Sie fischte ihr Handy aus der Handtasche. Gab ihre eigene Festnetznummer ein, ließ es viermal klingeln, bevor sie wieder auflegte und noch einmal anrief; ihr vereinbarter Code. Aber Katz nahm nicht ab.

Aus irgendeinem Grund sah sie Sandra Dahlströms Gesicht vor sich. Das Foto des Jungen auf dem Bücherregal. Das Porträt der Frau auf dem Nachttisch. Das merkwürdige Déjà-vu-Erlebnis, das sie bei dem Besuch dort gehabt hatte.

Die Anwaltskanzlei lag im Narvavägen, nicht weit vom Karlaplan entfernt. Hinter einem Empfang aus Marmor saß eine Frau mit Headset und telefonierte, als sie durch die Tür trat.

»Haben Sie einen Termin?«, wollte die Frau wissen.

»Mit Ola Westin.«

»Und Ihr Name bitte?«

»Eva Westin.«

Getönte Panoramafenster zeigten zur Straße hin. Hinter dem Empfangstresen war eine Glaswand, durch die man in das Großraumbüro sehen konnte. Ola beugte sich über einen Kinderwagen. Erika war vorbeigekommen. Er schaute auf die Uhr, sagte etwas zu ihr und verschwand zu einer Tür.

Ein paar Minuten später wurde Eva in sein Büro geführt.

»Was willst du hier?«, fragte er.

»Wir müssen reden.«

»Worüber? Dir ist doch alles scheißegal. Lisa hat jeden Abend versucht, dich anzurufen, du gehst ja nicht mal an dein Handy.«

»Das tut mir leid.«

Sie betrachtete seine Hand, die auf der Schreibtischplatte lag, die Breitling-Uhr an ihrem massiven Metallarmband, die hellen Härchen auf dem Handrücken, ihr kam der absurde Gedanke, dass ausgerechnet diese Hand ihre Brust umfasst hatte und über ihre Schenkel geglitten war, an späten Abenden, wenn die Kinder eingeschlafen waren. Oder ihre Wange gestreichelt hatte, wenn sie müde oder traurig gewesen war.

»Das ist ja nicht das erste Mal«, sagte er. »Und es ändert sich überhaupt nichts. Dein ganzes verdammtes Junkieverhalten ... und schieb die Schuld nicht auf deine Kindheit und deine Eltern, jeder Mensch ist für sein Leben selbst verantwortlich.«

»Einmal Junkie, immer Junkie, das ist es doch, was du meinst, oder?«

»Nein. Ich möchte nur, dass es unseren Kindern gut geht.«

Sie warf einen Blick durch die Glasscheibe, Erika hatte ihr Baby aus dem Kinderwagen genommen und wiegte es. Linste nervös zu ihnen herüber.

»Und außerdem haben die Kinder wieder darüber geredet, was Ostern passiert ist. Lisa ist schon groß. Ich lasse sie inzwischen an der Bushaltestelle vor der Schule raus und sie geht die letzten hundert Meter allein. Sie kriegt genau mit, was um sie herum passiert.«

Ihr gefiel die Vorstellung nicht, dass er ihr kleines Mädchen allein gehen ließ. Aber das sagte sie nicht.

»Ich dachte, sie würden schlafen«, sagte sie stattdessen.

»Sie haben aber nicht geschlafen.«

Diese Zufallsbekanntschaft. Sie wusste nicht mal mehr, wie er hieß, es war nur ein Typ, den sie an einem Abend kennengelernt hatte, als die Kinder bei Ola gewesen waren, und den sie dann, angetrunken wie sie war, abgeschleppt hatte. Doch dann war er wieder aufgetaucht, spontan, an einem Abend in der Osterwoche. Sie hatte keine Ausrede parat gehabt, um ihn abzuwimmeln. Vielleicht weil sie das Gefühl hatte, ihm etwas schuldig zu sein?

Die Kinder waren in ihrem Zimmer gewesen, hatten geschlafen. Jedenfalls hatte sie das gedacht. Es war nach elf Uhr abends gewesen, unglaublich, dass er sich noch an ihren Türcode erinnert hatte. Nach dem, was sie für einen One-Night-Stand gehalten hatte.

»Du warst besoffen und hast dermaßen mit einem Kerl rumgefickt, dass die Kinder davon aufgewacht sind. Das ist einfach nicht in Ordnung.«

Nein, das war es nicht. Sie hatte ihn auf einen Whisky eingeladen, selbst auch getrunken, zu viel. Ola hatte recht, sie hatte die Kontrolle verloren und war, weiß der Himmel wie, mit ihm im Bett gelandet. Der Anblick der Kinder in der Schlafzimmertür. Sie mussten dort schon eine ganze Weile gestanden haben, bevor sie sie entdeckt hatte. Waren wohl von ihrem Stöhnen aufgewacht. Hatten Angst bekommen und waren zu Mama gelaufen.

»Und jetzt soll ich dafür bestraft werden?«, fragte sie.

»Nein. Du brauchst Hilfe. Um mit diesem ganzen selbstzerstörerischen Zeug klarzukommen, das du in dir hast, solange ich denken kann.«

Er hatte einen Bleistiftanspitzer vom Schreibtisch genommen und drehte ihn nervös zwischen den Fingern. Seine Nägel waren gepflegt, manikürt. Sie besah sich ihre eigenen: abgebrochen, kurz, nicht besonders feminin.

»Will dein Rechtsanwalt das in der Verhandlung anführen?«

»Vielleicht, ich weiß es nicht. Nun hör mir mal zu, alles, was ich will, ist doch nur, dass es den Kindern gut geht. Und nicht zuletzt bei dir. Aber das ist ja nicht der Fall. Ihnen geht es schlecht. Lisas Lehrerin sagt, dass sie das ganze Schuljahr über Konzentrationsprobleme gehabt hat. Ganz gleich, wie sehr du sie liebst – ich weiß, dass du das tust –, aber du bist nicht in der Lage, dich um sie zu kümmern. Vielleicht wirst du es irgendwann wieder sein ... ich hoffe es wirklich. Aber bis dahin werden sie bei mir wohnen.«

Erika hatte das Baby wieder in den Wagen gelegt. Sie schien zu überlegen, ob sie in Olas Büro gehen und fragen sollte, ob er Hilfe brauche, um Eva rauszuschmeißen.

»Okay«, sagte Eva. »Ich gebe auf. Du kannst deinen Anwalt anrufen und ihm sagen, dass wir das unter uns klären. Ich verzichte auf das Sorgerecht, solange ich die Kinder an zwei Tagen in der Woche sehen kann. Von mir aus kannst du dabei sein, damit habe ich kein Problem. Und dann werden wir weitersehen. Ich werde versuchen, mich zusammenzureißen. Zu einem Psychologen gehen oder so. Du hast mit allem recht.«

Er sah sie forschend an.

»Aber das ist nicht alles, oder?«

Sie nickte schuldbewusst.

»Es geht um eine Frau«, sagte sie. »Sandra Dahlström, ich glaube, sie war mal deine Mandantin.«

Das Zimmer war keine zwanzig Quadratmeter groß und vollgestopft mit Büchern und Nippes, merkwürdig bemalten Spielsachen, Holzmasken, Statuen, Kinderpuppen und Stofffiguren. Eine angebrochene Flasche Rum stand auf einem Servierwagen. Über alledem hing ein schwerer Parfümduft.

Der Mann bemerkte ihre verwunderten Blicke.

»Es ist nicht alles aus der Karibik«, sagte er. »Anfangs war ich auf Westafrika spezialisiert, aber die Studien über den Sklavenhandel haben mich nach Haiti geführt. Voodoo ist ein unglaublich interessantes Forschungsgebiet, da es sich nicht nur um eine Religion handelt, sondern ebenso sehr um eine Lebensanschauung, ein Kulturerbe ... und die Geschichte des Sklavenhandels, ausgedrückt in Symbolen.«

Er ging zu einer Puppe, die auf einem kleinen Thron hinten im Raum saß; eine ganz normale Kinderpuppe, wie es schien, aus Hartplastik, aber geschminkt wie eine erwachsene Frau und in prächtigen Kleidern.

»Erzulie Freda«, sagte er. »Eine der vierhundert Gottheiten im Voodoo-Kult. Die Primadonna unter den Geistern. Die karibische Antwort auf die Venus. Liebesgöttin und Gay-Ikone in einer Person. Die von ihr besessenen Voodooanhänger sind zu jedem Flirt bereit, auch mit dem eigenen Geschlecht. Erzulie Freda liebt Juwelen, französisches Parfüm und teuren Champagner. Wenn sie abends nicht ihre Parfümdusche bekommt, bevor ich ins Bett gehe, macht sie hier jede Menge Radau und Durcheinander. Falls es nicht purer Zufall ist, wenn eine ganze Reihe Aktenordner nachts von den Regalen fällt oder der Wasserhahn im Bad plötzlich kaputtgeht. Sie müssen deshalb den übertriebenen Duft nach Calvin Klein entschuldigen.«

Champagner, dachte Katz und spähte zum Servierwagen hinüber. Joel Klingberg hatte einen Champagnerkorken auf das Bild zur Erinnerung an die Entführung seines Bruders gemalt. Und einen Parfümflakon.

Jan Hammarberg, Dozent für Kulturanthropologie und eine Koryphäe auf seinem Gebiet, hatte sie in seinem Haus außerhalb von Uppsala empfangen, ohne groß Fragen zu stellen. Vielleicht hatte Jormas Anblick ihn erschreckt, die Knasttätowierungen, der Verband um den Hals, der Blick, der keinen Widerspruch zuließ. Sie gingen ein Risiko ein, indem sie Hammarberg besuchten, aber irgendwo mussten sie schließlich anfangen.

»Ist das eine Voodoopuppe?«, fragte er und nickte in Erzulie Fredas Richtung.

»Es kommt darauf an, wie Sie das Wort definieren. Voodoo bedeutet kurz und knapp, Lwa zu dienen oder den vierhundert Geistern, die in das Glaubensschema gehören. Die Puppen repräsentieren die Geister. Hier haben wir noch eine meiner Favoriten: Marassa!«

Hammarberg hatte zwei weitere Puppen von einem Regal genommen, mit afrikanischen Gesichtszügen, identisch gekleidet in rosafarbene Strampelanzüge. Sie waren an der Taille zusammengebunden.

»Marassa ist ein Zwillingspaar, aber ein und derselbe Lwa. Das Problem ist, dass sie von allen Opfern doppelt haben will. Und weil Marassa ein Kind ist, bevorzugt sie Süßigkeiten, Obst, Kuchen und Eis. Wird man von ihr besessen, benimmt man sich wie ein Kind, bettelt um Geschenke und jammert, dass man nicht genug Süßigkeiten kriegt oder nicht alles selbst bestimmen darf. Es kann ziemlich fordernd auftreten, das kleine Leckermäulchen.«

Er bedachte sie mit einem gekünstelten Lächeln und schaute sie forschend an. Katz fragte sich, ob er ihn erkannte. Er nahm es nicht an, denn die in den Zeitungen veröffentlichten Fotos waren alt, sie ähnelten ihm kaum. Außerdem hatte er sich einen Bart stehen und die Haare wachsen lassen.

»Aber meine Güte, ich stehe hier und halte einen Vortrag, als wären Sie meine Studenten. Sie haben doch sicher spezielle Fragen, soweit ich verstanden habe?«

Katz reichte ihm das erste Tuch.

»Eine Zeremonienfahne«, sagte Hammarberg, nachdem er es gründlich studiert hatte. »Drapo sèvis. Die meisten Voodoogemeinschaften besitzen einige davon. Sie werden bei bestimmten Ritualen verwendet und wenn man die Geister anruft. Der Schwertmeister trägt die Verantwortung für sie. Sie werden paarweise oder in Dreierreihen getragen, genau wie bei Militärparaden.«

»Was bedeuten die Buchstaben ... MK? Und der kniende Mann?«

»Das ist Maître Carrefours Fahne. Oder Met Kalfou, wie er auf Kreolfranzösisch heißt. Der Herr der Scheidewege, der Kreuzungen. Er gehört zur Gruppe der Petrogeister, der heißen Geister. Vielleicht kennen Sie ihn aus dem amerikanischen Blues? Der Teufel am Scheideweg. Man kann ihn anrufen, um einen Feind zu verletzen oder zu töten. Jeder Lwa hat seine eigene Fahne. Und Met Kalfous Fahne stellt einen knienden Mann mit zwei gekreuzten Pfeilen dar, oder eine Kreuzung.«

Katz gab ihm das andere Tuch.

»Legba!«, sagte Hammarberg. »Der Geist, den man bei jeder Zeremonie als Erstes anrufen soll. Durch ihn werden dann alle anderen Geister eingelassen. Er wird üblicherweise so dargestellt wie der heilige Rochus, geplagt von Geschwüren, an denen Hunde lecken ... also ähnlich dem Zustand, in dem sich die Sklaven befanden, als sie die Küste von Hispaniola erreichten. Und die Farben ... Rot und Schwarz ... hier handelt es sich um eine Bizangofahne.«

Der Mann legte den Stoff vorsichtig zusammen und gab ihn Katz zurück.

»Bizango?«, fragte dieser.

»Der Voodoo der Nacht. Der geheime Voodoo der Bizangogemeinschaft geht Hand in Hand mit Haitis blutiger Geschichte. Der Stolz, das erste schwarze Staatsgebilde zu sein, das im Kampf gegen eine Kolonialmacht gewonnen hat. Die Gemeinschaft entstand im 18. Jahrhundert während des großen Sklavenaufstands. Geflohene Sklaven – die Maroons – führten einen Guerillakrieg gegen die Franzosen, zusammen mit dem kleinen Rest der Taíno-Indianer, die die europäischen Krankheiten und Verwüstungen überlebt hatten. Aber ihnen fehlte es an Waffen, deshalb war der geistige Kampf mindestens genauso wichtig. Man schöpfte Kraft aus dem Voodoo, aus den unnahbaren Heilungsgeistern der Indianer und den gefährlichen Petrogeistern aus Afrika, und man wandte Magie an bei der Kriegsführung.«

Hammarberg verstummte, ging zu einem gigantischen Bücherregal, griff sich einen dicken Wälzer und zeigte ihnen eine Abbildung. Fotos von Puppen in Menschengröße. Alle aus rotem und schwarzem Stoff genäht. Grotesk aussehend, mit offenen Wunden, Eingeweiden aus Stoff, die aus ihren Leibern quollen. Einige gingen in Ketten, andere stützten sich auf Krücken. Wieder anderen waren die Gliedmaßen amputiert worden.

»Textilskulpturen aus einem Tempel im Département Artibonite. Sie zeugen von der militärischen Vergangenheit der Bewegung. Verstümmelt, da sie früher Sklaven gewesen sind.«

Er blätterte weiter zur nächsten Abbildung.

»Ein Bizangokapitän mit Gradabzeichen und einer Rumflasche in der Hand. Eine Bizangogroßmutter mit gewaltigen Hängebrüsten. Der General der drei Sümpfe. Und hier haben wir einen Bizangohenker.«

Eine Stoffpuppe mit schwarzer Kapuze hielt dem Fotografen eine scharf geschliffene Machete ins Bild.

»Weil die üblichen gesellschaftlichen Institutionen versagten, fungierte Bizango als Richter. Er konnte sogar Leute zum Tode verurteilen, aber meistens endete es mit einer symbolischen Hinrichtung.«

Hammarberg schaute auf seine Armbanduhr, lächelte flüchtig und entkorkte eine Rumflasche.

»Zeit fürs Opfer«, sagte er schuldbewusst. »Ich habe einen Petit Papa Bossou Trois Cornes, der wütend ist, weil es mir nicht gelungen ist, bei meinem letzten Besuch in Port-au-Prince seine Frau zu erwerben. Und zum Ausgleich fordert er doppelte Rumrationen.«

Er ging zu einer kleinen gehörnten Holzfigur, die auf dem Fensterbrett stand, kippte ihr einen Schluck Rum über den Kopf und stellte anschließend das Glas mit dem restlichen Inhalt auf einen Teller zu ihren Füßen.

»Haben Sie irgendeine Ahnung, worum es sich hierbei handeln kann?«

Katz nahm die stoffumwickelte Souvenirflasche aus der Jackentasche. Hammarberg betrachtete sie interessiert.

»Ein Paké«, sagte er schließlich, »eine Art Talisman. Kongopaké nennen wir diese Art, weil sie ihren Ursprung im Kongo hat. Er wird unter dem Hemd getragen, direkt auf der Haut als Schutz gegen Ounga-mort, Verhexen. Ich vergleiche es gern mit Batterien, magischen Batterien, die die Kraft konzentrieren. Woher haben Sie das?«

»Von einem Freund.«

»Können Sie sich vorstellen, den Talisman zu verkaufen? Ich bezahle gut. Nicht? Ich kann Sie verstehen, ein starker Paké ist besser als eine Lebensversicherung.«

Hammarberg reichte ihm lächelnd die Figur. Dann setzte er sich in einen Sessel, verschränkte die Hände im Nacken.

»Sie haben etwas von einer Rechtsprechung erwähnt«, sagte Katz. »Davon, dass Menschen symbolisch zum Tode verurteilt werden.«

»Ja. N'zambi. Die Verurteilten werden zu Zombies. Eigentlich rede ich mit Außenstehenden nicht gern über diese Seite des Voodoo, weil das jede Menge Missverständnisse mit sich bringen kann.«

Hammarberg musterte ihn mit ernster Miene.

»Im Volksglauben ist ein Zombie ein Körper ohne Seele, ein toter Körper, durch Verhexung mit mechanischem Leben versehen. Der Zauberer raubt, noch bevor die Verwesung einsetzt, eine kürzlich begrabene Leiche aus ihrem Grab, gibt dem Toten ein neues Leben, zeigt ihm, wie er sich bewegen und arbeiten soll, versklavt ihn, zwingt ihn zu schwerer Arbeit. Es heißt, dass die Nachtschicht auf den Zuckerplantagen früher nur aus Zombies bestand. Die konnten zwölf Stunden am Stück arbeiten, sieben Tage die Woche, ohne zu trinken oder zu essen. Auf Haiti bewacht man die Gräber, bis ganz sicher ist, dass die Leichen verwest sind. Aber wenn man Pech hat, schafft der Zauberer es trotzdem, vorher den Leichnam an sich zu reißen.«

»Verhext durch eine Art Autosuggestion, meinen Sie?«

»Die Frage ist komplex. Es kann sich um einen psychischen Krankheitszustand handeln, der aufgrund magischer Vorstellungen so gedeutet wird, oder um soziale Ausgrenzung von jemandem, der sich gegen das Kollektiv oder gegen die Dorfgemeinschaft gestellt hat. Eine Art rituelle Strafe oder, wie soll ich sagen, stellvertretender Selbstmord. Es gibt Gerüchte über Heilkräuter, die Menschen chemisch lobotomieren können. Und dann ist ein gewisses Maß an Suggestion oder Autosuggestion nötig ... oder Zauber, wenn man lieber daran glauben will.«

Hammarberg bückte sich und zog sich ein Paar Joggingschuhe an.

»Wenn die Herren mich jetzt entschuldigen«, sagte er. »Aber ich glaube, ich habe Ihnen so viele Informationen gegeben, wie ich konnte. Jetzt muss ich mich noch ein wenig an der frischen Luft bewegen, bevor die Vorlesung beginnt.«

Sie fuhren auf Nebenstraßen zurück nach Stockholm, Jorma saß am Steuer, Katz sicherheitshalber auf dem Rücksitz. Er dachte über Hammarbergs bizarre Behauptungen hinsichtlich scheintoter Menschen nach. Er wusste nicht, was er davon halten sollte.

Er spürte eine leichte Kälte in sich, als wäre er empfindungslos, wie abgeschaltet.

Jemand spielte ein übles Spiel mit ihm, und deshalb folgten die Ereignisse keiner Logik. Julin hatte ihn in der Jagdhütte töten wollen, war aber daran gehindert worden. Schüsse waren abgefeuert worden, und kurz darauf war das Haus menschenleer gewesen. Jemand hatte ihn befreit, damit der Albtraum weitergehen konnte. Die Pistole hatte vor dem Haus im Kies gelegen. Sie wollten, dass er weitergejagt wurde. Oder hatten sie gehofft, er würde Pontus Klingberg im Gutshaus erschießen, damit noch ein weiterer Mord auf sein Konto ginge? Aber Eva hatte ihn rechtzeitig von dort weggebracht.

Eva. Ob sie inzwischen wieder in ihrer Wohnung war und sich Sorgen machte, weil er nicht da war? Ein sonderbares Gefühl, sie nach all den Jahren wiederzutreffen. Eine Lawine an Erinnerungen hatte das bei ihm ausgelöst, das Gefühl, rückwärts durch die Zeit zu fallen, zurück zu Orten und Geschehnissen, von denen er nicht sagen konnte, ob er sie ein zweites Mal erleben wollte. Das Gefühl, eine vollkommen Fremde zu treffen, die gleichzeitig so vertraut war.

Als sie in der Nähe von Vallentuna zwei Richtung Norden fahrenden Einsatzwagen der Polizei begegneten, ging Jorma vom Gas.

Katz machte sich so klein er konnte, aber Jorma lächelte ihm im Rückspiegel aufmunternd zu.

»Das Amulett schützt dich«, sagte er. »Dieses Kongopaket oder wie das heißt.«

»Hammarberg scheint dran zu glauben.«

»Vielleicht wollte er auch nur auf Nummer sicher gehen.«

»Glaubst du, er hat mich wiedererkannt?«

»Aus den Zeitungen? Nein. Aber er wird sich wohl gefragt haben, wer wir eigentlich sind.«

Sie fuhren durch die nördlichen Vororte. Katz wünschte, er könnte sich wieder so fühlen wie früher. Jorma und er wieder vereint. Und Eva, die auf ihn wartete. Als wäre damals die Zeit stehen geblieben. Doch so war es nicht. Sie waren nicht mehr dieselben Menschen.

Sie beschloss, die Treppen in den achten Stock zu nehmen. Musste nachdenken, Zeit gewinnen.

Laut Ola hatten Sandra Dahlström und Linnie Holm fast zwanzig Jahre lang zusammengelebt, als sie beschlossen, sich um eine Adoption zu bewerben. Es ging um einen siebenjährigen Jungen, den sie während einer Urlaubsreise auf die Philippinen kennengelernt hatten. Sie hatten ordnungsgemäß und korrekt die erforderlichen Dokumente beim zuständigen Adoptionszentrum ausgefüllt, alles mit den Behörden in Manila geregelt und auch mit dem Kinderheim, in dem der verwaiste Junge lebte, dann aber eine Absage vom Jugendamt in Stockholm erhalten.

Die Ablehnung war für beide ein Schock gewesen. Verzweifelt hatten sie beschlossen, einen Anwalt einzuschalten. Das war ungefähr 2005 gewesen. Ola hatte sich um den Fall gekümmert:

Ich habe getan, was ich konnte, aber sie wurden abgelehnt, wegen ihres relativ hohen Alters. Sandra Dahlström war über fünfzig, und außerdem war bei ihrer Partnerin, Linnie Holm, eine aggressive Form von Brustkrebs diagnostiziert worden, die sie laut der Ärzte innerhalb weniger Jahre das Leben kosten würde.

Also ein weiterer Grund für die Behörden, dem kinderlosen lesbischen Paar Knüppel zwischen die Beine zu werfen. Verbitterung. Beide waren überzeugt gewesen, dass sie wegen ihrer sexuellen Neigung diskriminiert wurden. Auf den Philippinen hatte man bereits zugesagt, und der Junge wartete nur auf den Flug nach Schweden. Sie hatten Ola gebeten, in die nächste Instanz zu gehen. Wovon er ihnen abgeraten hatte. Sie waren wütend geworden, hatten gedroht, ihn zu verklagen, weil er gegen das Berufsethos der Juristen verstieß, und ihm Drohbriefe in die Kanzlei geschickt.

Eva erinnerte sich an den Fall, weil er Ola belastet hatte, denn ihre Annahme, diskriminiert zu werden, war grundlos, und mitten in allem hatten sie ihm leidgetan.

Außerdem hatte das Paar als Anlaufstelle für Kinder in Not gedient, und Sandra wollte, dass Ola dies für sie ins Feld führte, wenn er sie weiterhin vertrat. Eva konnte sich noch schwach erinnern, dass Ola erzählt hatte, sie hätten unter anderem einen gehörlosen Jungen aufgenommen, weil Linnie Holm die Gebärdensprache beherrschte.

Der Junge hieß Jonas Åkesson, er wohnte einige Jahre lang immer mal wieder bei den Frauen.

Jonas ... der Junge auf dem Foto im Bücherregal. Der Typ von der Überwachungskamera im Parkhaus, der nach einer Überdosis tot aufgefunden worden war.

Vierter Stock. Der Geruch von orientalischem Essen im Treppenhaus. Scheppern und Schreie aus den Wohnungen.

Sandra hatte sie Pontus Klingberg verdächtigen lassen, und das vielleicht ganz bewusst. Die Gedanken kreisten in Evas Kopf, während sie weiterhastete. Die Person, die Angela Klingberg getötet hatte, wollte gar nicht Katz nachahmen. Diese Person war kein Trittbrettfahrer. Denn es war dieselbe Person, derselbe Täter wie auf Grubbholmen.

Das wollte sie Katz erzählen, aber er meldete sich nicht, als sie ihre Nummer in der Torsgatan anrief.

Beide Male derselbe Täter. Der Wahnsinnige, der seinen Opfern Bisswunden zufügte.

Die Tür war nicht verschlossen. Eva konnte Sandra Dahlström schon vom Flur aus sehen. Sie saß auf dem verglasten Balkon vor der gleichen Patience wie beim letzten Mal. Hob den Blick, als sie Eva bemerkte, zog ihre Strickjacke an, die über der Stuhllehne hing. Eine Kerze brannte vor dem Foto des Jungen.

Eva ging zu ihr hin, ergriff ihren linken Arm und schob den Jackenärmel hoch. Alte Narben von Bissen, mehrere Dutzend. Schlecht verheilte Wundränder. Andere waren besser verheilt, richtige Operationsnarben.

Die Frau besah sich ihren Arm, als begriffe sie nicht, dass es ihrer war.

»Ich hab noch mehr«, sagte sie leise, »auf dem Bauch und auf der Brust, die sind noch schlimmer als die auf den Armen. Einmal hat er mir fast die Nase abgebissen. Er hat so fest zugebissen, dass der Knorpel gebrochen ist und die Nasenspitze sich gelöst hat. Sie konnte nur mit Müh und Not gerettet werden. Gustav hat die plastische Operation bezahlt.«

Die feinen, kleinen Narben unter den Nasenflügeln waren in dem grellen Sonnenlicht kaum zu erkennen.

»Wer hat davon erfahren?«

»Nur Gustav, und er hat alles dafür getan, dass nichts rauskam.«

»Pontus nicht?«

»Nein.«

»Und die Polizei ... haben Sie nie Anzeige erstattet?«

»Gustav hat mich mit reichlich Pflastern für die Wunden versorgt. Es war fast wie eine Unterhaltszahlung, bis zu seinem Tod. Und ich war ja die Einzige, die mit ihm zurechtkam, wenn er seine Wutanfälle hatte, sonst konnte keiner mit ihm umgehen. Ich weiß, das klingt krank, aber ich habe ihn sogar geliebt ... er war doch nur ein kleiner Junge.«

Sie trauert, dachte Eva, nimmt bestimmt Beruhigungsmittel, aber sie weiß nicht, dass der Tod des gehörlosen Jungen etwas mit der Sache zu tun hat.

Joel hatte den Jungen töten lassen, weil er die Person gesehen hat, die Joels Wagen im Parkhaus abgestellt hat, ob es nun Joel selbst war oder jemand anders.

Kurz danach hat er Angela aus Eifersucht getötet. Er muss von ihrer Affäre mit seinem Onkel erfahren haben, und da ist er ausgerastet. Ein Mensch, der von krankhaften Rachegelüsten getrieben wird. Er hatte Julin engagiert, Geld auf ein Konto auf den Jungferninseln überwiesen, damit dieser an einem Komplott mitwirkte, der jeden Verdacht auf Katz lenken sollte. Das heißt auf denjenigen, der für Joels ersten Überfall auf Grubbholmen verurteilt worden war. Vorher hatte er sein Verschwinden inszeniert.

Sie wusste nicht genau, wie, aber das alles hing zusammen. Joel Klingberg musste an jenem Abend an Bord der Jacht gewesen sein. Es musste ihm gelungen sein, sich zu verstecken, als Jorma und Katz eingebrochen waren, anschließend hatte er sie verfolgt, beschlossen, sich zu rächen, mindestens einem von ihnen zu schaden, und er hatte zugeschlagen, als er Eva und Katz im Fahrradkeller entdeckte, außer Gefecht gesetzt auf Heroin.

»Sie haben sich trotzdem mit Joel getroffen, oder? Und er hat auch Jonas getroffen?«

»Ja ... er kam nicht los von mir. Ich habe gekündigt, aber er hat mich besucht. Ich weiß, das ist schwer zu verstehen, aber ich habe Joel aufwachsen sehen, er war wie eine Familie für mich.«

Sie verstummte, als müsse sie plötzlich an etwas denken.

»Wann haben Sie ihn das letzte Mal getroffen?«

»Das ist schon ein paar Jahre her. Als Jonas hier gewohnt hat. Linnie hat damals noch gelebt. Aber ich habe ihn gebeten zu gehen. Jonas hatte Angst vor ihm.«

Sandra Dahlström stand auf und sammelte die Spielkarten zusammen.

»Und Rickard Julin? Was hatte der mit der Sache zu tun?«

Die Frau schaute Eva verwundert an.

»Wieso?«

»Erzählen Sie es mir einfach!«

Alle Alarmglocken schrillten, aber sie ignorierte sie. Sie schaute zu dem milchigen Auge der Kameralinse hinauf und wartete darauf, eingelassen zu werden.

Sie hatte im Büro angerufen und nach Pontus Klingberg gefragt. Ein jüngerer Mann hatte ihr mitgeteilt, dass der Chef in dieser Woche zu Hause arbeiten wolle. Die Privatnummer dürfe er leider nicht herausgeben.

Sie drückte die Klingel erneut. Spürte, wie der Knopf unter ihrer Fingerkuppe vibrierte. Schaute wieder zur Kamera, die ganz oben auf der Mauerkrone vor der Villa in Djursholm saß.

Pontus Klingberg wusste nicht, dass sein Neffe Angela ermordet hatte, und dass Julin ihm dabei geholfen hatte. Er hatte nicht einmal gewusst, was in der Jagdhütte auf Gut Ormnäs vor sich gegangen war. Wenn es sich hier um Rache handelte, dann wäre jetzt höchstwahrscheinlich er an der Reihe. Sie musste ihn warnen.

Wieder hatte sie versucht, Katz anzurufen, aber ohne Erfolg. Hatte stattdessen eine Nachricht auf dem Anrufbeantworter zu Hause hinterlassen und gesagt, wohin sie fahren wollte. Warum ging er nicht ran? Hätte die Polizei ihn geschnappt, hätte sie es längst erfahren. Danielsson hätte von sich hören lassen.

Das dumpfe Surren eines elektronischen Schlosses war zu hören, ein Klicken, als sich ein Riegel in den eisernen Toren hob und sie wie Flügel eines mechanischen Schmetterlings zurückgeklappt wurden.

Sie ging über den Kiesplatz auf das Haus zu. So etwas hatte sie noch nie gesehen. Mindestens dreißig Zimmer. Seeblick von zwei Terrassen. Ein fünfundzwanzig Meter langer Pool im Rasen hinter dem Haus. Zwei Tennisplätze weiter hinten. Eigener Strand mit Pavillon auf einem Anleger. Das Bootshaus so groß wie ein normales Wohnhaus.

Das Tor glitt hinter ihr ins Schloss. Sie ging die Treppe hinauf zur Haustür. Diese war angelehnt.

Als sie ins Haus trat, machte sie sich durch Rufen bemerkbar, doch es blieb still. In der Eingangshalle waren die Gardinen zugezogen. Sie öffnete eine Flügeltür und stand in dem größten privaten Speisesaal, den sie je gesehen hatte. Ein Tisch mit Platz für dreißig Gäste. Marmorboden. Kostbare Kunstwerke. Ein Carl-Larsson-Gemälde bedeckte fast eine ganze Wand.

Erneut rief sie, ohne dass sich jemand zu erkennen gab.

Eva schritt durch verschiedene Wohnräume, betrat einen kleineren Salon. Sie dachte an das, was Sandra Dahlström ihr über Julin erzählt hatte, begriff aber nicht, wie das zusammenhing. Mitte der Siebzigerjahre, als junger Offizier im Sicherheitsdienst, war er engagiert worden, um herauszufinden, was mit Kristoffer passiert war. Pontus Klingberg hatte erwähnt, dass er und sein Bruder Jan Kontakt zu Leuten vom Militär aufgenommen hatten, um Hilfe zu bekommen. Julin war also einer davon gewesen, vielleicht war er sogar derjenige, der die schreckliche Nachricht aus Holland überbracht hatte.

Sie war wieder in der Eingangshalle angekommen, war im Parterre einmal rundherum gegangen, ohne einem Menschen zu begegnen. Von irgendwoher kam ein merkwürdiger Geruch, süßlich und gleichzeitig ekelerregend, sie konnte ihn jedoch nicht genau lokalisieren. Sie nahm an, dass Pontus irgendwo im Haus war, schließlich hatte sich das Tor geöffnet.

Sie ging die Treppe zum ersten Stock hinauf, begann zu schwitzen, obwohl das Haus klimatisiert war. Der Geruch wurde intensiver, nach Verwesung, sonderbar, alt. Noch mehr Kunst an den Wänden, jetzt war sie moderner. Eva erkannte den grotesken Stil eines der Gemälde, ein Engländer, wie hieß er noch ... Francis Bacon?

Rief wieder, ohne Antwort zu erhalten. Vielleicht war er in einem der anderen Häuser auf dem Grundstück?

Sie musste ihn warnen. Und sie brauchte Klarheit. Pontus Klingberg war derjenige, der ihr eine Antwort geben konnte. Julin hatte sich mit ihm angefreundet. Pflegte Kontakt mit der Familie. Und laut Sandra Dahlström hatte er angefangen, sich für Joel zu interessieren. Und zwar, bevor dieser nach Sigtuna geschickt worden war. Joel war damals auf eine Privatschule in Danderyd gegangen, war ungemein begabt. Julin war von seiner Intelligenz fasziniert gewesen ... und Sandra zufolge genauso von seinen Wutausbrüchen.

Hatte Julin dafür gesorgt, dass Joel zusammen mit Katz auf der Dolmetscherschule gelandet war?

Hatte er irgendein Programm mit Leuten, die für ihn sprachbegabte Psychopathen waren, betrieben?

Spekulationen, aber Pontus Klingberg wusste vielleicht mehr.

Sie zuckte zusammen, als sie Schritte vernahm. Blieb stehen, aber es war nichts mehr zu hören.

Laut Sandra Dahlström hatte sich Julin außerdem für alles interessiert, was mit Voodoo zu tun hatte. Für den Fluch, von dem behauptet wurde, Marie Bennoit hätte die Familie damit belegt. Er war auf mehreren Reisen der Familie in die Dominikanische Republik dabei gewesen, hatte Gustavs Zuckerrohrplantage besucht.

Sie gelangte in ein Zimmer mit karibischen Antiquitäten. Holzmasken und Holzstatuen. Zwei gekreuzte

Macheten an der Wand. Die Bilder zeigten farbige Menschen, die auf den Zuckerrohrfeldern arbeiteten. Unterschwellig rassistisch. Sklavenhändler-Manier. Das war wahrscheinlich Gustavs altes Arbeitszimmer.

Sie ging durch einen Gang mit einer Zimmerflucht zum Wasser hinaus. Spürte, wie ihr Herz hämmerte, als wollte es aus der Brust springen. Der eklige Geruch war stärker geworden. Sie öffnete eine der Türen zu einem Schlafzimmer. Nahm wahr, was sie nicht sehen wollte ... die wie arrangierte Szene.

Pontus Klingbergs Leiche in sitzender Position mit dem Rücken zur Wand. Der aufgeblähte Männerkörper, der mit dem Kopf auf seinem Schoß lag, hatte Einschusslöcher von Pistolenschüssen an der Stirn. Klingbergs Finger waren mit Julins wie zu einem gemeinsamen Gebet verflochten worden. Sie sah Klingbergs Augäpfel hervorstehen, wie bei einem Schilddrüsenkranken, die Zunge, die aus seinem Mund gezogen worden war, grotesk lang, weil das Zungenbein gebrochen war, als man ihn erdrosselt hatte. Die Bisse um den Hals, wie ein Schmuck aus Wunden.

Zu Evas Wohnung gab es einen Eingang im Hinterhof. Den nahmen sie sicherheitshalber. Katz rief nach ihr, erhielt aber keine Antwort.

Die Wohnung sah genauso aus, wie er sie am Vormittag verlassen hatte. Unaufgeräumt und irgendwie improvisiert. Möbel, die nicht zusammenpassten, ein Zuhause, das ihr nicht wirklich wichtig war, als wäre sie in ihrem eigenem Leben nur ein zufälliger Gast.

Er öffnete den Kühlschrank und holte zwei Leichtbier heraus, reichte eines davon Jorma. Sie setzten sich im Wohnzimmer aufs Sofa. Eine leere Flasche Jack Daniel's stand auf dem Tisch. Sie trank zu viel. Ansonsten wusste er nicht viel über sie. Bis auf die Tatsache, dass sie verheiratet gewesen war, zwei Kinder hatte und sich mit ihrem Ex um das Sorgerecht stritt. Und dass sie die letzten Jahre allein gelebt hatte. Das hatte sie ihm erzählt, hatte bei einer Gelegenheit angefangen zu stottern, genau wie damals, als sie jung gewesen waren, hatte von Affären berichtet, Männern, die gekommen und gegangen waren, die sie auf Abstand gehalten hatte, kein Interesse an einer engeren Beziehung.

Wenn damals das auf Grubbholmen nicht passiert wäre, wie wäre ihr Leben dann verlaufen? Vielleicht besser, aber vermutlich eher schlechter. Die Ereignisse hatten sie zumindest auf eine andere Spur gebracht, sie hatte mit dem Stoff aufgehört, ihr Leben in den Griff gekriegt. Wären sie zusammengeblieben, wäre die Bahn nur noch steiler gewesen, sie wären sie immer schneller hinuntergerauscht und am Boden zerschellt.

»Wo ist sie?«, fragte Jorma.

»Ich weiß nicht. Sie wollte ihren Sohn im Kindergarten besuchen.«

Jorma hatte sein Bier ausgetrunken, schaute sich um, als suchte er nach einem Klavier und wäre enttäuscht, weil er keins fand.

Katz fiel auf, dass er sich danach sehnte, Eva durch die Tür hereinkommen zu sehen, mit ihrem wehmütigen Lächeln, und er war erstaunt, wie stark dieses Gefühl war.

»Ich glaube, ich fahre mal raus nach Kransen«, sagte Jorma. »Der Arzt will, dass ich es ruhig angehen lasse.«

»Und die Polizei ... will die nichts mehr von dir?«

»Ich bin nächste Woche zur Vernehmung vorgeladen. Der zuständige Experte für Bandenkriminalität möchte mit mir reden. Mal sehen, was ich ihm erzähle.«

Katz nickte, trank von seinem Bier.

»Wir müssen die finden, die das gemacht haben.«

»Ich weiß. Aber nicht heute Abend.«

Im Durcheinander auf einem Tisch stand der Anrufbeantworter und blinkte. Vielleicht hatten Evas Kinder eine Nachricht hinterlassen. Er sollte nicht hier sein, in ihrem Leben. Es gab keinen Grund, sie noch tiefer in diesen Sumpf zu ziehen.

»Glaubst du, dass Emirs Wohnung noch sicher ist?«, fragte Katz.

»Es ist wohl besser, wenn du hierbleibst ... im Auge des Sturms. Vertraust du ihr nicht?«

»Doch.«

»Na also.«

Jorma nickte Richtung Anrufbeantworter.

»Ich denke, du solltest den mal abhören«, sagte er. »Sie macht sich bestimmt Sorgen, wenn sie hier angerufen hat und du nicht rangegangen bist.«

Sie war rückwärts aus dem Zimmer gestolpert und stand jetzt auf dem Flur. Lauschte auf Schritte, aber da waren keine. Nur Opernmusik im Erdgeschoss. Er war irgendwo hier im Haus: Joel Klingberg.

Ihre Hand zitterte so stark, dass sie sie kaum unter Kontrolle brachte, als sie ihr Handy aus der Handtasche zog. Tot. Das durfte nicht wahr sein. Sie vergaß doch nie, es zu laden. Sie schaute sich nach einer Waffe um, vergebens. Die Opernmusik wurde lauter, sie ertönte nun auch im ersten Stock, aus Lautsprechern, die mit einer Fernbedienung gesteuert wurden.

Sie ging den Flur entlang, bog um eine Ecke und stand vor einer Glastür. Auf der anderen Seite war ein Balkon. Acht Meter über dem Boden, sie würde sich die Beine brechen, wenn sie sprang.

Ihr Herz schlug jetzt ruhiger. Gustavs Arbeitszimmer, dachte sie, da hingen doch Messer, Macheten aus der Dominikanischen Republik.

Sie ging wieder zurück, der Flur kam ihr endlos lang vor. Geschlossene Türen, bis auf die zu dem Zimmer, in dem die Leichen lagen.

Sie wollte nicht hinsehen, aber die Augen führten ein Eigenleben. Pontus Klingbergs Kopf war nach vorn gefallen, als wollte er den Mann küssen, der auf seinem Schoß lag.

Die Opernmusik verstummte, jedoch nur für wenige Sekunden, bis das nächste Stück begann, eine Tenor-Arie.

Verdammt, wie hatte sie nur so dumm sein können, ganz allein hier raus zu fahren?

Sie erreichte Gustavs Arbeitszimmer. Der Raum lag im Halbdunkel, es dauerte einige Sekunden, bis ihre Augen sich daran gewöhnt hatten. Sie nahm das schwere Messer von der Wand, wog es in der Hand, halb Hieb-, halb Stichwaffe. Dann erstarrte sie, ein eisiges Gefühl im Leib. Ein Messer. Als sie das erste Mal hier vorbeigegangen war, hatten dort zwei gehangen ...

Langsam drehte sie sich um hundertachtzig Grad, blickte in einen merkwürdigen Spiegel mit barockem Rahmen, oben mit einem Schädel geschmückt. Voodoomist ... der alte Mann hatte wirklich an so was geglaubt.

Sie nahm im Spiegel eine Bewegung hinter sich wahr, doch als sie sich umdrehte, war niemand dort.

Die Angst, so zeigte sie sich.

Ein Telefon auf dem Schreibtisch. Die Finger fühlten sich an wie aus Lehm, als sie den Hörer abnahm. Stille. Er hatte die Leitung gekappt.

Sie ging zum Fenster. Von hier war es genauso hoch, sie musste woanders entkommen.

Eva ging zum Treppenabsatz. Das elegante Muster des Marmors, der geschwungene Handlauf aus Schmiedeeisen, die imitierte Rokokoform. Plötzlich war die Opernmusik lauter geworden, sie kam aus dem Parterre, aber dort war niemand zu sehen. Ihre Beine fingen an zu zittern, und das Zittern setzte sich durch den ganzen Körper fort, bis sie jede Kraft verlor und auf der obersten Treppenstufe zusammensank.

Die Musik verstummte. Sie merkte, dass sie weinte.

Sie wusste nicht, wie lange sie dort gesessen hatte, bis das Bild von Lisa und Arvid sie zwang, aufzustehen und ins Erdgeschoss hinunterzugehen.

Im Eingangsbereich blieb sie stehen. Zuckte zusammen vom Surren eines elektrischen Motors, der die Gardinen im Speisesaal öffnete. Kaskaden von Sonnenlicht wurden in den Raum geschleudert. Die Terrassentüren waren verschlossen. Dahinter sah sie das Wasser, die Inseln im inneren Schärengarten. Ihr Gefühl sagte ihr, dass das Erdgeschoss einbruchgeschützt war, das Fensterglas bruchsicher.

Die Gardinen schlossen sich wieder, wie ein Theatervorhang.

Die Tür zur Eingangshalle stand weit offen. Sie konnte den Eingang sehen, durch den sie hereingekommen war, der in den Garten und auf die Auffahrt führte, aber an den Seiten der Halle waren dunkle Nischen eingelassen.

Sie hielt die Machete über der rechten Schulter, während sie weiterging. Ihr Unterleib bebte, es war, als würde sie keine Luft bekommen.

Die Nischen waren leer. Sie legte eine Hand auf die schwere Bronzeklinke der Tür, drückte sie hinunter und ließ wieder los.

Verschlossen, mit dem oberen Steckschloss.

Sie wusste, dass sie sterben würde, dass er direkt hinter ihr stand, mit einer Waffe in der Hand. Drehte sich langsam um, um zumindest sein Gesicht sehen zu können. Doch wieder alles nur Einbildung. Es war niemand da. Sie ging zurück ins Haus. Es muss doch irgendwo einen Ausgang geben, dachte sie, wahrscheinlich spielte er mit ihr.

Sie fuhren durch Solna, an Järva Krog und Bergshamra vorbei. Weiter über die Brücke nach Stocksund, dann rechts ab auf den Vendevägen. Plötzlich waren sie im Reiche-Leute-Viertel, als wären sie mit Lichtgeschwindigkeit in eine andere Dimension katapultiert worden. Gigantische Villen auf parkähnlichen Grundstücken. Luxusautos in den Garagenauffahrten. Sie fuhren weiter, bis sie Djursholm erreichten.

Das alte Villenviertel des Palmegeschlechts, erbaut in Konkurrenz zu Wallenbergs Saltsjöbaden. Die Straßen endeten in Sackgassen, die Strandgrundstücke lagen in weitem Abstand zueinander. Schärenstimmung. Man konnte die Segelboote auf dem Stora Värtan sehen.

Sie stellten den Wagen auf einem öffentlichen Parkplatz ab und gingen los. Zielstrebig, um kein Misstrauen zu erwecken. Die Gegend wurde von privaten Sicherheitsdiensten bewacht.

Sie kamen an der Mauer um Klingbergs Villa vorbei, ignorierten die Kameras, gingen weiter zum Wasser. Katz hatte versucht, Eva anzurufen, hatte sie jedoch nicht erreicht. Die Mailbox war sofort angegangen. Das konnte er sich nicht erklären, doch er wusste, dass etwas nicht stimmte.

Die Straße endete am Wasser, wo das Grundstück an einer Bucht lag.

Ohne nachzudenken, kletterte Katz von der Kaimauer hinunter und watete zu einem steinigen Strand. Hinter sich hörte er Jorma fluchen.

Dichtes Gebüsch säumte das Meeresufer, zwanzig Meter entfernt ragte eine mit Stacheldraht besetzte Zementbarriere aus dem Wasser. Katz holte die Glock aus der Tasche und hielt sie übers Wasser, während er um die Barriere herumschwamm. Jorma folgte ihm.

Jetzt befanden sie sich auf dem Grundstück. Die Villa lag hundert Meter den Hügel hinauf. Als sie in den Garten gelangten, trennten sie sich. Katz ging auf die nächstgelegene Terrasse zu, Jorma in die andere Richtung.

Das Gefühl, dass Eva in Gefahr war, war so stark, dass es wie Muskelschmerzen im Körper zu spüren war. Katz wich zur Seite, in einen dichter bewachsenen Teil des Grundstücks, ging vorbei an Tennisplätzen und einer Garage mit Platz für sechs Autos, steuerte dann wieder auf die Villa zu.

Elektrisch gesteuerte Vorhänge schlossen und öffneten sich hinter einer Glasfront. Er hörte Musik, Oper, jemand drehte die Lautstärke auf und ab.

Er kürzte quer durch den Garten ab. Aus dem Augenwinkel sah er Jorma, der sich von der anderen Seite her näherte, als hätte er seine Gedanken gelesen.

Die letzten Meter zum Eingang rannte er. Probierte die Türklinke. Verschlossen. Eine Kamera an der Hausfassade bewegte sich in drei Meter Höhe hin und her. Offenbar reagierte sie auf Bewegungen. Sie justierte das Objektiv und zoomte ihn heran.

»Auf der anderen Seite ist auch abgeschlossen«, sagte Jorma.

Die Opernmusik, die drinnen anschwoll und wieder abebbte wie eine Parodie auf eine gemorste Nachricht, ein Tenor, der in einer wahnsinnigen Lautstärke sang und dann wieder erstarb, an- und abschwoll, an- und abschwoll. Pontus Klingberg, dachte Katz, steckte er hinter allem?

Er schaute an der Fassade hoch. Ein Regenfallrohr lief vom Dach hinunter, gleich neben ihm. Ein Spalier, an dem Kletterrosen wuchsen, war an der Terrasse im ersten Stock befestigt, in sieben Meter Höhe.

Katz fing an zu klettern, rutschte mit den Händen ab und fiel zurück auf den Boden. Er zog Schuhe und Strümpfe aus und machte einen neuen Versuch. Dieses Mal ging es besser, die Füße fanden Halt.

Dreißig Sekunden später hatte er das Spalier erreicht. Als er nach unten blickte, wurde ihm schwindlig. Er rüttelte an dem Spalier, es schien zu halten.

Er hing senkrecht in der Luft, die Beine baumelten, während er sich langsam nach links vorwärtshangelte, eine Hand nach der anderen, sich wie ein Affe festklammerte.

Er wusste selbst nicht, wie er es geschafft hatte, aber plötzlich war er auf der Terrasse, die Jacke zerrissen und Rosendornen in den Fingern. Jorma kletterte hinter ihm her.

Die Musik im Haus war verstummt. Wellen schlugen ans Ufer und an den Anleger hundert Meter entfernt.

Katz streckte eine Hand aus und half Jorma übers Geländer, er hörte ihn vor Anstrengung keuchen. Katz holte die Glock aus der Jackentasche. Die Balkontür war nur angelehnt.

Sie gelangten auf einen oberen Flur und folgten ihm zu den innenliegenden Räumen des Hauses. Der Geruch von Verwesung, ein widerlicher Gestank nach verdorbenem Fleisch. Katz rief Evas Namen, bekam aber keine Antwort. Er schaute nach rechts, wo eine Tür offen stand. Am Boden zwei Leichen. Julin und Pontus Klingberg.

Er unterdrückte seinen Ekel und fing an zu rennen. Rief erneut ihren Namen und hörte ihn verhallen, wie ein zerbrechlicher Gegenstand, der zu Boden fällt.

Der Flur endete an einer Treppe. Während er hinunterging, die Waffe nach vorn gerichtet, wurde ihm klar, dass Pontus Klingberg und Julin von jemandem ermordet worden waren, der sich noch immer im Haus befand.

Die Musik hatte wieder eingesetzt, jetzt in normaler Lautstärke.

Sie kamen an einem Speisesaal vorbei und gelangten auf einen Dienstbotengang, folgten dem Klang der Musik bis zu einem Alkoven in einem Wohnraum. Ein CD-Player war in die Wand eingelassen. Katz schaltete ihn aus. Die plötzliche Stille erschien ihnen wie eine umgekehrte Explosion.

»Ich check mal die andere Richtung ab«, sagte Jorma. »Es muss noch einen Ausgang geben.«

Katz nickte, ging weiter in den nächsten Raum. Zuckte zusammen, als er sie entdeckte. Zusammengekauert an der Heizung, ein großes Messer in der Hand.

»Ist alles in Ordnung mit dir?«

Sie gab keine Antwort, den Kopf zwischen den Knien. Als er sie berührte, versuchte sie, etwas zu sagen, fing aber sofort an zu stottern, brachte nur ein paar Konsonanten heraus, die sich überschlugen.

Er hörte Jorma vom anderen Ende des Hauses rufen.

Er versuchte, sie zu beruhigen, sagte ihr, dass sie außer Gefahr sei, dass sie noch rechtzeitig gekommen waren; spürte einen schmerzhaften Stich, als wäre sie sein Kind und er hätte sie nicht beschützen können, als sie ihn am allermeisten gebraucht hatte. Dann half er ihr auf die Beine, fasste sie am Arm und stützte sie, während sie in Jormas Richtung gingen.

Jorma wartete an einer Tür beim Hintereingang. Eine Wendeltreppe führte hinunter, anscheinend in den Keller.

»Hier ist er raus ... ich habe es gehört.«

Lampen in Form von Fackeln waren in den Wandnischen befestigt. Vorsichtig stiegen sie hinunter, Katz vorneweg.

Die Treppe endete zehn Meter unter der Erde. Die Fernbedienung für den CD-Spieler lag auf der untersten Stufe. Gleich daneben eine Machete.

Es war kein Keller, in dem sie sich befanden. Eher eine Art unterirdischer Gang. Wahrscheinlich führte er zur Garage; eine trockene, beheizte Abkürzung für die Tage, an denen es schneite oder regnete. In weiter Ferne war der Hall von Schritten zu hören, jemand, der lief oder sehr schnell ging.

Sie drückten sich dicht an der Wand entlang. Eva ging jetzt allein, brauchte nicht mehr gestützt zu werden. In der Decke saßen heruntergedimmte Spots. Plötzlich wurde Katz bewusst, dass er barfuß war.

Der Tunnel beschrieb eine Kurve, und nach dreißig Metern teilte er sich. Die Schritte waren nicht mehr zu hören. Unschlüssig blieben sie einen Moment lang stehen und überlegten, was sie machen sollten.

»Ich glaube, dieser Weg führt zur Garage«, zeigte Jorma, »aber den hat er nicht genommen, er ist geradeaus weitergegangen.«

Wieder war entfernt ein Geräusch zu hören, ein saugender elektrischer Laut von etwas, das in Bewegung gesetzt worden war.

Sie gingen weiter in die Richtung, aus der das Geräusch gekommen war, bis sie ans Ende des Tunnels kamen.

Sie befanden sich im Bootshaus, oder besser gesagt in einer Art Vorraum, einem Stockwerk unter der Erde. Ein Fahrstuhl führte nach oben zum Liegeplatz. Durch eine dicke Glaswand sahen sie das Wasser, wie in einem Aquarium.

Katz lief die Treppe neben dem Fahrstuhl hinauf. Ein Motor heulte auf und beschleunigte. Durch die Glasscheibe sah er, wie ein Boot mit Verdeck am Steinpier vorbeiglitt und auf die Bucht hinaus verschwand.

Auf einer Bank am Kai lag eine blutbefleckte Jacke: Es war Julins. Hier war seine Leiche abgeladen und dann durch den unterirdischen Gang in die Villa getragen worden.

Ihr Telefon klingelte irgendwo im Wohnzimmer. Katz wachte in dem Moment auf, als der letzte Ton verstummte. Betrachtete sie, wie sie da neben ihm lag, nackt, eine Haarsträhne um die Hand geschlungen. Es dauerte eine Millisekunde, dann erinnerte er sich. Sie hatten miteinander geschlafen. Weil das unvermeidlich gewesen war, auch wenn beide wussten, dass es kompliziert werden würde. Mit ihrer Geschichte bestand ständig die Gefahr, dass man an die falschen Knöpfe kam.

Er ließ sie weiterschlafen, ging in den Flur und zog die Morgenzeitung aus dem Briefschlitz. Nahm sie mit in die Küche und überflog die Schlagzeilen im Nachrichtenteil.

Nichts über einen Doppelmord in Djursholm. Die Leichen lagen also noch immer in der Villa, sechsunddreißig Stunden, nachdem er und Jorma dort gewesen waren. Es spielte keine Rolle, dass sie die Aufzeichnungen der Überwachungskameras gelöscht hatten. Es war nur eine Frage der Zeit, wann die Toten gefunden wurden und der Verdacht wieder auf ihn fallen würde.

Er öffnete den Kühlschrank und sah in die gähnende Leere. Ein Glas Dijonsenf. Ein Käse, der schon bessere Tage gesehen hatte. Das Einzige, was diesen Kühlschrank von seinem eigenen unterschied, war der Nagellack im obersten Türfach.

Er ging wieder ins Schlafzimmer und stellte sich in den Türrahmen. Das Zucken in ihrem Gesicht verriet, dass sie träumte. Vielleicht von den Kindern. Sie vermisste sie, und die Heftigkeit ihrer Sehnsucht war etwas, was er nie verstehen würde.

Die Bettdecke drohte herunterzurutschen, er hob sie auf, deckte sie zu, steckte die Decke um sie herum fest und ging ins Wohnzimmer.

Dort setzte er sich an ihren Schreibtisch und schaute am Computer die Mails durch. Trotzkis neues Programm war angekommen. Offensichtlich hatte er die Nacht durchgearbeitet, Codes geschrieben und Bugs eliminiert. Jetzt war es so weit, ein Exploit-Kit, designt, um in verschlüsselte Server einzudringen. Trotzki war ein Genie. Er wollte dafür nicht einmal bezahlt werden, er hatte darin nur eine neue Herausforderung gesehen.

Angela ist von Joel Klingberg ermordet worden, dachte Katz, während er den Computer mit der gehackten Serverkette verknüpfte, die über Montreal, Tel Aviv und Warschau lief. Aus Eifersucht, weil sie eine Affäre mit seinem Onkel gehabt hatte. Anschließend hat Klingberg Julin vor der Jagdhütte in Sörmland erschossen. Dann die Leiche in die Villa in Djursholm verfrachtet, wo er schließlich seinen Onkel aus Rache tötete.

Aber warum Julin? Hatte es Streit zwischen ihnen gegeben, oder hatte Klingberg ihn nur sicherheitshalber aus dem Weg räumen wollen? Oder gab es eine ganz andere Erklärung?

Auf jeden Fall wusste Katz, wo er suchen musste.

Er brauchte nicht einmal eine Stunde, um einen Zugang über Projekt Prio zu finden, das neue IT-System der Streitkräfte. Das Programm war auf Unternehmenssoftware der deutschen Firma SAP aufgebaut und hatte Probleme mit den Zugriffsrechten. Das Betriebssystem kam von Sun Microsystems. Viraltech, ein größeres britisches Antivirenunternehmen, sorgte für den Schutz gegen schädliche Codes. Nach allem, was Katz gehört hatte, gab es Sicherheitslücken, die nicht gepatcht worden waren.

Er hatte über einen eingeloggten Computer im Materialverket Zugriff bekommen. Trotzkis Programm hatte kein Problem damit, den Computer zu hacken. Katz klickte weiter, schrieb Befehle, arbeitete sich schnell durch den Datenfluss.

Er fand eine interne Suchmaschine und gab Julins Namen ein. Wurde an das Rekrutierungsamt der obersten Militärbehörde verwiesen. Schrieb den Namen noch einmal in ein weiteres Suchfenster und bekam Julins Dienststelle, im Register verzeichnet. Auf Lovön, beim Militärischen Abschirmdienst FRA. Keine Details über seine Tätigkeit, nicht einmal sein Dienstgrad. Allerdings gab es einen merkwürdigen Zusatz: Legba. Wie dieser Voodoogeist, von dem Hammarberg erzählt hatte.

Katz kehrte zur Datenbank zurück und startete eine neue Suche. Wie ein digitaler Geist, dachte er, ein Phantom, das durch Wände gehen kann, dank Trotzki. Er tippte »Legba« ein und landete einen Treffer in einer Abteilung innerhalb des Abschirmdienstes. Projekt Legba. Die Information war streng geheim. Der Suchpfad endete in einer Sackgasse.

Er versank immer tiefer in den Informationsströmen, interpretierte, was er sah, führte diverse Befehle aus, ließ das Exploit-Programm für sich arbeiten. Es war wie Tanz oder Akrobatik, und seine Entscheidungen traf er rein intuitiv.

Er entdeckte ein neues Leck, ein Computer, der sich gerade vom FRA aus einloggte. Mit vollem Zugang, wie er sehen konnte, doch er zögerte.

Ein Honeypot ... jemand versucht, es mir leicht zu machen ... stellt etwas offen ins System, um zu sehen, ob er angegriffen wird.

Er zögerte immer noch, wollte das Hacking aber nicht abbrechen. Hirngespinste. Er musste es wagen.

Wieder klingelte ihr Telefon, es lag auf dem Tisch neben dem Computer. Katz warf einen Blick auf das Display: Ola, ihr Ex. Er wollte Eva nicht wecken, wollte auch nichts mehr von den Problemen mit ihrem Exmann hören. Er knurrte genervt und stellte das Handy auf lautlos.

Keine Aktivitäten auf dem eingeloggten Computer, er war einfach nur da, offen, um hineinzugehen. Zu einfach, dachte er, und suchte in einer anderen Richtung nach einem Zugang.

Plötzlich wurde es interessanter. Dateien mit Codewörtern in einer großen Cloud gesammelt. Die Datenbank vom Abschirmdienst auf Gärdet. Er verstand selbst nicht, wie er plötzlich dorthin gekommen war.

Er sah Spuren eines alten Botnetzes, von Hackern oder einer anderen Militärmacht, die versucht hatte, die Datenbank mit schädlichen Codes zu infizieren. Wenn es sich nicht um eine Simulation handelte, von den Technikern kreiert. Der Schatten eines Zombienetzwerks. Bei dem Gedanken an das Wort lief ihm ein kalter Schauer den Rücken hinunter, und er ließ Trotzkis neues Programm nach einer Lücke suchen.

Dann fand er sie und war drinnen. Die Dateien waren verschlüsselt, aber es gab eine offene Übersicht. Er tippte sowohl »Legba« als auch »Julin« ein und erhielt gut zehn Treffer in Verbindung mit SSI, der Sektion für spezielle Informationen, dem Vorgänger von KSI, dem Kontor für spezielle Informationen, einer geheimen Nachrichtenabteilung innerhalb der gesamten Streitkräfte.

Projekt Legba. Er kopierte alles auf Evas Computer.

Jetzt waren seltsame Datenströme im Server zu erkennen, eine Art Unruhe, wie es schien. Der geöffnete FRA-Computer war ein Honeypot gewesen, davon war er mehr oder weniger überzeugt. Ein oder mehrere Administratoren machten Jagd auf ihn, sie hatten die Logs in der Firewall entdeckt, versucht herauszufinden, woher er kam, welchen Weg er genommen hatte. Mehrere Techniker waren da draußen, Großalarm war ausgelöst worden.

Er spürte, wie ihm der kalte Schweiß den Rücken hinunterlief, als wären die Geister im Server real, als könnten sie jeden Moment aus dem Bildschirm herausklettern. Er übertrug die letzten Dateien, hörte das Surren des Computerventilators, wie Eva im Schlaf murmelte, hörte das Brummen des Handys, das er auf stumm gestellt hatte, jemand, der wieder und wieder anrief. Jemand ging durchs Treppenhaus. Katz spürte Panik in sich aufsteigen, bildete sich ein, sie hätten ihn gefunden, wären schneller als er, hätten Ressourcen, mit denen er nicht gerechnet hatte.

Er zog die letzte verschlüsselte Datei auf die Festplatte und schaltete den Computer aus. Lauschte auf Geräusche im Treppenhaus. Einbildung, dachte er.

Das Projekt Legba war von Julin Ende der Siebzigerjahre initiiert worden, als Teil eines Programms, um den Nachrichtendienst zu modernisieren. Aber Julin hatte nicht allein gearbeitet. Höherrangige hatten ihm geholfen und ihn unterstützt.

Katz verstand noch nicht alles, wie alle Fäden zusammenliefen, denn die Dateien konnten nur teilweise wiederhergestellt werden. Er brauchte Hilfe, vielleicht konnte Trotzki ihm ein besseres Entschlüsselungsprogramm beschaffen.

In dem Dokument wurde ein gewisser »L« erwähnt, oder »Lynx«, »Luchs« beim SSI, eine eigene Einheit, die nur pro forma dem heute MUST genannten militärischen Abschirmdienst unterstellt war. War das Julins Chef, der Luchs? Das wenige, was Katz über die SSI wusste, stammte noch aus seiner Zeit beim Außenministerium. Die Angestellten, die sämtlich geheime Aufträge hatten, beschäftigten sich mit personenbezogener Nachrichtenbeschaffung, infiltrierten ausländische Spionageorganisationen und führten Sicherheitsanalysen im Auftrag des Verteidigungsstabs durch. Das Projekt Legba wurde zum Teil mit Mitteln aus diesem Topf finanziert.

»G« war eine andere Initiale, die an mehreren Stellen auftauchte. Jemand aus der Wirtschaft, der nach allem zu urteilen Julin mit Geld und Kontakten versorgt hatte. Gustav Klingberg? War es so einfach?

Worum war es bei diesem Projekt gegangen? Ein Experiment, der Versuch, bessere Methoden zu entwickeln, um in Kriegssituationen Informationen von Gefangenen zu erhalten? Das Dokument war nur skizzenhaft, als habe man aus Sicherheitsgründen gezögert, zu viele Informationen preiszugeben. Einige der Texte bestanden nur aus Codewörtern, für deren Entschlüsselung man einen Dechiffrierschlüssel benötigte.

Man hatte klinische Versuche mit psychoaktiven und halluzinogenen Drogen durchgeführt. Die Dolmetscherschule war in irgendeiner Form an diesem Projekt beteiligt gewesen.

In einem der Dokumente tauchte sein Name auf. Er hatte der »Einheit B« angehört. Eine kleine Gruppe von

Rekruten, die ohne ihr Wissen als »spezielle Verhörleiter« ausgewählt worden waren. Joel Klingberg zählte ebenfalls dazu, außerdem noch zwei Personen aus dem vorangegangenen Jahrgang. Alle waren von einem Militärpsychologen als Psychopathen diagnostiziert, außerdem für extrem sprachbegabt befunden worden. Die Einheit B war nie aktiviert worden.

Welche Pläne hatten sie mit ihnen gehabt? Hatten sie herausfinden wollen, wozu sie unter Einfluss irgendwelcher besonders hoch entwickelten Drogen fähig gewesen wären? Hatten sie vollkommen gefühllose Folterer und Mörder aus ihnen machen wollen?

Julin und Lynx hatten mehrere Jahre lang in Kontakt mit der Dolmetscherschule gestanden. So langsam begann Katz zu begreifen, wie alles zusammenhing; es war Julin, der dafür gesorgt hatte, dass er beim Außenministerium angestellt wurde und schließlich in Petersburg landete, um in einer möglichen Konfliktsituation eingesetzt werden zu können. Aber eine derartige Situation war nie entstanden. Stattdessen war das sowjetische Imperium wie ein Kartenhaus zusammengefallen. Julin hatte in die Wege geleitet, dass er bei den Streitkräften blieb, wie eine Art Schläfer, ohne sein eigenes Wissen.

Bei den Küstenjägern waren Experimente durchgeführt worden. Die Rekruten hatten unterschreiben müssen, niemals etwas nach außen dringen zu lassen. Das Fragment eines Protokolls war als Anlage beigefügt. Die Experimente waren unter Beaufsichtigung eines kleinen Teams von Militärpsychologen geschehen. Ärzte waren auch dabei gewesen, toxikologische Experten vom Tropeninstitut in Berlin, Fachleute für Naturdrogen, Schlangenseren und Gegengifte.

Ein Soldat beschrieb seinen Rausch als Komplettverlust seines eigenen Willens. Er habe vollkommen willfährig nur noch das getan, was andere ihm gesagt hätten, »ganz gleich, wie absurd oder gefährlich es auch erschien«.

Was hatten sie getan? Sich gegenseitig gefoltert? Verhöre unter Drogeneinfluss durchgeführt?

Sie hatten also mit einer Substanz experimentiert, aber um welche hatte es sich dabei gehandelt?

Er suchte weiter, wollte mehr Puzzleteile finden. In einem Dokument war von »einer Menge Tetrodotoxin, die modifiziert werden sollte« die Rede. Ein äußerst starkes Nervengift, wie einer der deutschen Toxikologen in einem Protokoll angemerkt hatte, ein Gegengift war nicht bekannt. Der Name wurde hergeleitet von Tetraodontiformes, einer besonderen Familie von Fischen, zu der Kugelfisch, Igelfisch, Mondfisch und Drückerfisch gehörten. »Kann einen Zustand des Scheintods hervorrufen. Die Herztätigkeit kann nicht mit dem Stethoskop festgestellt, aber natürlich mit dem EKG aufgezeichnet werden.«

Katz erinnerte sich an eine Fernsehsendung, die er einmal gesehen hatte. Darin war es um Fugu gegangen, die japanische Delikatesse, die aus dem Muskelfleisch des Kugelfisches zubereitet wird. Nur speziell ausgebildete und zertifizierte Köche dürfen die Tiere ausnehmen und das Gericht zubereiten, sonst besteht die Gefahr, dass die Restaurantbesucher sterben.

Noch mehr unleserlicher Text, bis er zu einem Absatz über Datura kam, den Stechapfel, der einen halluzinogenen Bestandteil namens Bufotenin enthält. »Die Versuchspersonen bekommen Halluzinationen und werden äußerst gewalttätig«, hatten die Ärzte vermerkt.

Es folgten chemische Berechnungen, die ihm nichts sagten, und dann eine Auflistung aller Zutaten für eine Tinktur, die unter dem Namen Legba geführt wurde. Sie enthielt karibischen Igelfisch, Stechapfel, tierische Fette von einer bestimmten Krötenart und »Knochenmehl eines Kinderschädels«.

Die Informationen hatte man von Quellen aus der Umgebung von »G« erhalten. Gustav Klingberg, dachte er wieder. Er war damit vertraut gewesen, hatte sich mit Voodoo beschäftigt.

An ausgesuchten Personen waren mehrere Tests durchgeführt worden. Aber das Ergebnis war nicht zufriedenstellend gewesen. Das Projekt wurde auf Eis gelegt.

Wonach hatten sie gesucht? Zutaten für eine Droge, die Voodoozauberer verwendeten, um Menschen scheintot zu machen? Die Droge, die ihm in Familie Klingbergs Jagdhütte verabreicht worden war?

Katz saß in der Küche und las, registrierte nur am Rande das Handy, das im Wohnzimmer surrte. Die Versuche liefen darauf hinaus, die Persönlichkeit eines Menschen zu verändern, ihn dazu zu bringen, gegen alle Regeln zu verstoßen, jegliche Moral und ethischen Grundsätze außer Acht zu lassen. Klingberg, Katz und einige andere Militärdolmetscher waren auf irgendeine Art und Weise Teil des Projekts gewesen, auch wenn er noch nicht dahintergekommen war, in welcher Form.

Und der zweite Mann in der Jagdhütte, der Scheintote; der Mann, der offenbar keinen Schmerz spürte, der versucht hatte, Jorma zu töten ... war er ein Ergebnis dieses Experiments?

Katz ging zurück ins Wohnzimmer und nahm Evas Handy. Acht versäumte Anrufe von ihrem Exmann. Außerdem eine Nachricht auf der Mailbox und mehrere SMS im Posteingang. Er öffnete die letzte und spürte eine Eiseskälte durch seinen Körper fahren.

Die Sekunden, die er brauchte, um ins Schlafzimmer zu gelangen, erschienen ihm wie eine Ewigkeit.

Sie lag noch im Bett und wachte gerade auf.

»Was ist?«, fragte sie schlaftrunken.

»Du musst deinen Ex anrufen. Es ist was mit deiner Tochter.«

So etwas hatte sie noch nie zuvor empfunden. Tierische Angst, es schmerzte in ihr. Die Gedanken ließen sich nicht zu einem vollständigen Ganzen zusammenfügen, sie blieben Fragmente, Fetzen. Und dann das Gefühl, sich übergeben zu müssen.

Sie saß auf dem Designersofa in Olas Wohnung, hörte zu, verstand aber kein Wort.

»Noch mal von vorne«, sagte sie, »du hast sie also bei der Schule rausgelassen ...«

Er erklärte alles, sie konnte nicht sagen, zum wievielten Mal, wie das Mädchen an der Bushaltestelle aus dem Auto ausgestiegen war, um zwanzig nach acht Uhr morgens, hundert Meter von der Schule entfernt. Sie war auf den Schulhof zugegangen, hatte ihm noch einen Handkuss zugeworfen, dann hatte er einen U-Turn gemacht und war Richtung Innenstadt gefahren. Gewunken, bis er außer Sichtweite war.

Warum hatte sie bei ihrem letzten Treffen nicht gesagt, dass ihr das nicht gefiel, dass Lisa noch zu klein war, um allein zu gehen? Aber bei diesen Fragen konnte sie sich nicht durchsetzen, es war Ola, der entschied, der alles im Griff hatte und Grenzen setzen konnte.

»Seitdem hat sie niemand mehr gesehen, keiner ihrer Klassenkameraden, keiner vom Schulpersonal. Ida, ihre Freundin, du weißt schon, sie wartet immer auf Lisa am Schultor, und das hat sie auch heute Morgen gemacht, bis es zur ersten Stunde geläutet hat.«

Er war in wenigen Stunden um zehn Jahre gealtert. Sah hässlich aus, erschöpft und alt.

Erika kam ins Zimmer, fragte zaghaft, ob sie Kaffee haben wollten. Ola fauchte sie nur abwehrend an, schaute auf seine Hände, die wie die eines Greises zitterten.

»Und dann ... was ist dann passiert?«

»Anne-Marie, die Klassenlehrerin, hat versucht, mich in der großen Pause zu erreichen, aber ich war in einer Planungskonferenz. Kurz vor zehn hat die Mitteilung mich dann erreicht. Ich habe sofort zurückgerufen. Sie klang wie immer, fragte nur, ob Lisa krank sei und wollte wissen, wann sie wieder in die Schule kommen würde. Sie wollten morgen einen Ausflug machen. Ins Tom Tits in Södertälje.«

Er begann zu weinen, das versetzte Eva einen Schock. Sie hatte ihn noch nie weinen sehen, nicht einmal bei der Scheidung, nicht einmal, als seine Mutter im Herbst nach ihrer Hochzeit verstorben war.

Sowie sie die Nachricht abgehört hatte, war sie ins Auto gestiegen und nach Söder gefahren, mit Tunnelblick durch die Stadt gerast, hatte bei jeder roten Ampel hyperventiliert, bis sie sich endlich auf Olas Sofa fallen lassen konnte, ihre Beine hätten sie keinen Meter weiter getragen. Jetzt schaute sie sich um, als könnte sie so ihre Panik in den Griff bekommen. Möbel von R.O.O.M. Einrichtungsdetails von NK Interiör. Geschmackvoll und überlegt ausgewählt von stilvollen Menschen. Ein völliger Gegensatz zu ihrer eigenen Wohnung. Sie konnte nicht verstehen, was er damals in ihr gesehen hatte. Sie waren so gegensätzlich wie Feuer und Wasser.

»Was hast du dann gemacht?«

»Ich habe Panik gekriegt.«

»Hast du nicht die Polizei angerufen?«

»Das habe ich als Erstes gemacht. Sie haben einen Streifenwagen vorbeigeschickt. Ich habe ihnen Lisas Personenbeschreibung gegeben.«

»Meistens gibt es eine ganz natürliche Erklärung. Im Normalfall tauchen die Personen einfach wieder auf, auch Kinder. Vielleicht ist sie zu einer Freundin mitgegangen? Wollte etwas Lustigeres machen, als in die Schule zu gehen, hat einfach geschwänzt.«

Sie hörte ihre Stimme wie aus weiter Ferne. Professionelle Lügen, um nicht vollständig zusammenzubrechen. Sprach über die Geschehnisse, als handelte es sich um eine ihrer Betrugsermittlungen. Und hörte, wie absurd das alles klang, auf solche Ideen würde ihr kleines, pflichtbewusstes Mädchen nie kommen.

»Und dann hast du angefangen, nach ihr zu suchen?«

»Ja, und ich habe die ganze Zeit versucht, dich zu erreichen. Aber ich habe dich ja nicht erwischt. Ich dachte, vielleicht ist sie zu dir gefahren, weil sie Sehnsucht hatte. Oder du hast sie vor der Schule abgefangen ... irgendwas, einfach eine normale Erklärung.«

Ola weinte nicht mehr und wirkte jetzt gefasster.

»Dann habe ich die Polizei wieder angerufen, drei- oder viermal. Und jedes Mal die gleiche Antwort: abwarten.«

»Hast du noch mal mit ihrer Lehrerin gesprochen?«

»Ja, und mit ihren Klassenkameraden. Alle machen sich Sorgen. Keiner kann sich erklären, warum sie nicht aufgetaucht ist.«

»Ist sie mit anderen Kindern befreundet, außerhalb der Klasse? Hat sie Freundinnen hier im Viertel?«

»Es gibt ein Mädchen hier im Haus, sie spielen manchmal zusammen. Lottie. Ein Jahr jünger. Aber die ist diese Woche verreist. Ihr Vater ist Pilot bei SAS, da nimmt er manchmal die Familie mit.«

Es musste noch jemanden geben, dachte sie, noch ein anderes Kind, das Lisa kannte, eine Freundin, die sie von der Schule weggelockt hatte. Aber warum, was hatten sie vor?

Erika kam wieder ins Zimmer. Sie hatte das Baby ins Kinderzimmer gelegt, es war kein Geschrei mehr zu hören. Sie kam mit in einer grotesken Geste ausgestreckten Armen auf Eva zu, und die begriff erst, als Erika sie im Arm hielt, dass sie sie umarmen wollte. Sie riss sich los und trat ans Fenster.

»Du musst deine Beziehungen spielen lassen«, sagte Ola. »Du kennst doch Leute bei der Polizei. Du musst denen sagen, dass sie mehr unternehmen müssen.«

»Ich habe schon angerufen, bevor ich hergefahren bin.«

»Und was haben sie gesagt?«

»Sie tun, was sie können. Die Streifen haben die Personenbeschreibung bekommen. Und ich habe mit der Notrufzentrale gesprochen. Es gibt zumindest keine gemeldeten Verkehrsunfälle in der Innenstadt.«

Die Stille war unerträglich, das gedämpfte Rauschen der Fahrzeuge vom Ringvägen, das Gemurmel, die Gesprächsfetzen von den Bürgersteigen ... unerträglich. Sie brauchte eine Zigarette, hatte aber keine. Fragte sich, warum sie sich Ola gegenüber so verstellte. Um ausnahmsweise einmal stark und gefasst zu wirken. Dabei hatte sie mehr als ein Dutzend Mal bei der Polizei angerufen, die Leute voller Panik angeschrien, Kollegen angefleht, doch etwas zu tun, um ihre Tochter zu finden.

»Kannst du mir Lisas Zimmer zeigen?«, fragte sie.

»Natürlich.«

Sie folgte ihm den Flur entlang. Noch nie hatte sie gesehen, wie die Kinder bei Ola wohnten. War nie reingebeten worden.

Das Zimmer war das vollkommene Gegenteil dessen, was die Kinder sich in der Torsgatan teilten. Ein Mädchentraum. Rosa Bett mit einem Himmel aus Spitze. Dazu das passende Kindersofa. Kostüme in einem separaten Schrank. String-Regale an den Wänden. Kinderbücher ordentlich in einer Reihe. Ein eigener Computer. Spielzeug, ordentlich aufgereiht. Ein CD-Spieler auf einer Anrichte. Eine CD von Loreen lag daneben, signiert.

Auf dem Bett lag Lisas Lieblingspuppe, Engla.

Bei der Vorstellung, was Lisa zugestoßen sein könnte, drehte sich ihr der Magen um.

»Weißt du, ob sie Tagebuch geschrieben hat, vielleicht steht da was drin?«

Ola schüttelte den Kopf.

»Sie ist sieben und hat gerade erst angefangen, schreiben zu lernen.«

Sie griff nach jedem Strohhalm, das war ihr bewusst. Suchte in diesem Zimmer nach Hinweisen, was geschehen sein könnte. Absurd. Als würde es hier drinnen eine Spur geben. Als hätte Lisa etwas aufgeschrieben, was ihnen helfen könnte. Engla starrte sie herausfordernd an. Der Duft ihres kleinen Mädchens hing noch im Raum, sie konnte die Wärme von Lisas Körper spüren, ihre Stimme hören.

Sie verbrachten den ganzen Tag damit, in Olas Auto herumzufahren und nach ihr zu suchen. Die Schule diente als Ausgangspunkt, von dem aus sie immer größere Kreise zogen.

Sie fragten auf Spielplätzen nach ihr, in Freizeiteinrichtungen, vor Schulen, riefen ihre Klassenkameraden an und fragten, ob diese etwas wussten: Hatte Lisa jemals erwähnt, dass sie sich ab und zu mit jemandem traf, hatte sie in letzter Zeit etwas Merkwürdiges oder Außergewöhnliches gesagt oder getan, hatte sie von einem Fremden erzählt? Und die ganze Zeit war Eva in Kontakt mit der Polizeizentrale, zog Strippen, schrie Leute an, machte Druck.

Um acht Uhr abends fuhr sie nach Hause. Sämtliche Streifenwagen im Großraum Stockholm hielten jetzt Ausschau nach Lisa. Ein Beamter hatte die Krankenhäuser abtelefoniert und sich erkundigt, ob Lisa dort eingeliefert worden war, aber ohne Ergebnis. Eva konnte nicht sagen, ob sie deshalb erleichtert war. Denn sie wusste ja, wie das ablief: Je mehr Zeit verstrich, umso wahrscheinlicher war es, dass Lisa nicht mehr lebte, wenn sie gefunden wurde.

Dann kam der Anruf. Als hätte sie darauf gewartet, dachte sie. Als hätte sie im Voraus gewusst, was passieren würde. Ihr war klar, dass sie sich für den Rest ihres Lebens an jedes einzelne Detail erinnern würde. Dass sich bestimmte Dinge für alle Zeiten ins Bewusstsein eines Menschen einbrannten.

Seit sie in die Wohnung zurückgekehrt war, hatte sie Katz kaum ansehen können, sie erzählte ihm nur kurz, was passiert war und was sie wusste. Sie hatte einfach keinem anderen Menschen ins Gesicht sehen können, am allerwenigsten einem, mit dem sie weniger als vierundzwanzig Stunden zuvor geschlafen hatte. Ola war ausnahmsweise mal der Einzige, der sie verstand, der Einzige, der dieselbe grenzenlose Angst empfand wie sie.

Sie wollte Katz nicht dahaben. Wollte nur ihre Ruhe. Eine Schlaftablette nehmen und wegdösen, aufwachen und hoffen, dass alles nur ein Traum gewesen war.

Doch das hier war erst der Anfang, das wurde ihr in dem Moment klar, als sie an ihr Handy ging.

»Spreche ich mit Eva Westin?«

Sie wusste, dass er es war, obwohl sie seine Stimme noch nie gehört hatte.

Ruhig erklärte er ihr, dass er Lisa bei sich habe und dass sie unverletzt sei. Erklärte, er wisse, wer sie war, wo sie arbeitete, wo sie wohnte, kenne ihre Familienverhältnisse.

»Wir sind uns ja schon einmal begegnet«, sagte er, »vor langer Zeit. Aber ich glaube, Sie erinnern sich nicht mehr so richtig an dieses Treffen. Und dann vor Kurzem in der Villa, in der ich aufgewachsen bin, aber da haben Sie mich nicht gesehen.«

Grubbholmen, darauf spielte er an, und auf das Haus in Djursholm. Er klang ganz sachlich, als führten sie ein gewöhnliches Gespräch, klang wie einer dieser Callcenter-Verkäufer, die ab und zu anriefen und einem ein Handyabonnement oder irgendeine obskure Versicherung andrehen wollten; professionell freundlich.

»Was wollen Sie von mir?«, fragte sie.

»Das werde ich Ihnen gleich erklären.«

»Ich will mit Lisa sprechen.«

Ihr versagte die Stimme, sie bekam keine Luft mehr. Katz stand jetzt vor ihr, während sie auf dem Bett saß, das Telefon ans Ohr gepresst. Sie wusste, dass er alles verstand, wusste, mit wem sie sprach, und dass das hier die schlimmstmögliche Nachricht war.

»Lisa geht es gut. Sie brauchen sich ihretwegen keine Sorgen zu machen. Im Augenblick schläft sie.«

»Was wollen Sie von mir?«, fragte sie erneut.

»Zunächst einmal will ich, dass Sie niemandem erzählen, dass ich angerufen habe. Lisas Vater nicht, und natürlich auch der Polizei nicht. Das ist die Grundvoraussetzung für unsere Zusammenarbeit.«

»Ich will mit ihr reden, wecken Sie sie ...«

»Zum Zweiten will ich nicht unterbrochen werden. Ab jetzt reden Sie nur, wenn ich Sie darum bitte, sonst sind Sie still und hören zu. Verstanden?«

»Ja.«

»Gut, im Gegenzug will ich etwas von Ihnen.«

Sie blieb stumm, wartete.

»Ich will Katz. Verstehen Sie? Ich vermute mal, dass er in der Nähe ist. Kann ich mit ihm reden?«

Sie reichte Katz das Handy. Einen Moment lang hasste sie ihn. Sie wollte nicht, dass er hier war, begriff nicht, was er in ihrem Leben machte, wie sie sich in dieses Chaos hatte hineinziehen lassen.

Katz nahm das Telefon mit einem Gefühl entgegen, sich außerhalb des eigenen Körpers zu befinden.

»Ja«, sagte er. »Ich bin dran.«

Zunächst Stille, nur Klingbergs Atemzüge. Dann die Stimme, die er seit einem Vierteljahrhundert nicht mehr vernommen hatte: »Danny, lange nichts voneinander gehört.«

Er antwortete nicht, was hätte er sagen sollen?

»Kannst du dich setzen? Und dir vielleicht Papier und Stift holen, ich habe vor, dir ein paar Anweisungen zu geben.«

Katz ging zum Schreibtisch, nahm einen A4-Bogen aus dem Drucker und zog einen Stift aus der Tasche.

»Ich bin bereit«, sagte er.

»Kein Stress, Katz. Ich vertraue dir. Erinnerst du dich ... *die einzige Person, der ich wirklich je vertraut habe.*«

Wieder diese Worte, in einer anderen Variante, die etwas Diffuses zum Leben erweckten. Er konnte nur nicht sagen, was es war.

»Es tut mir leid«, sagte er, »daran kann ich mich nicht erinnern.«

»Nein? Hör jetzt zu. Evas kleine Tochter ist bei mir. Und ich will sie gegen dich eintauschen.«

Wieder Stille, nur Atemzüge, und im Hintergrund eine verschlafene Mädchenstimme, die plötzlich etwas rief. Aber Klingberg war wohl sofort in ein anderes Zimmer gegangen, denn es wurde erneut still, eine gedämpftere Stille, als stünde er in einem sehr kleinen Raum, dicht an einer Wand.

»Sag, was ich tun soll.«

»Ich will, dass du in die Dominikanische Republik fliegst. Nach Santo Domingo. Ich will, dass du spätestens in drei Tagen dort bist.«

»Nach mir wird gefahndet.«

»Das ist nicht mein Problem. Jetzt ist es ...« Wieder Stille. Das Mädchen musste sich irgendwo anders befinden, was für eine Angst es haben musste. »22.05 Uhr. Der Zeitunterschied beträgt minus sechs Stunden. Du musst also spätestens um 16.05 Uhr Ortszeit in drei Kalendertagen dort sein.«

»Das ist unmöglich.«

»Alles ist möglich. Du musst improvisieren. Flieg hin, alle weiteren Anweisungen kriegst du dort.«

Die Stimme des Mädchens. Klingberg war wieder in dem Raum, in dem Lisa sich befand. Sie rief nach ihrem Papa.

»Lisa ist aufgewacht«, stellte Klingberg sachlich fest. »Willst du mit deiner Mama sprechen, Lisa? Warte, hier ist sie ...«

Jetzt war Eva wieder an der Reihe. Bloß jetzt nicht stottern, sie musste um Lisas willen ruhig sprechen. Das Handy rutschte ihr fast aus den Fingern, sie musste es mit beiden Händen ans Ohr drücken.

»Hallo, mein Schatz, hier ist Mama. Hör mir genau zu. Alles wird gut, egal was du jetzt denkst. Das verspreche ich dir. Alles wird gut.«

Sie hörte Lisas keuchenden Atem am anderen Ende der Verbindung.

»Beruhige dich, Lisa, das ist wichtig. Du musst versuchen, ganz ruhig zu atmen. Es wird nichts Schlimmes passieren. Versprochen. Ich bin doch deine Mama, auf mich kannst du dich verlassen.«

Lisa kam etwas zur Ruhe, Evas Stimme schien sie zu beruhigen.

»Wo bist du, Mama?«

»Ich bin zu Hause.«

»Sind meine Sachen da? Hast du Arvids Bakugan gefunden?«

»Ja, ich habe ihn gefunden. Und alles ist wie immer, aber ich habe euer Zimmer aufgeräumt, damit es schön aussieht, wenn du wieder zurückkommst.«

Lisa wimmerte.

»Ich will nicht hier sein, Mama.«

»Ich weiß.«

»Was passiert jetzt?«

»Es wird gar nichts passieren. Wir sehen uns bald wieder, du kommst bald nach Hause. Das kann noch ein bisschen dauern, aber dann kommst du zu mir. Das verspreche ich dir. Ich weiß nicht, ob wir bis dahin noch öfter telefonieren können, aber ich möchte, dass du versuchst, bis dahin an was Schönes zu denken. An etwas Gutes. Etwas, worauf du dich freust.«

War das ihre Stimme? Sie konnte es nicht fassen. Die Erinnerungen an Lisa zogen auf einer inneren Leinwand vorbei, wie eine Zusammenfassung ihrer sieben Jahre auf dieser Erde, von dem Moment im Kreißsaal in Stockholm an einem schönen, schneefunkelnden Februartag bis zum letzten Mal, als sie ihre Tochter in Olas Treppenhaus gesehen hatte.

»Ich hab dich lieb, Lisa.«

»Ich hab dich auch lieb, Mama.«

Dann fing sie wieder an zu weinen, und das Schluchzen ging in einem Rauschen unter. Sie nahm an, dass Klingberg das Telefon nehmen und noch etwas sagen würde. Doch die Leitung war unterbrochen worden.

Katz fuhr die E4 in südlicher Richtung am Vättern entlang. Er sah die Insel Visingsö wie einen schwimmenden grafischen Gegenstand draußen im See. Der Verkehr war nicht dicht, ein paar Fernlastwagen und Pendler. Zartes Grün auf den Abhängen am Ufer.

Auf der Höhe von Gränna bog er auf einen Rastplatz und aß sein mitgebrachtes Essen im Auto. Hinter den dunkel getönten Scheiben fühlte er sich sicher.

Er sollte mit einem Mietwagen nach Malmö fahren, dort das Auto auf einem Parkplatz am Hauptbahnhof abstellen und die Schlüssel im Büro von Hertz einwerfen. Auf diese Weise konnte er jeden Kontakt mit anderen vermeiden. Das war momentan das Wichtigste – nicht erkannt zu werden.

In der Innentasche seiner Jacke lag der Pass, den ein Bekannter von Jorma ihm hatte besorgen können. Ausgestellt in der Botschaft der Russischen Föderation in Stockholm. Er reiste unter dem Namen Igor Liebermann. Russisch-jüdischer Journalist, im selben Jahr geboren wie er selbst, in Rostow am Don. Das Flugticket war auf denselben Namen ausgestellt worden. Wenn jemand Fragen stellte, würde er auf Russisch antworten.

Die Reisetasche im Kofferraum war wie für eine ganz normale Urlaubsreise gepackt. Kleidung, Toilettenartikel, ein Reiseführer über die Dominikanische Republik. Und ein Satellitentelefon im Miniaturformat, nicht größer als eine Streichholzschachtel. Mit diesem konnte man aus jedem Winkel der Welt telefonieren, selbst vom Südpol aus, wie Eva versichert hatte. Es war ihr gelungen, es unter einem Vorwand von den Ermittlern im Wirtschaftsdezernat auszuleihen.

Auf dem Sitz neben ihm lag die kleine Stofffigur, der Paké. Er konnte nicht sagen, warum er sie mitgenommen hatte. Vielleicht als Talisman, obwohl er nichts von Aberglauben hielt.

Katz fuhr weiter gen Süden, an Huskvarna und Jönköping vorbei. Er hielt sich exakt an die Geschwindigkeitsbegrenzung, ließ das Radio laufen, um keine Verkehrsnachrichten zu versäumen.

Er warf einen Blick auf die Tankanzeige. Das Auto war sparsam, der Tank war noch zu zwei Dritteln voll. Er würde vor Malmö nicht mehr tanken müssen.

Als er durch Småland fuhr, umschloss ihn der Wald, Kilometer um Kilometer gepflanzte Nadelbäume.

Kurz vor Värnamo kam er an einer Verkehrskontrolle vorbei; ein Streifenwagen und zwei Motorräder, reflexartig ging er vom Gas, schaute immer wieder in den Rückspiegel, bis er sicher war, dass sie ihn nicht verfolgten.

Er musste es schaffen. Zum Flugplatz in Santo Domingo, dem Aeropuerto Las Américas kommen, dort zu einem bestimmten Autoverleih gehen, wo er weitere Anweisungen erhalten würde. Währenddessen würden Eva und Jorma weiter nach dem Mädchen suchen. Aber dann ... was sollte das Ganze?

Um halb zwei am Nachmittag stellte er den Wagen in Malmö vor dem Hauptbahnhof ab, warf den Schlüssel in den Briefschlitz bei Hertz und ging in die Bahnhofshalle. Unauffällig schaute er sich nach Zivilbeamten um, aber alles schien ruhig zu sein.

Laut Informationstafel stand ein Öresundzug bereit. Bald könnte er aufatmen, dachte er, er musste nur erst auf die dänische Seite gelangen.

Er setzte sich auf einen Fensterplatz und schlug eine Zeitung auf, die jemand vergessen hatte. Der Zug verließ den Bahnhof. Ein Schaffner kam und entwertete seinen Fahrschein, ohne ihn dabei anzusehen. Kein Zoll, die kontrollierten in der anderen Richtung.

Jetzt war er auf der Öresundbrücke. Es war ein strahlend heller Tag, der Himmel dunkelblau mit leichten Schönwetterwolken am Horizont. Das Meer grünschwarz unter ihm.

Als der Zug in Kastrup hielt, vermied er den Blickkontakt mit den Reisenden, die ausstiegen, versank in sich selbst, wandte das Gesicht ab, schaute aus dem Fenster.

Plötzlich erinnerte er sich an eine Reise nach Kopenhagen, die er kurz nach 2000 gemacht hatte, als er ganz unten gewesen war. Damals war er zusammen mit einem jüngeren Mann aus Uppsala gefahren, der eine Ladung Heroin bei einem Dealer in Vesterbro holen sollte. Katz spielte den Lockvogel. Er sollte auf dem Rückweg im selben Wagen sitzen, ein paar Sitze weiter. Falls der Zoll eine Stichprobe machte, wäre es Katz, den sie sich rauspicken würden, den offensichtlichen Junkie, nicht den gut gekleideten jungen Mann mit Aktentasche, der in einer Finanzzeitschrift blätterte.

Was hatte er dafür bekommen, fünfzehn Gramm H? Das war der Preis, für den er sich zu der Zeit verkauft hatte.

Es war Viertel nach zwei, als er am Hauptbahnhof Kopenhagen ankam, er nahm die Rolltreppe nach oben in die Vorhalle und löste eine einfache Fahrt nach Hamburg. Wieder perfektes Timing. Der Zug fuhr in zehn Minuten ab. Er hatte sieben Stunden Zeit, bis das Flugzeug von Fuhlsbüttel starten würde.

Sie war seit einer Ewigkeit nicht mehr im Büro gewesen. Die Kollegen starrten ihr nach, als sie den Korridor hinunterging und in ihrem Büro verschwand. Stimmen drangen aus dem Konferenzraum. »Das ist verdammt anstrengend mit einer Bearbeitungszeit von neunzig Tagen ... völlig unrealistisch ... kann mir mal einer erklären, wie die bei der Finanzpolizei sich das vorstellen?«

Sie schloss die Tür und fuhr den Computer hoch, überflog die Mails aus der Rechtsabteilung, nichts dabei, was nicht hätte warten können. Außerdem hatte sie aus London eine Antwort von Interpol bekommen. Die Jungferninseln versuchten immer noch, die Sache mit der Banktransaktion zu verschleppen, es könne bis zu einem halben Jahr dauern, bis sie Information darüber erhielten, wem das Konto gehöre.

Sie scrollte in ihrem Posteingang nach unten. Vier Nachrichten von Danielsson. Er wollte sie treffen, traute sich aber offensichtlich nicht, sie anzurufen. Schnell las sie die letzte Mail, die am Vorabend eingegangen war. Er wollte wissen, ob sie auf dem Weg der Besserung sei, schlug vor, zusammen in einem Chinarestaurant zu essen, wenn sie wieder zurück war; er wollte ihr berichten, wie weit die Ermittlungen im Fall Angela Klingberg gediehen waren.

Nichts über Julin oder Pontus Klingberg. Die Leichen lagen also immer noch in der Villa in Djursholm.

Sie zog ihre Büroschuhe an, ging in die Teeküche und holte sich einen Kaffee aus dem Automaten. Auf dem Weg ins Büro war sie am Polizeipräsidium vorbeigekommen und hatte dort die Kommissarin getroffen, die die Ermittlungen im Fall Lisa leitete. Die Fahndung war ergebnislos verlaufen, kein Zeuge hatte Lisa seit ihrem Verschwinden gesehen. Die Beamtin hatte in ihrem Dienstzimmer die Standardfragen gestellt. Hatte Lisa sich in den letzten Wochen auffällig verhalten? Was für Freunde hatte sie, war sie früher schon einmal von zu Hause weggelaufen? Bevor Eva gegangen war, hatte sie ihr auf die Schulter geklopft, gelogen, als sie versicherte, sie würden das Kind bald finden.

Eva war kurz davor gewesen, alles zu erzählen, wie die Dinge wirklich lagen, sah aber ein, dass alles viel zu vertrackt war, als dass ihr irgendjemand glauben würde. Und dann war da noch Joel Klingberg. Sie wusste, dass er zu allem fähig war. Bei dem geringsten Verdacht, sie könne mit der Polizei zusammenarbeiten, würde er Lisa töten.

Wie war es ihm gelungen, sie zu entführen? Mit einem Auto, dachte sie, während sie in ihr Zimmer zurückging, wahrscheinlich gestohlen und hinterher irgendwo abgestellt. Er oder seine Komplizen hatten Glück gehabt, denn offenbar hatte niemand beobachtet, was passiert war. Die Zeitungen hatten gerade erst angefangen, über den Fall zu schreiben. Vielleicht würden sich daraufhin Zeugen melden.

Ihr Handy klingelte. Ola. Sie ging ran.

»Hast du was Neues gehört?«, fragte er.

Die Stimme rau von Schlafmangel.

»Nein, nichts Neues. Ich habe mich vor einer Stunde mit der verantwortlichen Ermittlerin getroffen. Sie sind noch keinen Schritt weitergekommen.«

Noch mehr Lügen, noch mehr zurückgehaltene Information, sie hasste sich selbst dafür. Aber wenn Lisa nur freikam, dann würde sie ihm alles erzählen. Und der Polizei auch. Auch alles von Katz. Das war ein Gelübde.

»Und die Krankenhäuser?«

»Auch nichts.«

»Das kann doch alles einfach nicht wahr sein!«

Er holte tief Luft, bevor er fortfuhr.

»Kann sie ertrunken sein?«, fragte er. »Die ganze Stadt ist doch voller Wasser ... vielleicht ist sie irgendwo hingelaufen und reingefallen?«

»Das glaube ich nicht.«

»Verdammt, was ist es dann? Pädophile?«

»Ich weiß es nicht, Ola. Leg dich schlafen, wenn du kannst. Du klingst total erschöpft. Ich rufe dich an, sobald ich was erfahre.«

Sie legten auf. Die Unterlagen vom Nationalen Informationszentrum über Katz' Zeit beim Militär lagen noch auf ihrem Schreibtisch. Sie hatte bis jetzt nichts von ihm gehört, und sie wusste nicht, ob sie das als gutes oder schlechtes Zeichen werten sollte. Mit falschem Pass auf dem Weg in die Dominikanische Republik. Von Hamburg-Fuhlsbüttel nach Madrid, und von dort weiter nach Santo Domingo. Worum zum Teufel ging es hier eigentlich?

Lisa ... sie mochte nicht daran denken, wie es ihr ging, denn sobald sie das tat, war sie vor Angst wie gelähmt. Seit Klingberg das erste Mal angerufen hatte, hatte sie nicht wieder mit ihr sprechen können. Bei seinem zweiten Anruf hatte er nur mit Katz reden wollen, hatte ihm Anweisungen gegeben, was er tun sollte, wenn er in Santo Domingo ankam.

Sie war gezwungen, Lisa auf Abstand zu halten, um klar denken zu können. So zu tun, als wäre sie die Tochter einer anderen Mutter.

Wo war sie? In Stockholm, wahrscheinlich an einem Ort, den Klingberg für sicher hielt.

Ihr einziger Zugang war Sandra Dahlström. Sie musste Klingberg von ihrem Besuch erzählt und ihn so auf ihre Spur gebracht haben. Das war die einzige logische Erklärung. Und nun war Sandra Dahlström verschwunden. Jorma war draußen in Mörby gewesen und hatte nach ihr gesucht. Er hatte durch den Briefschlitz geguckt, ein großer Haufen Post hatte im Flur auf dem Boden gelegen.

Den Rest des Vormittags verbrachte sie damit, weitere Informationen über Sandra Dahlström einzuholen. Das Ergebnis war enttäuschend. Nichts im Vorstrafenregister oder im allgemeinen Ermittlungsregister. Nichts bei den Vollstreckungstiteln. Sie war weder als Eigentümerin einer Immobilie noch als Halterin eines Fahrzeugs registriert. Nicht einmal als Hundehalterin. Eva surfte eine Weile im Netz, fand den Namen in diversen Zusammenhängen, aber dabei schien es sich um andere Personen zu handeln. Sicherheitshalber machte sie noch eine Bildsuche, um zu sehen, ob es irgendwo ein Foto gab, aber ohne Resultat.

Sie hatte den Computer wieder heruntergefahren, als das Handy klingelte. Unterdrückte Nummer, ihre Stimme trug kaum, als sie sich meldete: »Eva Westin.«

»Mama, ich bin's.«

»Meine Süße ... geht es dir gut?«

Im Hintergrund hustete jemand. Das war wichtig; alles, jedes Detail, wie belanglos es auch erscheinen mochte, war wichtig, wenn sie Lisa finden wollte.

»Ich will zu dir und zu Papa. Warum darf ich nicht auch mit Papa reden?«

»Das entscheide ich nicht ... Lisa ... aber alles wird gut, bald bist du wieder zu Hause.«

»Ich weiß, Mama.«

Angestrengt lauschte sie auf Geräusche im Hintergrund. Aber sie konnte nichts hören.

»Ich darf ein bisschen mit dir reden, Mama, das ist doch gut, oder?«

»Ja, das ist richtig gut. Hör mal, Lisa ... erzähl mir irgendwas, was du willst, was Schönes.«

»Was denn?«

»Na, zum Beispiel, was du im Sommer machen willst, erzähl einfach, schieß los!«

Irgendwie musste sie verstanden haben, denn Lisa fing an zu erzählen, eine lange, komplizierte Geschichte darüber, wie sie die Sommerferien verbringen wollte.

»Prima, Lisa, erzähl weiter, und währenddessen stelle ich dir Fragen, auf die du nur mit Ja oder Nein antwortest, als würde das zu deiner Erzählung gehören.«

Lisa schien zu begreifen, was sie meinte, denn sie beschrieb ausführlich den Hundewelpen, den Ola ihr kaufen wollte, und was sie alles machen wollte, wenn sie ihn mit aufs Land nehmen durfte.

»Gibt es ein Fenster da, wo du bist, aus dem du rausgucken kannst? Sag nur Ja oder Nein, das ist wichtig.«

»*Nein* ... der Welpe kriegt keine eigene Hundehütte, der schläft in einem Korb neben meinem Bett.«

»Der Raum hat also kein Fenster. Was glaubst du, ist es ein Keller, ja oder nein?«

»*Nein* ... er soll Charlie heißen, denn das war auch der Name von Papas Hund, den er hatte, als er noch klein war.«

»Prima. Hat die Fahrt lange gedauert, bis ihr da angekommen seid, wo du jetzt bist?«

»*Nein* ... nicht lange, obwohl Papa meint, der Welpe soll Gruffen heißen, aber das will ich nicht.«

»Ich verstehe ... konntest du auf der Fahrt dorthin etwas sehen, irgendetwas?«

»*Nein*, nur ein bisschen *Wasser*, was der Hund trinken kann ... und dann sind *Dornen* in seinem Fell hängen geblieben ... aber Mama, ich schaff es nicht, noch mehr zu erzählen.«

Sie spielte mit dem Feuer. Falls es eine Freisprechfunktion am Telefon gab, hatten sie alles gehört, was sie gesagt hatte. Aber die war nicht eingeschaltet, Lisas Stimme hätte dann anders geklungen, heller und höher.

Wasser, sie hatte Wasser gesehen oder gehört, als sie weggebracht worden war. Und Dornen ... irgendetwas mit Dornen.

»Ich will nach Hause, Mama ... ich will nicht hier sein.«

»Das verstehe ich gut, mein Liebling. Und das sollst du auch, bald, ich verspreche es dir.«

Sie hörte plötzlich ein Donnern im Hintergrund. Erkannte das Geräusch, versuchte verzweifelt, es sich wieder in Erinnerung zu rufen. Eine Sprengung, sie sprengten dort in der Nähe!

»Wie viele Spielsachen wünschst du dir, wenn du wieder nach Hause kommst? Und das sollen genauso viele sein wie die Menschen, die du getroffen hast, seit das passiert ist.«

»Drei Spielsachen. Aber jetzt gibt es nur ein Spielzeug. Die anderen beiden sind weg. Ich weiß nicht, wo die geblieben sind. Mama, ich muss jetzt aufhören, aber ich glaube, dass ...«

Lisas Stimme erstarb mitten im Satz. Es dauerte mehrere Sekunden, bis Eva begriff, dass aufgelegt worden war.

Der Lufthansa-Flug nach Madrid verlief plangemäß, Katz schlief ein und wachte kurz vor der Landung in Barajas auf. Begab sich zum Terminal für Transatlantik-Flüge – sein Gepäck war gleich bis Santo Domingo eingecheckt worden –, wartete ein paar Stunden in einer Bar vor dem Gate und gehörte zu den Ersten, die an Bord der Iberia-Maschine nach Santo Domingo gingen.

Neun Stunden Flugreise lagen vor ihm, er würde rechtzeitig vor Ablauf der gesetzten Frist ankommen.

Ein Steward verteilte Decken und aufblasbare Nackenstützen. Neben Katz saß eine ältere spanische Dame mit blau gefärbtem Haar und einer Katze in einem Käfig zu ihren Füßen. Zu seiner Erleichterung schien sie kein Interesse an einer Unterhaltung mit ihm zu haben.

Während das Flugzeug auf die Startbahn rollte, hatte er das Gefühl, beobachtet zu werden. Paranoia, dachte er und schaute sich um. In erster Linie weiße Spanier, die meisten älter. Sie hatten ihre Verwandten in Spanien besucht und waren nun auf dem Heimweg. Eine dunkelhäutige Stewardess mit ungeheuer schönen Gesichtszügen lächelte ihm von der Tür zur nächstgelegenen Pantry zu.

Nach der leichten Mahlzeit, die kurz nach Erreichen der Flughöhe serviert worden war, musste er wieder an Joel Klingberg denken.

Was war der Auslöser für diese Kette von Ereignissen? Klingberg hatte erfahren, dass seine Frau eine Affäre mit seinem Onkel hatte, und deshalb war er untergetaucht, um sich zu rächen.

Aber wo hatte er sich die ersten Wochen versteckt? In der Jagdhütte in Sörmland? Das war unwahrscheinlich, die lag zu nahe am Herrenhaus, Pontus oder Angela hätten dort jeden Moment auftauchen können.

Katz aß von dem Dessert, das noch auf dem Klapptisch vor ihm stand, ein mit Chili gewürzter karibischer Obstsalat. Er war zu scharf, Katz ließ ihn stehen.

Joel war mehrere Wochen nach seinem Verschwinden in seine Wohnung zurückgekehrt, Angela hatte dem Täter die Tür gar nicht geöffnet, wie Katz zunächst geglaubt hatte, er hatte selbst einen Schlüssel gehabt.

Was hatte sie gedacht, als sie ihn sah? War sie erleichtert gewesen, dass er unbeschadet zurückgekehrt war, dass er keinem Verbrechen oder Unfall zum Opfer gefallen war, wie sie befürchtet hatte? Schließlich hatte sie im Zusammenhang mit dem Verschwinden ihres Ehemannes mit Pontus gebrochen, die Affäre bereut und ihren Mann zurückhaben wollen.

Was hatte er ihr gesagt? Dass er wusste, dass sie ihn betrog? Oder hatte er sie sofort angefallen?

Julin war von Anfang an in die Sache verwickelt gewesen. Er war es auch gewesen, der bei Katz eingebrochen war und die Sachen gestohlen hatte, die später in der Klingberg'schen Wohnung platziert worden waren. Und er war unerhört gut dafür bezahlt worden. Fünfzig Millionen Kronen waren auf ein Geheimkonto auf den Jungferninseln überwiesen worden.

Julin und Klingberg kannten sich seit langer Zeit. Das erste Mal waren sie sich in den Siebzigern begegnet, als Joel noch ein Kind war und Julin engagiert worden war, um herauszufinden, was mit seinem Bruder passiert war. Julin hatte Umgang mit der Familie gepflegt, hatte sie auf ihren Reisen in die Karibik begleitet, hatte sich für Joel interessiert, seine Begabung, das Sprachtalent, und für seine Wutausbrüche. Und er hatte sich für Voodoo interessiert.

Durch die Familie Klingberg war er mit dem karibischen Volksglauben in Kontakt gekommen, hatte gelernt, dass bestimmte medizinische Kräuter die gleiche Wirkung wie Drogen besaßen, den freien Willen eines Menschen ausschalten und ihn dazu bringen konnten, die bizarrsten Dinge zu tun. Parallel hatte er ein Geheimprogramm bei den Streitkräften geleitet. Katz war noch immer nicht ganz klar, worum es sich dabei gehandelt hatte, aber persönlichkeitsverändernde Drogen hatten eine Rolle gespielt.

Katz hielt die Stewardess auf, als sie an ihm vorbeiging, und bat Kaffee nachgeschenkt zu bekommen. Dann lehnte er sich wieder zurück und spann den Gedanken weiter:

Julin hatte dafür gesorgt, dass sowohl Katz als auch Joel Klingberg an der Dolmetscherschule aufgenommen wurden. Katz, weil er für einen extrem brutalen Überfall verurteilt worden war. Was er jedoch nicht gewusst hatte, war, dass nicht Katz, sondern Klingberg für den Überfall auf Grubbholmen verantwortlich gewesen war. Es war die Überzeugung, dass Katz zu einer derart bestialischen Tat in der Lage war, die Julins Interesse an ihm geweckt hatte. Was Joel betraf, musste er etwas von dessen Übergriffen auf das Hausmädchen Sandra Dahlström geahnt oder gewusst haben.

Oder hatte er sogar geahnt, dass Joel seine Eltern umgebracht hatte?

Was während der folgenden Jahre passiert war, wusste er nicht, aber die beiden Männer mussten weiterhin in Verbindung geblieben sein. Und vor ein paar Monaten war Klingberg dann mit seinem Angebot an Julin herangetreten.

Julin war für ein Mordkomplott engagiert worden. Dass Angela Kontakt mit Katz aufnahm und ihn bat, ihr bei der Suche nach ihrem verschwundenen Ehegatten zu helfen, war Teil des Plans, sie hatten sie ganz bewusst auf ihn angesetzt, dafür gesorgt, dass sie ihn beauftragte, nur um ein Band zwischen ihm und dem Mordopfer zu knüpfen. Aber warum war ausgerechnet Katz ausgewählt worden? Weil Klingberg erneut seine Gewaltfantasien ausleben musste? Oder wollte er sich rächen ... aber wofür?

Katz hielt bei diesem Gedanken inne, als würde man die Pause-Taste an einem Abspielgerät drücken.

Zwei Sitze hinter ihm beschimpfte ein Vater seinen Sohn, einen fünfjährigen Jungen, der sich offensichtlich weigerte aufzuessen. Der Mann war in den Dreißigern, hochgradig betrunken. Katz sah, wie er den Jungen im Nacken packte und sein Gesicht in die Essensschale drückte. Der Junge weinte. Die Sitznachbarn sahen peinlich berührt aus, doch niemand griff ein. Katz war klar, warum. Der Mann war Bodybuilder, hatte Bandentattoos am Hals und auf den Armen. Sein Blick war stoned.

»¡Pide disculpas!«, sagte er. »Entschuldige dich!«

»Perdoneme, papá ... verzeih mir, Papa.«

»No te oigo«, sagte der Mann und gab dem Jungen eine Ohrfeige. »Ich kann dich nicht hören.«

Eine Frau, wahrscheinlich die Mutter des Jungen, die auf dem Nebensitz saß, starrte auf ihren Schoß, sie hatte offensichtlich Todesangst vor ihrem Mann.

»Misch dich nicht ein«, sagte der Mann, als er Katz' Blick begegnete. Dann fuhr er seinem Sohn mit der Hand durchs Haar, öffnete eine Miniflasche Cognac und goss den Inhalt in ein Glas.

Katz drückte wieder auf die Play-Taste.

Klingberg und Julin waren nach dem Mord an Angela auf Kollisionskurs geraten. Julin hatte auf eigene Faust versucht, Katz zu ermorden. Er war es gewesen, der einen Auftragskiller in Jormas Wohnung in Kransen geschickt hatte. Weil er kalte Füße bekommen hatte. Denn Katz war es wider Erwarten nicht nur gelungen, sich vor der Polizei zu verstecken, Julin hatte außerdem geglaubt, dass er ihm auf der Spur sei. Die geheimen Experimente beim Militär hatte er verbergen wollen, das war ihm wichtiger als das Mordkomplott, in das er verwickelt gewesen war.

Doch Klingberg hatte sich dem Gedanken, man müsse Katz zum Schweigen bringen, widersetzt und stattdessen Julin vor der Jagdhütte in Sörmland töten lassen. Und Katz freigelassen, damit das Spiel weitergehen konnte?

Der Grund, warum sie überhaupt dort gewesen waren, war, dass sie Pontus Klingberg hatten ermorden wollen, der auf dem Weg zum Gutshof war. Doch dann war Katz aufgetaucht und hatte Verwirrung gestiftet.

Er schloss die Augen und sah ein gekidnapptes siebenjähriges Mädchen vor sich. Ihr durfte nichts zustoßen, das würde er sich niemals verzeihen.

Der Mann hinter ihm hatte wieder angefangen zu streiten, allerdings nicht mit seinem Sohn, sondern mit der farbigen Stewardess. Er versuchte, sie zu begrapschen, als sie vorbeiging. Als sie darüber offensichtlich nicht amüsiert reagierte, wurde er wütend. *»¡Puta negra!«*, schrie er. »Schwarze Hure!«

Katz erhob sich, streckte die Beine und setzte sich auf die Armlehne, den Blick dem Mann zugewandt. Die Stewardess ging wieder vorbei, der Mann streckte ein Bein in den Gang. Als sie darüberstieg, schob er seine Hand unter ihren Rock. Sie schrie auf, wich zurück, stolperte und fiel zu Boden. Ein Steward erschien, um ihr wieder auf die Füße zu helfen.

Katz taxierte den Mann, der für ihn nur ein höhnisches Grinsen übrig hatte. Routinierter Schläger, dachte er. Der Blick deutete darauf hin, die Härte in ihm, die Verachtung, die Art, wie er die Konfrontation suchte. Auf dem Unterarm war ein Hakenkreuz tätowiert.

Eine halbe Stunde später sah Katz, wie der Mann aufstand und zu den Toiletten am hinteren Ende des Airbus ging. Das Licht in der Kabine war abgedunkelt worden. Die meisten Passagiere schliefen. Die Stewardess, die belästigt worden war, hatte den Bereich gewechselt, sie arbeitete jetzt hinter den Vorhängen in der Business Class. Die Crewmitglieder waren unsicher, wie sie mit dem Mann umgehen sollten, er war unberechenbar, sie konnten nicht riskieren, dass er gewalttätig wurde. Seit die Stewardess verschwunden war, hatte der Steward ihn bedient, ihm drei große Drinks mit Rum gebracht. Katz hatte mitgezählt.

Seine Frau und sein Sohn schliefen unter ihren Decken. Das Gesicht des Jungen war immer noch rot geweint.

Katz wartete, bis die »Besetzt«-Lampe im Gang vor der Toilette aufleuchtete, dann stand er auf, nahm sicherheitshalber den Parallelgang, machte eine Runde um den hinteren Bereich des Flugzeugs, ging durch den Verbindungsgang und stellte sich neben die Toilettentür.

Keine Schlange. Die Fluggäste in den benachbarten Sitzen schliefen. Er entdeckte einen Vorhang, den das Personal zuzog, wenn es die Essenstabletts in der hinteren Pantry vorbereitete. Behutsam zog er ihn vor.

Jetzt war die Sicht von der Kabine aus versperrt, er stand im Dunkel, das nur vom roten Licht der kleinen Lampe über der Toilette erleuchtet wurde.

Als der Mann die Tür öffnete, drückte Katz ihm den linken Daumen in sein rechtes Auge, woraufhin der Mann sich vor Schmerz krümmte. Dieser Bewegung begegnete Katz mit voller Kraft, traf ihn mit dem Knie im Gesicht. Der Mann fiel nach hinten und schlug mit dem Nacken auf dem Toilettensitz auf. Ein blutiger Schneidezahn ragte zwischen den Lippen heraus. Katz trat ihm in den Schritt. Dann packte er mit der einen Hand die Nackenhaare, legte die andere auf den Kehlkopf, drehte den Mann um und drückte seinen Kopf in die Toilettenschüssel, während er die Falttür hinter sich mit dem Fuß zuschob. Der Hals seines Opfers wurde fest gegen den Schüsselrand gedrückt; der Mann rang verzweifelt nach Luft.

»Señor, quiero que me escuche con mucho cuidado. Si le veo a Usted golpear a un niño o hostigar a una mujer, le mato. ¿Me entiende?«

Katz hatte seit fünfundzwanzig Jahren kein Spanisch mehr gesprochen, seit er auf der Dolmetscherschule einen Intensivkurs belegt hatte, um die Zeit schneller rumzubringen, und er war verwundert darüber, wie leicht die Worte ihm über die Lippen gingen, als wären sie in dem Augenblick, in dem er sie aussprach, in seinem Mund entstanden.

Als der Mann keine Antwort gab, zog Katz seinen Kopf an den Haaren hoch. Er war kurz davor, sein Gesicht gegen die Metallkante des Klosetts zu schlagen, beherrschte sich aber im letzten Moment. Voller Verachtung schaute er auf seine blutigen Hände. Auf den Mann, der wie unter Schock am Boden lag.

»¡No me mate!«, flüsterte er. »Töte mich nicht!«

Katz wusch sich die Hände im Waschbecken, vermied es, sich im Spiegel anzusehen, die leeren Augen, die hasserfüllt ins Nichts starrten. Hörte den Mann zu seinen Füßen wimmern.

Das ist die Sprache, die du am besten beherrschst, dachte er, während er zurück zu seinem Sitz ging, die Sprache der Gewalt. Was bist du nur für ein Mensch ... was stimmt nicht mit dir?

Von drei Spielsachen sind zwei weg, welches ist noch da, und wer ist es?

Wie ein Rätsel, dachte sie, wenn ich es löse, werde ich Lisa finden.

Sie war also irgendwo mit einer Person allein, aber Eva konnte sich nicht vorstellen, wo und mit wem.

In Stockholm, denn die Autofahrt hat nicht lange gedauert. In der Nähe von Wasser. Und es gab Dornen, die sich in ihrer Kleidung verhakt hatten.

Das Licht erlosch mit einem leisen Klicken, das Treppenhaus wurde dunkel. Sie war mit Jorma in Mörby Centrum, ein halbes Stockwerk unter Sandra Dahlströms Wohnung. Es war zwei Uhr nachts.

Jorma ... Seit ihrer Jugend hatte sie ihn nicht mehr gesehen. Trotzdem vertraute sie ihm. Weil sie aus dem gleichen Lumpenmaterial gemacht waren, weil sie aus der gleichen Zeit, dem gleichen Raum stammten, aus den gleichen Verhältnissen, in denen niemand sich um sie gekümmert hatte.

Er gab ihr ein Zeichen, ihm zu folgen. Irgendwo lief ein Fernseher. Ein Actionfilm.

Jetzt standen sie vor ihrer Tür. Es drang kein Licht aus den Türspionen der Nachbarwohnungen. Jorma fummelte am oberen Scharnier, fand ein Streichholz. Sie erinnerte sich an die Zeit, als sie bei den Einbrüchen mitgemacht hatte, an den alten Trick, um zu kontrollieren, ob jemand in der Wohnung gewesen war, nachdem man selbst dort war und sie erkundet hatte. Das Streichholz wäre geknickt worden, hätte jemand die Tür geöffnet.

Er holte eine Fühlerlehre aus der Tasche – *Von Biltema, die Besten auf dem Markt* –, suchte den passenden Blechstreifen heraus, bog die Spitze mit dem Daumen zurecht und führte sie in den Türschlitz direkt unter dem Schloss ein.

Ein ASSA-Schloss. Sie hatte ihm einen skeptischen Blick zugeworfen, als er erklärt hatte, er könne das Schloss in maximal dreißig Sekunden öffnen. Aber er brauchte nicht einmal zehn. Zweimal, dreimal hebeln, eine normale Flachzange, die half, die Kraft nach oben zu übertragen, und schon hörte sie, wie das Schloss aufschnappte.

Sie verharrten und lauschten auf die Geräusche im Haus. Nur der Fernseher von den Nachbarn zwei Stockwerke tiefer war zu hören.

Jorma ging schnell durch die Zimmer, zog Jalousien und Gardinen vor die Fenster, bevor er die Taschenlampe anknipste.

Während sie die Schränke im Schlafzimmer durchsah, dachte sie wieder an das, was Lisa gesagt hatte: *Ein kleiner, fensterloser Raum nahe am Wasser. Dornen, die sich in der Kleidung verhakten.*

Und es musste ein Ort in der Nähe sein, wo gesprengt wurde.

Sie hatte das Straßenverkehrsamt angerufen und versucht herauszubekommen, welche größeren Sprengungen momentan in Stockholm und Umgebung durchgeführt wurden. Ein Sachbearbeiter hatte ihr widerstrebend die Informationen gegeben. Erdarbeiten beim Norra Länken in der Nähe von Roslagstull. Sprengungen in Vasastan für die neue Citybahn. *Die Ratten laufen Amok, die Explosionen jagen sie aus den Abwasserkanälen, Biester mit einem Körpergewicht von mehr als einem Kilo laufen im*

Vasaparken herum ... Sprengungen für den neuen Nahverkehrsbahnhof unter dem Odenplan. Außerdem beim Flughafen – dort sollte eine neue Tiefgarage gebaut werden, beim Söderkrankenhaus, wo man alte Gebäude abriss, um neue zu bauen; Sprengungen für eine neue Stromkabeltrasse durch die Felsen von Danderyds Transformatorenstation bis nach Järva, wo ein neuer Stadtteil geplant war. Der Sachbearbeiter ratterte weitere kommunale Projekte herunter, bis ihr klar wurde, dass sie Lisa so nie finden würde. Außerdem gab es jede Menge private Bauunternehmen, die Sprengarbeiten für Pools, unterkellerte Häuser, Schächte und für die Steingewinnung durchführten.

Ob die Sprengzeiten protokolliert würden, hatte sie gefragt.

Schon möglich, aber danach müsse sie die Bauunternehmer fragen.

Sie hatte die Zentrale für Gesteinssprengungen angerufen und einige andere größere Firmen. Sie wusste ja, um wie viel Uhr sie die Explosion am Telefon gehört hatte. Ein freundlicher Mann in der Zentrale versprach, sich bei den Sprengmeistern zu erkundigen. Aber das würde seine Zeit dauern, sie war gezwungen, sich in Geduld zu üben.

Es gab vier Schränke im Schlafzimmer, die sie einen nach dem anderen durchgingen, doch sie enthielten nichts von Wert, nur Kleidung.

Sie suchte weiter im Nachtkästchen, in einer Anrichte, in den Schubladen eines Schminktisches.

Der Geruch nach dem Leben eines fremden Menschen: Sandra Dahlström. Vielleicht hatte sie auch gar nichts mit alldem zu tun, war vielleicht verreist, im Urlaub, besuchte Verwandte in einem anderen Teil des Landes. Aber so war es nicht. Woher sonst hätte Klingberg wissen können, wer sie, Eva, war? Es war Sandra, die von ihr erzählt hatte, dass sie hier gewesen war und Fragen gestellt hatte.

War sie ermordet worden? Hatte Klingberg sie aus dem Weg geräumt, genau wie er es mit Julin gemacht hatte? Das war durchaus möglich.

Eva sah zum Wohnzimmer hinüber. Der Lichtkegel von Jormas Taschenlampe tanzte über den Boden, als er die Bücherregale entlanglief. Sie hörte ihn eine Melodie summen und war überrascht, dass er so ruhig wirkte.

Sie schaute unter dem Bett nach, eine große Schublade auf Rädern, die sie hervorzog und durchstöberte. Noch mehr Kleidung, aber andere Größen. Die gehörte wohl Linnie Holm, dachte sie. Sandra hatte sie aufbewahrt.

Der Fahrstuhl hielt im Treppenhaus. Schritte hallten auf dem Steinboden, die Fahrstuhltür wurde wieder zugeworfen, jemand klapperte mit einem Schlüsselbund.

Sie sah, wie Jorma im Flur langsam eine Pistole aus der Jackentasche zog. Eine israelische Desert Eagle. Den Namen hatte sie sich gemerkt, weil das Ganze so absurd war. Und weil Jorma sie ihr gezeigt hatte, ihr erklärt hatte, wie man mit ihr schoss, falls es nötig sein sollte. Als wären das die normalsten Informationen der Welt.

Jorma hatte sich hingehockt und richtete nun die Pistole auf die Wohnungstür. Er pustete eine Haarlocke weg, die ihm ins Gesicht gefallen war, wartete, ohne jede Nervosität.

Zwei Schritte da draußen, wieder das Klappern von Schlüsseln. Der Heimkehrer war betrunken. Dann hörte sie, wie das Schloss zur Nachbarwohnung aufgeschlossen wurde. Die Tür wurde geöffnet, geschlossen und verriegelt.

Sie warteten fünf Minuten, dann setzten sie ihre Suche fort. Aus der Nachbarwohnung drang leise Musik.

Als sie mit dem Schlafzimmer fertig war, ging sie zu Jorma. Er saß auf einem Sessel unter dem Shiva-Plakat und rauchte. Auf seinem Schoß lagen ein Adressbuch und ein kleines Fotoalbum.

»Das lag im Wäschekorb«, sagte er und hob das Album hoch. »Viele Leute verstecken ihre Wertgegenstände dort. Und in der Kühltruhe.« Er hielt das Adressbuch hoch, es war Raureif darauf. »Die Leute bilden sich aus irgendeinem Grund ein, dass Einbrecher dort nicht suchen, aber da suchen sie natürlich zuerst. Sie hat keine Wertgegenstände in der Wohnung, es sei denn, du hast was im Schlafzimmer gefunden. Keinen Computer, kein Tablet, keine Juwelen oder Bargeld. Ich bin enttäuscht.«

Er grinste und streifte die Zigarettenasche in einem Blumentopf ab.

»Aber aus irgendeinem Grund ist sie der Meinung, dass ein Fotoalbum und ein Adressbuch wertvoll sind.«

Sie nahm das Adressbuch und blätterte darin. Telefonnummern von Hausarzt und Zahnarzt, einem Sachbearbeiter bei der Krankenversicherung, außerdem ein paar Nummern von Gesundheitsinstituten, einem Versicherungsunternehmen und einem Stromanbieter. Ein einsamer Mensch, dachte sie, während sie zur letzten Seite blätterte.

Åkesson, Jonas. Keine Adresse, nur eine durchgestrichene Handynummer. Der obdachlose Junge, für den sie als Stützperson gedient hatte. Neben die Telefonnummer hatte sie sechs Ziffern geschrieben, paarweise angeordnet: »12 05 16.«

Am sechzehnten Mai war er in Märsta tot in einem Auto gefunden worden.

Eva blätterte noch einmal zurück und überflog ein paar Namen, eine gewisse Anki Rågklint, eine andere Frau namens Myriam Pettersson, sie wohnte ein paar Straßen weiter.

Beim Buchstaben K hielt sie inne. Hier gab es mehrere Handynummern, aber ohne Namen. Die Nummern waren mit verschiedenen Stiften eingetragen worden, die alte Nummer war durchgestrichen worden, wenn eine neue hinzukam. Von Joel Klingberg, vermutete Eva.

Die letzte war erst vor Kurzem notiert worden, der Bleistift wirkte frisch. Eine ausländische Nummer.

Eva legte das Adressbuch weg und schlug das Fotoalbum auf. Bilder von Jonas Åkesson als Kind, die Fotos waren in der Wohnung gemacht worden, in der sie sich jetzt befanden. Er saß auf dem Boden und baute mit Legosteinen, er war vielleicht zehn Jahre alt.

Weitere Fotos von dem Jungen, als sie weiterblätterte, jetzt war er etwas älter. Auf einem stand er zusammen mit Linnie Holm auf einer Djurgården-Fähre und auf einem anderen vor dem Eingang vom Vergnügungspark Gröna Lund in Stockholm. Anschließend war er vor einem Auto fotografiert worden, zusammen mit einem gut gekleideten Paar, das waren möglicherweise seine leiblichen Eltern, es gab eine gewisse Ähnlichkeit.

Sie blätterte weiter. Jonas auf Urlaubsreise zusammen mit Sandra Dahlström und Linnie Holm. Auf einer griechischen Insel, wie es aussah. Jemand anders hielt die

Kamera. Er war ungefähr dreizehn, sah fertig aus, hatte er schon mit den Drogen angefangen?

Es folgten ein paar Seiten, auf denen die Plastiktaschen leer waren, aber auf der letzten tauchte er wieder auf. Zusammen mit Rickard Julin.

Es dauerte eine Weile, bis sich das Erstaunen gelegt hatte.

Sie schätzte, dass das Foto vor ein paar Jahren gemacht worden war. Wer war der Fotograf? Sandra Dahlström wahrscheinlich. Die beiden Männer befanden sich vor einem scheinbar abbruchreifen Haus. Keiner von beiden schaute in die Kamera, das Foto schien aus Versehen gemacht worden zu sein, als hätte jemand zufällig auf den Auslöser gedrückt. Julin wollte gerade aus dem Bild gehen.

Sie verstand gar nichts mehr. Welche Verbindung gab es zwischen den beiden?

Sie sah wieder das Foto an. Es war im Herbst gemacht worden, das Laub im Garten vor dem Haus war gelb. Die Fenster waren eingeschlagen, ein Teil des Dachs eingefallen. Das war früher einmal ein schönes Haus gewesen, von Architekten entworfen. Wahrscheinlich Fünfzigerjahre. Hinter dem Gebäude konnte man einen verwilderten Garten erahnen.

Der Himmel über den beiden war klar und tiefblau. Ihr Gefühl sagte ihr, dass sie sich in der Nähe vom Wasser befanden.

Der Landeanflug über dem Karibischen Meer war sehr unruhig. Einen Moment lang fürchtete Katz, dass sie auf dem türkisblauen Wasser notlanden müssten, doch dann tauchte im letzten Moment die Landebahn an der Küste auf. Der Himmel war bewölkt, fast schwarz am Horizont, die Hurrikansaison würde erst in wenigen Wochen beginnen.

Als sie aus dem Flugzeug stiegen, konnte er aus dem Augenwinkel den Mann sehen, den er zusammengeschlagen hatte. Auf seine Frau gestützt, hinkte er die Gangway hinunter. Der Mann tat, als würde er Katz nicht wiedererkennen, aber in seinem Blick lag Todesangst, und Katz wusste, die würde nicht so schnell verschwinden.

Es war sieben Uhr Ortszeit, und die Hitze war bereits drückend. Ein leichter Verwesungsgeruch hing in der Luft. Die Luftfeuchtigkeit betrug fast hundert Prozent.

Nachdem er seinen Koffer vom Gepäckband geholt hatte, ging er durch den Zoll und betrat die Ankunftshalle. Merengue-Musik ertönte aus den Taxis vor dem Flughafengebäude. Eine bunte Mischung aus europäischen Touristen, Dominikanern mit spanischen und afrikanischen Wurzeln und eine breite Palette der verschiedensten Hautfarbnuancen zwischen Schwarz und Weiß strömte durch die Drehtüren.

Weiter hinten in der Ankunftshalle entdeckte er das Schild der Autovermietung.

Er stellte sich einer Frau Mitte zwanzig als Señor Katz vor, bekam ein professionelles Lächeln als Antwort, bevor sie einen Umschlag mit einem Autoschlüssel aus einem Schrank hinter dem Tresen holte.

»Ihr Wagen steht auf Parkplatz 91A«, sagte sie und zeigte auf einen fotokopierten Plan des Flughafens. »Willkommen in der Dominikanischen Republik, Señor Katz, ich wünsche Ihnen einen schönen Aufenthalt.«

Er fand den Wagen am angegebenen Platz, einen weißen Land Rover mit Verdeck. Als er am Steuer saß, begann im Handschuhfach, ein Handy zu klingeln.

Es lag unter der Betriebsanleitung. Er drückte auf die grüne Taste und hörte Klingbergs Stimme: »Ich will gar keine langen Reden halten. In der Zona Colonial, der Altstadt von Santo Domingo, ist ein Zimmer für dich reserviert. Es wird dir gefallen. Erstklassig. Pool auf dem Hoteldach. Tiefgarage im Keller, du kannst den Wagen dort abstellen, bis ich mich wieder bei dir melde. Alles ist bezahlt und geregelt, mach dir also keine unnötigen Gedanken. Die Adresse des Hotels findest du in einem Umschlag im Handschuhfach. Verstanden?«

Katz bejahte.

»Gut. Mach einfach nur das, was ich dir sage. Lass das Telefon Tag und Nacht eingeschaltet und trage es bei dir, damit du neue Instruktionen erhalten kannst. Für ausgehende Gespräche ist es gesperrt. Es ist wichtig, dass du auf den Punkt genau alles tust, was ich dir sage. Sonst wird das Mädchen nicht überleben.«

»Das habe ich verstanden.«

»Schön, Katz. Übrigens – hast du mit ihr geschlafen?«

»Mit wem?«

»Angela.«

Er gab keine Antwort, er wusste nicht, was er sagen sollte. Schaute auf den Parkplatz, wo der Dunst von dem aufgeheizten Asphalt aufstieg, dann zum Horizont im Norden, wo die Küstenlandschaft in eine sanfte Hügelkette überging.

»Eher dein Typ als meiner, hab ich recht? Aber du hast es nicht geschafft, bevor alles aus dem Ruder lief. Mein Gott, ich habe es gewusst ... von Anfang an war mir klar, dass es so kommen musste. Jetzt fahr zum Hotel. Du musst dich nach dem Flug ausruhen.«

Als Katz vom Parkplatz bog und Kurs auf die weiter entfernte Autobahn nahm, schaute er in den Rückspiegel. Busse und Taxis, die zu den Terminals fuhren oder von dort kamen, überall Menschen, tropisches Grün, Luft, die in der Hitze flirrte. Klingberg hatte offenbar Leute abgestellt, die ihn beobachteten. Er sah sich nach Autos um, die ihm folgten, entdeckte aber keines, das ihm verdächtig vorkam.

Das Hotel lag auf der anderen Seite des Río Ozama, im südlichen Teil von Santo Domingos altem Stadtkern. Katz checkte ein und fuhr mit dem Aufzug hoch zu seinem Zimmer, einer Suite mit Blick über den Hafen und die alte spanische Festung an der Flussmündung. Das Telefon legte er auf den Nachttisch und schloss es an das Ladegerät an, das er im Wagen gefunden hatte. Er ging die Anrufliste durch und stellte fest, dass das Telefon nur ein einziges Mal benutzt worden war, als Klingberg ihn am Flughafen von einer unterdrückten Nummer aus angerufen hatte.

Der Apparat war für ausgehende Gespräche gesperrt. Die SIM-Karte stammte von der staatlichen dominikanischen Telefongesellschaft.

Er ließ das Telefon liegen, packte seine Taschen aus, legte die Kleidung in den Schrank, Rasierapparat und Zahnbürste ins Badezimmer, legte das Amulett auf den Schreibtisch, ohne selbst genau zu wissen, warum, schaltete den

Laptop ein und wählte sich in das Wi-Fi-Netz des Hotels ein. Er überlegte, ob er Eva mit dem Satellitentelefon anrufen sollte, um ihr zu sagen, dass er angekommen war, entschied sich aber dagegen und schickte ihr eine Mail.

Eine Miniaturflasche mit Drei-Sterne-Rum stand als Willkommenspräsent des Hotels auf dem Couchtisch, zusammen mit einer Zigarre besserer Qualität. Katz holte sich Eis und Cola aus dem Kühlschrank, mixte sich einen schwachen Cuba Libre und trat auf den Balkon. Dort setzte er sich in einen Korbsessel unter die Markise, die Balkontür ließ er offen stehen.

Diese Hotelseite zeigte auf eine kleinere Straße, abseits des Touristenverkehrs. Ein Obstverkäufer stand an einer Ecke und wedelte sich mit einem Fächer Luft zu. Ein einarmiger Mann mit Strohhut ritt auf einem Maultier vorbei. Zwei Kinder bettelten vor dem Hoteleingang. Katz blieb eine Stunde sitzen, wartete auf seinen Anruf. Schließlich gab er auf und verließ das Hotel.

Den restlichen Vormittag schlenderte er durch die Stadt, das Handy in der Brusttasche. Er besuchte Santa María, die älteste Kathedrale der Neuen Welt, errichtet von den ersten spanischen Kolonisten. Ging an Alcázar de Colón vorbei, dem Palast der Vizekönige, und durch den Parque Colón, den Stadtpark, in dem verstaubte Palmen und Hibiskusbüsche in der Hitze ihre Blätter hängen ließen.

Er navigierte sich durch das alte reißbrettartige Straßennetz, das früher einmal als Vorbild für die spanischen Orte in der Neuen Welt gedient hatte. Das Menschengewimmel war unbeschreiblich, amerikanische Touristen, heruntergekommene Bettler, extreme Armut neben ebenso extremem Luxus.

In regelmäßigen Abständen checkte er das Telefon, aus Sorge, Klingbergs Anruf verpasst zu haben. Doch das Handy blieb stumm, und er konnte nichts tun, außer zu warten.

Nachdem er an der Strandpromenade Malecón etwas zu Mittag gegessen hatte, nahm er sich seinen Reiseführer vor und las bei zwei Tassen Kaffee die Geschichte der Insel nach:

Hispaniola wurde von Christopher Columbus auf seiner ersten Entdeckungsreise in die Neue Welt 1492 entdeckt. Zweihundert Jahre lang hatte die Insel unter Herrschaft der spanischen Krone gestanden, bis der westliche Teil an Frankreich abgetreten wurde und den Namen Haiti bekam. Im Grunde hatten reiche Plantagenbesitzer die Geschicke beider Länder gelenkt, und dabei ein Vermögen durch den Export von Zucker angehäuft.

Im Zusammenhang mit den Napoleonischen Kriegen waren im französischen Teil der Insel Sklavenaufstände ausgebrochen. Dem schwarzen Rebellenführer Toussaint Louverture war es gelungen, die Franzosen aus dem Land zu vertreiben und sich selbst zum Kaiser auszurufen. Blutige Bürgerkriege folgten, aber die Sklaverei war zu Ende, und eine Landreform auf Kosten der Plantagenbesitzer wurde durchgeführt.

Auf der spanischen Seite von Hispaniola ging die Sklaverei dagegen weiter, sie war der Zankapfel, der ein halbes Jahrhundert lang zu Grenzkonflikten und zum Krieg mit Haiti führte, Konflikte, bei denen es um ethnische Zugehörigkeit und Sprache ging, um den Hass zwischen Schwarz und Weiß, um Freiheit kontra Sklaverei.

In den Dreißigerjahren hatte der USA-freundliche General Trujillo die Macht in der Dominikanischen Republik ergriffen. Der Wohltäter, wie er im Volksmund genannt wurde, taufte die Hauptstadt nach sich selbst neu in Ciudad Trujillo und machte rassistische Politik, die gegen ethnische Haitianer im Land gerichtet war. Daraus entstanden neue Spannungen zwischen den Regierungen in Santo Domingo und Port-au-Prince. 1937 kam es zum sogenannten Petersilienmassaker, von dem Angela Klingberg ihm erzählt hatte. Die Armee ließ im Grenzland zwischen den beiden Staaten dreißigtausend Haitianer mit der Machete abschlachten.

Trujillo wurde Anfang der Sechzigerjahre nach einem Komplott junger Offiziere erschossen. Mit der Zeit etablierte sich eine zerbrechliche Demokratie, der Tourismus wurde angekurbelt, die Landwirtschaft modernisiert, und heute zählte das Land zu den reichsten in der Karibik. Haiti dagegen war bettelarm geblieben.

Katz legte das Buch aus der Hand und schaute auf die von Palmen gesäumte Strandpromenade. Am Nebentisch beklagten sich zwei Frauen über den Service. Sie wollten möglichst nicht von *Africanos* bedient werden. Ein Jachthafen mit Luxusbooten lag auf der anderen Seite des Kais. Der Himmel wurde immer dunkler, und über den Bergen im Norden zuckten Blitze. Katz beschloss, zurück ins Hotel zu gehen.

Nur wenige Minuten nachdem er in seinem Zimmer angekommen war, brach ein tropisches Unwetter aus. Als er sich an den Laptop setzten wollte, fiel der Strom aus. Die Verbindung funktionierte nicht, und die Akkus hatten sich entladen.

Er holte das Satellitentelefon heraus, das Eva ihm mitgegeben hatte. Die Akkus waren ebenfalls leer. Er hatte das Gefühl, dass sie Kontakt mit ihm aufnehmen wollte, dass etwas Wichtiges passiert war seit seiner Abreise.

Die Mitarbeiterin von »Maria Ungdom«, der Drogenberatungsstelle für Jugendliche, war eine kleine Frau Mitte dreißig mit einem Muttermal unter dem linken Auge. Sie hatte Eva eine Aktenmappe vorgelegt, sodass diese sich den Inhalt anschauen konnte, während sie berichtete.

»Die Schweigepflicht gilt für Jonas ja nicht mehr«, sagte sie bekümmert, »jetzt, wo er tot ist. Ich kann das einfach nicht fassen. Ich habe ihn das letzte Mal vor knapp drei Monaten getroffen, und da hat er keine Drogen mehr genommen. Für immer aufgehört, das habe ich zumindest gedacht.«

»Warum haben Sie das geglaubt?«

»Meine Erfahrung. Er wollte wirklich aufhören, das war ein existenzieller Beschluss, und das ist besser als jeder Zwangsentzug und alle Behandlungsprogramme auf der Welt. Und dann die Tatsache, dass er es allein geschafft hat, clean zu werden. Das ist wirklich eine heikle Angelegenheit. Der Wille muss stärker sein als die Drogensucht. Wissen Sie, wie der Körper reagiert, wenn man mit Heroin aufhört?«

»Ja, das weiß ich.«

»Mit Schmerzen. Es kribbelt im ganzen Körper, als ob man Ameisen unter der Haut hat. Angst natürlich, Schlaflosigkeit ... noch mehr Schmerzen, Magenkrämpfe, Erbrechen, Durchfall ... die Knochen fühlen sich wie Gips an, die geringste Berührung ist wie ein Faustschlag.«

»Wie hat er es geschafft, clean zu werden?«

»Er hat sich Tramadol und Codein besorgt, das hat er während des Entzugs genommen, und das lindert natürlich die Schmerzen etwas, aber das erklärt die Sache nicht ganz. Er wollte wirklich aufhören und ein neues Leben anfangen.«

»Wie haben Sie mit ihm kommuniziert? Soweit ich weiß, war er doch taub.«

»Meine Eltern sind gehörlos, ich bin mit der Zeichensprache aufgewachsen. Ich bin tatsächlich die Einzige hier in der Gegend, die gehörlosen Junkies helfen kann. Und von denen gibt es mehr, als man denkt. Außerdem konnte Jonas ein bisschen hören, wenn er sein Hörgerät benutzt hat.«

Eva blätterte in der Akte. Informationen über die psychische Gesundheit des Jungen, frühere Therapiepläne, Informationen über Kontaktpersonen; Sandra Dahlström und Linnie Holm schienen die wichtigsten Bezugspersonen gewesen zu sein. Alte Ermittlungen, mehrere Anordnungen über die Platzierung in Pflegefamilien, aber nichts über seine biologischen Eltern. Ihre Anonymität wurde offenbar durch das Datenschutzgesetz gewährleistet. Gewisse Dokumente würde sie nur zu sehen bekommen, wenn sie über die Polizeibehörden eine Anordnung erwirkte.

»Sie haben erwähnt, dass er Sie treffen wollte, kurz bevor er starb?«

»Ja. Er wollte mir etwas erzählen.«

»Und was?«

»Das weiß ich nicht, mir kam das alles ziemlich abstrus vor. Er hat erzählt, dass er einen Schlussstrich ziehen wollte unter ein medizinisches Experiment, an dem er teilgenommen und mit dem er seit Jahren seine Sucht finanziert habe. Er wollte abspringen, wie er sagte, und der erste Schritt war, clean zu werden. Wir hatten einen Termin zwei Tage, bevor er tot aufgefunden wurde. Da wollte er mir mehr drüber erzählen.«

»Das klingt mysteriös.«

»Man sollte nicht außer Acht lassen, dass man Jonas nicht immer alles glauben durfte. Er hat ab und zu Wirklichkeit und Fantasie nicht so klar getrennt, das hat es ihm einfacher gemacht, sein Leben zu ertragen. In den letzten Jahren ist er mehrere Male wegen toxischer Psychose im Sankt Görans Krankenhaus behandelt worden. Er hat Stimmen gehört, die ihm gesagt haben, was er tun soll, die seinen Willen gelenkt haben, wie er behauptet hat. Und dann wurde er extrem gewalttätig, viel gewalttätiger als sonst.«

»War er das schon als Kind, gewalttätig?«

»Er hat seine kleine Schwester fast zu Tode gequält, als er zehn Jahre alt war. Das war für seine leiblichen Eltern der Tropfen, der das Fass zum Überlaufen gebracht hat. Daraufhin haben sie ihn dem Jugendamt übergeben.«

»Würden Sie ihn als Psychopathen bezeichnen? Das steht hier so in den Unterlagen.«

»Das ist die Diagnose eines Arztes, und die ist schon mehrere Jahre alt. Aber ehrlich gesagt glaube ich das nicht. Er war ein Mensch mit Empathie, er konnte Mitleid mit anderen empfinden.«

»Und die Sache mit dem medizinischen Experiment, haben Sie jemals mehr darüber herausgefunden?«

»Nein. Aber ich gehe davon aus, dass er das erfunden hat.«

Eva blickte aus dem Fenster, auf den Regen, der jetzt auf den Parkplatz niederprasselte. Sie sah Lisa vor sich, verdrängte aber schnell dieses Bild.

»Haben Sie jemals Kontakt mit einer gewissen Sandra Dahlström oder Linnie Holm gehabt? Die beiden werden auch in Ihren Unterlagen erwähnt.«

»Ich weiß, von wem die Rede ist, aber sie waren vor meiner Zeit die Betreuungspersonen von Jonas, bevor ich sozusagen das Ruder übernommen habe, weil sonst niemand mit Jonas zurechtgekommen ist. Schlussendlich gab es im Prinzip keine Institution mehr, die bereit war, ihm zu helfen, bis auf das Personal in der Notaufnahme der Psychiatrie, weil die dazu verpflichtet waren.«

»Wissen Sie, wo er sich die letzten Monate aufgehalten hat, nachdem er clean war?«

»Er war obdachlos, hatte ja alle Brücken hinter sich abgebrannt. Unter anderem hat er in Straßentunnels geschlafen. Siebzehn Jahre alt. Das ist schrecklich.«

»Hat er jemals ein abbruchreifes Haus erwähnt, in dem er übernachtet hat?«

»Ja, hat er tatsächlich. Ich hätte nicht gedacht, dass es so etwas in Stockholm gibt, bei den Grundstückspreisen.«

»Hat er gesagt, wo es liegt?«

»Nein. Nur, dass er dort seine Ruhe hatte. Es gab einen Zugang zu dem Haus, den niemand außer ihm kannte. Und darüber war er froh. Junkies bestehlen sich ja auch gegenseitig ...«

Auf dem Weg zurück ins Wirtschaftsdezernat versuchte sie, Katz anzurufen, aber er meldete sich nicht am Satellitentelefon. Es schien sich überhaupt keine Verbindung aufzubauen. Ein leichtes Gefühl von Unruhe überfiel sie. Sie hätte gern eine Reaktion auf das Foto gehabt, das sie eingescannt und ihm gemailt hatte; das, auf dem Julin zusammen mit Jonas Åkesson vor einem verfallenen Haus steht. Aber das einzige Lebenszeichen, das sie erhalten hatte, war eine Mail, in der er kurz mitgeteilt hatte, dass er gut angekommen war.

Sie wählte die Nummer der Zentrale für Gesteinssprengungen und bekam denselben Mann an den Apparat wie am Vortag.

»Ich habe ein paar Informationen von den Sprengmeistern besorgen können«, sagte er, »aber keiner der Zeitpunkte stimmt mit dem überein, den Sie angegeben haben, 12.05 Uhr vorgestern.«

»Wie viele Antworten erwarten Sie noch?«

»Ungefähr zehn.«

»Können Sie mich anrufen, sobald eine Angabe mit dem Zeitpunkt übereinstimmt?«

»Das kann ich machen. Worum geht es eigentlich? Ist es etwas Wichtiges?«

»Es geht darum, ein entführtes Mädchen zu finden.«

Einen Moment lang blieb es still.

»Ich glaube, ich kann den Herren mal etwas Dampf machen«, sagte er. »Ich rufe Sie heute Nachmittag an.«

Ein abbruchreifes Haus, dachte sie, als er aufgelegt hatte, mit einem Versteck, das nur wenige kennen ... Sprengungen ... sie wusste, dass das zusammengehörte.

Eine Viertelstunde später war sie zurück im Wirtschaftsdezernat der Kriminalpolizei in der Hantverkargatan. Zu ihrer Verwunderung wartete Danielsson in ihrem Büro auf sie. Vier ausgedruckte Fotos lagen auf ihrem Schreibtisch. Das oberste zeigte sie selbst vor dem Zaun von Klingbergs Villa in Djursholm.

»Kannst du mir erklären, was das hier ist, Eva?«

Das war das Ende, sie konnte nicht länger lügen.

»Woher hast du die?«

»Die älteste Tochter hat uns angerufen, sie hat sich Sorgen um ihren Vater gemacht und war rausgefahren, um nachzusehen, ob etwas passiert war. Ich war als Erster an Ort und Stelle. Am Haus gibt es überall Überwachungskameras. Jemand hat die Filme gelöscht, aber wir haben eine Back-up-Funktion entdeckt.«

»Was gedenkst du, nun zu tun ... mich festnehmen?«

»Vielleicht.«

Er erhob sich aus dem Besucherstuhl, nahm die Fotos vom Schreibtisch und musterte sie skeptisch.

»Zwei Leichen sind im Haus gefunden worden. Pontus Klingberg und Katz' früherer Chef, Rickard Julin. Begreifst du, was das bedeutet? Das wird einen ziemlichen Tanz geben!«

»Wer außer dir weiß noch, dass ich dort war?«

»Bis jetzt keiner. Die Überwachungsfilme sind auf meinem Tisch gelandet, und ich habe sie noch nicht weitergeleitet. Aber es ist natürlich nur eine Frage der Zeit, bis ich es tun muss.«

»Wie viel Zeit?«

»Die ist bereits abgelaufen. Verdammt noch mal, erklär mir endlich, was hier Sache ist!«

»Das kann ich nicht.«

»Du hast keine andere Wahl.«

»Man hat immer eine Wahl. Das Leben meiner Tochter steht auf dem Spiel.«

Er schaute sie lange an, und ihm war klar, dass sie nichts sagen würde, und nichts würde daran etwas ändern, keine Drohung, kein Bitten.

»Ich weiß auch nicht, wieso ich das sage«, sagte er, »aber ich gebe dir drei Stunden, um was zum Teufel du hier machst zu beenden. Dann werde ich dich zur Vernehmung vorladen und eine Erklärung dafür verlangen, dass du auf den Überwachungsbildern von einem Haus zu sehen bist, in dem zwei Leichen liegen, noch dazu mit einem Mann, der unter Mordverdacht steht und gesucht wird, und einem weiteren bekannten Kriminellen.«

Sie trat an den Schreibtisch und besah sich die anderen Fotos. Katz und Jorma waren auch zu sehen.

»Bist du es, die ihn versteckt?«, fragte Danielsson. »Du brauchst mir jetzt nicht zu antworten. Aber verdammt bald. Ich setze deinetwegen meine Karriere aufs Spiel. Und ich verstehe nicht einmal, warum ich das überhaupt mache. Weil wir miteinander geschlafen haben? Glaub das bloß nicht. Egal was zwischen uns war, es ist zu Ende. Du bist nicht mein Typ, Eva, das habe ich inzwischen eingesehen.«

Er lächelte gequält und ging zur Tür.

»Eva Dahlman«, sagte er. »Dein Mädchenname ... 1984 warst du einem ähnlichen tätlichen Angriff ausgesetzt wie Angela Klingberg. Danny Katz wurde für die Tat verurteilt. Aber du hast dich geweigert, gegen ihn als Zeugin auszusagen.«

Sie sah ihn flehend an.

»Kannst du mir noch einen Gefallen tun? Es ist das allerletzte Mal, versprochen.«

Er seufzte nur, was sie als Ja deutete.

»Eine Telefonnummer. Ich glaube, sie gehört zu einem Anschluss in der Dominikanischen Republik, eine Handynummer. Es muss möglich sein, das Telefon zu orten und festzustellen, wo sich der Kartennutzer aufhält.«

»Warum rufst du nicht einfach an und fragst?«

»Das geht nicht. Die Person soll auf keinen Fall Verdacht schöpfen. Ich erkläre dir alles später.«

Der Anruf kam am frühen Morgen. Klingbergs Stimme klang wie aus weiter Ferne, als hätte er schlechten Empfang. Katz solle augenblicklich aufbrechen, Richtung Westen nach San Juan de la Maguana fahren. Die Route war im Navi des Mietautos einprogrammiert. Er würde unterwegs weitere Anweisungen erhalten. Es war wichtig, dass er nichts mitnahm, nur die Kleider, die er am Leib trug, und das Handy.

Dem Hotelpersonal sagst du, dass du einen Ausflug machst und in ein paar Tagen wieder zurück bist. Lass Taschen und Gepäck auf dem Zimmer. Und glaub mir, ich habe die Möglichkeit, zu kontrollieren, ob du wirklich das tust, was ich sage.

In der Garage war es dunkel. Der Stromausfall war noch nicht behoben worden. Ein Portier fuhr für ihn den Wagen heraus.

Er schlängelte sich durch den alten Stadtkern und folgte der Avenida George Washington, bis er das Zentrum hinter sich gelassen hatte. Slums säumten die Ausfallstraße, Hütten aus Blech und Plastik, die bei der nächsten Hurrikansaison weggeweht werden würden. Zerlumpte Kinder spielten zwischen Müll.

Als er eine Stunde später nach Nordwesten abbog, sah er sich ins Mittelalter zurückversetzt. Landarbeiter arbeiteten mit Hacken und Macheten auf den Feldern. Karren wurden von Ochsen gezogen. Keine weißen Gesichter mehr, abgesehen von den Insassen der entgegenkommenden Autos.

Je weiter er ins Landesinnere fuhr, umso spärlicher wurde der Verkehr. Die Landschaft veränderte sich, wurde grüner, die Hügel dichter bewaldet.

In den Tälern, die er durchfuhr, savannenähnliche Gebiete. Genau im Norden ragte die wolkenverhangene Spitze des Pico Duarte dreitausend Meter über den Meeresspiegel empor.

Auf einem Rastplatz machte er Pause. Ein Mann in kaputten Sandalen versuchte, ihm Benzin aus einem Plastikkanister zu verkaufen. Der Mann sagte etwas auf Kreolfranzösisch. Als Katz ablehnte, nahm er den Kanister und verschwand auf einem Feld.

Katz öffnete die Motorhaube und tat, als inspiziere er den Motor. Er ließ fünf Minuten verstreichen, ohne dass ein Auto vorbeifuhr. Er ging um den Wagen herum, öffnete die Beifahrertür, nahm das Miniatursatellitentelefon und das Ladegerät heraus, das er unter die Fußmatte gelegt hatte. Er riss ein Stück von dem Isolierband ab, das er mitgenommen hatte, ging zurück zur Motorhaube und klebte die Geräte unter den Kühler. Er brauchte möglichst bald Strom, damit er Eva anrufen konnte.

Dann stieg er wieder ein und fuhr weiter. Eine Stunde später kam er in San Juan de la Maguana an.

Der Ort war ein verschlafenes Provinznest. Männer mit Strohhüten saßen unter kaputten Sonnenschirmen im Schatten und warteten auf nichts. Bettelnde Kinder liefen hinter dem Auto her. Katz hielt vor einer Apotheke, die offensichtlich das Zentrum des Ortes darstellte. Bei laufender Klimaanlage blieb er zehn Minuten im Wagen sitzen, bis Klingberg anrief.

»Ich nehme an, dass du angekommen bist.«

»Ja, ich bin vor Ort.«

»Du hast unterwegs einmal angehalten, soweit ich weiß?«

Also musste das Auto verwanzt sein, dachte Katz. Klingberg hatte sich entweder mit dem GPS verbunden oder irgendwo in dem Land Rover einen Sender installiert.

»Der Motor hat sich komisch angehört, ich hatte Angst, dass er heiß gelaufen war. Aber das war falscher Alarm.«

»Das freut mich. Ich hoffe, du hast die Landschaft genießen können. Die Sierra. Den Blick aufs Meer, als du aus Santo Domingo rausgefahren bist. Die alte Sommerheimat meiner Jugend. Ich war mit meinem Großvater immer ein paar Monate im Jahr auf der Insel. Was mich betrifft, nur schöne Erinnerungen.«

Er verstummte und atmete direkt ins Telefon.

»Du näherst dich«, sagte er. »Ab jetzt musst du ganz genau meinen Anweisungen folgen. Verstehst du, was ich sage?«

Katz bejahte.

»Fahr weiter Richtung Westen nach Las Matas de Farfán. Ein paar Kilometer hinter dem Ort siehst du eine kleine Straßenkapelle. Da biegst du auf eine schmalere Landstraße ab. Ich rufe dich wieder an, wenn du dort bist.«

Er legte auf, ohne eine Antwort abzuwarten. Katz startete den Wagen und fuhr weiter.

Sie musste Katz unbedingt erreichen, ihm sagen, was sie herausgefunden hatte. Und sollte ich Lisa finden, dachte sie verwirrt, dann muss er das auch wissen. Damit er wieder nach Hause fliegen kann.

Aber das verdammte Satellitentelefon blieb stumm.

Danielsson war es gelungen, die Nummer zu lokalisieren, die sie in Sandra Dahlströms Adressbuch entdeckt hatte. Sie gehörte einem Teilnehmer in der Dominikanischen Republik. Vor zwei Tagen war sie von einem unbekannten Telefon aus angerufen worden. Ein Gespräch von drei Minuten. Seitdem keinerlei ein- oder ausgehende Anrufe unter dieser Nummer.

Sie beobachtete das Haus, das hinter dem verwilderten Garten kaum zu sehen war. Lisa ... jetzt, da es einen Hoffnungsschimmer gab, wagte sie eher, an sie zu denken.

In der Zentrale für Gesteinssprengungen hatte sie einen Treffer gelandet. Der Mann, mit dem sie gesprochen hatte, hatte sie am Nachmittag mit, wie er hoffte, guten Nachrichten zurückgerufen. Zwei Tage zuvor, um 12.05 Uhr, waren vier Sprengladungen von jeweils zwei Kilo unter den Felsen am Margretelundsvägen in Traneberg gezündet worden. Es handelte sich um verspätete Schachtarbeiten für die neue U-Bahn-Strecke zwischen Alvik und Solna.

»Die Explosionen müssen in einem Radius von fünfhundert Metern deutlich zu hören gewesen sein«, hatte er ihr erklärt, »die Vibrationen vielleicht in einem doppelt so großen Umkreis.«

Hier wurde sie also gefangen gehalten, entlang der Route, die Klingberg an dem Tag gefahren war, als er sein Verschwinden inszeniert hatte.

Der Grund, warum Klingberg in Traneberg gewesen war, hatte nichts mit der Entführung seines Bruders zu tun, wie Katz zuerst geglaubt hatte, als er die Strecke nachgefahren war. Es hatte auch nichts damit zu tun, dass Katz hier wohnte, dass es aussehen sollte, als hätte er mit dem Verschwinden etwas zu tun, oder weil die Luxusjacht der Familie früher hier in der Nähe in der Werft gelegen hatte. Julin war bei Klingberg gewesen, dachte sie. Julin hatte ihn hier rausgelassen und dann den Wagen ins Parkhaus in der City gefahren, wo er auf Jonas Åkesson gestoßen war.

Nachdem sie mit dem Mann in der Zentrale für Gesteinssprengungen gesprochen hatte, war sie so schnell sie konnte losgefahren, und hier lag es also, das verfallene Haus, zweihundert Meter von der Stelle entfernt, wo gesprengt worden war.

Das Haus war vor zehn Jahren von Capitol Security gekauft worden. Marianne Lindblom, ihre zuverlässige Gehilfin im Dezernat, hatte das für sie herausgefunden. Es gab Baupläne für ein neues Bürogebäude auf dem Grundstück, aber das Unternehmen hatte die alte Villa nie abreißen lassen und sie stattdessen dem Verfall preisgegeben.

Eva blieb im Wagen sitzen und beobachtete das Grundstück durch ein Fernglas, während sie darauf wartete, dass Jorma auftauchte. Bis jetzt keine Regung, kein Autoverkehr. Die Werft und die anderen Kleinbetriebe in der Nähe hatten für heute Feierabend gemacht.

Ihr Handy klingelte, sie nahm das Gespräch an, dachte, es sei Jorma. Aber es war Ola.

»Was Neues?«, fragte er.

»Nein.«

»Ich werde noch wahnsinnig. Kann nicht arbeiten, nicht essen, nicht schlafen. Die Gedanken drehen sich im Kreis.«

»Wir werden sie finden.«

»Woher weißt du das? Wir müssen uns darauf einstellen, dass sie tot sein kann.«

Das wollte sie sich nicht vorstellen. Und sie konnte ihm nichts von dem verraten, was sie wusste. Durfte nicht einmal die Polizei hinzuziehen, denn wenn es etwas gab, was sie begriffen hatte, dann das: Klingberg hielt sein Wort.

»Wo bist du? Ich muss dich sehen ... nur mit dir reden. Erika hält es nicht mehr aus mit mir.«

Sie schaute wieder zum Haus. Die Fassade gelb gestrichen, fehlendes Balkongitter, das Dach teilweise eingestürzt. Es war sicher früher einmal schön gewesen, eine luxuriöse architektengeplante Villa mit drei Stockwerken, Blick über den Ulvsundasjön. Sie vermutete an die zehn Zimmer und einen Keller. Was hinter dem Haus war, konnte sie nicht sehen. Schuppen? Eine Garage?

»Eva, hörst du mich, bist du noch dran?«

Am Wasser und an einem Ort, wo gesprengt wird ... Und wenn sie sich irrte? Das durfte nicht sein. Das hier war ihre einzige Möglichkeit.

»Ich bin noch dran.«

»Sag mal, was macht eigentlich die Polizei? Ich habe seit über einem Tag nichts von denen gehört. Sind wir denen scheißegal? Das kann's nicht sein. Du musst deine Beziehungen spielen lassen. Ich werde noch wahnsinnig, weil ich nichts tun kann. Und Arvid, was zum Teufel soll ich Arvid sagen, er versteht doch gar nicht, was los ist ...«

Ein gebrochener Mann, dachte sie. Sollte das Schlimmste passieren, wird er sich nie wieder hochrappeln. Und sie selbst auch nicht.

Dann sah sie eine Bewegung weiter hinten auf der Straße, an der Kurve. Sie hoffte auf Jormas Auto, das langsam heranrollte. Fehlanzeige. Es war ein kleinerer Wagen, der fünfzig Meter vom Haus entfernt anhielt. Eine Frau stieg aus, schaute sich misstrauisch um. Sie trug eine graue Strickjacke.

»Ich muss jetzt auflegen«, sagte Eva. »Ich rufe dich wieder an. Ich muss hier erst noch was erledigen. Versuch, so lange ruhig zu bleiben. Wir kriegen das hin.«

Er näherte sich der Grenze zu Haiti. Dichter Dschungel zu beiden Seiten der Straße. Hier und da tat sich im Urwald eine Lichtung mit einer Tabakplantage auf. Er sah keine Menschen, keinen Verkehr. Bunte Schmetterlinge flogen aus den Gräben auf, wenn er vorbeifuhr.

Klingberg hatte erneut angerufen und ihn auf kleinere Wege gelotst, die ihn immer weiter in die Wildnis führten.

Er schaltete das Autoradio ein, den rauschenden Sender von Port-au-Prince. Zappte zwischen den Musiksendern hin und her, die abwechselnd Salsa und jamaikanischen Reggae spielten. Kam bei einer Talkshow mit einer Moderatorin heraus, deren Französisch so voller kreolischer Ausdrücke war, dass er nicht mal die Hälfte verstand. Auf einem dominikanischen Sender am Ende der FM-Skala liefen Nachrichten auf Spanisch. Ein Orkan geringer Stärke wurde innerhalb der nächsten vierundzwanzig Stunden an der Ostküste erwartet. Den Einwohnern von Punta Cana und La Romana wurde geraten, in ihren Häusern zu bleiben und weitere Nachrichten im Radio abzuwarten, es könne sein, dass Teile der Küste evakuiert werden müssten.

Er fuhr noch immer bergauf. Ein Papageienschwarm segelte schnatternd einen Berghang hinunter. Die Straße war von Bächen zerschnitten. Lehm spritzte an die Windschutzscheibe. Als der Weg eine scharfe Linkskurve machte, kam der Land Rover ins Schleudern, und Katz bekam ihn erst hinter der Kurve wieder in den Griff.

Genau dort, wo er zum Stillstand kam, stand ein Altar am Wegrand. Ein abgeschlagener Schlangenkopf lag in einer Blutlache auf einer weißen Decke. Daneben standen eine Flasche Rum, ein Kruzifix und ein Kandelaber mit roten Kerzen. Schuhe waren an den Baumstämmen in der Lichtung festgenagelt worden.

Katz fuhr noch eine weitere Stunde durch den Wald, die Straße wurde immer schlechter, eine Art Lehmmorast, der eine enge Passage zwischen den Bäumen bildete. Dann wurde der Weg plötzlich wieder breiter, die Landschaft öffnete sich.

Halb verwilderte Zuckerrohrfelder zu beiden Seiten des Weges. Verfallene Blechhütten mit Schildern auf Französisch und Spanisch. Dann mehr Gebäude, Zuckerrohrmühlen, eine Anlage aus Beton, von der er vermutete, dass es sich um eine ehemalige Zuckerraffinerie handelte. Kleine Wohnhäuser aus Blech und Bambus mit Verandas. Dann ein größeres Gebäude im Kolonialstil, umgeben von Palmen. Verwilderte Hunde liefen kläffend über den Hofplatz.

In dem Moment, als er den Wagen anhielt, klingelte das Telefon. Der Empfang war schlecht, Klingbergs Stimme kaum zu verstehen: »Du bist angekommen. In dem großen Haus ist ein Zimmer für dich vorbereitet worden.«

Das Haus schien seit mehreren Jahren nicht mehr bewohnt worden zu sein. Die Fensterläden waren verriegelt. Die Möbel in stockfleckige Laken eingehüllt. Eine dicke, unberührte Staubschicht bedeckte den Boden im Salon.

Es gab keinen Strom. In der Küche standen leere Wasserkalebassen. Rattenkot auf dem Boden.

Er kam in eine Bibliothek mit einer Regalwand voller in Kalbsleder gebundener Bücher. Die Titel waren spanisch und französisch. An der gegenüberliegenden Wand befand sich eine Bildergalerie. Porträts in Öl der früheren Besitzer des Hauses, wie er vermutete, in chronologischer Reihenfolge aufgehängt. Das älteste zeigte einen Mann mit einem federgeschmückten Hut und einer Tonpfeife in der Hand, aus dem siebzehnten Jahrhundert, wie es schien. Das jüngste war ein Porträt von Gustav Klingberg um die vierzig im Nadelstreifenanzug, einen Bluthund zu seinen Füßen.

Katz ging ins obere Stockwerk und fand das beschriebene Zimmer. Eine Flasche Mineralwasser stand auf einem Tisch. Ein Himmelbett mit Moskitonetz thronte in der Mitte des Raumes. Massive Mahagonimöbel standen entlang der Wände. Hinter der Fenstertür ein Balkon mit Blick auf einen verschlammten Pool.

Der ganze Nachmittag verging, ohne dass er eine Menschenseele zu Gesicht bekam. Ziellos durchstreifte er das Gelände, das früher einmal eine Plantage der Familie Klingberg gewesen sein musste. Die Zuckermühlen schienen seit vielen Jahren stillzustehen. Die Wirtschaftsgebäude enthielten keine Maschinen oder anderes Inventar.

In einem Schuppen hingen Schlachtmasken und Bolzenschussapparate an den Haken, und es gab einen Schlachtpferch mit schwärzlichem, eingetrocknetem Blut. Tierknochen und Schweineschädel lagen aufgetürmt hinter der Tür.

Er nahm ein Bolzenschussgerät von der Wand und wog es in der Hand. Die Konstruktion war einfach; eine Feder trieb den Bolzen aus dem Zylinder heraus. Das Eisen war verrostet, aber der Federmechanismus schien noch zu funktionieren. Katz schob sich das Gerät in die Hosentasche. Das war zumindest so etwas Ähnliches wie eine Waffe.

Er ging einen halb zugewachsenen Lehmpfad hinunter, schaute in alte Arbeiterhäuser, Hütten mit festgestampftem Erdboden und Wellblechdächern. Fenster und Türen waren entfernt worden, aber rostige Etagenbetten standen noch da. Vergilbte Werbeplakate für haitianischen Rum hingen an den Wänden. Vermoderte Kleider und Schuhe lagen im Kleiderschrank.

Neue Regenwolken zogen am Horizont auf. Der Himmel war leichengrau.

Auf die Tür eines aus Zement gebauten Hauses hatte jemand einen blutenden schwarzen Mann gemalt, dem Hunde die Wunden leckten. Legba, oder Sankt Rochus, der Heilige der haitianischen Sklaven. Die Fenster fehlten, die Tür war mit einem dicken Vorhängeschloss versehen. Ein zur Hälfte mit Salz gefülltes Holzfass stand vor der Tür.

Katz ging den Weg entlang, den er mit dem Wagen gekommen war, bog auf einen kleinen Pfad ab, der zum Waldrand und zu einem kleineren Gebäude führte.

Es war eine Kapelle mit einem kleinen Friedhof daneben. Es gab nur zwei Gräber, markiert mit gusseisernen Kreuzen. Auf den Kreuzen saßen hinter Glas Fotos. Eine alte schwarze Frau auf dem einen. Sie lag in ein weißes Hemd gewickelt in einem Sarg. Er las den Namen und die Jahreszahl: Marie Bennoit, geboren am siebenundzwanzigsten September 1921, gestorben am elften November 1978.

Er schaute sich das andere Kreuz an. Das unscharfe Foto zeigte einen Jungen mit Gesichtszügen eines Mulatten, auch er lag in einem Sarg. Es stand keine Name darunter, nur Geburts- und Todesjahr: 1963–1979. Der Junge ähnelte Kristoffer Klingberg.

Schwärme von Moskitos folgten ihm, als er zurück zum Haus ging. Die Dunkelheit setzte schnell ein. Es war kein Mond zu sehen, keine Sterne, die Wolkendecke wurde immer dichter. Wieder sah er das Rudel Wildhunde, sie standen auf der Straße, knurrten, fletschten die Zähne, doch als er einen Stein vom Boden aufhob, liefen sie davon.

Unmittelbar darauf brach ein Unwetter los, grelle Blitze zerteilten den Himmel und ließen den Berg wie Phosphor erstrahlen. Es begann zu regnen, dicke, lauwarme Wassertropfen, die immer dichter fielen und sein Gesicht peitschten. Starke Windböen pflügten wie unsichtbare Riesen durch das Zuckerrohrfeld.

Katz ging hinauf in das Zimmer, das für ihn vorbereitet worden war, zündete die Kerzen in den Kandelabern neben dem Bett an, verschloss Fensterläden und Fenster. Der Regen wie ein ununterbrochener Trommelwirbel auf dem Dach. Er warf einen Blick auf das Telefon. Fast kein Akku mehr, und er würde es hier nicht aufladen können. Wenn Klingberg ihn noch einmal anrufen wollte, musste er es bald tun. Aber vielleicht war das gar nicht seine Absicht?

Er legte sich auf die Matratze und schaute in den zerschlissenen Betthimmel.

Plötzlich fiel ihm alles wieder ein.

Klingbergs Freundin in Uppsala. Wie war ihr Name gewesen, Ingrid?

Das hatten die Drogen mit ihm gemacht, das Gedächtnis perforiert, Löcher hineingestanzt, wichtige Teile von Informationen herausgenommen und vernichtet.

Im letzten Semester in Uppsala waren sie zusammen gewesen. Klingbergs alte Freundin aus Sigtuna, eine

Teenagerliebe, die ein paar Monate gehalten hatte, bis sie nach Frankreich zog, um dort auf eine Sprachschule zu gehen, und die beiden, soweit Katz wusste, Schluss machten.

Sie hatte die Jungs in ihrer gemeinsamen Studentenbude besucht. Klingberg hatte Katz diskret gebeten, sich für ein paar Stunden fernzuhalten. Dieser war in die Konditorei Ofvandahls gegangen und hatte bei einem halben Dutzend Tassen schwarzem Kaffee Russisch gelernt, bevor er ins Zimmer zurückkehrte, wo ihn Klingberg und Ingrid mit einer Mischung aus Scham und Befriedigung in den Augen empfingen.

Sie gehörte genau wie Klingberg zur Oberschicht. Fuhr einen roten Porsche 911, den ihre Eltern ihr zum Abitur geschenkt hatten.

Er erinnerte sich, dass sie im Mai einmal auf einer Party im Studentenwohnheim gewesen und er allein mit ihr auf dem Balkon gelandet war. Er hatte ihr eine Gauloise angeboten, mit ihr auf Französisch herumgealbert – er hatte die Sprache auf dem Gymnasium gelernt, sechs Semester in weniger als einem Jahr absolviert – und ihr seine Lederjacke geliehen, als sie sagte, ihr sei kalt. Sie hatten Alkohol getrunken, erinnerte er sich, Jahrgangswhisky, den sie von zu Hause mitgebracht hatte. Trinkgewohnheiten, von denen er noch nicht einmal gehört hatte, bevor er Klingberg kennenlernte. Das ganze Leben dieser Leute war so vollkommen anders als seines, mit Sprachreisen, Familiensitz, Sportwagen, Privatchauffeuren und einer Geldquelle, die nie versiegte.

Er hatte ihr eine Hand unters Kleid geschoben, die Finger waren dem Slipsaum gefolgt, sie war bereits feucht. Dann hatte er sich weitergetastet, unter den Stoff, hatte die Schamlippen berührt, die glitschig waren von Sekret, während er weiterhin Witze auf Französisch gerissen hatte, mit dem Rücken zur Balkontür stehend, sodass keiner von den anderen sehen konnte, was da vor sich ging.

War er auf Drogen gewesen? Er wusste es nicht mehr. Gut möglich, dass er etwas genommen hatte. Damals kam es immer noch vor, dass er einen Rückfall hatte. Aber keine Erinnerung an irgendwelche Skrupel. Zumindest war er von keinem moralischen Imperativ gehindert worden. Nicht zu jener Zeit. Er hatte das als eine Art Steuerrückerstattung angesehen, von den Reichen zu nehmen und den Armen zu geben.

Die Verachtung gegenüber Klingberg, die er in seinem tiefsten Inneren gespürt hatte ... dieser Weichling, diese Tunte ... war es nicht so, dass er das vielleicht durchaus getan hatte, um die Beziehung der beiden kaputt zu machen?

Zwei Tage später war sie zurückgekommen, an einem Samstag, als Klingberg daheim bei seinem Großvater in Djursholm war. Sie hatten in Klingbergs Bett miteinander geschlafen. Katz erinnerte sich, dass sie hinterher vor lauter Schuldgefühlen angefangen hatte zu weinen.

Am Sonntagabend war Klingberg zurückgekommen. Katz hatte sich nicht einmal die Mühe gemacht, die Spuren zu beseitigen. Das Kondompäckchen lag noch in Klingbergs ungemachtem Bett. Das Tuch, das sie vergessen hatte, lag auf dem Boden. Klingberg hatte gefragt, ob es stimme, ob Katz wirklich mit ihr geschlafen habe, und dieser hatte als Antwort nur gelacht. *Ich begreife das nicht,* hatte Klingberg gemurmelt, als er das Zimmer verließ, *der einzige Mensch, dem ich jemals vertraut habe.*

Kurz darauf waren sie vom Wehrdienst entlassen worden. Katz war überzeugt gewesen, dass sie sich nie wiedersehen würden.

Mitten in der Nacht wachte er von Trommelgeräuschen auf. Das Foto auf dem Friedhof, war das wirklich Kristoffer, der da im Grab lag, und wenn ja, wie war er dorthin gekommen? Er erinnerte sich wieder an Ingrid. Damals war die Sache nicht wichtig gewesen, einfach etwas, was er ohne schlechtes Gewissen getan hatte, so war er damals nun einmal gewesen, und deshalb und mithilfe der Drogen, die er im darauffolgenden Jahrzehnt in sich hineingestopft hatte, hatte er alles vergessen.

Das Unwetter schien nachgelassen zu haben, aber vielleicht machte es auch nur eine Pause. Katz blieb im Bett liegen und lauschte den Trommeln, ein schneller, prasselnder Rhythmus in der Ferne. Er sah auf das Handy auf dem Nachttisch: Noch hatte es ein wenig Akku. Aber Klingberg würde nicht anrufen.

Er stand auf und zog sich an. Er hörte das Rascheln der Kakerlaken, die über den Boden huschten. Er dachte an nichts Bestimmtes, wurde immer tiefer in das Gefühl der Unwirklichkeit hineingezogen. Wie war er nur hierhergelangt, wo er jetzt war ... und wie hatte alles angefangen?

Als er auf den Hofplatz trat, wirkte die Landschaft wie verchromt. Durch die Schleierwolken waren verstreute Sternenhaufen zu sehen. Das Geräusch der Trommeln hatte einen anderen Charakter bekommen.

Er ging an den Baracken vorbei zu den Zuckerrohrfeldern. Die Fledermäuse vollführten vor ihm in der Luft akrobatische Nummern, der Vollmond hing an einem unsichtbaren Faden am Horizont. Er ging weiter auf die Trommellaute zu, oder vielmehr in die Richtung, aus der er sie zu hören glaubte. Ging an den Zuckerrohrmühlen vorbei und gelangte zu einem offenen Feld. Auf der anderen Seite lauerte wie eine schwarze Mauer der Dschungel. Schwaches Licht flackerte zwischen den Baumstämmen.

Katz folgte einem Bewässerungsgraben, der auf den Lichtschein zulief. Der Geruch von Schlamm und vermodernden Pflanzen stieg aus dem stehenden Wasser auf. Frösche sprangen quakend vor seinen Füßen davon. Dann war er am Waldrand angelangt. Entdeckte in der Mauer aus Gewächs eine Art Tor, mit Macheten ausgehauen, und folgte einem gerodeten Pfad weiter in den Dschungel.

Er ging fünf Minuten, bis sich eine Lichtung auftat, in deren Mitte in einer ausgehobenen Grube ein Feuer brannte. Katz machte zwanzig Schritte in den Wald zurück, sodass er zwischen den Bäumen verborgen war.

Ein Fest mit ekstatisch tanzenden Menschen. Er sah einen berauschten Mann, der aus einer Rumflasche trank, die Öffnung abwischte und die Flasche an einen Jungen weiterreichte. In einiger Entfernung noch mehr Menschen, ein paar hockten auf dem Boden und spielten Trommel, eine ältere Frau schüttelte eine Art Rassel. Alle arm, in Lumpen gekleidet.

Auf einem Stuhl neben den Trommlern saß ein Mensch, mit einem weißen Laken bedeckt. Auf seinen Knien lag ein menschlicher Totenschädel. Zwischen die Zähne des Schädels war eine Zigarre geschoben worden, vor den leeren Augenhöhlen steckte eine Pilotensonnenbrille. Die Person unter dem Laken saß vollkommen still da.

Ein Mann nahm ein glühendes Kohlenstück aus dem Feuer und begann, davon zu essen, während eine Frau seinen Rücken mit einem lebenden Huhn bürstete und dabei feierlich auf Kreolfranzösisch sang. Einige der Versammelten waren weiß, erwiesen sich bei näherem Hinsehen jedoch als nackt und mit hellem Lehm eingerieben.

Tanz und Gesang gingen weiter. Er sah Menschen in Trance fallen und sich wie Schlangen auf der Erde winden. Hörte Leute in Ekstase und tierischer Trauer brüllen. Er sah, wie ein Ferkel zu einem Altar getragen wurde, panisch quiekend, und wie eine Frau mit einem Dolch seine Kehle mit einem einzigen Schnitt durchtrennte, dann das Tier auf den Boden setzte und es in den Wald laufen ließ, während das Blut aus seinem Hals schoss. Ein Schwein, das geopfert und in die Welt der Geister geschickt wurde.

Immer wieder wanderte sein Blick zurück zu dem Mann, der unter dem Laken saß; zu den weißen Turnschuhen, die unter dem Stoff hervorlugten, dem Schädel auf seinem Schoß, mit Sonnenbrille und Zigarre zwischen den Kiefern.

Es bestand kein Zweifel, dass es Sandra Dahlström war. Eva konnte sie deutlich durch das Fernglas sehen. Sie hatte ihr Auto fünfzig Meter vor dem verfallenen Haus abgestellt.

Das ergraute Haar war zu einem Pferdeschwanz gebunden. Sie warf einen misstrauischen Blick über die Schulter, steuerte auf das Haus zu, bog kurz davor nach rechts auf einen kleinen Weg, der zu dem Hügel hinter dem Gebäude führte, und verschwand aus Evas Blickfeld.

Sie spürte instinktiv, dass sie nicht länger warten durfte, sie musste jetzt handeln.

Sie stieg aus dem Wagen und rannte los. Sah ihren Schatten, der wie ein Pfeil vorwegschoss, während Bilder von Lisa auftauchten, und sie schwor sich, eine bessere Mutter zu werden, ein besseres Vorbild, nicht mehr so selbstzerstörerisch – wenn nur ihre Tochter unversehrt war.

Als sie sich dem Pfad näherte, wurde sie langsamer, sah vorsichtig hoch und nahm die Bewegung einer Person wahr, die hinter der Hausecke verschwand. Geduckt folgte sie ihr. Tränen stiegen ihr in die Augen vor Sehnsucht nach Lisa.

Sie lief hundert Meter weiter, bis sie sich auf einem Hügel oberhalb des Hauses befand.

Unten keine Regung. Der Garten und das Haus waren besser einzusehen von hier oben. Fenster und Türen waren mit Blechen und Brettern vernagelt. Auch die Fenster im ersten Stock waren zugenagelt. Wie eine Festung, dachte sie.

Irgendwo musste es einen geheimen Eingang geben. Sandra Dahlström hätte sie hinführen können. Aber sie hatte die Frau um wenige Sekunden verpasst.

Rechts vom Haus lag ein verfallener Schuppen. Links eine Garage ohne Tor, voll mit Bauschutt.

Sie ließ ihren Blick weitersuchen. Verwilderte Apfelbäume, ein Rasen, der zu einer Wiese mutiert war, Mohnblumen leuchteten rot zwischen dem gelben Gras.

Geduckt ging sie weiter, rutschte den Abhang hinunter bis zur Stirnseite der Garage.

Sie war jetzt zwanzig Meter vom Haus entfernt, hörte aber immer noch keine Geräusche. Dort, wo Sandra Dahlström eben gegangen war, war das Gras heruntergetreten, die Spuren führten zu einem Kiesweg, der in beide Richtungen um das Haus lief.

Lisa war irgendwo da drin, allein mit dieser Frau. Es ist noch eine Person da, hatte sie am Telefon gesagt, die anderen sind verschwunden. Der Raum, in dem sie sich befand, war nicht schallisoliert, sonst hätte Eva nicht die Detonation der Sprengung hören können.

Aber wo war der Eingang?

Die Zeit lief ihr davon. Sie konnte kaum noch klar denken, am liebsten wäre sie einfach ihrem Instinkt gefolgt, der ihr sagte, dass sie Lisa sofort finden musste. Aber war es nicht besser, zurück zum Auto zu gehen und auf Jorma zu warten? Sie war ja nicht einmal bewaffnet. War es nicht besser zu warten, bis Sandra Dahlström sich wieder zeigte, und sie dann zu zwingen, sie zu Lisa zu führen? Es war Wahnsinn, sie überraschen zu wollen wenn sie sich im selben Raum wie ihre Tochter befand, dann könnte Lisa verletzt werden.

Langsam zog Eva sich zurück zur Garage, stolperte über eine kaputte Regentonne, stürzte und blieb liegen.

Links von ihr wuchs hohes Hagebuttengestrüpp. Im Stehen hätte sie nie entdeckt, was sich dahinter befand, das konnte man nur weiter unten sehen, wo die Büsche etwas lichter waren. Die Hagebutten waren wie eine Sichtschutzmauer um einen Brunnen herum gewachsen. Eine Leiter ragte aus der Öffnung.

Und dann sind Dornen in seinem Fell hängen geblieben ...

Sie stand auf, bog die Äste zur Seite und zwängte sich hindurch. Ihr Schal blieb an einem Zweig hängen, aber sie hatte keine Zeit, ihn loszumachen. Die Brunnenabdeckung lag neben dem gemauerten Rand. Sie packte die Leiter und kletterte hinunter.

Der Brunnen war ausgetrocknet. Als sie auf dem Grund angekommen war, entdeckte sie einen schmalen Gang, der auf das Haus zuführte. Sie musste gebückt gehen und sich im Stockfinstern mit den Händen vortasten. Nach zehn Schritten machte der Gang eine scharfe Linksbiegung, am Ende schimmerte Licht.

Eine Tür, die angelehnt war. Vorsichtig öffnete sie sie. Die Leuchtstoffröhre an der Decke brannte. Sie stand in einer Art Labor. Julins Labor, dachte sie, während sie sich umschaute. Sie wusste es einfach, hier hatte er mit psychoaktiven Drogen experimentiert. Abscheider für die Untersuchung der Pflanzengifte standen auf einem langen Arbeitstisch. Auf den Regalen lagen Versuchsröhrchen, Gefäße und Verpackungen mit chemischen Präparaten. Steril verpackte Kanülen in einem offenen Schrank.

Sie öffnete eine weitere Tür und kam in ein kleines Schlafzimmer. Ein ungemachtes Bett stand an der Wand, ein offener Schrank in einer Nische gegenüber. Jeans und T-Shirts lagen in den Schrankfächern, ein Anzug hing auf einem Bügel. Ein Kochgeschirr mit Besteck stand auf einem Campingtisch. Auf der zusammengerollten Tagesdecke lagen ein Lederriemen und eine benutzte Kanüle. Jonas Åkesson hatte hier gewohnt. Er war im Bett mit einer Überdosis ermordet worden, als Julin klar wurde, dass Katz ihm auf der Spur war.

Und Klingberg hatte hier nach seinem vorgetäuschten Verschwinden gewohnt.

Jetzt hörte sie Geräusche, weiter hinten im Haus. Leises, schluchzendes Weinen. Lisa. Sie lebte also.

Eva öffnete eine Schiebetür und trat auf einen Gang, der zu einer Treppe führte. Von oben drang Tageslicht herein. Sie schlich zur Treppe und wurde sich plötzlich bewusst, wie schutzlos sie war, sie hatte nichts, womit sie sich verteidigen konnte.

Da nahm sie aus dem Augenwinkel eine Bewegung wahr, drehte sich um. Sie sah einen elektrischen Lichtbogen im selben Moment, als der Schmerz kam, und die Muskeln sich von den Sehnen im Körper zu lösen schienen. Sandra Dahlström stand zwei Meter von ihr entfernt und richtete eine Elektroschockpistole auf sie, feuerte noch eine Salve ab, und die Welt wurde schwarz.

Katz wusste nicht, wie spät es war, als er aufwachte. Früher Morgen, vermutete er. Draußen war es grau.

Der Wind klang wie quietschendes Metall. Er hörte die Dachziegel sich auf dem Dach bewegen. Das Dröhnen von Bäumen, die weit entfernt umstürzten. Klingberg saß auf einem Stuhl an der Wand und musterte ihn.

»Ein tropischer Orkan«, bemerkte er. »Mehr als vierzehn auf der Beaufortskala. So klingen die, jammern, wenn sie an Stärke zunehmen. Bald hörst du nichts anderes mehr als ein Brüllen.«

Er war größer, als Katz ihn in Erinnerung hatte, vielleicht täuschte ihn auch seine magere Statur. Er ähnelte seinem Großvater auf dem Porträt im Erdgeschoss. Das Haar war immer noch braun, ohne die geringste Andeutung grauer Strähnen. Die Augen unergründlich. Er trug eine Khakihose, eine leichte Jacke und ein helles Hemd.

»Gustav hat mir einmal eine Geschichte erzählt«, begann er. »Sie handelte von einem Arzt, der einem Einheimischen helfen sollte, seine schwarze Hautfarbe loszuwerden. Das Problem war nur, dass der Mann sich nicht entscheiden konnte, welche Farbe er stattdessen haben wollte. Ob er *moreno*, also dunkel sein wollte, *canelo*, zimtfarben, *blanco-oscuro*, dunkelweiß ... das heißt tatsächlich so, oder weizenfarben, *trigueño*. Aber keine dieser Farben ist weiß, sie sind nur Variationen und freundliche Umschreibungen für schwarze Haut. Ich kann mich nicht mehr erinnern, wie die Geschichte endet, aber ich weiß, worum es ging. Dass das afrikanische Erbe ein Fluch ist.«

Er betrachtete seine Hosenbeine, entdeckte einen Schmutzfleck, den er mit dem Daumennagel rieb.

»Du hast letzte Nacht ja selbst eine Zeremonie gesehen«, fuhr er fort. »Im Wald. Nachdem du auf dem Friedhof warst. Verzweifelte Menschen, die Trost in dem Einzigen suchen, was sie noch haben, in ihrem Glauben. Meine Großmutter, Marie Bennoit, befasste sich mit so etwas. Sie war Priesterin in einem Peristil, einer Voodookirche jenseits der Grenze. Sie stammte aus einer Familie, die schwarze Magie praktizierte. Oder Aberglaube, wenn du so willst.«

Auf dem Tisch neben ihm lagen die Stofffigur aus dem Hotelzimmer und das Satellitentelefon, das Katz unter der Kühlerhaube versteckt hatte.

»Ich habe ein paar Kleinigkeiten an mich genommen«, sagte er, als er Katz' Blick bemerkte, »du wirst nicht zurückkehren.«

»Wo ist das Mädchen?«, fragte Katz. »Du wolltest sie freilassen.«

Klingberg gab keine Antwort. Er trat ans Fenster und öffnete die Fensterläden. Die Palmen bogen sich im Wind. In der Ferne grollte ein Donner, wie ihn Katz noch nie gehört hatte, ein langsam anschwellendes Gebrüll.

»Ich glaube, er hat mir diese Geschichte hier erzählt ... in Gustavs Paradies auf Erden. Ein klassisches Batey, eine Zuckerrohrsiedlung, die erste, die er hat anlegen lassen, und die einzige, die er bis zu seinem Tod behielt. In der großen Zeit, Ende der Vierzigerjahre, haben hier zweihundert Haitianer gearbeitet. Gustav pflegte Feste hier im Haus zu geben. Lud Ramfis Trujillo und seine Entourage ein, Porfirio Rubirosa zum Beispiel. Kennst du den? Er gehörte damals zum internationalen Jetset, ein Playboy und Frauenheld. Gustav besorgte Huren für seine Gäste. Sie wurden auf Mauleseln von den Bordellen in

Port-au-Prince hergebracht. Reiche weiße Männer und bettelarme schwarze Frauen feierten Orgien am Rand des Pools. Die Huren wurden mit Essen bezahlt, so viel sie auf ihrem Heimweg tragen konnten. Die Schwarzen waren nur menschliches Gerät, mit dem man machen konnte, was man wollte. Das galt auch für Marie Bennoit ... und letztendlich auch für Kristoffer.«

Ein Revolverkolben ragte aus der Jackentasche. Klingberg nickte, als er bemerkte, dass Katz ihn entdeckt hatte.

»Sobald wir hierherkamen, wurde mein Großvater nostalgisch. Einmal ... ich war damals zwölf ... habe ich beobachtet, wie er die Hunde auf einen seiner Angestellten gehetzt hat. Das war in dem Sommer, bevor Mama und Papa starben. Gustav und ich waren allein hier. Ein haitianischer Vorarbeiter hatte Geld aus der Kasse gestohlen. Gustav war der Meinung, es wäre gut für mich, das mit anzusehen, als erzieherische Maßnahme. Der Mann hatte Bisse am Hals, die wie ein blutiges Halsband aussahen ... das werde ich nie vergessen.«

Er verstummte und schaute Katz wehmütig an. In der Ferne heulten die Wildhunde.

»Das war im Sommer 1978. Kristoffer muss damals auch hier gewesen sein, aber er wurde vor mir versteckt. Julin hat ihn zum Schluss doch gefunden, hier auf der Plantage, aber Kristoffer konnte sich nur noch schwach erinnern, wer er eigentlich war. Julin wurde klar, dass Großvater hinter allem steckte. Gustav hatte die Entführung organisiert, ihn zurück zu Marie Bennoit geschickt, die die Familie mit einem Fluch belegt hatte. Gustav hoffte, das würde sie besänftigen. Er hatte Todesangst vor ihr. Geschäftsabschlüsse, die auf der Zielgeraden platzten, seine Frau Lisbet, die plötzlich von unerklärlichen

Schwindelattacken befallen wurde – die Angst vor dem Zauber war größer als die Liebe zu seinem eigenen Enkelkind. Julin fand für all das Beweise. Und damit hatte er für den Rest seines Lebens etwas gegen Gustav in der Hand.«

Er verstummte, schaute Katz mit glasigem Blick an.

»Was willst du noch wissen?«, fragte er. »Zum Beispiel, was damals auf dem Boot in Hässelby passiert ist?«

Katz nickte und ließ seine Handfläche über die Hosentasche gleiten. Er war in seinen Kleidern eingeschlafen, das Bolzenschussgerät war noch da.

»Ich bin von den Geräuschen aufgewacht, als jemand eingebrochen ist. Ich hab Todesangst gekriegt, mich unter einer Koje versteckt. Die Erwachsenen waren in die Stadt gefahren. Pontus und seine Freunde wollten in eine Kneipe gehen. Man konnte durch einen Spalt unter der Pritsche hindurchspähen. Ich wurde Zeuge, wie zwei Jungen in meinem Alter die ganze Einrichtung verwüstet haben. Und ich beschloss, dass sie nicht ungestraft davonkommen sollten.«

»Dann bist du uns gefolgt?«

»Du und der andere, ihr habt euch getrennt, du bist mit einem Mädchen weg, Eva, Lisas Mutter. Ihr seid in einen Fahrradkeller gegangen, habt zu viel Drogen genommen ... wart total außer Gefecht.«

»Aber du warst nicht allein.«

Klingberg sah ihn traurig an, als wolle er um Entschuldigung bitten.

»Nein, ich habe mein altes Kindermädchen angerufen. Sandra Dahlström. Sie kam dazu und hat mir geholfen, hat euch noch mehr Drogen gegeben, solange ihr weggetreten wart. Dann haben wir euch auf eine Insel in der Nähe gebracht. Dort durfte ich dann mit euch machen, was ich wollte. Ich glaube, ich habe meine Rachsucht von Großvater geerbt.«

Klingberg verstummte und sah auf seine Uhr.

»Steh auf«, sagte er. »Wir müssen fertig sein, bevor das Unwetter hier ist.«

Das Donnern des herannahenden Orkans hatte an Stärke zugenommen, als sie auf den Hof kamen. Die Wildhunde waren verstummt. Klingberg drückte Katz den Revolver in den Rücken und schob ihn vor sich her. Langsam folgten sie dem Kiesweg durch den Ort, während Joel weitererzählte, was noch passiert war, die Lücken füllte, die Erzählung vervollständigte, als wolle er sichergehen, dass Katz kein einziges Detail versäumte.

Er erzählte von dem Hass, den er für seine Eltern und den verschwundenen großen Bruder empfunden hatte, Hass, weil er selbst allein zurückgelassen worden war, und weil Kristoffer trotz seiner Abwesenheit weiterhin Mittelpunkt des Lebens blieb, ein Verlust, auf den seine Eltern immer wieder zurückkamen, unwissend darüber, dass er lebte, auf einer Zuckerrohrplantage im Grenzland zwischen Haiti und der Dominikanischen Republik; Hass, weil er im Schatten eines verschwundenen großen Bruders leben musste.

Er berichtete von dem Mord an seinen Eltern auf dem Gut in Sörmland, wie er sie eines Abends sturzbesoffen angetroffen hatte, jeder auf seinem Sofa in dem großen Salon schlafend, und begriffen hatte, dass dies die Gelegenheit war, auf die er immer gewartet hatte. Wie es ihm gelungen war, sie zur Garage zu schleppen, ins Auto zu bugsieren, wie er ihnen Alkoholflaschen in den Schoß gelegt und den Gartenschlauch im Wageninneren mit dem Auspuffrohr verbunden hatte ... sich noch einmal hineingebeugt und beiden einen Abschiedskuss gegeben hatte, einen Knutschfleck am Hals, ohne selbst zu wissen, warum ... bevor er den Motor angelassen hatte, fast wie im Schock, nicht über das, was er getan hatte, sondern dass er wagte, zu tun, was er tat, und dass Gustav, wenn er ihn in Verdacht gehabt hatte, sich doch entschieden hatte, zu schweigen.

Er schilderte, wie Julin sich bereits für ihn interessiert hatte, als er noch ein Teenager war, für seine Wutausbrüche und seine Sprachbegabung. Er erzählte, was er von Julins geheimem militärischem Programm wusste, wie dieser bei seinen Besuchen in der Dominikanischen Republik inspiriert wurde, erwähnte das Geld, das von Gustav kam, dank der Beweise, die Julin gegen den Alten in der Hand gehabt hatte. Er erzählte, wie Julin ihm geholfen hatte, Angela Klingberg zu ermorden, und von allem, was anschließend passiert war, und er tat das in der festen Überzeugung, dass Katz nicht überleben würde.

Als er geendet hatte, waren sie etwa einen Kilometer weit vom Haus entfernt. Sie standen vor dem Zementhaus, an dessen Tür der heilige Rochus gemalt war. Der Deckel auf der Salztonne neben dem Eingang war fort, die Tür stand offen.

»Geh rein! Du machst ihm keine Angst mehr. Nicht, wenn du das hier nicht mehr bei dir hast.«

Klingberg hielt die Stofffigur in der einen Hand, den Pakén, und richtete den Revolver in der anderen auf ihn. Katz tat, wie ihm geheißen.

Ein Mann saß reglos auf einem Stuhl an der hinteren Wand, mit einem schmutzigen Laken bedeckt. Ein paar weiße Turnschuhe lugten unter dem Stoff hervor. Das Dröhnen des Orkans nahm weiter zu. Klingberg musste die Stimme erheben, um sich Gehör zu verschaffen.

»Nimm ein bisschen Salz aus der Tonne und wirf es auf ihn.«

Katz gehorchte. Als das Laken vom Salz getroffen wurde, zuckte die Person darunter zusammen.

»Noch einmal! So weckt man sie, die Scheintoten.«

Er warf noch eine Handvoll Salz. Der Körper wurde von Konvulsionen geschüttelt. Die Füße scharrten nervös über den Boden. Dann fiel das Laken von ihm ab.

Es war ein Mann in den Fünfzigern, ein Mulatte. Er trug zerrissene Jeans und ein schmutziges T-Shirt. Sein Blick war leer, leblos, wie der eines Junkies. Katz fielen die nordischen Gesichtszüge auf. Die grünen Augen, das blonde Haar, das nicht zu der braunen Haut passte.

»Er glaubt, er sei tot«, sagte Klingberg. »Weil er tot sein *will* ... weil er nichts hat, wofür es sich zu leben lohnt.«

Katz sah die Wunde auf der Wange des Mannes, die er ihm mit dem zerbrochenen Flaschenhals in der Jagdhütte zugefügt hatte. Das Gesicht des Mannes verzog sich zu einer Fratze, als er die Schneidezähne zeigte und leise knurrte.

»Mein Bruder starb an einer tropischen Infektionskrankheit, kurz nachdem Julin ihn gefunden hatte, nur wenige Monate nach Marie Bennoits Tod. Sie hat sich wie eine Mutter um ihn gekümmert, ihr Bestes gegeben, obwohl die Umstände nicht viel hergaben.«

Klingberg verstummte, sah ihn verächtlich an.

»Dieser Mann behauptet von sich, Kristoffer zu sein und kurz nach dem Begräbnis wieder aus der Erde geholt worden zu sein. Unsere Großmutter konnte ihn nicht länger gegen all den Hass schützen, den Gustav hier gesät hat.«

Klingberg hielt immer noch den Revolver auf Katz gerichtet, nahm selbst eine Handvoll Salz aus der Tonne und warf sie auf den Mann, der wieder zusammenzuckte.

»Was glaubst du, Katz, ist das Kristoffer?«

Katz antwortete nicht, wartete, was geschehen würde.

»Er war einer von denen, die Julin beobachtet hat ... neben einigen anderen mit ähnlichen Symptomen. Es gibt ein Krankenhaus auf der anderen Seite der Grenze, eine psychiatrische Klinik, in der man versucht, Menschen wie ihn hier zu heilen. Julin war auch dort. Und in Port-au-Prince. Sieh ihn dir an. Vollkommen willenlos. Man kann ihn dazu bringen, alles zu tun, und er glaubt, er müsse gehorchen.«

Mehr konnte Katz nicht aufnehmen, er hörte nur den Knall eines Revolverschusses und spürte ein Brennen im rechten Schenkel. Er fiel der Länge nach hin. Schlug mit der Wange auf den Boden und verlor das Bewusstsein.

Sie erwachte auf der Erde in einem nach Schimmel stinkenden Raum. Die Hände waren mit Kabelbindern an einem Wasserrohr festgebunden. Der Körper schmerzte immer noch von den elektrischen Stößen.

»Mama ... bist du da?«

Lisas Stimme kam aus einem anderen Zimmer im Haus. Sie wollte zurückrufen, dass sie hier war, dass alles gut werden würde, aber sie hatte keine Kraft.

»Mama ... sag was!«

Sie fing an zu weinen. Konnte nicht begreifen, wieso sie das Risiko eingegangen war, allein hierherzukommen.

»Mama, bitte ...«

Die Stimme erstarb plötzlich, als jemand die Tür zu dem Raum schloss, in dem Lisa sich befand. Eva gab sich alle Mühe, nicht in Panik zu geraten.

Ein paar Minuten vergingen. Der Körper schien neue Kraft zu sammeln, das Gehirn funktionierte wieder. Sie hörte sich nähernde Schritte, eine Tür wurde geöffnet, und Sandra Dahlström stand vor ihr.

»Weiß jemand, dass du hier bist?«, fragte sie.

»Nein.«

»Du lügst, du Fotze.«

»Ich bin allein gekommen.«

Sandra Dahlström richtete die Elektroschockpistole auf sie und feuerte. Der Schmerz war unbeschreiblich, als würde sie von innen verglühen.

»Sag die Wahrheit!«

Es dauerte fast eine Minute, bis sie antworten konnte: »Ich schwöre ... ich bin allein gekommen.«

»Wie hast du hergefunden?«

»Wegen der Sprengungen ... ich habe das Geräusch am Telefon wiedererkannt. Es ist mir gelungen, die Uhrzeiten herauszufinden, bei der Firma, die die Sprengarbeiten durchführt.«

Sie wollte noch etwas sagen, doch das Stottern stieg in ihr auf und blockierte den ganzen Körper.

Sandra Dahlström nickte wortlos, beugte sich vor und kontrollierte die Kabelbinder, damit sie auch saßen, wie sie sollten. Dann stand sie wieder auf, ging zu einem Metallschrank und nahm eine Rolle Isolierband heraus.

Eva wusste, dass sie um jeden Preis Zeit gewinnen musste. Nur Zeit würde ihr die Möglichkeit geben, einen Weg zu finden, hier herauszukommen. Doch der Schmerz von dem elektrischen Schlag wanderte noch durch den Körper, die Muskeln waren wie abgestorben.

Rede mit ihr, dachte sie, halte sie auf ... ohne zu stottern.

»Ich verstehe das nicht«, sagte sie leise. »Sie haben gewusst, dass Julin mit Jonas experimentiert hat, und haben nichts unternommen, um Jonas zu helfen.«

Sandra ignorierte sie, kramte wieder in dem Schrank und förderte ein Küchenhandtuch zutage, das sie in der Hand zu einem Ball zusammenrollte.

»Sie wussten, dass Klingberg und Julin ihn haben umbringen lassen, weil Katz ihnen auf den Fersen war. In diesem Haus hier, mit einer Überdosis Heroin.«

Die Stimme trug kaum. Sie sah, wie Sandra einen Streifen Isolierband abzog, ihn mit den Zähnen festhielt und abriss. Die Narben von den Bisswunden an ihrem Arm glänzten im Licht der Türöffnung.

»Wieso hat er so eine Macht über Sie ... Joel?«

»Liebe«, sagte sie. »Ganz einfach.«

Sie hatten seit Klingbergs Jugend ein Verhältnis gehabt, dachte Eva, während sie vorsichtig an den Kabelbindern zog, um zu testen, wie fest sie saßen. Dabei war es um Bedürfnisse gegangen, für die beide eine Befriedigung gesucht hatten. Sandra hatte gehofft, ihre Liebe auf Linnie übertragen zu können, aber das war ihr nie gelungen, sie hatte sich weiterhin mit Klingberg getroffen, obwohl er sie ausgenutzt hatte.

»Du hast mir immer noch nicht die Wahrheit gesagt. Weiß sonst noch jemand, dass du hier bist?«

»Nein.«

Sandra drehte den Regler des Elektroschockers hoch und kontrollierte die Einstellung.

»Höchste Voltzahl. Ich werde mal zu deiner Tochter gehen und ausprobieren, ob das funktioniert.«

Der Hass, der in Eva aufstieg, war stärker als ihre Angst und ihr Schmerz.

»Wenn du sie anrührst, bringe ich dich um.«

Sandra Dahlström sah sie ausdruckslos an, beugte sich herab und drückte ihr das Küchenhandtuch in den Mund, wickelte dann mehrmals das Isolierband um den Kopf. Dann nickte sie und verschwand durch die Tür.

Zehn Sekunden vergingen, eine Ewigkeit, völlig ausgefüllt mit dem Gedanken, dass ihr kleines Mädchen sterben würde, dass sie selbst sterben würde, und dass, wenn alles vorüber wäre, nur noch Arvid übrig bliebe. Sie hörte Lisa wieder nach ihr rufen, leise, weit entfernt. Das Küchenhandtuch ließ sie würgen, Eva schnaufte hektisch durch die Nase.

Dann waren im Nebenraum kurz nacheinander zwei Schüsse aus einer Handfeuerwaffe zu hören. Jemand schrie und rannte weg.

Sie musste ohnmächtig geworden sein, denn als sie wieder zu sich kam, stand Jorma über sie gebeugt da und löste die Kabelbinder von dem Heizungsrohr.

»Lisa?«, fragte sie. »Wo ist sie?«

»Nebenan. Sie ist unverletzt.«

»Und Sandra?«

»Keine Ahnung. Sie ist verschwunden.«

Sie registrierte die Pistole in seiner Hand.

»Du hast auf sie geschossen?«

»Ich weiß nicht, ob ich getroffen habe. Ich wusste ja nicht, ob ich am richtigen Ort war. Ich habe dein Tuch gesehen, das am Hagebuttenstrauch hing ... so habe ich den Eingang entdeckt. Ich bin rein, sah eine Frau mit einer Elektropistole und habe, ohne weiter zu fragen, geschossen.«

Er führte sie einen Gang entlang, an dessen Ende ein fensterloser Raum lag. Welche Schmerzen und welche Verzweiflung packten sie, als sie ihr Mädchen auf ein Krankenhausbett gebunden sah. Aber Lisa lebte, das war alles, was jetzt zählte.

Sie wusste nicht, in welcher Reihenfolge die Dinge danach abgelaufen waren. Sie wusste nur, dass sie lange Zeit mit Lisa auf dem Schoß dagesessen hatte, während Jorma das Haus durchsuchte, und dass sie beide vor Angst und Erleichterung geweint hatten. Zu irgendeinem Zeitpunkt hatte er ihr zugerufen, sie solle kommen, und sie hatte ihn im Labor im Keller neben Sandra Dahlströms leblosem Körper gefunden. Wahrscheinlich hatte sie Gift geschluckt, denn sie war blauschwarz im Gesicht und bereits tot. Eva konnte nicht mehr sagen, ob Lisa bei ihr gewesen war oder sie das Kind in dem Zimmer zurückgelassen hatte, oder ob sie zu dem Zeitpunkt Lisa schon nach draußen gebracht, Ola angerufen und ihm weinend berichtet hatte, dass der Albtraum vorbei war.

Er befand sich im Schlachthaus, kniete in dem Pferch. Er war benommen, stand unter Drogen. Es war der gleiche Rausch wie in der Jagdhütte, nur noch stärker. Klingberg brauchte ihn nicht zu fesseln, die Muskeln gehorchten sowieso nicht.

Etwas war um seinen Kopf gespannt worden, ein Metallband, das an der Stirn scheuerte. Eine Schlachtmaske.

Klingberg stand vor ihm, eine Plastikflasche in der Hand. Er schnupperte an der Öffnung.

»Tetrodotoxin«, sagte er. »Und eine halluzinogene Substanz, Bufotenin. In früheren Zeiten wurde dem Opfer das Gift in die Schuhe gekippt oder ihm über den Rücken geschüttet. Wenn die Person dann alle Symptome zeigte, die auf einen Tod hindeuteten, und dann begraben worden war, kam der Hexendoktor, der ihn vergiftet hatte, zum Grab und grub den Körper wieder aus.«

Aus einer Wunde vorn an Katz' Oberschenkel floss Blut. Die Kugel schien durch das Muskelgewebe gedrungen zu sein, ohne den Knochen oder eine Arterie verletzt zu haben.

Klingberg beugte sich vor, gab ein paar weitere Tropfen aus der Flasche auf die Wunde. Dann drehte er sich um und sagte etwas auf Spanisch zu dem Mann mit den Turnschuhen.

Die Tür stand offen. Katz sah die Wildhunde auf dem Weg. Sie hatten die Witterung von Blut aufgenommen. Wenn seine Leiche zurückgelassen wurde, würden sie kommen, die Tür würde offen stehen bleiben, sein Körper würde dann von dem Blut aus dem Eintrittsloch in der Stirn, wo der Schlachtbolzen reingeschossen werden würde, überströmt sein. Die ausgehungerten Tiere würden erst das Blut ablecken, dann versuchen, Weichteile zu finden ... vielleicht den Hals ... den Klingberg vorher zerbissen hätte, genau wie er es früher einmal auf der Plantage seines Großvaters bei einem Landarbeiter gesehen hatte, der von einem Bluthund angefallen worden war.

Katz wurde plötzlich von einem erhebenden inneren Frieden durchflutet, nicht unähnlich einem Heroinrausch. Die Muskeln waren vollkommen schlaff, aber die Endorphine waren noch da. Sollte er so sterben? Glücklich auf einer karibischen Droge?

Er kniete immer noch in der Schlachtgrube, unfähig, sich zu bewegen. Draußen dröhnte der Wind. Die Tür stand offen. Dachziegel flogen leicht wie Laub durch die Luft. Und jede Menge anderes Gerümpel, Holz, Zweige, Äste, entwurzelte Büsche. Große Dachplatten, irgendwo von einem Gebäude gelöst, hoben ab und schwebten hoch in der Luft dreißig Meter weit, bevor sie außerhalb seines Blickfelds mit einem Krachen landeten.

Eine merkwürdige Ruhe herrschte in dem Raum, in dem er sich befand. Der Mann vor ihm schlug leicht mit einem Hammer gegen sein Bein. Er schien vollkommen abwesend zu sein, noch stärker zugedröhnt als er selbst. Ein bettelarmer Mann in einem Kaff am Ende der Welt. Wer war er? Kristoffer Klingberg? Der Körper von Folternarben übersät. Striemen auf dem Rücken, wo er wie ein Tier ausgepeitscht worden war. Als Kind? Als Sklavenarbeiter auf der Zuckerrohrplantage eines weißen Mannes? Tot, seit Jahren nur noch ein Mensch, der nicht lebte. Was war das für ein Trauma, das hinter einer so unfassbaren Autosuggestion lag, dass ein Mensch sich für tot hielt? Aber eigentlich wusste er das, hatte er nicht selbst mehr als zehn Jahre so gelebt, wie ein Zombie?

Klingberg stand neben ihm. Wollte vielleicht Zeuge seiner Hinrichtung sein. Katz hörte seine Stimme wie vom Ende eines kilometerlangen Korridors. Er brüllte, um den Lärm des Sturms zu übertönen: »Das ist doch logisch, Katz, wenn du stirbst, lasse ich das Mädchen frei. Bist du bereit, dich zu opfern?«

Er bejahte mit dem Blick, denn sprechen konnte er nicht. Konnte nicht einmal schlucken. Trotzdem glaubte er nicht daran. Warum sollte Klingberg jemanden schonen, wenn er schon so weit gegangen war?

»Ich hätte zurückkehren können ... aber vielleicht kann ich das ja immer noch. Schließlich weist alles auf dich hin. In diesem Punkt hat sich nichts verändert. Sogar der Mord an Julin, dem Einzigen, der theoretisch gegen mich hätte aussagen können. Weißt du, warum ich ihn getötet habe?«

Er sah Katz durchdringend an.

»Weil er dich töten wollte. Du warst dem tauben Jungen auf der Spur, und Julin wollte kein Risiko eingehen. Aber ich habe mich widersetzt. Ich habe dir das Leben gerettet. Denn mir hat der Gedanke gefallen, dass du für etwas gejagt würdest, das ich getan habe ...«

Joel schrie noch mehr, was Katz aber nicht verstand. Das Gehör begann auszusetzen, es folgten lange Pausen, in denen sich das Hintergrundgeräusch in ein tinnitusähnliches Rauschen verwandelte. Als würde jemand ein Relais in seinem Kopf an- und ausschalten.

»Es war so einfach, dich zu benutzen, Katz. Du warst vorverurteilt, genau wie in Hässelby damals.«

Erst an jenem Abend, als er von Djursholm zurückkam und begriff, dass Katz mit Ingrid geschlafen hatte, wäre ihm klar geworden, dass es sich um dieselbe Person handelte. Der harte, kalte Gesichtsausdruck, den er plötzlich wiederzuerkennen meinte von damals, ein paar Jahre zuvor, als Katz auf der St. Rochus eingebrochen war. Und es war leicht, den Verdacht bestätigt zu bekommen. Katz, der Mann, den er bewundert hatte, weil er ihn in Karlsborg gegen einen Fallschirmjäger verteidigt hatte. Er sagte etwas darüber, wie sehr er Ingrid und Katz für das gehasst habe, was sie getan hatten. Wie sehr er Verrat hasste ... seit dem Verschwinden seines Bruders, seit seine Eltern ihn mit ihrer Trauer im Stich gelassen hatten. Ingrid war, im Sommer nachdem sie aus dem Wehrdienst entlassen worden waren, auf eine Sprachreise nach Frankreich gefahren und nie wiedergekehrt. Sie war auf einer Bergwanderung in den Pyrenäen verschwunden. Eine Leiche war nie gefunden worden. Aber er wusste natürlich, wo sie lag, zumindest die Überreste.

Der Zorn, dachte Katz, dieser ungeheure Zorn, den sie beide in sich trugen. Und er musste ihn aus sich selbst herauslocken, wenn er hier rauskommen wollte. Nur mithilfe des Zorns konnte man sich freischlagen. Innerlich musste er über sich selbst lachen, über seinen Irrsinn.

»Die Tücher«, brachte er heraus. »Jemand hat dir Voodootücher geschickt, kurz bevor du verschwunden bist.«

»Ja, merkwürdig, nicht wahr?«

Klingberg lachte auf.

»Ein Schwarzer tötet einen Juden. Ist das nicht reinste Ironie? Er wird dir bald den Bolzen in deinen Kopf rammen, neun Zentimeter direkt ins Gehirn. Sobald ich weggegangen bin.«

Klingberg war Antisemit, war es schon immer gewesen, Rassist und Antisemit, genau wie sein Onkel und sein Großvater. Katz hatte das schon gewusst, als sie zusammen in die Dolmetscherschule gingen, aber es war ihm scheißegal gewesen, genau wie ihm auch alles andere egal war, was mit Klingberg zu tun hatte, weil er ihn verachtet hatte.

»So würdest du dich nicht gern sehen, Katz, so wie jetzt. Mit einer Schlachtmaske über dem Kopf ... auf den Knien ... vollgeschissen.«

Das stimmte, er konnte den Gestank seiner absoluten Erniedrigung riechen, aber das war ihm gleich. Die Droge, die Joel ihm verabreicht hatte und die ihn in einen leblosen Menschen verwandelt hatte, machte ihn glücklich. Klingberg hatte Nasenbluten, sah er, das Blut rann ihm das Kinn und den Hals hinunter, aber er schien es nicht zu bemerken.

»Ich muss jetzt los«, sagte er. »Solange die Straßen noch passierbar sind.«

Dann nickte er dem Mann mit dem Hammer zu und verließ das Haus. Eine Weile blieb er im Türrahmen stehen, während der Wind an seiner Kleidung zerrte, dann drehte er sich um und verschwand geduckt auf dem Weg.

Katz wurde schwindlig, als ihn die Einsicht überkam, dass er vielleicht noch zehn oder zwanzig Atemzüge zu leben hatte.

Der Mann mit dem Hammer machte zwei Schritte auf ihn zu. Er würde sich herunterbeugen und ihm gegenüber sitzen müssen, wenn er Katz den Bolzen in den Kopf schlagen wollte. Wenn er ihn nicht zuerst hochhob und gegen irgendwas lehnte. Oder ihn auf den Rücken legte.

Der Zorn, dachte Katz, der muss jetzt kommen, der Hass, er muss jetzt kommen, denn das war das Einzige, was ihn all die Jahre auf der Straße hatte überleben lassen.

Seine Hände waren krampfhaft zu Fäusten geballt. In der einen war immer noch Salz. Er konzentrierte sich auf Angela und Eva, auf Lisa, die Klingberg irgendwo gefangen hielt und nicht schonen würde, spürte, wie der Rausch abnahm und die Dunkelheit und der Hass kamen.

Der Mann hatte sich vor ihm hingekniet. Langsam hob er den Hammer, schien aber einzusehen, dass er den Bolzen in diesem Winkel nicht würde einschlagen können, sonst würde er schief eindringen.

Er stand wieder auf, stieß Katz mit dem Fuß nach hinten, sodass er mit dem Rücken an der Bretterwand lehnte. Der Sturm, der draußen unerbittlich tobte, ein Baumstamm, der über den Weg rollte, mehr Dachziegel, noch mehr Dachbleche. Katz spürte, wie der Hass in ihm wuchs, all der angestaute Hass, den er seit Kindesbeinen in sich trug. Jetzt konnte er eine Hand zum Gesicht führen, der Mann sah, wie Katz aus der Handfläche Salz leckte, er schien nicht zu begreifen, was er da machte, und drückte Katz' Hand mit dem Fuß wieder nach unten, sodass sie auf der Hüfte liegen blieb. Katz spürte das Bolzenschussgerät in der Tasche, stöhnte vor Schmerzen, als die Muskeln langsam wieder anfingen, ihm zu gehorchen, er konzentrierte sich auf den Zorn, ließ sich durch ihn von den Toten aufwecken.

Der Mann beugte sich vor, hob die Hand mit dem Hammer. Das Salz, dachte Katz, der Körper hat darauf reagiert, die Muskelkrämpfe lösten sich, der Körper begann, in Konvulsionen zu zucken, und er sackte zur Seite. Das Bolzenschussgerät hielt er in der Hand versteckt, als der Mann sich ihm näherte, um ihn wieder aufzurichten. Noch etwas näher. Er musste Katz' Oberarme packen, um ihn auf den Rücken zu legen. Katz sah, wie sich der Kopf des Mannes näherte, er konnte seinen Atem riechen und das Insektenspray auf seiner Haut.

Jetzt war er zwanzig Zentimeter von ihm entfernt. Katz war verwundert über die Präzision seines Tuns, als hätte er schon immer gewusst, was er in exakt dieser Situation tun würde. Der Mann sah ihn erstaunt an, als er plötzlich die Hand hob und einen kalten Gegenstand gegen seine Schläfe presste. Katz drückte den Auslöser nach unten und spürte, wie sich der Rückstoß durch seinen Arm fortpflanzte. Der Mann sackte über ihm zusammen, der linke Teil seiner Stirn war ins Gehirn gedrückt worden.

Katz hatte keine Ahnung, wie lange er im Schlachthaus mit der Leiche über sich gelegen hatte. Eine Stunde ... einen Tag? Er hatte akustische Halluzinationen, meinte, der Tote würde zu ihm sprechen und dabei die schwedische Sprache benutzen. Kristoffer, war er es doch?

Schließlich zog sich der Rausch zurück, wie das Wasser bei Ebbe. Er konnte sich bewegen, die Kraft kehrte in die Muskeln zurück.

Es war Abend, als er auf dem Weg vor dem Schlachthaus stand. Der Orkan war weitergezogen. Die Siedlung der Zuckerrohrarbeiter glich einem verlassenen Schlachtfeld. Die Fenster im Hauptgebäude waren zerbrochen, das Dach weggeweht. Überall Gerümpel und Müll, schwere Gegenstände, die über weite Strecken getragen worden waren. Die Wildhunde sahen ihm vom Waldrand zu, als er den Weg zum Haus entlangstolperte. Der Land Rover war fort. Klingberg war mit ihm verschwunden, ohne sich zu vergewissern, dass Katz tot war.

In dem Zimmer im ersten Stock lag seine Brieftasche noch auf dem Bett. Genau in dem Moment, als er auch das Handy entdeckte, klingelte es. Klingberg, dachte er. Doch stattdessen hörte er Jormas Stimme von einem weit entfernten Ort: »Katz, bist du es? Wir haben Lisa gefunden ... sie ist unverletzt ...«

Die Verbindung brach ab, als das letzte Quäntchen Strom im Akku aufgebraucht war.

Er nahm sich ein kleines Zimmer in Barrio Las Malvinas, im Norden von Santo Domingo. Es war spartanisch eingerichtet, ein Bett, eine Lampe, ein Metallwaschbecken. Toilette und Dusche auf dem Flur.

Am ersten Abend hatte er sich ein paar Gramm jamaikanisches Gras bei einem Straßendealer gekauft. Sich Joints gedreht und sie am offenen Fenster sitzend geraucht, während er abwesend den Sonnenuntergang betrachtet hatte. Die Dunkelheit kam schnell, als hätte man eilig eine Lampe heruntergedreht. Das Meer war spiegelglatt. Der Orkan war die Küste entlanggezogen, ohne größere Schäden anzurichten.

Er war von einem Lastwagen mitgenommen worden, der Töpferwaren von Port-au-Prince nach Santo Domingo transportierte. Konnte selbst nicht begreifen, woher er die Kraft genommen hatte. Zunächst war er eine Stunde lang einen Dschungelpfad entlanggehinkt, bis er an einen Ort auf der haitianischen Seite der Grenze gelangt war. Hilfsbereite Menschen hatten sich um ihn gekümmert, ein Arzt von Ärzte ohne Grenzen hatte seine Schusswunde versorgt, die Einheimischen hatten ihn die Nacht in einer Hängematte in einem Missionshaus verbringen lassen, man hatte ihm Essen und Wasser gegeben und früh am nächsten Morgen den Lastwagen angehalten, der die Dorfstraße hinuntergefahren kam.

»Erzulie Freda?«, hatte er gefragt, als er die Kinderpuppe in dem Paillettenkleid sah, die am Rückspiegel in dem Lastwagen hing. Der Fahrer hatte ihm das breiteste Lachen geschenkt, das er seit Jahren gesehen hatte.

Er wusste nicht, wie lange er hierbleiben würde. Bis er wieder klar sehen könnte. Und das getan haben würde, was er von sich selbst verlangte.

Langsam kam er wieder zu Kräften, das Gift saß immer noch im Körper und beeinflusste die Muskeln, aber die Wunde am Bein heilte überraschend schnell. Er versuchte, nicht an den Mann zu denken, den er getötet hatte.

Am Tag seiner Ankunft in Santo Domingo hatte er Eva angerufen.

»Ich vermisse dich«, hatte sie gesagt. »Wann kommst du zurück?«

»Ich weiß es nicht.«

»Tut es dir leid, dass wir miteinander geschlafen haben?«

»Ich glaube nicht.«

Er hatte ihre ruhigen Atemzüge gehört. Ihre Erleichterung darüber, dass ihr Mädchen unverletzt war, gespürt. Sie hatte versucht, ihm alles zu erzählen, was passiert war, aber er war nicht in der Lage gewesen, das aufzunehmen oder selbst zu erzählen, was er durchgemacht hatte. Hatte ihr nur gesagt, dass alles unter Kontrolle war.

»Melde dich, wenn du zurück bist, Katz. Wir haben noch eine ganze Menge zu klären.«

Er traf die notwendigen Vorbereitungen: holte Erkundigungen ein, besorgte sich eine Karte vom Hafengelände, plante. Eines Morgens ging er zur Avenida Sarasota, außerhalb vom Stadtzentrum. Das rosafarbene Gebäude war Ende der Fünfziger erbaut worden. Das Relief über dem Eingang stellte eine Menora dar, den siebenarmigen Leuchter.

Es war Samstag, der Morgengottesdienst hatte bereits begonnen. Katz nahm eine Kippa und ein Gebetbuch aus einem Regal und schlug die angegebene Seite auf, die

Amidah. Links stand sie auf Spanisch, rechts auf Hebräisch. Der Vorbeter stand auf der Bima und las.

Gut dreißig Männer und Frauen saßen je auf ihrer Seite des Mittelgangs. Die meisten mit sephardischen Wurzeln, dunkelhäutig, ziemlich klein. Es gab auch einen Vorhang zwischen ihnen, den Mechitzan, aber er war nicht zugezogen worden. Die Gläubigen schienen keinerlei Notiz von ihm zu nehmen, vielleicht waren sie amerikanische Touristen gewohnt.

Die Stimme des Vorbeters war einschläfernd schön. Er las mit tiefer Bassstimme die Parascha der Woche aus der Thora vor. Darin ging es um Rache, um Gottes Rache, die rechtmäßig ist, aber fast immer unbegreiflich. Es ging um die Rachsucht des Menschen, die begreiflich, aber eitel ist.

Der Vorbeter trat nach dem Gottesdienst zu Katz und stellte sich vor. Er war überrascht zu hören, dass Katz aus Schweden kam, erzählte ihm ausführlich von der Gemeinde, der ältesten in der Neuen Welt. Die ersten Sepharden waren mit den spanischen Kolonisten gekommen und hatten ihren Glauben geheim gehalten. Später waren von den niederländischen Antillen weitere Juden gekommen, und während des Zweiten Weltkriegs jüdische Flüchtlinge aus Europa. Trujillo hatte ihre Einwanderung großzügig gestattet, sie hatten im nördlichen Teil der Insel, in der Provinz Sousa, eigenen Grund erhalten. Der Jüdische Weltkongress hatte Land und Vieh für sie gekauft.

Der Vorbeter erzählte schmunzelnd von deutschsprachigen Akademikern, die Bauern und Viehzüchter wurden.

»Brauchen Sie vielleicht Hilfe?«, fragte er, als Katz schon gehen wollte.

»Ja …«

»Sagen Sie nur.«

»Ich will Sie nicht erschrecken, aber ich müsste eine Pistole kaufen.«

Der Vorbeter schaute ihn mit ernster Miene an.

»Sind Sie in Schwierigkeiten geraten?«

»Ich brauche eine Waffe, um mich selbst zu verteidigen. Und hoffe, dass ich sie nicht einsetzen muss.«

Zögern. Katz war ein Fremder für den Vorbeter, und seine Bitte musste vollkommen absurd klingen. Trotzdem musste er etwas in Katz' Blick gesehen haben, die Ehrlichkeit in seiner ernsten Miene.

»Alles, was ich Ihnen geben kann, ist eine Telefonnummer«, sagte er. »Um den Rest müssen Sie sich selbst kümmern. Acht Stunden haben wir noch Sabbat. Kommen Sie nach der Hawdala wieder.«

Das Boot lag im Jachthafen, am hinteren Anleger zwischen den Luxusjachten. Er konnte es durch das Fernglas sehen: St. Rochus. Jetzt fuhr es unter der Flagge von Panama.

»Ich zahle dir tausend Pesos, wenn du mich dahin rausbringst.«

Der Mann, der Sightseeingboote den Río Ozama hinauffuhr, musterte ihn skeptisch.

»Jetzt? Es wird gleich dunkel.«

»Ja, jetzt.«

»Was hast du vor? Ich will in nichts reingezogen werden.«

»Ich will mich nur ein bisschen umsehen.«

Katz zog das Bündel Geldscheine aus der Tasche, legte noch einen Fünfzigdollarschein dazu und reichte alles dem Mann. Als er ins Motorboot stieg, spürte er wieder den Zorn in sich aufsteigen, er musste ihn rauslassen, wenn er nicht daran ersticken wollte.

Er nahm seinen wasserdichten Rucksack ab und stellte ihn in die Plicht. Er wog nicht viel. Nur eine Taschenlampe, eine Dose Pfefferspray und ein Colt im Miniaturformat lagen darin.

Die Dunkelheit senkte sich rasch, während sie die Flussmündung hinter sich ließen. Auf den Booten im Hafen wurden die Laternen angezündet.

Die St. Rochus lag am äußeren Anleger, jene Jacht, in die er in einem anderen Leben eingebrochen war.

Sie umrundeten den äußersten Pier und fuhren weiter zu den Hafenbassins. Katz warf einen Blick auf die Uhr. Halb sieben. Die Hitze hing wie ein feuchtwarmer Umhang in der Luft.

»Näher fahre ich nicht ran«, sagte der Mann am Steuer. »Auf den Anlegern patrouillieren Wachmänner. Willst du umkehren, oder soll ich dich zur Strandpromenade bringen?«

Doch als er sich umdrehte, war sein Passagier nicht mehr an Bord.

Laternen erleuchteten den Anleger. Ein Wachmann stand an dem Tor, das das Gelände von der Landseite her absperrte. Katz schwamm lautlos auf den Achtersteven des nächsten Bootes zu. Ein Stück weiter, auf einem Schiff, das eher wie ein schwimmendes dreistöckiges Wohnhaus aussah, fand eine Party statt.

Er war nun außer Sichtweite, im Schatten des Nachbarbootes. Ein Mann im Smoking pinkelte zehn Meter entfernt von der Reling. Katz verharrte reglos im Wasser, spürte keinen Schmerz in dem verletzten Bein, hielt sich an der Ankerkette fest, atmete die Gerüche von Altöl und Grillfleisch ein. Als der Mann verschwunden war, schwamm er weiter.

Die St. Rochus lag dunkel. Klingberg war nicht an Bord, aber früher oder später würde er zurückkommen. Katz hatte keine Eile. Er konnte auf ihn warten. Rache wurde am besten kalt serviert.

Er schwamm um das Boot herum, dicht am Rumpf entlang. Horchte, aber es drang kein Geräusch an sein Ohr. Dunkle Kajüten. Das Deck menschenleer.

Bei der Badeplattform war eine Leiter. Katz kletterte hinauf und sank hinter die nächste Kajütenwand. Seufzende Laute, als die Wellen an den Rumpf schwappten. Er hatte einen Flashback vom Schlachthaus auf der Zuckerrohrplantage. Er hatte keine andere Wahl gehabt, und jetzt musste er bis ans Ende seiner Tage damit leben, einen Menschen getötet zu haben. Wieder spürte er den

Hass auf Klingberg. Merkte, wie sein Blick sich verfinsterte.

Er setzte den Rucksack ab, zog das klatschnasse Hemd aus. Wartete, bis die Wache am anderen Ende des Kais war, kroch dann über das Deck bis zu der Tür, die hinunter zu den Kajüten und dem Salon führte. Nicht verschlossen.

Er stieg die Stufen hinunter, genau wie damals mit Jorma in Hässelby. Hielt den Revolver in der einen Hand, die Taschenlampe in der anderen. Eine Kajütentür stand offen. Er leuchtete hinein. Eine schmutzige Koje, Essensreste in einer Zellophanverpackung, der intensive Geruch von Insektenspray, wie bei dem Mann, den er getötet hatte.

Er kam in den Salon. Hier sah es genauso aus, wie er es in Erinnerung hatte, am Boden festgeschraubte Möbel, ein Esstisch und ein Bartresen aus Teakholz.

»Setz dich, Katz!«

Die Stimme erklang aus der dunklen Ecke in Achtern. Eine schwedische Stimme, aber nicht die von Klingberg. Zwei Männer saßen bequem zurückgelehnt auf einem Sofa. Ein dritter hockte neben einem Safe, der in die Wand eingelassen war. Der Redner richtete eine Pistole mit Schalldämpfer auf Katz.

»Leg deine Waffe auf den Tisch. Ich will nicht, dass hier noch ein Unglück passiert.«

Katz tat, wie ihm geheißen.

»Und leere deine Taschen aus, sei so gut.«

Das Pfefferspray, seine letzte Rettung ... Er stellte es auf den Tisch.

»Schön, jetzt setz dich. Keine Sorge, dir wird nichts passieren. Wir wollen uns nur ein bisschen unterhalten.«

Der Mann folgte Katz' Bewegungen mit dem Pistolenlauf. Ein Profi, die Hand unglaublich ruhig, nicht das geringste Zittern.

»Wo ist Klingberg?«, fragte Katz, nachdem er sich gesetzt hatte.

»Über den brauchst du dir in Zukunft keine Sorgen mehr zu machen. In ein paar Jahren wird er für tot erklärt. Eine Leiche wird nie gefunden werden. Es gibt ihn einfach nicht mehr.«

Katz verstand kein Wort, schaute nur verblüfft den Mann an. In der Dunkelheit war sein Gesicht kaum zu erkennen. Er war kräftig gebaut, trug einen Bart, aber der Kopf war rasiert.

»Ich kann mich leider nicht vorstellen. Und das Gleiche gilt für meine Kollegen.«

Lynx. Der Luchs, Julins Vorgesetzter.

Der Mann, der vor der Wand hockte, holte etwas aus dem Safe, eine Festplatte anscheinend, legte sie in eine Tasche und stand auf.

»Ich möchte, dass du alles, was unser Treffen hier angeht, vergisst, wenn wir fertig sind. Es hat nicht stattgefunden.«

Katz nickte, wartete auf irgendeine Erklärung.

»Ich glaube, du hast schon erraten, wer ich bin, oder besser gesagt meinen Decknamen. Der wird auch verschwinden, und du wirst ihn in Zukunft nie wieder erwähnen. In keinem Zusammenhang. Du hast uns nicht gerade wenige Probleme bereitet. Es gibt keine sichere Art, Informationen zu speichern, außer diese hier!« Er tippte sich leicht mit einem Finger an den Kopf. »Und wenn du entgegen aller Erwartungen einen neuen Hackerangriff startest, wirst du nichts finden. Was du gesehen hast ... nennen wir es ein Fragment aus einem größeren Zusammenhang ... das gibt es nicht mehr. Alles ist gelöscht.«

Der Mann schlug die Beine übereinander, schaute Katz eindringlich aus seiner Ecke an, die Pistole immer noch auf ihn gerichtet.

»Es war auch nicht beabsichtigt, dass das noch im System zu finden war. Schlamperei von unserer Seite.«

Er lehnte sich zurück, sodass sein Gesicht fast vollkommen im Dunkel verschwand.

»Du musst jede Menge Fragen haben«, sagte er. »Und vielleicht will ich dir sogar ein paar beantworten ... ich denke, das sind wir dir schuldig.«

»Für wen arbeitet ihr?«, fragte Katz, »für den Abschirmdienst?«

»Ein bisschen komplizierter ist es schon. Das Projekt Legba war eine internationale Angelegenheit. Und wir sind viele, die, noch Jahre nachdem es beendet worden ist, die Spuren verwischen müssen. Meine beiden Freunde hier sprechen beispielsweise nur Englisch. Und Hebräisch.«

Der Mann, der die Festplatte in die Tasche gesteckt hatte, lächelte Katz eilig zu. An einer Goldkette um den Hals hing ein Chai-Symbol. Der Mossad, dachte Katz, oder vielleicht auch Schin Bet.

»Das hat vor langer Zeit angefangen, gegen Ende des Kalten Krieges. Wir haben ein Worst-Case-Szenario vor uns gesehen, in dem die Russen aus lauter Verzweiflung, unter Druck durch einen Rüstungswettlauf, den sie sich nicht leisten konnten, eine Verzweiflungstat begehen würden ... einen strategischen Überfall auf ein neutrales Land, um ihre Muskeln spielen zu lassen. Gewisse Informationen, die wir bekamen, haben unseren Verdacht bestätigt. Meine Aufgabe war es, schnell bessere Methoden für die Informationsbeschaffung zu entwickeln. Ganz einfach bessere Verhörleiter, die bereit waren, mit den Genfer Konventionen zu brechen, um in einer Gefahrensituation und möglichst noch früher Informationen zu erwirken.«

»Sie wollten die Leute im Foltern ausbilden?«

»Wenn du meine Freunde hier fragst, die sehen die Sache aus einer ganz anderen Perspektive. Das ist ein klassisches Problem innerhalb der angewandten Philosophie: Wann ist es erlaubt, ein Leben zu opfern, um andere zu retten?«

Er schwieg kurz, dann fuhr er fort: »Julin war mir zu der Zeit direkt unterstellt. Ich habe ihm freie Hand gewährt, um ein Ausbildungsprogramm für eine neue Generation Militärdolmetscher zu entwickeln. Die Krux war nur, dass die Rekrutierten selbst nichts davon merken durften. Wir mussten uns ja an gewisse Gesetze halten, aber der Plan war, dass sie einsatzbereit sein sollten, falls sich die Situation zuspitzte. Es war kein Fehler, dass du in dem Programm gelandet bist.«

»Ich bin unschuldig verurteilt worden für den Überfall auf eine Frau.«

»Ich weiß. Und das wusste Julin auch. Aber du warst auch so kein unbeschriebenes Blatt. Bekannter Schläger, kriminell, mehrere Fälle schweren Raubes und Misshandlungen, für die du nicht eingebuchtet werden konntest, weil du noch minderjährig warst. Und darüber hinaus dein enormes Talent für Sprachen und Computer. Du bist im System immer weitergereicht worden, wie eine Waffe, bereit zum Abschuss, wenn die Lage es erforderte.«

»Und wenn das nicht funktioniert hätte ... wenn ich mich geweigert hätte?«

»Ich glaube nicht, dass du das getan hättest, Katz.«

Er versuchte, sich selbst von außen zu betrachten, der er gewesen war und der er geworden war. Doch das stimmte nicht, er war kein Gewalttäter, kein Psychopath.

»Und die Drogen, mit denen Julin experimentiert hat?«

»Zu Anfang war es unser gemeinsames Projekt. Doch als die Mittel drastisch gekürzt wurden, hat er auf eigene Faust weitergemacht, finanziell unterstützt von Gustav Klingberg. Und später von Joel Klingberg.«

»Und bei den Streitkräften hat man weggeschaut?«

»Soldaten, die keine Angst kennen. Soldaten, die töten, ohne nachzudenken. Das ist ziemlich ungewöhnlich. Welche Armee träumt nicht davon? Und wir konnten unsere Hände in Unschuld waschen. Ein oder zwei Personen im Offiziersstab waren eingeweiht. Weder die Oberbefehlshaber noch das Ministerium wussten etwas.«

»Aber Sie waren dabei?«

»Julin hat uns auf dem Laufenden gehalten. Und andere Organisationen im Ausland, die mit meiner verknüpft sind.« Er warf einen Blick auf den Mann neben ihm auf dem Sofa. »Wir operieren nie in einem Vakuum. Wir stehen auf der richtigen Seite, der Seite der Sieger, und wie sehr wir auch mit unserer Neutralität angeben, haben wir doch gewisse Verbündete. Viele waren an Julins Experimenten interessiert. Die Amerikaner waren zur gleichen Zeit an ähnlichen Versuchen dran. Genau wie die Russen. Sibirische Völker kennen eine Menge giftiger Kräuter, die eine Persönlichkeitsveränderung bewirken können. Das Problem war nur, dass Julin zum Schluss zu weit gegangen ist. Es bestand die Gefahr, dass Köpfe rollen, dass er meiner Organisation schaden könnte. Er benutzte Menschen auf eine Art und Weise, die nicht mit unserem Prinzip der Freiwilligkeit vereinbar war. Drogenabhängige zum Beispiel, die haben selten eine Wahl, aber vor allem sind sie nicht zuverlässig, früher oder später fangen sie an zu singen. Klingberg hat dieses Problem für uns gelöst ... Julin gibt es ja nicht mehr.«

»Und die fünfzig Millionen?«, fragte Katz. »Woher stammen die?«

»Ein Teil von Joel Klingberg, ein anderer von internationalen Sicherheitsdiensten, die sich für unser Projekt interessiert haben. Der Betrag wurde mittels Klingberg Aluminium überwiesen statt über Capitol Security, um die direkte Verbindung zu Julin zu vertuschen. Das Geld sollte auf den Jungferninseln gewaschen werden, bevor es auf eines von Julins ausländischen Konten geschleust werden sollte. Aber dann passierte das mit Klingbergs Gattin, dass sie ihn mit seinem Onkel betrogen hat, und diese ganze Rachemaschinerie kam in Gang.«

»Wie hat er Julin dazu gebracht, bei der Ermordung seiner Frau mitzumachen?«

»Alte Rechnungen. Sie waren seit Jahrzehnten miteinander verbandelt, Julin und die Familie Klingberg. Oder die Drohung, den Geldhahn zuzudrehen. Wir wissen es nicht genau, und jetzt ist es zu spät, um zu fragen.«

Lynx erhob sich. Er hatte die Pistole weggelegt und stand jetzt in einem Winkel, dass Katz sein Gesicht im Licht der Außenbeleuchtung, das durch das Bullauge hereinfiel, sehen konnte. Ein Mann in den Siebzigern. Rüstig. Gut in Form. Mit alten Narben von Stichwunden am

Hals. Ein Mann, der vor Kurzem einen anderen getötet hatte: Klingberg. Um seine eigene Haut zu retten. Und er hatte es getan, ohne zu zögern.

Jetzt zog er einen Pass aus der Jackeninnentasche, legte ihn vor Katz auf den Tisch. Es war ein russischer Pass.

»Die Frage ist, was wir mit dir machen. So wie ich das sehe, hast du zwei Möglichkeiten. Entweder du bleibst hier. Wir können dir helfen. Du hast ja bereits eine neue Identität ... als russischer Journalist Igor Liebermann. Keine Familie daheim, niemand, der auf dich wartet. Fünfzig Millionen liegen auf einem Nummernkonto in der Banco Popular Dominicano, es ist kein Problem für uns, die Daten so zu ändern, dass ein Teil dieser Summe plötzlich dir gehört. Sagen wir fünfzehn Millionen. Und wenn es dir nicht mehr gefällt in der Karibik, dann können meine Freunde hier dafür sorgen, dass du mit ihnen gehen kannst. Dann trittst du sozusagen in die Fußstapfen deiner Großeltern.«

Er weiß alles über mich, dachte Katz, er hat mich all die Jahre aus der Entfernung beobachtet, mich wie ein Forscher unter seiner Lupe studiert.

»Und wie sieht die Alternative aus?«

»Wir räumen das Durcheinander auf, das Klingberg hinterlassen hat. Du wirst reingewaschen, setzt dein normales Leben in Stockholm fort, aber unter einer Bedingung: Du hältst dich zu unserer Verfügung. Ich muss zugeben, du beeindruckst mich.«

»Und wenn ich ablehne?«

»Dann wird es schwierig. Vielleicht musst du dann schon bald einem Freund helfen, der drauf und dran ist, in Schwierigkeiten zu geraten.«

Er verstummte, sah Katz durchdringend an, damit er die rätselhafte Mitteilung sacken lassen konnte.

»Wie dem auch sei ... wir haben eine grundlegende Bedingung, wie immer du dich auch entscheidest ... und die lautet: Dieses Treffen hier hat niemals stattgefunden.«

Stockholm, Juni 2012

Sie saßen in Jormas Wohnzimmer in Midsommarkransen. Es war die letzte Juniwoche. Die Nacht war schmerzhaft hell. Kühle Luft strömte durch die offene Balkontür herein.

»Woran denkst du?«

Evas Stimme ganz dicht neben ihm. Er schenkte ihr Rum ein aus der Flasche, die er mitgebracht hatte, Haitianischer Barbancourt.

»An nichts.«

»Wirklich? Das sah aber anders aus.«

»Wirklich.«

Sie wussten jetzt fast alles. Er hatte ihnen erzählt, was passiert war, alles, bis auf das Treffen mit Lynx. Er hatte ihnen erklärt, dass Klingberg tot war, dass die Information darüber aus einer sicheren Quelle stammte, aber er nicht wisse, wie es geschehen war. Er hatte von Ingrid erzählt, Joel Klingbergs Jugendfreundin, von dem, was er selbst auf der Zuckerrohrplantage durchgemacht hatte, von Julins Rolle in der ganzen Geschichte und von Gustav Klingbergs Beteiligung an Kristoffer Klingbergs Entführung. Sie hatten Fragen gestellt, die er so gut es ging beantwortet hatte. Dann war das Gespräch erstorben. Sie sind erschöpft, dachte er, nach allem, was sie durchgemacht haben.

»Ein Davidsstern, genau wie damals, als du sechzehn warst.«

Sie strich über den Anhänger, der an der Kette um seinen Hals hing.

»Den habe ich von meinem Vater bekommen, zu meiner Bar-Mizwa. Ich habe ihn gestern umgemacht. Zum ersten Mal seit Jahren.«

In letzter Zeit hatte er oft an Benjamin gedacht. Katz war erst vierzehn Jahre alt gewesen, als er starb. Die Erinnerungen waren verblasst. Er vermutete, dass er sich nicht an ihn hatte erinnern wollen, dass das zu schmerzhaft gewesen wäre.

Er schloss die Augen und sah ihn vor sich in der Synagoge in der Sankt Paulsgatan, als er selbst nach vorn gerufen wurde, um die Thora zu segnen und ein Stück auf Hebräisch zu lesen. Der Stolz seines Vaters, als er sah, dass sein Sohn gelernt hatte, den *Tefillin* anzulegen, die kleinen Gebetskapseln, an die richtige Stelle, *schel rosch*, an den Haaransatz, *schel jad*, auf den rechten Bizeps, da er Linkshänder war. Er hatte auch den *Tallit* getragen, den Gebetsschal, das erste und einzige Mal in seinem Leben, und sein Vater hatte wie die Sonne gestrahlt, da in der ersten Reihe, mit der Kippa auf dem kahlen Kopf. Ein halbes Jahr später war er nicht mehr da gewesen.

Die Geister seiner Eltern hatten ihn in Santo Domingo heimgesucht. Hatten sich ihm mit ihren Geheimnissen aufgezwungen, ihn über Dinge nachdenken lassen, über die er noch nie nachgedacht hatte. Warum sie ihn im

Stich gelassen hatten, warum sie immer wieder weitergezogen waren. Benjamins Zorn, woher stammte der? Und hatte er wirklich einen Menschen für einen Pass getötet? Anne, seine Mutter, war fünfzehn Jahre jünger gewesen als sein Vater. Katz hatte auch sie nicht kennengelernt, sie hatten ihn auf Abstand gehalten, es waren immer sie beide gegen den Rest der Welt gewesen.

Er merkte, dass er fror. Eva stand auf, ging zur Balkontür und schloss sie.

»Eins wundert mich«, sagte sie. »Die Datei, die du auf Klingbergs Computer gefunden hast, mit den Notizen. Warum war sie da? Dort hat er die Entführung seines Bruders mit dem Tod seiner Eltern in Verbindung gebracht.«

»Weil er als unschuldig dastehen wollte. Er wusste ja nicht genau, was passieren würde, wenn der Stein erst einmal ins Rollen gebracht worden war. Und ob jemand tiefer graben würde, beispielsweise in seinem Computer, also gab es da ein paar kleine subtile Hinweise darauf, dass er unschuldig ist.«

Jorma nickte vom Klavierhocker aus zustimmend: »Er wollte sich die Möglichkeit offenhalten, zurückzukommen und zu sagen, schaut her, ich habe nichts damit zu tun.«

»So in etwa, ja.«

Jormas Stimme klang unsicher. War er langsam betrunken?

»Und Jonas Åkesson ... es muss doch noch andere Junkies außer ihm da draußen geben, mit denen Julin experimentiert hat?«

Schon möglich, dachte er, sie wussten es nicht. Und würden wahrscheinlich auch nie eine Antwort auf diese

Frage bekommen. Lynx würde alle Spuren in dem ganzen Durcheinander tilgen.

Jorma hatte wieder angefangen zu spielen. Katz betrachtete seine Finger, die linke Hand führte ihr Eigenleben auf den Basstasten, schlug Farbakkorde an, während die rechte Hand sich vorsichtig durch die Melodie tastete. Irgendwas von Carmichael; es war unglaublich schön.

Er spürte Evas Arm um seine Taille. Tat so, als würde er ihn nicht bemerken.

War es ein Fehler, dass er nicht in Santo Domingo geblieben war? Er hatte zwei Wochen lang gezögert, unter dem Namen Igor Liebermann in einem Hotel an der Strandpromenade gewohnt, ausprobiert, wie es sich anfühlte. Lynx hatte recht, er hatte keine Familie, keine Verwandten, niemanden, der ihn vermissen würde, abgesehen von den beiden Menschen, mit denen er sich jetzt in einem Zimmer befand, Jorma und Eva.

Eine neue Identität, einfach untertauchen können, war es nicht das, wovon er all die Jahre geträumt hatte? Mit fünfzehn Millionen Kronen als Startkapital. Warum hatte er die Chance nicht genutzt? Weil man sich nicht selbst betrügen konnte.

Er schenkte sich Rum nach, nahm Evas Hand, die sich wieder um seine Taille geschlungen hatte. Sie war ein bisschen zu betrunken, so war sie nun mal. Sie konnten sie nie ganz wegwaschen, dachte er, die Schmutzränder von der Zeit und der Gegend, aus der sie kamen.

Jorma spielte jetzt ein klassisches Stück, eine Klaviersonate. Vor langer Zeit, im Jugendheim in Hässelby Gård, hatte ein Musiklehrer einmal gesagt, Jorma sei das größte Talent, das ihm jemals begegnet sei, die Welt würde ihm zu Füßen liegen, wenn er die richtige Ausbildung bekäme.

Aber dazu war es nie gekommen. Niemand hatte sich die Mühe gemacht, sie in die richtige Zukunft zu lotsen.

Er betrachtete ihn, seinen ältesten Freund: das Gesicht verschlossen, der Blick in einer anderen Welt. Das schwache Aufblitzen von Schmerz in den Augenwinkeln.

Die Gedanken glitten weiter. Zu dem Bettelbrief, den er vor fünfzehn Jahren an Klingberg geschrieben hatte ... das hatte sich am Ende gerächt: Klingberg hatte den Brief nach dem Mord an Angela anonym an die Zeitungen geschickt, damit Katz als Schuldiger dastand. Die Sucht hatte ihn dazu gebracht, vor anderen zu kriechen; das würde niemals wieder passieren.

Jorma schien abwesend, während er spielte. Aber irgendetwas stimmte nicht. Ein Freund, der in Schwierigkeiten geraten war? War er es, auf den der Luchs angespielt hatte? Oder bildete Katz sich das nur ein?

Bis jetzt hatte er noch nicht auf sein Angebot geantwortet. Wie sollte er auch? Einer wie Lynx stand nicht im Telefonbuch. Katz nahm an, dass er früher oder später kontaktiert werden würde ... wenn nicht alles im Sand verlief.

Danielsson hatte jedenfalls die nötigen Informationen bekommen, damit Katz rehabilitiert werden konnte. Eva hatte sich darum gekümmert. Und Kollegen von weiter oben hatten sich eingemischt. Die Ermittlungen standen unter Verschluss. Vielleicht zog Lynx im Hintergrund die Strippen?

Draußen begann es zu dämmern, das Licht wurde matter, aber es würde nicht vollkommen verschwinden. Weiße Nächte in Stockholm. Seine Stadt. Er griff nach der Rumflasche und schenkte noch etwas nach. Das sollte dann genügen. Er wollte nüchtern aufwachen.

LESEPROBE

CARL-JOHAN
VALLGREN
SCHWEINE
EIN DANNY-KATZ-THRILLER
ENCORE

Das Buch

Perversion und Gewalt sind die Eckpfeiler in Carl-Johan Vallgrens zweitem Kriminalroman um Ermittler Danny Katz und Staatsanwältin Eva Westin. Katz, der erneut im Drogensumpf zu versinken droht, ist auf der Suche nach der Freundin eines alten Kumpels, der ihm einst das Leben gerettet hat. Doch Jenny scheint wie vom Erdboden verschluckt zu sein. Die Ermittlungen laufen ins Leere. Bis Danny Katz eine Spur auftut, die ihn in ein abgelegenes Sommerhaus führt. Hier wird er Zeuge eines Verbrechens, das an Abscheulichkeit kaum zu überbieten ist. Katz setzt alles daran, die Täter auszuschalten.

Der Autor

Carl-Johan Vallgren wurde 1964 in Linköping geboren und veröffentlichte 1987 seinen ersten Roman. 2002 erhielt er für *Geschichte einer ungeheuerlichen Liebe* den August-Preis für den besten Roman des Jahres. Mit diesem Buch gelang ihm der internationale Durchbruch, es wurde in 25 Sprachen übersetzt und stürmte in vielen Ländern die Bestsellerlisten. Nach Stationen in Madrid, Kopenhagen und Berlin ist er heute mit seiner Frau und seinen drei Kindern in Stockholm zu Hause.

DIE GANG STAND EIN STÜCK ENTFERNT auf der Trondheimsgatan. Mit irgendetwas waren sie beschäftigt, bildeten einen Ring um einen jüngeren, dunkelhäutigen Jungen.

Vorstadtgangster, dachte Katz, so wie er früher selbst einer gewesen war.

Derjenige, den er für den Anführer hielt, war ein klein wenig älter als die anderen, achtzehn vielleicht.

»Her mit dem Ding!«, sagte er zu dem Jungen in ihrer Mitte, der ein Handy aus der Hosentasche angelte und es ihm überreichte.

»Hast du Geld?«

»Nein.«

»Komm, atme mal durch, Alter ... Guck dir mal deine Pfoten an, die zittern ja voll krass.« Er wandte sich den anderen zu. »Die Schwuchtel hat sich eingepisst!«

Der Junge heulte auf, schlug sich die Hände vors Gesicht, als würde er sich schämen. Schmutzige Finger, Trauerränder unter den Nägeln. Ein nasser Fleck hatte sich in seinem Schritt ausgebreitet. Da fand ein Raubüberfall statt. Eine Gang, die kleinen Jungs die Handys klaute.

»Ey, du bist unser Sklave, kapiert? Du knechtest jetzt für uns, nur dass das klar ist.«

Katz drückte die Zigarette aus und marschierte auf sie zu.

Der Anführer entdeckte ihn, als er nur mehr fünf Meter von ihnen entfernt war.

»Was willst du?«

»Bloß ein bisschen reden.«

»Was hast du hier zu suchen?«

Wen, dachte er. Ich suche Ramón. Meinen alten Fixerkumpel. Der Typ, der ihm einmal das Leben gerettet hatte, als er eine Überdosis gedrückt hatte. Er war ihm zufällig unten in der Stadt begegnet, war erstaunt gewesen, dass er überhaupt noch lebte. Hatte seine Adresse bekommen, und das hatte offenkundig ausgereicht, um die Sucht wieder anzutriggern.

»Wer bist du? Bulle oder was? Einwanderungsscheiß? Entweder haust du hier ab, oder es gibt Probleme.«

Auf den Knöcheln der rechten Hand hatte der Typ drei Buchstaben in Fraktur tätowiert: *FTL – Fuck The Law.* Gehörte wahrscheinlich zu einer älteren Gang. Das hier war nur irgendetwas, was er nebenbei betrieb, lernte kleine Kids an und schleuste sie in kriminelle Netzwerke.

»Ist der Junge dir was schuldig?«, fragte Katz ruhig.

»Er ist unser Knecht, unser Sklave.«

»Okay. Was wollt ihr für ihn haben? Einen Tausender?«

»Als würden wir unseren Knecht verkaufen. Hau ab! Letzte Warnung!«

Der Typ fingerte in seiner Jackentasche herum, suchte im schlimmsten Fall ein Messer. Katz dachte kurz darüber nach, ihn zu Boden gehen zu lassen, ehe es zu spät wäre, dachte dann aber: Kein Kind. Ich kann kein Kind schlagen. Und dann sah er, wonach der Typ gesucht hatte: ein Päckchen Kaugummis.

Wieder verspürte er die Verlockung des Heroins. Die Sehnsucht nach der Wärme, das unbeschreibliche Gefühl von Nachhausekommen, wenn die Droge ins Blut ging. Als würde man Gott gegenüberstehen, hatte er dreißig Jahre zuvor gedacht, als er sich, damals noch jünger als der Typ hier vor ihm, seinen ersten Schuss gesetzt hatte.

»Hier!« Er fischte zwei Fünfhunderter aus seiner Brieftasche. »Ich kauf ihn.«

Der Anführer brach in Gelächter aus, verstummte aber, als er den Davidstern sah, der Katz um den Hals hing.

Keine gute Idee. Da hätte er genauso gut mit Kippa rumlaufen und den Schofar blasen können. Immerhin war Rosch ha-Schana, das jüdische Neujahr.

»Okay, Jude«, sagte der Anführer, machte einen Schritt nach vorn und riss mit einem Ruck die Scheine an sich. »Du kannst ihn dir ausleihen. Ihn in den Arsch ficken. Oder an deine Judenarmee verkaufen, wenn du willst. Die mögen das doch – kleine Kinder quälen. Wir holen ihn uns sowieso zurück.«

Die Gang verschwand in Richtung Innenstadt. Brüchige Jungsstimmen krakeelten Unverständliches in typischem Vorstadtschwedisch. Der Junge war vor ihm stehen geblieben, die Hände immer noch vor dem Gesicht.

Das war nur ein Ablenkungsmanöver gewesen, um das Heroin zu verdrängen, dachte Katz, als er mit dem Jungen runter in Richtung Järvafältet schlenderte. Der Kleine hatte inzwischen aufgehört zu weinen, schniefte nur noch leise vor sich hin und sah unsicher zu dem erwachsenen Mann an seiner Seite hoch.

»Kommst du von hier?«, fragte Katz. »Aus Husby?«

»Aus der Nähe.«

»Und die anderen?«

»Weiß ich nicht. Ich kenne sie nicht.«

»Wie heißt du?«

»Alexandru.«

»Dann erzähl mir jetzt mal, Alexandru, worum es dabei eigentlich ging.«

Es war eine Art Kidnapping gewesen. Sie hatten den Jungen ein paar Wochen zuvor einer anderen Gang abgekauft und ihn losgeschickt, um Waren auf gehackte Kreditkarten zu kaufen. Sie hatten ihm Geld versprochen, ein paar Prozent, aber bisher hatte er noch nichts davon gesehen. Er wohnte mit seiner Mutter und zwei jüngeren Geschwistern in einem Zeltlager bei Akalla. Sie waren Roma und ein Jahr zuvor aus Rumänien nach Schweden gekommen. Die Mutter des Jungen hatte Kontakt zu einem Verwandten aufgenommen, der in Stockholm lebte und versprochen hatte, ihr einen Job zu besorgen. Doch daraus war nichts geworden. Inzwischen hielten sie und eine Freundin die Familie mit Betteln und Leergutsammeln über Wasser.

»Und dein Vater?«, fragte Katz.

»Der ist nach Italien abgehauen, als ich klein war. An den kann ich mich kaum erinnern.«

Sie bogen in die Oslogatan ab. Hier draußen waren sämtliche Straßen nach norwegischen Städten benannt. Katz erinnerte sich noch gut daran. Erst im Frühjahr hatte er einen Bericht über die Aufstände gesehen. In diesem Vorort war die Gewalt regelrecht explodiert. Junge Menschen ohne Zukunftsaussichten hatten Autos angezündet und die dorthin kommandierten Einsatzkräfte angegriffen. Katz hatte mehr Verständnis für sie, als er sich eingestehen mochte – für das Gefühl, zu einem Leben am Rand der Gesellschaft verurteilt zu sein. Und trotzdem gab es immer Menschen, die noch weiter unten auf der Leiter standen.

»Gehst du nicht in die Schule?«, fragte er auf Romani. *»Pirés ande e scoala?«*

Alexandru lächelte ihn an.

»Wo hast du das denn gelernt?«

»Da, wo ich aufgewachsen bin. Es gab dort einen Roma-Jungen, der mir Romani beigebracht hat. *Pen mange akaná.* Aber jetzt erzähl ... Gehst du in die Schule?«

»Manchmal. Am Wochenende geben ein paar Lehrer in einer Wohnung Unterricht. Schwedische Roma. Das ist kostenlos. Ist natürlich keine richtige Schule. Um in die Schule gehen zu können, muss man eine Aufenthaltsgenehmigung haben.«

»Zumindest hast du schnell Schwedisch gelernt.«

»Musste ich ja. Mama spricht nur Rumänisch und Romani. Aber sie ist krank. Irgendwas mit dem Magen. Ich muss ihr helfen und übersetzen, wenn wir beim Arzt sind. Sie hat immer Angst. Dass die Polizei das Lager auflöst oder dass sie uns nach Hause schicken.«

Der Junge strotzte vor Dreck. Wahrscheinlich war es schon eine Weile her, dass er geduscht hatte. Billige Turnschuhe. Abgenutzte Steppjacke, schlecht sitzende Jeans ... aus der Kleiderkammer. Die Vorderzähne standen schief, müssten dringend gerichtet werden.

»Kennst du die Namen von den Jungs aus dieser Gang?«

»Ja, von einigen.«

»Der Anführer zum Beispiel, dem ich das Geld gegeben habe, wie hieß der?«

»Miro.«

»Weißt du, wo ich ihn finde?«

»Keine Ahnung, wo der wohnt. Sie haben mich von denen aus Akalla übernommen, vielleicht kommt er ja dorther ... oder von hier. Ich hab ihn auch ein paarmal mit älteren Typen auf dem Marktplatz rumhängen sehen. So Tätowierte ...«

Berufsverbrecher, dachte Katz. So hatte das zu seiner Zeit auch schon funktioniert. Junge Kerle aus der Vorstadt erledigten Botengänge für die älteren, kümmerten sich um Diebesgut, versteckten Waffen und Drogen, weil sie nicht verurteilt werden konnten, solange sie minderjährig waren. Sie schwänzten den Termin fürs Klassenbild, um später nicht identifiziert werden zu können. Genau wie er selbst und Jorma Hedlund es früher gemacht hatten ...

Jorma. Den könnte er jetzt gebrauchen. Jemanden, der ihm sagte, dass es keine gute Idee war, Ramón besuchen zu wollen. Aber Jorma ging schon seit Tagen nicht mehr ans Telefon.

Jetzt waren sie unten am Järvafältet angekommen. Die Hochhäuser von Hjulsta weit hinten im Westen glichen einer Bergkette. Im Süden konnte man Tensta und Rinkeby erkennen, die alten Gettos von Norrort, der Region nördlich des Stockholmer Stadtgebiets.

»Warst du noch mal bei deiner Mutter, seit sie dich abgegriffen haben?«, fragte Katz.

»Sie lassen mich am Abend gehen, wenn ich die Sachen bei ihnen abgeliefert hab. Dann holen sie mich morgens wieder da ab, wo wir wohnen. Es steht immer jemand da und wartet. Ich hab Mama gesagt, dass das Freunde von mir sind.«

Er senkte den Blick, als schämte er sich.

»Was ist es noch – außer Handys?«

»Kleider, Sonnenbrillen ... Manchmal vermieten sie mich auch an andere. Einmal an ein paar Junkies, die wollten, dass ich was für sie erledige.«

»Und was war das?«

»Ist doch egal. Es ist sowieso nichts daraus geworden.«

Der Junge sah ihn resigniert an.

»Mama will wieder nach Hause, es ist hier alles überhaupt nicht so, wie wir gedacht hatten. Aber das geht nicht. Meine große Schwester ist weg. Sie ist weggelaufen, nachdem sie sich gestritten hatten. Das ist jetzt fünf Monate her, und wir müssen sie erst finden.«

Katz zog eine Visitenkarte aus seiner Brieftasche und gab sie dem Jungen.

»Ruf mich an, wenn du Hilfe brauchst. Zum Beispiel mit diesen Typen. Mir ist schon klar, dass du nicht zur Polizei gehen willst. Aber was ist, wenn du erwischt wirst?«

Der Junge nickte, als würde er erst jetzt begreifen, was alles auf dem Spiel stand. Seine Familie, die unweigerlich in die Sache mit hineingezogen werden würde, die Mutter, die Geschwister.

»Also kann ich dir vertrauen?«

»Ich rede mit diesem Miro, dann lässt er dich in Ruhe.«

Katz sah dem Jungen nach, als der im Fußgängertunnel verschwand. Er wirkte zerbrechlich – der Rücken vor Sorge gebeugt, die Schritte schwer und doch unsicher.

DIE VORHÄNGE WAREN ZUGEZOGEN, die Fenster zur Front des fünfstöckigen Hauses mit Pappe zugeklebt. Die Wohnung lag im Erdgeschoss.

Katz tippte den Türcode ein und betrat das Treppenhaus. Seit zehn Jahren war er jetzt schon clean. Er wusste selbst nicht, was er hier zu suchen hatte.

Ich sollte heimgehen, dachte er, während er den Fernsehgeräuschen aus der Wohnung lauschte, und mich an die Arbeit setzen. In den vergangenen Monaten hatte er als Sicherheitsberater für ein norwegisches Telekommunikationsunternehmen gearbeitet, das in Russland expandierte. Sie hatten zwar eigene Systemoperatoren, aber von denen beherrschte keiner eine slawische Sprache auch nur halbwegs gut genug, deshalb hatte er den Job bekommen. Katz hatte Manuals ins Russische, Polnische und Tschechische übersetzt, war die Quellcodes der Programme durchgegangen, hatte die Spuren von Hackern auf den Servern verfolgt, ihre Hintertürchen und Aktivitäten in den Logfiles aufgespürt. Hatte im Netz Köder für die Angestellten ausgelegt, um zu prüfen, wie leicht sich da gewisse Türen öffnen ließen. In der Mittagspause war er vor einem Imbiss in der Innenstadt zufällig Ramón begegnet und von da an quasi mit dem Fahrstuhl in der Zeit zurückgesaust.

Sowie er auf die Klingel drückte, wurde der Fernseher leiser. Jemand eilte durch die Wohnung und betrachtete ihn durch den Türspion.

»Wer ist da?«

Die Junkiestimme klang heiser und schleppend.

»Katz ... ein Kumpel von Ramón.«

Das Rasseln einer Sicherheitskette, die ausgehakt wurde. Die Frau, die ihm aufmachte, war um die fünfundzwanzig. Fein gemeißelte Gesichtszüge, langes braunes Haar, blaue, mandelförmige Augen. Attraktiv – wenn man mal von der gipsartigen Fixerhaut absah.

»Komm rein«, sagte sie. »Ramón hat erzählt, dass du auftauchen würdest.«

Er folgte ihr in eine Art Wohnzimmer. Sie ließ sich auf ein schmutziges Sofa fallen. Das Besteck lag vor ihr auf dem Tisch: Löffel, Spritzen. Eine Flasche Wasser. Gleich daneben stand eine Reisetasche, in deren Außenfach eine Dose Pfefferspray zu sehen war.

»Woher kennst du Ramón?«, fragte sie.

»Von früher.«

»Hab dich noch nie gesehen, das muss eine ganze Weile früher gewesen sein.«

»Über zehn Jahre. Wir haben eine Zeit lang in denselben Kreisen rumgehangen. Und woher kennst du ihn?«

»Wir haben uns in einer Unterkunft kennengelernt. Ich bin anschaffen gegangen, Ramón hat Stoff verkauft. Romantisch, was? Er ist hier irgendwo, du musst ihn suchen ...«

Das angrenzende Zimmer hatte kein Fenster. Katz tastete nach dem Lichtschalter und machte das Deckenlicht an. In einer Ecke stand ein Einkaufswagen mit gestohlenen Autoradios. Verwässerte Blutspritzer auf den Tapeten, von Leuten, die hier ihre Kanülen sauber gemacht hatten.

Als er ins Wohnzimmer zurückkehrte, erhitzte die Frau in einem Suppenlöffel Horse. Neben ihr am Boden lagen ein paar Bleistiftzeichnungen. Erstaunlich präzise Selbstporträts. Auf einer Zeichnung war auch Ramón zu sehen.

»Ich hab eine Weile Kunst studiert«, erklärte sie und zog die Lösung auf eine Spritze. »Man sieht sich die Menschen irgendwie genauer an, wenn man sie zeichnet ... welche Haltung sie haben, welchen Gesichtsausdruck ... die Seele.«

Vorsichtig drückte sie auf den Kolben, um die letzten Luftblasen hinauszudrücken, und untersuchte dann ihre Arme nach einer passenden Vene.

»Kannst du mich jetzt in Ruhe lassen?«, fragte sie. »Ich kann's nicht ab, wenn jemand zuguckt, wenn ich ballere.«

Katz ging in die Küche. Auf dem Fußboden Flyer. Überall schmutziges Geschirr. Der kochende Stoff hatte sich ihm in die Netzhaut gebrannt.

Er schob die Tür zur Toilette auf. Auf dem Fußboden hinter dem Klosett bewegte sich etwas, und es dauerte einen Augenblick, ehe er begriff, worum es sich dabei handelte: um eine Schlange. *Junkies und ihre Tiere.*

Als er wieder ins Wohnzimmer zurückkehrte, hatte die Frau ein Hosenbein hochgekrempelt und band sich das Bein mit einem Fernsehkabel ab. Unwillkürlich musste Katz an seine eigene Schamlosigkeit denken – wie er sich regelrecht in ein Vehikel für die Droge verwandelt hatte, eine Art Heroingefäß. Er spürte die Sucht. Versuchte zu widerstehen.

»Verdammte Scheiße, ich finde keine Vene! Muss diesen Scheiß jetzt in mich reinkriegen.«

Schließlich fand sie eine, in der Wade. Der kalte Schweiß stand ihr auf der Stirn, als sie ein bisschen Blut herauszog. Dann presste sie den Kolben durch und drückte nach, um auch noch das letzte Mikrogramm mitzunehmen. Direkt über der Einstichstelle war ein Schmetterling auftätowiert, ein gelber Schwalbenschwanz. Es sah aus, als hätte sie ihn mit der Spritze aufgespießt.

Dann legte sie die Kanüle weg und blinzelte ihn schläfrig an. Blut sickerte an ihrem Bein hinunter. Vom anderen Ende des Flurs waren Geräusche zu hören. Jemand hustete. Eine Tür, die er bisher gar nicht bemerkt hatte, stand einen Spaltbreit offen.

Das Zimmer war ordentlicher als die anderen. Zwei Sessel und ein kleiner Schreibtisch standen vor dem zugeklebten Fenster. Taschenbücher in einem Bücherregal. Über der Tür hingen ein Plastikkruzifix und eine chilenische Flagge. Ramón hockte auf einer Matratze auf dem Boden. Er schien eben erst aufgewacht zu sein. Es war fünfzehn Jahre her, dass sie gemeinsam Einbrüche in Wohnungen und Einfamilienhäuser in den Vororten verübt hatten. Wenn sie verzweifelt gewesen waren, hatten sie in Warenhäusern Lebensmittel geklaut – Rinderfilet, das sie an Restaurants verkauften, in denen chilenische Bekannte von Ramón arbeiteten. Sie hatten in Obdachlosenunterkünften gehaust oder in Löchern wie diesem hier. Ramón, gläubiger Katholik, hatte stets ein silbernes Kreuz um den Hals gehabt, Katz den Davidstern, und Ramón hatte ihn hin und wieder scherzhaft Christusmörder genannt ... Der Typ war ein waschechter Mythomane, erinnerte sich Katz. Hatte notorisch gelogen, sowohl bei größeren als auch bei nebensächlichen Dingen, was in Drogenkreisen nicht ungewöhnlich war – der Mensch hatte nun mal das Bedürfnis, sein Leben schönzureden. Später dann war er auf den Strich gegangen, aber das war, nachdem sie in jenem Chaos, in dem die Zeit keine Rolle mehr spielte und das trotzdem das Leben eines Junkies ausmachte, den Kontakt zueinander verloren hatten. Katz hatte nur mehr gerüchteweise gehört, dass Ramón sich an reiche Schwule verkaufte.

»Sorry, ich hab dich nicht gehört«, sagte Ramón. »Bist du schon lange hier?«

»Eine Weile. Hab ein bisschen mit deinem Mädel da draußen geplaudert.«

»Jenny ... klasse, oder?« Er griff nach einem Glas, das auf dem Boden stand, und nahm einen Schluck Wasser. »Echt talentiert. Wenn die ihr Leben nicht weggefixt hätte, dann hätte die was werden können, glaube ich. Ich mag sie total ... War Harry auch da?«

»Wer?«

»Die Schlange ... hab sie schon eine Weile nicht mehr gesehen. Scheiße, hab ich mich gefreut, dich neulich wiederzusehen! Hätte nicht geglaubt, dass du noch lebst.«

Auf einer Glasplatte auf dem Schreibtisch lag ein Dutzend Heroinpäckchen. Daneben stand eine Digitalwaage zum Abwiegen des Pulvers. Material zum Strecken: Koffeinpulver und gestampftes Paracetamol. Ramón schien den Stoff eigenhändig zu strecken.

»Aktuelle Geschäfte«, erklärte er, als er Katz' Blick folgte. »Ich hab zur Abwechslung mal Glück. Nicht irgendein brauner verdammter Scheiß, den man erst mit Asco auflösen muss. Jetzt bin ich derjenige, der die Stärke bestimmt.«

Er zwinkerte kurz, dann stand er auf. Neben ihm auf dem Teppich lag ein Handy. Mit dem Fuß schob er es unter die Matratze.

»Jenny und ich sind vor einer Weile an Geld gekommen – mehr oder weniger zufällig. Und wenn man Geld hat, dann investiert man das, oder nicht? Versucht, wieder ins Geschäft zu kommen. Wir haben uns sogar ein Lager zugelegt. Will nicht zu viel hier daheim haben, falls die Bullen mal auftauchen. Vielleicht könnten wir ja auch wieder zusammenarbeiten, was meinst du?«

Katz musste wieder an jenen Tag vor fünfzehn Jahren denken. Die Toilette im Burger King am Medborgarplatsen. Der elende Zustand, in dem er sich befunden hatte. Die versiffte Steppjacke, die ausgeleierte Jeans, er selbst bis auf die Knochen abgemagert. Ramón hatte ihm sein Besteck geliehen, weil er sein eigenes verloren hatte. Er hatte das Horse über dem Handwaschbecken aufgekocht, die Lösung durch einen Zigarettenfilter angesaugt und in die Spritze gezogen. Der Stoff hatte von einem Dealer gestammt, den er kannte. Seine Arme waren ausnahmsweise mal okay gewesen, nirgends Abszesse. Dann hatte ihn mit einem Mal der Affe überfallen, er war in Panik geraten, hatte die Dosis stärker als sonst gemacht.

Als er nach einer Viertelstunde nicht wieder rausgekommen war, hatte Ramón Verdacht geschöpft. Er hatte das Personal überredet, die Tür aufzubrechen. Hatte ihn leblos auf dem Boden liegen sehen. Aus einer Platzwunde auf der Stirn lief Blut. Hinterher erzählte er, die anderen Leute seien wie gelähmt gewesen, außer sich vor Angst nach all den Jahren der Propaganda über die Ansteckungsgefahr, die von HIV-positiven Junkies ausging. Ramón war derjenige gewesen, der die Herzmassage und Mund-zu-Mund-Beatmung durchgeführt hatte, bis endlich der Notarzt aufgetaucht war. Minutenlang war Katz klinisch tot gewesen, bis sie ihm Adrenalin gespritzt hatten und dann im Krankenwagen auf der Fahrt zum Söder-Krankenhaus das Herz wieder angefangen hatte zu schlagen ...

»Du bist ein kluger Kopf, Danny. Warst du nicht sogar Dolmetscher beim Militär? Sprichst unendlich viele Sprachen und so? Echt, du könntest einsteigen, Kompagnon werden! Das hier könnte das ganz große Ding werden.«

Ramón trat auf den Tisch zu, schnappte sich ein paar Briefchen und eine eingeschweißte Spritze und reichte sie ihm.

»Probier selbst«, sagte er. »Aber der Stoff ist stark, also take it easy.«

Durch die Wohnzimmertür erhaschte Katz einen Blick auf Jenny. Sie sah aus, als würde sie schlafen, aber er wusste genau, dass sie hinter den halb geschlossenen Augenlidern hellwach war und dass das Horse sie mittlerweile meilenweit ins Innere ihres eigenen Körpers befördert hatte. Sie hatte sich umgezogen, trug jetzt einen grauen Hosenanzug, der teuer aussah. Wahrscheinlich würde sie gleich raus zur Arbeit gehen, vermutete er.

Er nahm den Stoff und steckte ihn in die Tasche.

»Das erste Mal ist gratis, Katz, du weißt ja, wie das funktioniert. Man will schließlich zufriedene Kunden haben.«

In Geschäftsmanier lächelte Ramón ihm zu. Dann kroch er unter den Schreibtisch und fummelte an etwas herum. Als er wieder aufstand, gab er ihm ein paar Kapseln.

»Falls du das an Freunde verteilen willst«, sagte er. »Denk mal drüber nach, ob du nicht doch mit auf den Zug aufspringen willst. Leute, die das hier nehmen, kommen definitiv zurück, um mehr zu kaufen.«